DONGSUH MYSTERY BOOKS 134

GIDEON'S FIRE
기데온과 방화마
J.J. 매릭/박명석 옮김

동서문화사

옮긴이 박명석(朴命錫)

한국외국어대 영어과 졸업. 서울대 대학원을 거쳐 한국외국어대 대학원 문학박사 학위 취득. 한국외국어대 영어과 교수를 지내고 단국대 인문학부 교수·한국커뮤니케이션학회 회장 역임했다.

DONGSUH MYSTERY BOOKS 134
기데온과 방화마

J.J. 매릭 지음/박명석 옮김
초판 발행/1977년 12월 1일
중판 발행/2003년 10월 1일
발행인 고정일/발행처 동서문화사
창업 1956. 12. 12. 등록 16-345(윤)
서울강남구신사동540-22 ☎546-0331~6 (FAX) 545-0331
www.epascal.co.kr

*

이 책의 출판권은 동서문화사(동판)가 소유합니다.
의장권 제호권 편집권은 저작권 법에 의해 보호를 받는 출판물이므로
무단전재와 무단복제를 금합니다.

편찬·필름·제작 일체「동판」자본으로 이루어짐에 따라
출판권 소유권자「동판」에서 제조출판판매 세무일체를 전담합니다.
사업자등록번호 211-90-02201
ISBN 89-497-0230-4 04840
ISBN 89-497-0081-6 (세트)

기데온과 방화마
차례

기데온과 방화마―J.J. 매릭
첫 번째 불······ 11
기데온, 보고를 받다······ 22
빈사상태의 사나이······ 34
불안에 떠는 사나이들······ 48
소방청장······ 64
아내의 이해······ 79
기데온의 방문······ 98
경시청 발표······ 115
고민······ 132
테드 마이올······ 149
불안한 1주일······ 166
미치광이 방화범······ 188
타는 냄새······ 199
편지······ 207
호별 방문수사······ 221
제2회 공판······ 237
미치광이의 바보짓······ 254

마술사의 죽음―에드워드 D. 호크
마술사의 죽음······ 274

스코틀랜드야드 명탐정······ 317

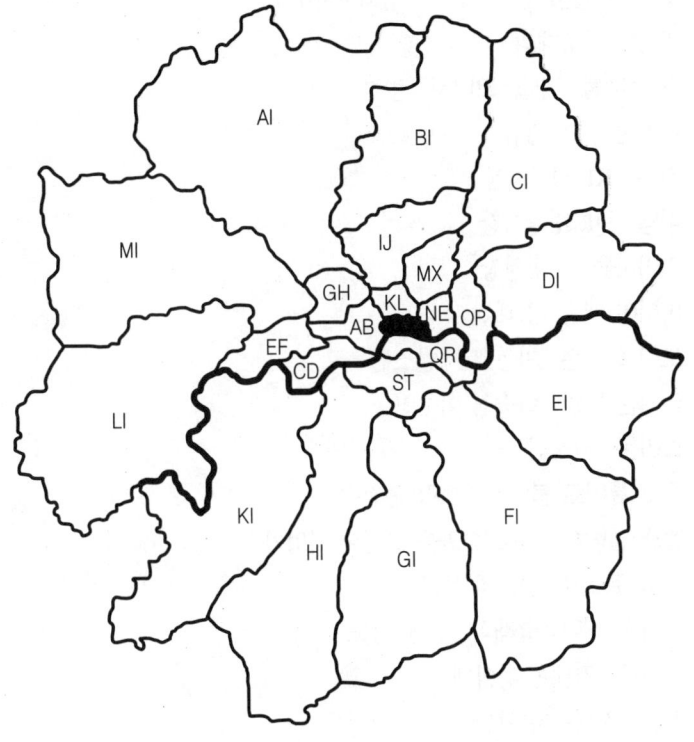

기데온의 경시청 관할구

이 지도는 수도경찰의 대략적인 경계를 나타내는 것이며, 각 관할 호칭 문자는 실제와 다르다.

등장인물

조지 기데온 런던 경시청 범죄수사부장
조 벨 부장대리
렘 르메틀, 리델, 코니시 총경
마켓슨 주임경감
커슨 KL 경찰서장
머닝 QR 경찰서장
카마이클 소방청장
아이비 맨슨 살해된 소녀
토니 해리슨 자동차 세일즈맨
테니슨 부인 하숙집 여주인
브라운 하숙인
존 스튜어트 블릭스 트럭 운전수
찰스 엘릭슨 위조 증권을 발행한 사업가
지미 로스코 찰스의 동료
레너드(레니) 클래퍼 은행 강도
케이트 기데온의 아내
매슈 기데온의 아들
테드 마이올 기데온네 이웃사람
헬렌 테드의 딸

첫 번째 불

런던은 깊은 잠 속에 가라앉아 있었다.
인기척 없는 잿빛 거리를 이따금 자동차가 속력을 내며 달려갔다. 어둠을 뚫는 것은 부옇게 안개끼어 엷어진 은색의 달빛인가, 아니면 어둠을 몰아내듯 스쳐가는 자동차의 헤드라이트인가. 번화가에는 밝은 가로등이 켜져 있고, 군데군데 네온사인이 그 빛 속에서 화려하게 떠올랐다. 서쪽 하늘 피커딜리 서커스 위는 벌겋게 물들어 있지만, 이스트엔드에는 등불이 그다지 많이 켜져 있지 않았다. 고요한 우울에 싸인 채, 새벽 밀물을 타고 나갈 준비를 하고 있는 선창 부근의 배들만이 밝아오는 어스름 속에 하얗게 떠 보였다.
경관들이 부지런히 오가고 있었다. 이 순간이야말로 법의 눈을 속이고 무사히 자기 은신처로 달아날 수 있는 가장 좋은 때라고 생각하는 도둑이 더러 있기 때문이다. 밤의 범죄는 대부분 밤의 체포가 끝난 시각에 이루어진다. 각 관할경찰서 유치장에는 붙잡혀온 사람들이 갇혀 있다. 술에 취해 붙잡혀온 사람, 문 닫은 공원 안에 숨어 있다가 붙잡혀온 사람, 강도며 절도며 노상강도며 폭행으로 붙잡혀온 사람 등 온갖 위반행위로 붙잡혀온 사람들로 북적거린다. 지난밤에는 14살 된 소녀를 죽인 잔인한 살인사건이 있었으나, 아직 범인이 발견되지 않고 있다. 소녀의 목숨이 끊어졌고 그 넋은 이미 작은 침대에서 잠자고 있지 않다는 사실을 아무도 모른다. 지친 매춘부들도 집으로 돌아가 잠자리에 들었다. 호텔은 마치 시체안치소 같았으며, 무슨 소리든 크게 울렸다.

람베스 산책길과 옛 켄트 거리의 노래로 유명한 템스 강 남쪽의 런던 QR 경찰서 소속인 저비스 순경은 아마 런던 경시청에서 그다지 눈에 띄지 않는 이들 가운데 한 사람이리라. 나이는 35살로 세 아이의 아버지이다. 아이들은 10살, 7살, 4살로 알맞은 터울이었는데, 저비스는 이 점에 대해 잘 모르지만 이것은 부지런하고 유능한 저비스 부인의 배려 덕분이다. 저비스는 경찰관 복무 규율을 가슴 속에 새길 정도로 잘 알고 일에 대해서도 속속들이 모르는 것이 없지만, 런던에서도 가장 어려운 이 경찰서에서 일한 지 10년이 지났는데도 아직 큰 사건에 부딪친 적이 없었다. 지난밤에도 그는 그런 사건과 부딪치게 되리라고는 꿈에도 생각지 못했다.

물론 그도 살인사건 피해자의 시체가 있는 곳으로 불려간 적은 있었다. 그러나 모두 사건이 일어나고 꽤 시간이 흐른 뒤였다. 토요일 밤 싸구려 술집 앞에서 흔히 벌어지는 싸움도 어찌된 일인지 늘 다른 사람의 담당구역에서만 일어났다. 물론 교통사고와 마주친 적도 있고 응급치료를 해주어야 할 기회를 만난 적도 몇 번인가 있었지만, 그런 일들은 그의 직무상 아주 하찮은 것들이었다. 그리고 범인을 붙잡은 적도 더러 있긴 했지만, 이렇다하게 손꼽을 만한 범죄자는 하나도 없었다. 또한 그 역시 특별히 기록을 올리려고 생각지도 않았다. 모든 일을 있는 그대로 받아들여 만족하고 유혹 따위와는 거의 인연이 없는, 어떤 의미에서 보면 '좋은 경관'이었던 것이다. 결혼하고 몇 년 동안은 아내와 함께 맞벌이를 했었는데, 첫 아이가 태어나고 바로 저비스는 풋볼 시합 내기에서 상당한 배상금을 타게 되었다. 그것을 모조리 안전한 투자에 돌려 그 이자만도 월급의 두 배 가까이는 되었다.

경찰관이 된 뒤 부득이 곤봉을 휘둘러야 했던 일은 꼭 두 번 있었고, 호루라기를 불어야 했던 일도 다섯 번밖에 없었다. 그래도 그는 인생이 지루하다고 생각한 적은 없었다.

저비스는 켄트 거리에서 벗어나 가게들이 몇 채 있는 좁고 짧은 골목으로 들어섰다. 생선튀김집과 신문보급소, 야채 가게 겸 건어물가게, 텔레비전 라디오 가게와 자전거포, 그리고 구두 수선집. 이곳은 작은 집들만 모여 있는 동네로, 침침하고 단조로운 바다에 버려진 벌레집 투성이의 낡고 커다란 배 같은 싸구려 아파트들이 드문드문 자리 잡고 있어서 그 가운데 열어놓은 골목의 점포들은 일종의 오아시스 같은 기이한 느낌이 들었다.

아마 몇 년 전의 폭격이 없었다면 이런 싸구려 아파트가 몇 채 더 있을 터이지만, 그러나 그 공습도 지금은 옛이야기가 되었다.

그때로부터 그럭저럭 벌써 한 세대가 지나가버렸다. 폭탄이 떨어졌던 이곳에서 그때의 무서운 상황을 전혀 모르는 아이들이 자라나 이제는 완전히 어른이 되었다. 이 빈민굴을 완전히 철거해 버리고 텔레비전 안테나 배선까지 갖춘 고급 아파트를 새로 지으려는 대대적인 건설계획이 세워진 적도 있었다. 그러나 그 계획들은 지금 시청이나 건설부에서 먼지에 싸인 채 잠들어 있다. 너무 오래 내버려두어 지금은 그런 계획을 세운 사람마저 그 꿈의 실현을 잊어버렸을 정도이다. 건설부장관도 그 일에 대해 추궁을 받으면 한 번에 모든 일을 다 할 수는 없다고 변명하며 얼버무리고 마는 것이었다.

이 빈민굴 주변에는 좀도둑 몇 명이 살고 있어, 지난 2주일 동안

두 번이나 어떤 가게에 침입하여 몇 파운드의 값 나가는 상품을 훔쳐 갔다. 도둑맞은 물건은 담배와 초콜릿과 라디오 부품 등이었다. 그런 좀도둑이라면 저비스도 가끔 마주친 일이 있고, 범인이 누구인지도 짐작이 갔다. 그의 짐작이 맞는다면, 범인은 웨스트엔드의 3류 나이트클럽에서 일하고 있는 이탈리아 인 종업원일 것이다. 그는 늘 새벽 3시 30분쯤 이 근처에 있는 자기 집으로 돌아온다. 지금은 3시 15분. 저비스는 그 종업원이 돌아오는 시각에 가게들을 지켜볼 수 있는 위치에 서서 감시할 생각이었다. 저비스는 종업원의 습관을 잘 알고 있었으므로 모든 순서를 미리 결정해 놓을 수가 있었다. 그러고 보니 그는 자기 담당구역 사람들의 일상생활을 거의 알고 있었다. 그것이 그의 일이었기 때문이다.

상점가 뒤쪽으로 열 채의 높은 싸구려 아파트가 있었다. 모두 5층 건물로, 바깥에 층계가 달린 10세대용 아파트였다. 즉 아파트 한 채에 10세대가 살고 있는 것이다. 따라서 5백 명 이상이 이 좁은 지역에서 사는데, 지금 그들은 대부분 잠들어 있다. 상점가에서 가까운 아파트 입구가 숨기에 가장 좋은 듯하여 저비스는 재빨리 그리로 가서 감시할 준비를 갖추었다. 손목시계의 야광 문자반을 보니 3시 20분이었다. 서두를 필요가 없는 감시로, 아직 시간은 있었다. 담배를 꺼내 되도록 밖에서 불빛이 보이지 않도록 두 손으로 감싸듯이 성냥을 그어 불을 붙였다. 불이 완전히 꺼진 다음에 성냥개비를 버렸다.

다행히 4월의 밤은 춥지는 않았으나 썰렁했다. 달은 맞은편 지붕 뒤로 가라앉았다. 강 건너 선창에서 떠들썩한 소리가 한층 더 뚜렷하게 들려왔다. 이때 바퀴살이 하나 망가진 자전거가 덜컹덜컹 달려오는 소리가 들렸다. 노리고 있는 사나이가 다가오는 것이다.

자전거를 탄 사나이의 모습이 나타났다. 가로등 불빛에 창백하고 여윈 얼굴이 보였다. 자전거는 덜컹거리며 지나갔다. 저비스는 숨어 있던 곳에서 나와 지켜보았다. 이때 몇 야드 앞의 역시 싸구려 아파트 입구에서 검은 사람그림자 하나가 나타났다. 한순간 저비스는 깜짝 놀랐으나 크게 당황하지는 않았다. 맨 처음 그의 머리에 떠오른 생각은 어쩌면 뒤에 나타난 사나이가 좀도둑인지 모른다는 것이었다.

자전거 뒤에 켜진 빨간 등이 아주 밝게 보였는데, 그것이 아파트에서 나온 사나이 뒤로 사라졌다. 나중에 나타난 사나이는 경찰관이 지켜보는 것도 모르고 저비스에게 등을 돌리더니 급히 모퉁이를 돌아 상점가 쪽으로 꼬부라졌다. 저비스는 도둑질하는 현장을 붙잡고 싶었다. 바로 지금 성공의 기회가 눈앞에 다가온 것이다. 그러나 서두를 필요는 조금도 없었다. 도둑이 침입할 때 덮치면 되는 것이다. 담배를 비벼 끄기 전에 한 모금 더 빨아들였다. 아까 그 자전거를 탄 사나이는 상점가를 그냥 지나쳐갔다. 그다지 놀라지도 않았으며, 기대가 어그러져 실망하지도 않았다. 자전거 앞에 단 하얀 등과 뒤쪽의 빨간 등이 야채 가게 창문에 반사되었다. 다른 한 사나이는 계속 걷고 있었다. 거무스름하게 보였으나 꽤 마른 편이었다. 그는 헐렁한 레인코트인지 방수외투를 입고 있었다. 걸을 때마다 그것이 펄럭펄럭 소리를 냈다. 보통 흔한 천으로 만든 코트라면 그런 소리가 나지 않을 것이다.

사나이는 골목을 곧장 걸어서 상점가로 향했다.

저비스는 오늘은 꼭 붙잡아야지 하고 혼잣말을 중얼거리며 저 사나이가 앞으로 들어갈까 뒤로 들어갈까 생각했다. 이제 도둑은 잡아놓은 거나 다름없다고 생각하고 있었으므로 사나이가 신문판매소 앞을 그냥 지나쳐버리자 저비스는 기대가 조금 어긋난 듯한 느낌이 들었다.

사나이는 간판에 기대 세워놓은 자전거를 꺼내고 있었다. 저비스는 그런 곳에 세워둔 자전거를 그다지 눈여겨보지 않았으나, 본 듯한 기억은 났다. 방금 그 앞을 지나왔으므로 생각해 볼 여유가 있었다면 그 자전거가 도둑이 이미 일에 착수했음을 나타낸다는 걸 알아차렸을지도 모른다. 그러나 저비스는 그 종업원이 범인이라고만 여기고 있었으며, 자기의 계획이 틀림없이 성공하리라 믿고 있었던 것이다. 이제 사나이는 자전거에 올라타고 움직이기 시작했다.

그 자전거에는 불이 켜져 있지 않았다.

그 종업원의 모습은 이미 보이지 않았으며, 그 사나이도 이곳에서 가게를 털 생각은 없는 듯했다. 저비스의 머릿속은 혼란스러웠다. 그러나 곧 정신을 가다듬었다. 왜냐하면 자전거를 탄 사나이는 불을 켜지 않은 채 달리고 있었으므로 법률을 위반한 것이기 때문이다. 저비스는 소리를 질렀다.

"여보시오! 왜 등불을 켜지 않았소!"

뚜렷이 잘 들리는 커다란 목소리였다. 자전거를 탄 사나이도 분명 들었을 텐데, 저비스가 기대했던 것만큼의 효과는 없었다. 자전거를 탄 사나이는 등을 구부리고 재빨리 발을 놀렸다. 불을 켜려고 하지도 않았다. 자전거는 요란한 소리를 내며 쏜살같이 런던의 좁은 골목을 달린다기보다 경주장에서 달리는 것 같은 기세로 치닫더니 모퉁이를 돌아 사라지고 말았다.

"빌어먹을!"

저비스는 몹시 기분이 언짢았지만, 지금 있었던 일의 참된 뜻을 아직 알지 못했다. 불을 켜지 않고 자전거를 타는 사람은 얼마든지 있다. 지금 그 사나이도 등이 고장 나 있다면 붙잡히지 않도록 한껏 속도를 내어 달아나는 게 당연할 것이다. 저비스는 그가 누구였을까 생각해 보려고 했다. 그는 분명 17번지에서 나왔다. 그곳은 허술한 이 구역에 다섯 채밖에 남아 있지 않은 싸구려 아파트 중 세 번째인, 바로 한 가운데 있는 아파트였다. 저비스는 길에 서서 사람 하나 없는 골목을 바라보며 그곳에 살고 있는 사람들을 하나하나 생각해 보았다. 4층 왼쪽은 비어 있었으며, 새로 이사 올 사람은 다음 주일에 입주할 예정이었다. 몇 집은 생각해 볼 필요도 없었고, 남자 거주자 몇 명은 제외해도 괜찮은 사람들이었다. 그 아파트에 사는 사람으로서 지금 급히 달아난 사나이와 몸집이 비슷한 이는 세 사람밖에 없었다.

"두고 봐라, 틀림없이 붙잡고 말테니까." 저비스는 조용한 밤거리에서 가슴을 펴고 어깨를 으쓱하며 말했다. "틀림없이 밀러였을 거야. 그런데 새벽 3시 30분에 무엇 하러 나갔을까? 마누라와 다투기라도 한 것일까?"

밀러는 20대 중반의 젊은이였는데 돈 때문에 자기보다 나이가 15살이나 많은 여자와 살고 있었다. 그녀의 전남편 아이가 둘, 두 사람 사이에서 태어난 아이가 셋인데 모두 채 5살도 안된 꼬마들뿐이었다. 마치 개나 고양이 같은 생활을 하고 있다고 모두들 쑤군거렸다.

저비스는 조용한 골목에 대고 혼잣말을 했다.

"밀러가 무슨 짓은 하지 않겠지. 하지만 마누라의 부추김을 받는다면……."

저비스는 입을 다물고 코를 쫑긋했다.

런던의 안개와 매연은 런던 토박이의 후각을 무디게 만들었다. 그러나 무언가 타는 냄새가 뒤층계에서, 아까 그 비쩍 마른 사나이가 나온 아파트 입구에서 났다. 저비스는 오른쪽으로 돌아 그 입구를 향해 갔다. 이 부근 아파트에 대해서 그는 훤히 알고 있었다. 층계는 각 층마다 있는데 하나는 방문 밖에, 또 하나는 추녀 밑으로 올라가게 되어 있었다. 1층 입구는 땅과 비슷한 높이였고, 나머지는 각 층 바닥높이의 층계참에 좌우로 달려 있었다. 저비스가 첫 번째 층계참에 올라가보니 타는 냄새가 더욱 심했다. 손전등을 켜자 빛의 동그라미 둘레로 피어오른 연기가 꼬리를 끌며 퍼져갔다.
"큰일 났군!"
저비스는 중얼거리며 다음 층계로 뛰어올라갔다. 층계참을 돌자 소용돌이 치는 잿빛의 큰 덩어리가 밝은 손전등 빛 속에 떠올랐다. 틀림없이 화재였다. 불길은 삽시간에 퍼졌다. 저비스는 호루라기를 꺼내 귀청이 터질 정도로 길게 불었다. 좁은 아파트 층계에 호루라기 소리가 울려 퍼졌다. 그는 호루라기를 집어넣고 소리쳤다.
"불이야! 모두들 일어나시오, 불이야!"
그는 계속 소리치면서 위로 뛰어올라갔다. 여전히 머리 위로 짙은 연기가 보였다. 불은 4층에서 난 듯했다. 불길이 탁탁 튀는 소리가 들리는 것 같았다. 저비스는 가까이 있는 문손잡이를 붙잡고 쾅쾅 두드리며 고함쳤다.
"불이야!"
그는 손수건을 꺼내 얼굴을 가리고 다음 층으로 뛰어올라갔다. 자신이 용감하다고 생각할 겨를도 없었다.
위층으로 올라가자 8호 문 밑으로 빨간 불길이 보였다. 밀러네 집이었다. 밀러의 아내와 다섯 아이가 그 안에 있을 것이다. 이런 경우 어떻게 해야 하는지…… 화재예방 책에 뭐라고 씌어 있었는지 생각해 내려고 온 힘을 다해보았다. 바람이 잘 통하게 해서는 안 된다는 생각이 문득 떠올랐다.
"바람이 통하든 말든 알 게 뭐람! 우선 문을 부숴야지, 그렇지 않으면 안에 있는 사람들이 모두 숯처럼 까맣게 타버릴 텐데."
저비스는 중얼중얼하며 뒤로 물러섰다가 오른쪽 어깨로 힘껏 문을 향해 부딪쳤다. 문이 기우뚱했다. 머리 위에서 겁에 질린 사나이의 얼굴이 보였다. 5층에 사는 노인이었다.
"모두들 피하시오!"

저비스는 헐떡이는 소리로 명령하고 숨을 들이마셨다. 연기가 목구멍 속으로 빨려들어가 콱 막혔다.
위층이나 아래층 사람들에 대해서는 걱정하지 않아도 되었다. 달아날 수 있다고 믿었기 때문이다. 그러나 밀러네 식구들은 서두르지 않으면 안 된다. 다시 한 번 문에 몸을 부딪치자 문이 부서졌다. 그러나 부서진 문을 밀어젖히는 데는 시간이 꽤 걸릴 듯했다. 빳빳이 풀을 먹인 하얀 파자마 차림의 사나이가 층계를 뛰어올라왔다. 커다란 주름장식의 잠옷을 입고 가슴을 풀어헤친 여자가 아래에 서 있었다.
"소방대를 불러주시오!" 저비스가 소리쳤다. "소방대가 오거든 밀러네 창문으로 사다리를 걸치도록 일러주시오."
"알았소!" 사나이는 몸을 돌려 아래에 서 있는 여자에게 외쳤다. 저비스보다 더 다급한 목소리였다. "조심해, 여보!"
저비스는 뒤로 물러섰다가 온 힘을 다 모아 다시 한 번 문에 어깨를 부딪쳤다.
문이 열렸다.
타오르는 불길과 오븐 속 같은 뜨거워진 바람이 불어와 숨이 막힐 듯했다. 비명 소리가 들린 것 같았다. 좁은 복도에는 불길이 가득 차 있었다. 그 속에 완전히 불덩어리가 되어 있는 문 하나가 눈에 띄었다.
이윽고 활활 타는 불 소리가 가라앉고 불어 젖히던 뜨거운 바람도 약해지자 방 안에서 어린아이의 비명 소리가 들려왔다.
저비스는 무섭다는 실감은 없었다. 왼팔을 구부려 얼굴을 가리고 안으로 뛰어 들어간 것은 본능적인 반사운동 같은 것이었다. 뒷머리가 죄어드는 듯이 뜨겁고 이마와 목덜미가 아팠다. 팔뚝 밑으로 빠끔히 내다보니 불붙은 잠옷을 입고 침대 위에 서 있는 어린아이가 언뜻 눈에 띄었다. 비명을 지르고 있는 횃불 같았다. 발 밑 마루판자에 금이 나 있는 것이 보였다. 저비스는 목을 움츠리고 급히 웃옷을 벗어서 아이를 쌌다. 그러나 그는 메슥거릴 정도의 무력감과 절망감에 휩싸였다. 머리 위에서 탁탁 불길이 튀는 소리가 났다. 그는 자기 헬멧 주위의 머리카락이 불타고 있음을 알았다. 아이의 머리카락에서 옮겨붙은 것이다. 눈이 몹시 아팠다. 활활 불길이 타오르는 소리, 판자가 튀기는 소리, 마루 바닥이 삐걱거리는 소리. 그러나 아이의 비명 소리는 그쳤다. 저비스는 비틀거리며 창가로 다가가서 팔꿈치로 유리창을 깨려고 몸에 힘을 주었다. 아이를 한 손으로 꼭 끌어안고 다른 한쪽 팔꿈치를 구부려 큰 유리창을 깼다. 유리가 깨지자 소방차 사이렌 소리가 들려왔다. 길에는 쏟아져 나온 사람들로 빽빽했다.

"뛰어내려!" 하고 누군가의 외치는 소리가 들린 것 같았다.

저비스는 아직 아이를 안고 있었다. 창의 높이는 4층, 아래는 사람들로 가득 차 있었다. 누군가가 담요를 폈다.

"뛰어내려!" 모두들 새된 소리로 외쳤다.

저비스는 소리를 지르지 않는 아이를 두 손으로 안고 흔들었다. 살아 있는지 죽었는지 알 수가 없었다. 혀가 옥죄어서 아래에 대고 소리칠 수도 없었다. 그러나 갑자기 아래가 조용해졌으므로 그들이 자신이 안고 있는 게 무엇인지 알았다.

저비스는 아이를 던졌다. 아이는 떨어졌다. 사람들이 담요로 받는 게 보였다. 저비스의 머리는 앞으로 헤엄치고 있었다. 머리가 불타고 있었다. 바지도 셔츠도 구두도 불타고 있었다. 소방차의 사이렌 소리가 크게 들려오기 시작했는데, 저비스는 모퉁이를 돌아오는 소방차를 보지 못했다. 온통 불그레한 어둠에 싸여 있는 듯한 느낌이 들었다. 그는 자기가 뒤로 비틀거리며 의식을 잃어가고 있음을 느꼈다. 그때 누구인지 다른 사람이 옆에 있다는 것을 알아차렸다. 남자였다. 의식이 사라지기 바로 직전에 그 남자가 밀러임을 알았다. 밀러도 불붙은 웃옷을 입고 한 팔에 불을 내뿜는 횃불, 한 아이를 안고 있었다.
 마침내 저비스 순경은 그 자리에 쓰러지고 말았다.

기데온, 보고를 받다

 런던 경시청 범죄수사부장 조지 기데온은 화재가 일어난 다음날 아침 아내에게 건성으로 입맞춤을 해주며 말했다.
 "여보, 지각하면 안 되거든."
 헬링검에 있는 그의 집 현관 포치에서 남편의 모습이 보이지 않을 때까지 전송하고 있는 아내에 대한 생각은 이미 흐려져갔다. 차고 쪽으로 돌아가는 모퉁이에서 잠깐 뒤돌아보며 다시 한 번 손을 흔들었지만, 따뜻한 기분으로 아내를 생각하는 것도 모퉁이를 돌 때까지뿐, 그 다음에는 벌써 잊어버렸다. 어떤 특별한 문제에 마음을 빼앗기고 있었기 때문은 아니었다. 다만 출근시간이 여느 때보다 30분쯤 늦어질 것 같았기 때문이다. 형사담당 부총감은 물론 경시청 안에서 이 범죄수사부장이 몇 시간을 지각하든 언짢게 생각할 사람은 하나도 없다. 그러나 기데온은 시간엄수를 미덕인 동시에 의무로 여기고 있었다. 약속시간보다 늦게 나타나면, 부하의 사기가 떨어졌을 때 나무랄 수가 없는 것이다. 지금 기데온의 오른팔로 일하고 있는 조 벨은 아주 충실하지만, 그 아랫사람들이 게으름을 피울지도 모른다.

극단적인 표현인지는 모르지만, 어느 부서이든 너무 그 부장에게 의존하고 있다. 윗사람이 느즈러지기 시작하면 그 영향은 계급에 따라 퍼져나가 각 관할경찰서까지 번질 것이다. 오늘 아침에도 기데온을 만나고자 하는 총경들——두 주임 총경을 포함하여——이 그를 기다리고 있다. 그들은 사건에 대한 긴급보고를 가지고 있는 것이다. 만일 그들이 기다리는 일 따위로 헛되이 시간을 보내면 사건에 대한 열의가 줄어들 염려가 있고, 사건을 제대로 해결하지 못하거나 또는 범인을 놓치는 결과가 될지도 모른다.

그만큼 기데온은 집을 나서는 순간부터 일의 노예, 일의 귀신이 되어버리는 것이었다.

오늘 아침에는 기데온도 아내 케이트도 늦잠을 자는 바람에 아이들은 각자 알아서 근무처며 학교로 가버렸다. 부모를 깨우기가 안 되어서 그랬겠지만, 기데온은 아이들의 친절이 이런 잘못된 방향으로 가지 않았더라면 좋았을 텐데 하고 생각했다. 아까도 케이트가 조금쯤 늦으면 어떠냐고 항의했지만, 기데온은 아침식사도 들지 않고 나왔다. 차고문의 손잡이에 손을 얹으며 확실히 케이트 말이 맞다고 그는 자신에게 타일렀다. 1분 1초를 다투는 듯한 자세는 버려야 한다. 좀 더 마음을 누그러뜨리고 책임 콤플렉스를 없애야 한다.

이런 생각을 하며 그는 빙그레 웃음 지었다.

"대단한 생각인데."

그는 혼잣말을 하며 자물쇠를 열어 셔터 식 문을 밀어올리고 차고 안으로 들어갔다. 자동차는 그다지 새 것이 아닌 검은색 햄버 호크로 작은 차고가 버겁게 버티고 있다. 자동차에 올라타려면 몸을 비스듬히 하여 비집고 들어가야 하며, 차에 탄 뒤에는 조심스럽게 후진시켜야 한다. 불을 켜자 백미러에 녹색 트럭이 나타났다. 지나가려니 했으나 멈춰섰다.

"제기랄!"

기데온은 중얼거리며 엔진을 걸었다. 적어도 엔진만은 무난히 걸렸다. 경적을 울렸다. 좁은 차고 안에서는 고막이 터질 듯이 시끄러웠으나 트럭을 쫓아버릴 만한 효과는 없었다. 시비를 하기 위해 애써 비집고 나간다 해도 트럭 꽁무니를 배웅하는 것이 고작이리라. 그러니 참고 기다리는 수밖에. 2, 3분 뒤 다시 요란하게 경적을 울렸다.

겨우 트럭이 움직이기 시작했다. 기데온은 자동차를 뒷걸음질로 몰았다. 반쯤 도로에 나갔을 때 이번에는 날카로운 경적 소리에 그가 깜짝 놀랐다. 기데온은 얼른 브레이크를 밟았다. 자동차 한 대가 무서운 속도로 백미러 속을 스쳐지나갔다.

"이런 것이 나에게 어울리는 아침이겠지." 기데온은 소리 내어 말하며 그다지 대수롭게 생각지 않고 다시 침착해졌다.

행동 하나하나가, 발놀림도 손놀림도 시선도 아까보다는 분별 있어 보였다. 천천히 자동차를 몰고 큰길로 나와 길가에 세운 다음 차고 문을 닫기 위해 차에서 내리려고 했다. 그때 케이트가 모습을 나타냈다. 겉으로 드러내지는 않으나 변함없는 정열로 인생을 살아가고 있는 듯한 늘씬한 몸을 시원스럽게 움직이며 걸어왔다. 그녀는 자동차 문으로 다가왔다.

"여보, 차고문은 제가 닫을게요."
"고맙군. 급한 전화라도 왔소?"
"아니요, 어째서 꾸물거리는지 살펴보려고 왔어요."
케이트는 뒤로 물러났다.
"다녀오세요."
그녀는 손을 흔들며 차고 쪽으로 갔다.

기데온은 여느 때보다 조금 천천히 자동차를 몰았다. 특별기동수사대의 자동차로 마구 달릴 때는 별도지만, 차를 모는 사람은 서두르면 안 된다는 깊은 신념을 가지고 있었다. 그러나 뉴 킹즈 로드에서 플햄, 엘브룩 코먼을 지나 첼시에서 웨스트민스터로 향했을 때쯤에는 그런 생각도 깡그리 잊어버리고 정규시속 30마일보다 10마일이나 더 속력을 내고 있었다. 도로가 붐비기 시작했으나 기데온은 화내지 않았다. 케이트 덕분에 화낼 건덕지가 사라졌으니, 그녀는 그야말로 소중한 존재이다. 기데온은 지난밤 일을 생각했다. 멋진 황금의 밤이었다. 오늘 아침 늦잠을 잔 것도 그 때문이었다. 기데온은 빙그레 미소지으며 트럭 한 대를 앞질렀다. 양파와 당근 자루를 잔뜩 실은 무거워 보이는 트럭이었다.

그와 의논하기 위해 기다리고 있는 사람들의 갖가지 사건에 대한 생각이 기데온의 머리로 스며들어왔다. 우선 리델은 신임 총경인데, 처음으로 큰 살인사건을 맡았다. 체스터 부근의 어떤 구멍 속에 3명의 젊은 여자 시체가 묻혀 있었던 사건에 손을 댄 지 1주일이 되는 어젯밤에, 그는 전화를 걸어 의논하고 싶은 일이 있다고 말했다. 즉 실마리가 잡혔다는 것이었다. 코니시는 지난 주일에 일어난 은행 강도 사건을 가지고 기데온과 의논하기 위해 와 있을 것이다. 상점가의 두 집과 변화가 지하에 구멍을 파고들어가 2만 7천 파운드를 훔쳐 달아난 3인조 갱 사건이었다. 그중 하나는 붙잡혔으나, 나머지 두 사람과 돈은 아직 발견되지 않았다.

한때 기데온의 오른팔이었던 렘 르메틀은 이제 경시청에서 팔방미인이 되어 있다. 때에 따라서는 야근도 하고 또 주간 근무도 하며, 간부가 병이나 휴가로 자리를 비울 때는 그 대역도 하고 있었다. 그는 요즈음 폭락 주식의 강매 사건을 파헤치려고 애쓰는 중이었다. 그러나 기데온은 이 사건은 아직 파헤칠 만큼 시기가 무르익지 않았다고 생각하고 있었다. 그 밖에도 한 다스나 되는 자질구레한 사건이 있을 것이며, 본청에도 각 관할경찰서에도 새로운 사건이 일어나 있을 것이다.
 점심때 기데온은 부총감과 만나기로 약속되어 있다. 그러므로 다른 일은 일체 중지하고, 그 약속을 지키기 위해서는 다른 사람과의 면담도 짧게 끝내야 한다. 게다가 이 30분의 지각도 메워야 하는 것이다. 기데온은 오늘 하루의 일에 대해 생각하며 마음을 가다듬었다.
 그는 경시청 안으로 자동차를 몰고 들어갔다. 늘 차를 세워두는 자리에 누구의 것인지 알 수 없는 자동차가 서 있었다. 달려온 순경에게 자동차 열쇠를 맡기고 서둘러 돌층계를 올라갔다. 기데온이 거대한 빨간 벽돌건물의 진짜 일부가 되는 것은 매일 아침 이 층계를 걸어갈 때이다. 키가 180센티미터로 훤칠했으며 떡 벌어진 가슴과 조금 굽은 등을 훌륭하게 지은 양복으로 감싸고 있다. 그런데 뜻밖에도 배는 나오지 않았다. 턱 부근이 가끔 출렁출렁거리고 목덜미가 좀 살이 찐 듯싶지만 배만은 판자처럼 단단했다. 기데온은 자기 체력에 자신이 있다. 그것이 기데온의 성격을 떠맡고 있는 힘이었다. 그의 자신감은 체력이 있다는 사실로써 완전하게 설명할 수 있었다. 얼굴을 앞으로 내밀고 여러 가지를 살피며 층계를 올라가는 모습을 보면 그의 성격을 짐작할 수 있을 것이다. 언제나 앞장서서 갔으며, 자신이 가고 싶은 곳으로 갈 때는 아무도 그를 방해하지 못했다. 무게 있고 때로는 냉혹하게 보이기도 하는 여유 있는 동작으로 조지 기데온은 걸어가는 것이다.
 신관과 구관을 잇는 복도를 걸어가며 지금쯤 자기 방에서 전화 벨이 울리고 있으리라는 것을 충분히 짐작할 수 있었다. 아마도 벨과 르메틀이 그 전화에 응답하고 있을 것이다. 두 사람은 방에서 아침 보고서를 갖추어 놓고, 기데온을 만나고 싶어하는 사람들에게는 곧 출근한다고 말할 것이다. 그 중에는 기데온이 자신이 한 일이나 의견에 대해 결함을 찾아내지 않을까 마음 죄고 있는 친구도 있을 것이다.

 기데온이 자기 방으로 통하는 복도에 접어든 순간 방문이 쾅 하고 닫히는 소리가 들렸다. 렘 르메틀이나 조 벨 같은 어른이, 벨은 60살이 넘었는데도 어째서 교장의 순시를 신기하게 생각하는 초등학생 같은 짓을 하는지 기데온은 알 수 없었다. 그러나 그다지 나쁜 짓은 아니다. 다른 문도 모두 반쯤 열려 있었다. 방 안의 사람들이 흘끗 기데온 쪽으로 눈길을 던졌다. 갈색 양복을 입고 책상 옆에 서 있는 리델의 모습이 보였는데, 아무래도 초조해 하는 눈치였다. 그는 옛날에 수사부에서 가장 게으름뱅이였으나, 지금은 언제라도 달려 나갈 수 있는 남자가 되었다.
 기데온은 리델을 못 본 척하고 자기 방문을 열었다. 마르고 키가 큰 렘 르메틀이 강을 내려다보고 있던 창가에서 몸을 돌렸다. 여윈 얼굴에서 눈이 생기 있게 빛났다. 뱃사람처럼 짧게 치켜 깎은 갈색 머리에 초록색과 푸른 색의 화려한 나비넥타이를 매고 회색 양복을 입은 그에게서 조금 화려한 느낌이 들었다. 조 벨은 커다란 기데온의 책상 맞은편 구석에 놓인 자기의 작은 책상 앞에 앉아 있었다. 그는 자그마한 키에 꽤 뚱뚱한 편이었다. 숱이 적고 부드러운 머리카락은 회색으로 60살이 넘은 나이에 어울리는 외모였으며, 기데온이 그 얼굴을 바라보면 마음이 누그러지는 온화한 인품을 지니고 있었다.
 벨은 무슨 일에든 당황한 적이 없었다. 경시청의 일, 또는 경찰내부의 사정, 범죄자와 재판관 등에 대해 그보다 더 자세히 알고 있는 사람은 없을 것이다. 그가 기데온이 지닌 마력과 정열을 조금쯤 가지고 있지 않다면 벌써 오래 전에 쫓겨났을 테지만, 아무튼 이날까지 무사히 근무하고 있다. 트위드 양복은 늘 다림질을 해야 할 상태였고 수염도 깨끗이 깎아본 적이 없었으며, 파이프도 언제나 구멍이 메워진 그런 인물이었다.

"일찍 나오시는군요, GG ^(기데온의 머리글자이며 어린)_{이 용어로 '말(馬)'이라는 뜻}. 다리라도 부러진 게 아닌가 생각했었지요."

르메틀이 오랜 우정을 나눠온 친밀한 특권으로 이렇게 인사했다.

"이렇게 미끄러지듯이 오고 있지 않나." 기데온은 조 벨을 향해 고개를 끄덕여 보였다. "검찰국 창문을 헤아리고 있는 동안 내 모습을 보지 못했나?"

"그만두십시오." 르메틀이 받아넘겼다. 코맹맹이 런던 사투리로, 마치 하나의 화제를 빨리 처리하고 다른 화제로 옮기고 싶어하는 듯한 빠른 말투였다. "리델이 치체스터로 빨리 달려가고 싶어, 가장 먼저 안절부절못하며 기다리고 있습니다. 코니시도……."

"맨 가장자리부터 듣겠네, 렘."

기데온은 웃옷을 벗어 커다란 구식 책상 앞에 놓여 있는 가죽의자 등받이에 걸쳤다. 그는 의자에 앉았다.

"조, 무슨 사건이라도 있었나?"

"네, 있는 것 같습니다." 벨이 조용히 대답했다.

"호오, 무슨 사건인지?"

기데온은 책상 너머로 날카롭게 눈길을 보냈다. 르메틀이 초조해 하고 있는 것을 알았지만 모른 체했다. 벨이 그런 말투를 쓰는 것은 어지간히 큰 사건이 벌어졌을 때뿐이기 때문이다. 런던에서 범죄가 많았던 밤 다음날 아침이면 기데온은 늘 그것이 자기 책임인 듯한 생각이 들었다. 범죄자를 잡아 마땅한 처벌을 내리는 일뿐만 아니라 범죄를 막는 것도 경찰의 임무이기 때문이다. 기데온은 일의 일부일 뿐 아니라, 나아가 런던이라는 도시의 일부인 것이다.

"14살 된 어린 소녀가 이슬린턴의 자기 집 침대에서 교살당했습니다." 벨이 대답했다.

"성범죄인가?"

"이처럼 지독한 사건도 없을 겁니다. 손을 침대다리에 묶어놓고 폭행했습니다."

"저런, 못된 것!"

기데온은 한순간 속이 메스꺼워짐을 느꼈다. 범죄의 희생자가 소녀일 경우 그는 언제나 자기 딸 플루던스와 프리실라와 페넬로페를 생각하지 않을 수 없었다. 그 아이들의 밝고 착실한 얼굴이 눈앞에 떠오르는 듯했다. 그 아이들의 눈이 그에게 묻고 있는 것이었다. "왜 그랬을까요?"

"단서는?" 기데온은 물었다.

"별로 없습니다. KL 경찰서의 커슨이 10분전에 전화했는데, 부장님과 이야기하고 싶답니다."

"전화로 불러주게."

"알았습니다."

"부장님." 르메틀이 입을 열었다. "오늘 아침 바쁘시다는 것은 알지만, 저에게도 말할 기회를 주십시오. 엘릭슨의 죄상은 이미 충분히 드러났다는 건 말씀드리지 않아도 잘 아실 테지요. 그는 그 주식을 한 주에 1파운드로 팔아버렸고, 더구나 설립취지서의 30퍼센트는 거짓이었습니다. 저는……."

"유죄로 할 수 있을 만큼 확실한 증거를 잡았나?"

"그렇다고 생각합니다."

"이 사건에서 무언가 좀더 알아냈나?"

"아니오. 하지만……."

"여보게." 기데온은 새로운 지혜가 떠오른 듯 말했다. "로스코를 찾아낼 수 있는지 한번 알아보게. 로스코를 증인으로 붙잡아놓으면 엘릭슨은 꼼짝 못할 테니까. 어떤가?"

"로스코가 바다 건너 대륙으로 가버렸다는 걸 잘 아시잖습니까?"

"반드시 그렇다고 할 수는 없네, 렘. 엘릭슨은 우리가 그렇게 생각하도록 만들고 있을 뿐일지도 몰라. 이건 단순히 내 육감이지만 말일세. 아무튼 다시 한 번 찾아보게."

"하지만 그렇다고 해서……."

이때 전화 벨이 울렸다.

"커슨입니다."

벨이 말하자 기데온은 책상 위에 놓인 세 대의 전화기 가운데 하나를 집어 들었다.

"기데온일세."

기데온은 커다란 왼손으로 송화구를 막고 르메틀을 향해 싱긋 미소지어 보였다. 그는 목소리를 낮추어 말했다.

"렘, 오늘 아침은 내가 바쁘니까 쓸데없는 생각을 하지 못하게 한 다음 나를 부추겨 엘릭슨을 잡아오라는 말이 나오게 만들 수 있으리라고 생각했겠지만, 그럴 수는 없네. 좀더 증거를 갖출 때까지 검거해서는 안 되네. 맨 먼저 해야 할 일은 로스코를 찾아내는 거야. 생각해 보게, 자네의 그 '머리'라는 것을 써서…… 여보세요, 누군가…… 아, 커슨?"

기데온은 손을 흔들어 르메틀을 쫓아버리며 그의 씁쓸한 표정과 커다란 신음 소리를 아예 묵살했다. 르메틀도 벨도 기데온이 이미 이 사기사건을 머릿속에서 쫓아버리고 KL 경찰서의 커슨에게 온 신경을 쏟고 있음을 알았다. 기데온은 씁쓰레한 얼굴이 되었다. 커슨은 현장에서 단련을 받아 실력을 기른 사나이로, 그런 타입의 사람들 중에서는 아주 유능했으나 철저하게 냉정한 성격이었다. 14살 된 소녀 아이비 맨슨이 이슬린턴의 자기 집에서 어떤 꼴을 당했는지 의사처럼 자세하게 설명할 수 있는 사람이었다.

"GG 나리는 마치 담벼락 같은 분이란 말이야!"

르메틀이 투덜거리며 방에서 나가 조용히 문을 닫았다.

"……아무튼 결정적인 단서는 아무것도 없습니다." 커슨은 설명했다. "그 건물에는 네 가구가 살고 있는데, 각각 독립되어 있습니다. 물론 그곳에 사는 사람이라면 누구나 맨슨의 집으로 들어갈 수 있지요. 맨슨네 집은 50년쯤 시대에 뒤떨어진 집이거든요. 열쇠를 늘 현관 열쇠구멍에 끼워놓기 때문에 우편함을 열어 끈으로 열쇠를 낚아채기만 하면 됩니다. 열쇠로 연 것은 틀림없으며……"

"그 열쇠로 말인가?"

"꼭 그 열쇠라고 단정할 수는 없습니다. 그러나 열쇠를 사용한 것만은 확실합니다. 문에는 아무 이상이 없고 창문도 그대로이니 그 못된 녀석은 열쇠를 써서 문을 열고 들어갔다고밖에 생각할 수 없습니다."

"사람이 필요한가?" 기데온이 물었다.

역시 커슨은 깔끔한 사람이다.

"그 일을 말씀드리고 싶었습니다. 주변 사람들을 모두 조사하고 싶습니다. 다른 수사는 미뤄두더라도 적어도 6명쯤은 보내주셔야겠습니다."

"어떻게든 보내주겠네."

"죄송합니다. 벨이 지문 채취반을 보내주었고, 이쪽 살인계 직원들도 현장에서 합세하고 있습니다. 아직은 단서가 없습니다만, 우선 밤중에 누군가 이 집으로 들어가는 것을 본 사람이 있는지 알아봐야겠습니다. 아무래도 범인은 그 집과 아는 사람인 것 같은 생각이 듭니다. 상황을 살펴보니 현관에서 직접 아이 방으로 들어갔습니다. 부엌 옆에 달린 작은 방으로…… 부엌과 또 다른 방 사이에 있습니다. 그러므로 다른 방과는 완전히 동떨어져 있는 셈이지요. 확실한 것은 아이가 비명을 지르기 전에 재갈을 물리고……"

"그 근처의 머리가 이상한 녀석들은 모조리 조사해보게. 그리고 경찰서에서 알고 있는 변태성욕자는 아무리 가벼운 증세라도 모두 조사하게. 추잡한 행위를 한 녀석이라든가 치한이라든가……. 알겠지? 이 사건은 어떻게 해서든 빨리 해결하고 싶네. 그런 녀석을 그대로 내버려둘 수는 없으니까."
"물론이지요. 아무쪼록 잘 부탁합니다."
기데온은 커슨의 말투에서 자신이 뻔한 일을 말하여 화가 난 기색을 알아차렸으나 전화기를 내려놓는 것과 동시에 커슨의 일도 소녀의 일도 잊어버렸다. 이제는 벨이 하려는 이야기에 정신을 집중해야만 하는 것이다. 그는 벨에게 독촉했다.
"다음은?"
"이것 역시 아주 언짢은 사건입니다. 책상 위 서류 가운데 맨 위에 놓인 것입니다."
기데온의 책상 위에는 경시청이 어젯밤에 손을 댄 사건 보고서가 모두 올라와 있었다. 그 중에는 어젯밤에 제출된 주요 사건의 리스트도 있었다. 벨은 보고를 계속했다.
"람베스에서 화재가 있었습니다. 그 부근의 낡은 싸구려 아파트에서 한 가족이 모두 타죽었습니다. 부모와 다섯 아이가. 그 밖에 화상을 입거나 충격으로 쓰러진 사람이 몇 명 있으며, 건물은 완전히 타버렸습니다."
벨은 잠깐 숨을 돌렸다. 기데온은 가장 좋지 않은 이야기는 이제부터로군 하고, 생각하며 조용히 기다렸다. 이야기하는 동안 벨은 실제 나이보다 훨씬 늙어보였다.
"경찰관 한 사람도 여덟 번째 희생자가 될 것 같습니다. 아까 연락해 보았는데, 가망이 없다는 것입니다. 저비스라는 순경인데, 보고에 따르면 조지 훈장감인 듯합니다. 무엇보다도 나쁜 것은 이 불이 방화였다는 겁니다, 부장님. 가솔린으로 불을 붙인 겁니다. 그것은 틀림없습니다."

빈사상태의 사나이

　기데온은 QR 경찰서의 머닝 총경이 제출한 보고서를 읽었다. 이때도 자신을 만나기 위해 기다리고 있는 사람들에 대한 생각은 머리에 없었다. 리델도, 그의 성급한 기분도, 이슬린턴의 소녀도 모두 깨끗이 잊어버렸다. 이슬린턴 사건도 끔찍했지만, 어떤 뜻에서. 보면 이 사건이 더 끔찍한 것이었다. 머닝 총경은 훌륭한 서장일 뿐만 아니라 보고서에 대해서도 철저하여 늘 자필로 쓰기를 좋아하는 사람이었다. 그것도 경관들이 흔히 쓰듯 갈겨쓰는 글씨체가 아니라 조그맣게 또박또박 쓰는 것이었다.
　머닝은 새벽 4시 30분쯤 화재가 일어났다는 보고를 듣고 달려가 보았다. 이것도 그다운 점이다. 그는 몹시 양심적인 사람이었기 때문이다. 그리고 그는 부하의 보고와 그곳 소방서장의 보고, 그리고 인근주민들의 진술 등을 종합하여 기록하였다. 방화임에 틀림없었다. 가솔린이 든 통이 검게 탄 자리에서 발견되었다. 알아볼 수 없으리만큼 타버렸으나, 가솔린에 의한 화재 뒤에 반드시 남는 뚜렷한 잔해와 재가 있었다. 방 안에 가솔린을 뿌렸던 것이다. 적어도 첫 번째 상황

조사에서는 그렇게 보였다. 여기서 추측할 수 있는 것은, 범인이 현관에 서서 그곳에서부터 이어지는 모든 방에 가솔린을 흘려보낸 뒤 불을 지르고 문을 꼭 닫았다는 것이다. 그런 싸구려 아파트 건물은 어디나 문과 바닥 사이에 틈새가 있어 입주자가 잠든 동안 안으로 가솔린을 부어넣을 수가 있다. 어머니와 함께 방에서 자고 있던 위의 두 아이는 연기에 질식하여 죽은 듯, 시체가 침대 속에서 발견되었다. 맨 끝 아이는 다른 침실의 침대에 있었고, 나머지 두 아이는 창문에서 내던져졌다. 한 아이는 저비스 순경이, 또 한 아이는 아버지 조지 밀러가 내던진 것이다. 밀러와 저비스도 창에서 뛰어내렸는데, 밀러는 병원으로 실려 가는 도중 숨이 끊어졌다. 두 아이도 병원에 닿자마자 숨지고 말았다.

기데온은 보고서를 읽으며 심장이 멈추는 듯한 기분을 느꼈다.

보고서는 계속되었다.

저비스 순경은 람베스 병원에 도착한 뒤에도 숨을 쉬고 있고, 8시 45분 현재에도 살아 있으나, 병원의 의견에 따르면 생명을 건질 희망은 적다고 한다. 희미하게나마 진술할 수 있을 만큼 의식을 되찾을 가망성이 있어 지금 두 사람이 침대 옆에 대기하고 있다. 그의 아내 에밀리 모드도 옆에 있다. 세 아이——4살 된 남자아이와 7살, 10살 된 여자아이——는 이웃사람들이 보살펴주고 있으며, 우리도 가족을 위해 필요한 일을 힘닿는 데까지 해주고 있다. 저비스는 온 몸에 1도 화상을 입었는데, 이것은 피해자의 가족을 구하려다 입은 것이라고 한다.

밀러 가족이 사는 4층 바로 위층은 지난 2주일 동안 비어 있어 피해자가 없었다. 이 건물에 사는 다른 거주자들에게는 대피할 여유가 있었다. 지금으로선 이 아파트 맞은편의 작은 집에 사는 포사

이스 노부인이 쓸모 있는 증언을 할 수 있는 유일한 인물이다. 불면증으로 시달리고 있는 이 부인은 한길로 향한 거실 겸 침실에서 일어나 새벽 일찍 차를 끓이고 있었다고 한다. 확실한 시각은 알 수 없지만, 그녀는 다음과 같은 일이 일어났다고 증언했다.
1. 저비스 순경이 걸어와 감시하기 위해서인지 아파트 입구에 자리잡고 섰다.
2. 저비스는 파이프인지 시가에 불을 붙였다. 시가인 듯하다.
3. 자전거를 탄 사나이가 그녀와 순경 사이의 길을 지나갔다. 그 사나이의 이름은 모르겠지만, 새벽 3시 30분쯤 자주 그녀의 집 앞을 지나가는 사람인 듯하다.
4. 저비스가 서 있는 곳에서 세 번째 아파트 현관에 한 사나이가 나타났다. 그는 가게가 줄지어 있는 쪽으로 걸어갔다.
5. 저비스가 그 뒤를 따라갔다. 사나이가 자전거에 올라타자 저비스가 불렀다. 그녀가 똑똑히 알아들은 것은 '등불'이라는 말뿐인데, 사나이는 아마 자전거에 불을 켜지 않고 달린 듯하다.

이 증인에게 더욱 자세히 물어본 결과 그 두 사나이의 인상과 풍채를 알아낼 수가 있었다. '처음에 본 자전거 탄 사나이는 매일 아침 길르 거리를 지나가는 사람이라고 하는데, 이것이 가장 확실한 단서가 될 것 같다.'

기데온은 보고서를 다 읽고 고개를 들었다. 벨은 그동안 다른 서류를 들여다보고 있었으나, 역시 얼굴을 쳐든 것을 보니 건성으로 읽고 있었던 모양이다. 벨이 말했다.
"그 두 번째 사나이를 어떻게든 붙잡고 싶습니다. 이상하게도 싫은 사건은 언제나 이렇게 겹쳐서 일어난단 말입니다."

기데온은 고개를 끄덕이며 맞장구쳤다.
"그래. 이 사건에는 조사해 보고 싶은 일이 산더미처럼 너무 많아. 그 두 사나이의 정체며, 가솔린이 어떻게 아파트 안에 들어가 있었는지, 밀러 가족에게 원한을 품고 있던 사람은 없었는지……."
그는 소리 내어 숨을 들이마셨다.
"한 가족을 모두 죽일 만큼 밀러에게 원한을 품은 사람이 있을까? 조금 색다를지 모르지만 매뉴엘 사건 같은 예도 있었으니까……, 그 동기를 알아내야겠어. 더구나……"
기데온은 혼잣말처럼 중얼거리며 책상 위의 메모지에 뭔가 적고 있었는데, 동시에 이것은 머닝의 사건이므로 QR 경찰서의 순경이 죽든 죽어가든 그곳 경찰 전체가 한 덩어리가 되어 활약할 터이므로, 아직 머닝의 엉덩이를 때려줄 필요는 없다고 생각했다. 그로서는 머리에 떠오른 의문을, 사건소식이 아직 가슴 속에 남아 있을 동안에 적어두고 싶었을 뿐이다. 불을 지른 범인의 체포가 늦어질 때 이 메모를 머닝에게 들이대면 되는 것이다.
책상 위의 전화 벨이 울렸다. 벨의 책상 위에 놓인 전화도 울렸다. 재빨리 두 사람 모두 기계적으로 전화기를 들었다.
"이제 곧 끝나네" 하고 말하며 벨이 전화를 끊는 소리가 기데온에게도 들렸다.
기데온의 전화에서는 교환원의 목소리가 들려왔다.
"QR 경찰서의 머닝 씨로부터 전화입니다."
"대주게."
"알았습니다."
"여보세요, 조지?" 조금 거드름피우는 듯한 머닝의 새된 목소리가 들려왔다. "자전거를 타고 지나간 사나이가 누구인지 알았네. 자네가 알고 싶어 할 것 같아서 걸었지. 소호지구의 웨이터인데, 이름

빈사상태의 사나이 37

은 주세페 칼리니. 지금 우리 경찰서로 오고 있는 중일세."

"쓸모가 있을지도 모르겠군. 서비스는 어떻게 됐나?"

"그것이 말일세……." 머닝은 빠른 말투로 명시하려는 듯이 말했다. "20분전에 숨을 거두었다네. 이제부터 미망인에게 조의를 표하러 갈 참일세. 조지, 내 보고서는 눈을 크게 뜨고 읽어주겠지? 자네라면 다른 사람이 지나쳐보고 넘길 일도 틀림없이 알아내줄 걸세. 이 범인만은 빨리 붙잡고 싶어."

기데온은 다짐하듯 대답했다.

"차근차근 잘 읽어보겠네."

그는 전화를 끊고 메모지에 한두 가지 적어 넣은 다음 보고서 첫 페이지를 찬찬히 들여다보았다. 이윽고 그는 보고서를 밀어내고 벨을 흘끗 보며 물었다.

"리델은?"

"기다리고 있습니다. 몹시 흥분된 표정으로."

"먼저 만나지."

기데온이 말하자 벨은 초인종을 눌렀다.

문이 홱 열리고 리델이 성큼성큼 들어왔다. 리델은 키가 크고 체격이 좋아 보이는 사나이다. 매끈한 바탕의 갈색 양복을 흠잡을 데 없이 멋있게 차려 입고, 갈색 머리를 단정히 빗었으며, 반짝반짝 빛나는 갈색 구두를 신고 있었다. 어느 회사 과장 같은 타입이다. 얼굴표정에도 어딘지 거만한 데가 있어, 그 때문에 잘생긴 얼굴인데도 호남이라는 말을 듣지 못하고 있었다. 이처럼 기다리게 했으니 가만히 있을 수가 없는 모양이었다.

"미안하네, 리드. 오늘 아침에는 좋지 않은 사건이 두 개나 겹쳐서……."

기데온은 조금도 틈을 주지 않았다.

"더욱이 저비스가 마침내 죽었다는군."

마치 리델이 이 사건을 알고 있다고 생각하는 듯한 말투였다. 리델도 그의 말투에 그만 마음이 누그러진 듯했다.

"어서 앉게. 지금도 손으로 판 무덤에 시체 세 구가 묻혔었던 사건을 생각하고 있었네. 대량 살인사건으로 여겨진단 말이지?"

"그런 것 같습니다."

리델은 의자에 앉았다.

"실은 범인도 짐작이 갑니다. 무덤 밑에 깔려 있던 두 구의 시체는 아직 신원이 확실치 않습니다만, 시블리의 말에 따르면 모두 같은 나이또래인 20대 후반으로, 한 구는 다른 한 구보다 1년쯤 먼저 죽은 것 같다는 겁니다. 시블리에게 전화를 걸어보았었습니다만, 맨 위에 묻혀 있던 여자 역시 비슷한 나이로 죽은 지 3주일밖에 안되었답니다. 신원조사를 해보니 이름은 플로렌스 데니, 블래이튼에 아담한 아파트를 가지고 있는 어떤 회계사의 비서였습니다. 한 달 전 그녀는 회계사에게 부모가 늙어 보살펴주어야 하기 때문에 런던으로 가겠다고 전화로 연락해 왔다고 합니다. 회계사는 좀 이상한 생각이 들었지만, 본디 그녀는 경박한 편으로 밤늦게까지 놀러 다니다 새벽에 돌아오는 일도 있어 오히려 잘되었다고 여겼답니다. 그래서 아무것도 묻지 않고 후생연금증서와 1주일분의 급료를 보내주었다는 것입니다. 이 경우 좀 후할 정도로 많이 준 것 같습니다."

기데온은 고개를 끄덕였다. 그는 한마디 한마디 열심히 듣고 있는 것처럼 리델의 얼굴을 뚫어지게 바라보고 있었으나, 실은 머닝의 보고서에서 눈을 뗄 수 없었으며 불타는 횃불처럼 된 어린아이의 모습이 자꾸 눈앞에 어른거렸다. 또한 이슬린턴에서 살해당한 소녀의 이야기도 머리에 떠올랐다. 재갈을 물린 채 폭행당하고 교살된 소녀.

어째서 죽였을까? 침실에 불이 켜져 있었거나 아니면 바깥의 빛이 비쳐 들어와 소녀가 범인의 인상을 뚜렷이 알 수 있는 상태였는지 조사해 보라고 해야겠다. 만일 불이 전혀 켜져 있지 않았다면 범인은 어째서 그 소녀를 교살했을까? 어째서? 변태성욕자의 소행인지도 모른다. 아니면……

기데온은 메모지에 '불빛'이라고 살짝 적어 넣었다.

"……그래서 해리슨이라는 남자, 토니 해리슨이라는 사나이가 그녀와 잘 어울려 다녔다는 사실을 알아냈지요. 댄스나 영화, 또는 블래이튼 해변에 있는 유흥장 등 닥치는 대로 돌아다녔다고 합니다."

리델의 이야기가 계속되고 있었다.

"그에게는 가족이 있는데, 아내는 변변치 못한 여자이며 아이가 둘 있습니다. 그리고 플로렌스 데니도 임신하고 있었습니다. 그곳 경찰서에서는 해리슨을 장물취급용의자로 검거했습니다만, 그 용의는 풀렸습니다. 하지만 덕분에 자세한 조서를 꾸밀 수 있어 시간이 많이 절약되었지요. 지금까지 알아낸 사실만으로 해리슨을 연행해도 좋다고 생각합니다. 아무래도 그가 여자에게 싫증이 나자 조용한 그 무덤 옆의 편리한 곳으로 데려가 교살한 것 같습니다. 다만 그 사나이를 연행하여 실토시키느냐, 나머지 두 시체의 신원을 알아내어 그 두 사람과도 안면이 있었다는 것을 증명할 때까지 기다리느냐 하는 이 문제로 망설이고 있습니다. 이 문제만 결정지으면 이 사건은 깨끗이 처리되며, 만일 그가……"

"자네는 어느 쪽으로 하고 싶은가?" 기데온이 물었다.

"해리슨을 연행하고 싶습니다. 실토하리라고 생각합니다."

"잘 생각해 봐야 하네."

경시청 사람들은 언제나 실수를 저지르면 기데온에게 책임을 밀어

붙이려고 애쓰는데, 이것이 그 전형적인 예다. 리델이 앞으로 할 일에 대해 기데온의 동의를 구하는 건 다만 자기보호책에 지나지 않는다. 만일 르메틀이었다면 벌써 그 용의자를 끌어왔을 것이다.

"리델, 나 같으면 그 두 시체의 신원을 먼저 확인하겠네. 2, 3일이나 2, 3주일 늦어질지는 모르지만. 그 해리슨이라는 사나이는 지금 아내와 원만히 지내고 있겠지?"

"겉으로는 그렇습니다."

"또 다른 여자친구가 없나?"

"사귀기 시작한 지 얼마 안 되는 여자가 하나 있습니다. 클로 듀발이라는 여자인데, 아직 어떤 관계인지 전혀 모릅니다. 아내는 남편이 무슨 짓을 하든 자기와 아이들을 편안히 먹여 살려주기만 하면 상관없다고 생각하는 모양입니다. 그는 자동차 세일즈맨으로 꽤 장사가 잘되는 것 같습니다. 로틴딩에 훌륭한 집을 가지고 있지요."

리델은 기데온이 이따금 책상 위의 서류에 눈길을 주는 것을 보고 조금 말투가 빨라졌다.

"바쁘신 줄은 압니다만, 부장님, 나는 이 사건에서 실수하고 싶지 않습니다. 해리슨에게는 감시원을 붙여 두었으므로 그 새 여자친구에게 수상한 짓을 하면 곧 끌어다 집어넣을 수 있습니다. 두 여자의 신원을 알아내려면 몇 주일이 걸릴지 모릅니다."

"앞으로 1주일만 더 기다려 상황을 확인해 보는 게 어떻겠나? 그러면 자네도 서섹스 사람도 플로렌스 데니와 해리슨의 관계를 더욱 깊이 알아낼 수 있을 테니까. 해리슨의 전력이며 여자관계 등도 훨씬 거슬러 올라가 조사할 수 있을 테고, 그 여자들이 살해당했을 무렵에 행방불명된 여자들을 알아낼 수 있다면 그 방면으로 수사를 펼 수도 있겠지. 1주일만 더 기다려보게."

"알았습니다." 리델은 이 결정이 그다지 마음에 들지 않는 듯한 표정으로 말했다. "그럼, 지금 곧 착수해도 좋습니까?"

"물론이지. 다만 이쪽에서도, 그 새 여자친구를 그자가 조용한 곳으로 데리고 가지 않도록 경계해야 하네. 그 부근에서 여자를 죽였는데도 꼬리를 잡히지 않았다면 같은 장소를 다시 이용할지도 모르니까."

"그 점은 조심하겠습니다."

리델은 조용히 문을 닫고 나갔다. 문이 닫힌 순간 기데온의 책상에 있는 전화가 울렸다. 그는 기계적인 동작으로 전화기를 들었다.

"기데온이오."

그는 '등불'이라고 적은 메모에 뭐라고 덧붙여 갈겨썼다.

"누구? 아아, 대주게."

그는 벨을 향해 입 모양으로 그쪽 전화기로 들으라고 지시했다.

벨이 전화기를 들자 기데온은 자기 전화에 대고 이야기했다.

"여보세요, 카마이클 씨입니까? 요즈음 어떻습니까?"

카마이클은 런던 소방청장으로, 정년이 임박한 노인이다. 화재에 대한 것이며 화재의 원인결과에 대한 지식에 있어 누구에게도 뒤지지 않는 소방수로, 런던에서 그보다 나은 사람은 없을 것이다. 그에게 소속되어 있는 선임조사관이 방화용의가 있는 화재가 일어났을 경우, 늘 경시청과 협력하고 있으므로 카마이클이 직접 전화를 걸어왔다면 무언가 굉장히 중대한 이야기가 있음에 틀림없었다.

"아아, 기데온 씨, 덕분에 잘 지냅니다. 그런데 오전 중에 30분쯤 시간을 내주실 수 있겠습니까?"

그런 부탁을 받아들이기에는 너무나 바쁜 아침이므로 안 되겠다고 거절하고 점심식사 뒤에 만나자고 해야 한다는 것을 기데온도 잘 알고 있었다. 그러나 불에 타죽은 아이들의 모습이 눈앞에 생생히 떠오르는 듯하여 그는 그만 엉겁결에 대답하고 말았다.

"물론 좋지요. 12시 30분이면 가장 좋겠습니다만……."

"그렇다면 함께 점심식사를 하는 것이 어떻겠습니까?" 카마이클이 말했다. "11시 30분까지는 나도 내무성에 들러야 할 일이 있으니, 12시 30분에 그쪽으로 가면 되겠습니까?"

"네, 나는 좋습니다."

카마이클이 말을 계속했다.

"어젯밤에 일어난 람베스 화재에 대하여 당신에게 이야기할 것이 있습니다. 거기에는 한두 가지 문제가 있습니다. 그리고 다른 화재에 대해서도 마음에 걸리는 점이 있습니다. 물론 이것은 당분간 비공식적인 이야기로 들어주시기 바랍니다만."

"물론, 기꺼이 듣겠습니다." 기데온은 어깨의 짐을 내려놓은 듯이 기뻐하며 말했다. "그럼, 말씀대로 12시 30분에 여기서 뵙지요."

기데온은 전화를 끊었다. 벨도 전화기를 놓고 편안히 앉아 기데온이 말을 꺼내기를 기다렸다.

"조, 그 노인이 무엇을 생각하고 있는지 짐작이 가나?"

"아니오." 벨이 대답했다.

"아무튼 지금 곧 QR 경찰서에 사람을 보내 되도록 자세히 알아오도록 해주게. 그리고 머닝에게 12시 30분에 전화하여 그 뒤의 수사진행에서 가장 새로운 사실을 나에게 알려주도록 이르게나. 카마이클이 우리가 실수하고 있다고 생각하면 곤란하니까. 커슨에게는 아이비 맨슨을 알고 있던 사람, 그녀와 아는 사이였던 사람을 찾아내라고 말해 두게. 그런데 리델의 일을 어떻게 생각하나, 조?"

"하룻밤 집에서 지내기 위해 어제 저녁에 돌아갔답니다. 너무 오래 집을 비우면 부인에게 시달림을 받으니까요." 벨이 말했다. "게다가, 그 사건의 책임에서 벗어나려 하고 있는 모양입니다. 부장님, 이제부터 바쁘시겠습니다. 12시에 부총감을 만나야 하고, 그 다음에는 카마이클 씨와 만나야 하는데, 벌써 11시입니다."

"QR 경찰서에 연락해 주게." 기데온이 명령하며 전화기를 들었다. "코니시에게 들어오라고 말해 주게."

그 다음 한참 동안은 경시청 근무 40년 동안 기데온과 붙었다 떨어졌다하며 20년을 함께 일해 온 조 벨로서도 놀라지 않을 수 없는 상황이 이어졌다. 기데온이 일을 서두를 때는 그것만으로도 큰 구경거리였다. 특히 재미있는 것은, 겉보기에는 기데온이 초스피드의 동작으로 움직이면서도 서두르면 실수한다고 스스로에게 타이르기라도 하듯 계속 나오는 문제를 침착하고 신중하게 다루는 점이었다. 자신도 단 1분을 헛되이 시간을 보내지 않지만, 다른 사람에게도, 위로는 총경에서부터 경감에 이르기까지 1초의 시간도 헛되이 보내게 하지 않았다. 끊임없이 눈앞의 보고서에 눈길을 보내며 기억을 새롭게 하고 있지만, 그것을 보지 않아도 기데온은 각 사건에 대해 그 담당자와 같을 정도로 잘 알고 있었다. 터널을 뚫고 은행을 털어간 사건 때문에 코니시가 의논하러 들어오자 기데온은 대뜸 그 사건에서 심문을 받은 사람이 누구이며, 도구는 무엇을 썼고, 시간이 얼마나 걸렸는지 등을 기억해 냈다. 코니시는 아직 달아난 두 사람과 도둑맞은 돈의 단서를 잡지 못하고 있었던 것이다.

"지금 생각났지만……" 기데온은 말했다. "어쩐지 이 사건은 2년 전 번마우스 사건과 연관성이 있는 것 같은 느낌이 드는군. 그 사건도 아마 자네가 손을 댔었지?"

"네." 코니시는 우람한 체격의 침착하고 둔탁한 사람이었다. "하지만 어떤 연관성이 있는지 모르겠습니다. 그때는 터널을 판 게 아니라 철근 콘크리트 벽을 뚫었었는데요."

"이 사건에서도 지문은 없었지만 조금 찢어진 장갑의 손자국이 있었다고 했지?"

"네, 그렇습니다."

"번마우스 사건 때도 그랬었네. 틀림없이."

"그 점을 미처 생각지 못했습니다." 코니시는 풀이 죽어서 말했다. "그 손가락 자국 때문에 애를 먹었었지요. 어디 한번 옛날 사진을 꺼내 조사해 보겠습니다."

코니시는 급히 나갔다.

그 다음 횡령사건이 하나 있었고, 웨스트엔드의 새로운 매춘 조직에 수사의 메스를 대고 있는 사람과 잠깐 만난 다음, 스위스에서 몇천 개의 시계를 밀수하고 있는 듯한 밀수조직의 일로 조금 시간을 빼앗겼다. 실종사건이 세 건, 담배를 실은 트럭 도난사건, 공판에 내놓을 사건이 세 건 있었는데, 그 가운데 두 건은 중앙형사재판소로 보낸 사건이었다. 그 밖에 계모가 어린이를 학대한 사건, 무허가 낙태수술로 여자가 죽은 사건, 하위치에서 네덜란드의 후크를 향해 가던 배 안에서 해튼 가든의 다이아몬드 상인이 다이아몬드를 도난당한 사건이 있었다. 기데온은 이러한 사건을 서두르지 않고 최소한의 시간으로 처리해 나갔다. 일이 끝났을 때는 12시 10분 전이었다.

"이만큼 했으니 차 한 잔쯤 마셔도 되겠지요?" 벨이 말했다.

"좋지. 부총감 비서에게 전화를 걸어 내가 가겠다고 말해 주게. 로저슨은 조금쯤 빨리 갔다고 해서 별 일 없을 테니까."

기데온은 일어나서 넥타이를 똑바로 고쳐 매고 웃옷을 입었다. 그리고 곱실거리는 철사 같은 잿빛 머리카락을 매만졌다.

"어떻게 된 겁니까, 부장님? 오전 내내 일하지 않고 쉰 사람처럼 기운이 왕성해 보이니 말입니다."

"모든 일이 순조롭게 되었기 때문이지. 안 그런가? 머닝에게 연락하는 것 잊지 말게. 카마이클 씨를 만나기 전에 그의 새로운 보고를 미리 훑어보고 싶으니까. 아참, 저 건너편 팹 식당에 테이블 예약을 해주고……."

"카마이클 씨 비서한테서 전화가 왔는데, 화이트홀 펠리스 맞은쪽 클럽에서 점심식사를 하자기에 좋다고 대답했습니다만."

"잘했네."

기데온은 고개를 끄덕이고 나갔다. 머리를 조금 앞으로 내밀고 늘 그렇듯 침착하고 힘찬 걸음으로 걸어 나갔다. 무표정한 얼굴을 하고 있으나, 지나가는 문 안쪽에서 내다보는 눈과 "GG가 순시한다"고 속삭이는 목소리가 뒤쫓듯 따라오는 것을 훤히 알고 있었다. 그것은 아무래도 좋다. 머릿수가 굉장히 많고 할 일도 산더미처럼 많다. 더구나 오늘은 경시청의 모든 사람과 각 관할경찰서의 경관들이 모두 두 건의 수사에 매달려 노예처럼 열심히 일할 것이다.

어린 소녀 아이비 맨슨 사건.

그리고 밀러네 일곱 식구와 저비스 순경이 불에 타죽은 사건.

부총감과는 경시청 안의 관리문제로 만났다. 12시 15분 기데온은 탈의실로 들어가 얼굴을 씻고 머리에 빗질을 한 뒤 급히 자기 방으로 돌아왔다. 벨이 기다리던 화재사건 보고서를 갖추어놓고 있었다. 웨이터 주세페 칼리니에게서 새로이 알아낸 사항은, 그가 경찰에서 증언할 수 있는 것은 오직 한 가지밖에 없다는 사실이었다. 그가 자전거를 타고 집으로 돌아가는데 자전거를 탄 다른 사나이가 속도를 내며 앞질러 선창 쪽으로 갔다는 것뿐이었다.

"좀더 많은 사실을 알고 있으면 좋으련만……."

기데온은 중얼거리며 책상 위에 놓인 방금 나온 런던의 저녁신문에 눈길을 보냈다. 신문들은 모두 람베스 화재를 사진과 함께 실었는데, 일종의 파괴공작인 듯하다고 넌지시 비춘 신문도 있었다. 이브닝 글로브 지는 맨 윗단에 여섯 장의 사진을 실었다. 밀러와 그의 아내와 생글생글 웃고 있는 아이들 사진이었다.

웃고 있는 행복한 아이들.

어린 소녀 아이비 맨슨의 기사는 중간쯤에 실려 있었다. 기데온은 그 기사를 들여다보고는, 카마이클이 시간을 아주 잘 지킨다는 것을 알고 있었으므로 그가 무슨 생각으로 만나자고 하는 걸까 궁리하며 출발했다.

카마이클도 오른손에 이브닝 글로브 지를 들고 있었다. 창백하고 엄격한 표정을 지은 것으로 보아 기데온은 그가 그 방화범을 깊이 증오하고 있음을 알았다. 카마이클이 엷은 잿빛 눈을 자기 쪽으로 돌린 순간 기데온은 그의 마음을 곧 읽었다. 그 화재는 연속방화의 하나로써, 앞으로 또다시 일어날지도 모른다는 것이었다.

"보셨소?" 카마이클이 말하며 신문을 내밀었다.

불안에 떠는 사나이들

 "정말 끔찍하군요!" 몸집이 작은 테니슨 부인이 하숙인에게 말했다. "생각해 보세요. 한꺼번에 여덟 사람이나 불에 타 죽다니……소름이 끼쳐요, 안 그래요?"
 테니슨 부인은 숱이 적어진 잿빛 머리카락에 마르고 뾰족한 얼굴, 눈꼬리에 주름이 많고 턱에 억센 잿빛 턱수염이 듬성듬성 난 깔끔하지 못하고 인상이 희미한 여자였다. 가슴이 절벽같이 납작하여 응접실의 장식장에 놓인 아이들 사진이 정말로 그녀의 아이들인지 믿을 수 없다고 말하는 사람도 있었다. 여자아이 넷에 남자아이 셋. 테니슨 부인은 비밀이야기라도 하듯 목소리를 낮추어 자랑하는 것이었다.
 "나는 이 아이들을 모두 1년 반씩 모유로 키웠답니다. 요즈음 유행하는 그 끈적끈적한 인조품은 사용하지도 않았어요. 가엾게도 그런 것을 먹이면 아이들은 토하거나 변비를 앓거든요."
 또 한 가지 그녀에게 있어 눈에 띄는 일은, 남편이 죽은 뒤로 20년 가까이나 혼자 살고 있으며 소중히 키운 아이들은 모두 결혼을 했거나 외국에 가서 살고 있다는 점이었다. 맨틀피스 둘레에는 어이없을 만큼 많은 손자들의 사진이 잔뜩 장식되어 있으며, 모두 비슷한 나이에 찍었는지 포동포동 살이 찌고 눈이 동그랬다. 마치 전문적으로 아이들 사진을 찍는 사진관 같았다.

오랫동안 테니슨 부인은 자식들이 만들어준 계좌에서 1주일에 5파운드씩 찾아 쓰고 있으며, 하숙을 치고 용케도 경마에서 이기는 말에 돈을 걸어 조금씩 벌이를 하며 쾌활하게 살아왔다. 지금 하숙인은 브라운 씨 한 사람밖에 없었다. 이 사나이의 모습을 보고 그녀는 곧 아주 가엾은 사람이라는 생각이 들었던 것이다. 쭈뼛거리며 겁에 질린 듯한 태도의 몸집이 작은 남자로, 짓눌리고 버림받은 사람 같은 느낌이 들었다. 그에 대해서는 그녀도 그다지 아는 바가 없지만, 그 자신으로부터 들은 이야기에 의하면 최근 사고로 처자식을 잃고 '완전히 풀이 죽어 있다'는 것이었다. 테니슨 부인은 자연히 그에게 상냥하게 대해주었으며, 하숙비도 1주일에 5기니밖에 받지 않아 별로 남는 게 없었다. 더욱이 아이들과 함께 이리저리 생활을 꾸려나갈 때는 보통 1주일에 온전한 요리를 한 번밖에 만들지 않았으나, 지금은 하루에 두 번씩 꼬박꼬박 만들게 되었다.

브라운은 우울해 보이는 잿빛 눈에 핏기 없는 엷은 빛의 입술을 가진 사나이로, 몸놀림도 조용했다. 늘 방에 틀어박혀 레코드 음악을 듣는 시간이 많았다. 테니슨 부인으로서는 알지도 못하고 또 마음에 드는 곡도 아니었으나, '좋은 곡'임에는 틀림없는 것 같았다. 직업이 무엇인지는 그녀도 모르지만, 여러 가지 어정쩡한 일에 손대고 있는 듯했다. 낮에 일하러 나갈 때도 있었고, 밤에 나갈 때도 있었다. 옷은 괜찮은 것들이었고, 두 개의 슈트케이스와 트렁크도 역시 고급이었다. 아무튼 어딘지 신사다운 데가 있어 귀찮게 물어볼 용기가 나지 않았다. 이처럼 얌전한 신사를 하숙인으로 둘 수 있어 다행이라고 생각하며, 오래 있어주기를 바랐다. 좋은 집안의 사람임에 틀림없었다.

브라운이 지난밤에 일하러 나갔다 돌아온 것은 4시쯤으로, 곧장 잠자리에 들었다. 물론 그녀는 그가 돌아온 기척을 들었다. 아이들이 모두 저마다 다른 시간에 집으로 돌아오는 것을 몇 십 년이나 겪어왔기 때문에 오랜 세월이 지난 지금도 얕은 잠을 자는 습관이 없어지지 않았던 것이다. 지금은 일곱 아이가 모두 돌아왔는지 일일이 돌아보지 않아도 된다. 오직 하숙인 한 사람만 기다리면 되는 것이다.

오늘 아침 브라운은 몹시 지쳐 있는 듯했다. 오른손에 붕대를 감고 있었으나 아무런 설명도 하지 않았고, 테니슨 부인 역시 물어보지 않았다. 지나치게 캐묻거나 하면 입을 다물어버리는 수가 많다는 것을 그녀는 알고 있었기 때문이다.

그녀는 브라운 앞에 신문을 내밀었다.

이브닝 글로브 지로, 그녀는 거의 매일 아침 경마의 출마표를 보고 돈을 조금 걸기 위해 모퉁이의 신문판매소까지 가서 사온 것이다.

브라운은 눈을 크게 뜨고 신문을 들여다보았다.

"정말 그럴 작정은……" 그는 중얼거리며 근시의 눈으로 신문을 보았다.

그녀가 신문을 접으려고 하자 그는 깜짝 놀랐다. 무리도 아니라고 그녀는 생각했다. 여덟 사람이나 불에 타죽었으니 놀라는 것도 당연하다.

브라운은 식탁 앞에 서서 한 손을 의자등받이에 걸쳐놓았다. 그리고 눈앞의 신문을 뚫어지게 들여다보고 있었다. 여느 때에도 안색이 나빴지만 지금은 얼굴에서 완전히 핏기가 가셔, 마치 방금 읽은 기사로 심한 충격을 받아 정신이 나간 것처럼 멍하니 입을 벌리고 있었다. 이처럼 굳은 표정을 테니슨 부인은 한 번도 본 적이 없었다. 브라운은 한참 동안 그렇게 서 있다가 오른손을 내밀어 신문을 들고 왼손으로 가슴주머니에서 안경을 꺼냈다. 안경을 쓰는 그의 손이 떨렸다. 신문이 떨리고 있는 것을 보고 테니슨 부인은 깜짝 놀랐다. 그리하여 브라운 씨는 아주 착하고 친절한 사람이어서 남의 괴로움에 몹시 마음 아파한다는 그녀의 판단이 입증되었다. 그는 안경을 끼고 제목을 훑어본 다음 기사를 읽어 내려갔다. 그는 갑자기 의자에 주저앉더니 신문을 내던졌다. 점심식사로 차려놓은 나이프며 포크며 큰 접시며 작은 접시를 덮치듯이 집어서 내던졌다.

"오늘 아침 가게에서 햄버트 씨에게도 말했지만, 이처럼 끔찍한 사건은 처음이에요. 가엾게도 8명이나 죽다니…… 비명 소리도 정말 들렸대요. 듣자 하니……"

"그만두십시오!" 브라운이 외쳤다.

"어머나!…… 미안해요. 기분을 언짢게 해드려서. 브라운 씨, 잘 알겠어요. 정말 미안해요. 이제 그런 일은 잊어버리세요. 이것은 아주 근사한 가자미 요리예요. 이 포크 촙(돼지갈비구이)도 맛있고요."

"아아, 미안합니다." 브라운이 목이 죄어드는 듯한 목소리로 말했다. "테니슨 부인, 기분이 좋지 않군요. 이 기사를 읽고 그만 충격을 받은 것 같습니다."

그는 비틀비틀 일어나더니 그녀를 밀치듯 나가버렸다. 그의 방으로 올라가는 발소리가 났는데, 층계 중간부터는 달리는 듯이 들렸다. 이윽고 쾅 하고 문이 닫혔다.

테니슨 부인은 신문을 들여다보며 이상한 듯이 중얼거렸다.

"저토록 충격을 받을 줄은 몰랐네. 식사도 할 수 없을 만큼 놀랄 줄 알았으면 이런 신문은 사오는 게 아니었는데……." 그녀는 파고들 듯이 신문을 들여다보며 다시 중얼거렸다. "생선은 두었다 먹을 수 없으니까 내가 먹어야겠군. 하지만 포크 촙은 괜찮을 거야. 저녁에는 브라운 씨도 먹을 수 있겠지. 그때쯤에는 배가 몹시 고플 테니까."

그녀는 신문을 치우고 저녁식사 때 먹을 수 있도록 요리를 부엌으로 가져갔다.

버터시 공원이 내려다보이고, 저 멀리 버터시 발전소 탑이 보이는 2층 한길 쪽으로 면한 방에서 브라운은 창가에 서 있었다. 멍하니 밖을 내다보고 있었으나, 두 눈이 치켜 올라가고 얼굴이 일그러졌으며 손은 굳게 쥐어져 있었다. 그는 계속 중얼거리는 것이었다.

"비어 있는 줄 알았지. 그 방은 비어 있는 줄 알았는데…… 비어 있는 줄만 알았어. 다른 방 사람들은 충분히 달아날 틈이 있다고 생각했지. 비어 있는 줄……"

이윽고 그는 자기가 층을 잘못 알았었다는 것, 바로 그 위층 방이 비어 있었는데 잘못 알았었음을 깨달았다. 그러나 자신으로서는 이 실수를 인정할 수가 없었다. 아내와 딸이 불에 타죽은 다음부터 자신이 무엇이든 똑똑히 생각할 수 없게 되었다는 사실을 그는 인정하지 않았다. 그런데 지금 막 묘한 것을 깨달았다. 고뇌가 그전보다 크지 않다는 사실이었다. 밀러네 식구들이 죽은 것을 알자 지금까지의 고뇌가 사라져버린 듯한 느낌이었다.

그곳에서 강을 건넌 곳에 있는 북 이슬린턴의 작은 집. 나이든 부모와 살찐 30대의 누나와 함께 사는 존 스튜어트 블릭스가 역시 이브닝 글로브 지를 읽고 있었다. 부엌 식탁에 앉아 더러워진 하얀 식탁보에 팔꿈치를 짚고 있었다. 웃옷을 벗고 푸른 셔츠 소매를 걷어 올려 억센 갈색 팔에 난 시커먼 털이 드러나 보였다. 곱실거리는 털이 잔뜩 난 그 팔은 어쩐지 보기 흉했다. 그다지 특징 없는 사나이로, 우둔해 보이는 코와 턱. 그만한 몸집의 사나이에게는 어이없을 만큼 어울리지 않는 가냘픈 턱이었다. 이상하게 반짝이는 작고 파란 눈은 움푹 들어가 있어 팔에 난 털과 같이 시커멓고 곱실거리는 눈썹에 파묻힌 듯이 보였다. 머리카락은 좁은 이마에서부터 빽빽이 돋아나 기름으로 번들거렸다. 수염은 자랄 대로 자라 있었다.

누나는 부엌에서 접시를 꺼내는 참이었고, 부모는 친척집을 방문하여 집에 없었다. 접시 부딪치는 소리가 났다. 잠깐 부엌을 들여다보았다면 우묵한 냄비에서 양배추가 끓어 김이 무럭무럭 오르는 것이 보이리라.

그러나 그는 그런 일에는 관심이 없었다.

신문에 실린 아이비 맨슨 살해 기사를 읽고 있었던 것이다. 소녀의 사진이 나와 있었다. 천진난만하게 웃고 있는 사진이었다. 그는 이 소녀에 대해 잘 알고 있었다. 몇 년 전부터 날마다 자기 집 앞을 지나다니는 소녀였다. 아니, 소녀가 아기일 때부터 그녀의 부모들이 유모차에 태워 이 집 앞을 밀고 다녔던 것이다. 그는 여기서 모퉁이 하나를 돌아간 곳에 창고가 있는 작은 도매상의 배달 트럭 운전수였다. 그래서 짐을 실을 때, 또는 배달해 주러 갈 때 자주 소녀와 마주치곤 했다. 한두 번 소녀를 운전석에 태워준 적도 있었다. 지금 그가 가장 골치를 앓고 있는 것은 바로 그 점이었다.

소녀를 태워준 사실을 누군가가 알고 있지 않을까?

기사를 보면 경찰은 아직 전혀 단서를 잡지 못한 듯했다. 사람들이 너무 큰 충격을 받지 않도록 자세한 점은 적당히 얼버무려져 있었다. 기사를 읽어 내려가는 동안 소녀의 집 층계를 몰래 올라가던 순간부터 무거운 짐처럼 내리누르던 것이 저절로 내려지는 듯한 느낌이 들었다. 그는 소녀의 얼굴과 입에 헝겊을 씌워 소리를 지르지도 못하고 보지도 못하게 꽁꽁 묶었었다. 그런데 두 손을 묶으려고 할 때 마구 버둥거려 헝겊이 벗겨졌다. 그때 가로등 불빛이 그의 얼굴을 비춰 소녀의 눈에 자기를 알아본 듯한 기색이 뚜렷이 떠올랐었던 것이다. 그것이 소녀가 목숨을 잃게 된 순간이었다.

그때의 저항이 지금도 손에 느껴지는 듯했다.

이마의 땀을 닦았을 때 누나가 들어왔다. 한 손에 경단이 든 스튜 접시를 들고, 또 한 손에는 양배추를 담은 더 큰 접시를 들고 있었다.

"존, 신문은 그만 읽고 좀 도와주면 어떠니? 신문이란 정말 시간과 돈을 낭비시키는 물건이야! 이제 회전목마에 1페니를 내던지는 어리석은 짓은 그만둘 때도 됐는데……."

그녀는 접시를 내동댕이치듯 놓았다. 스튜가 쏟아지지 않은 게 기적 같았다.

블릭스는 신문을 접어 옆으로 밀어놓았다. 그러고는 자기 접시에 넘치도록 스튜를 담아 요란한 소리를 내며 게걸스럽게 먹기 시작했다. 오후 일을 하기 위해 나갈 때까지 다시는 신문을 거들떠보지 않았다. 나가기 전에 경마안내가 겉으로 나오도록 다시 접어놓고 마권소에 암표를 사기 위해 전화를 걸어 10분이나 시간을 소비했다.

또 한 사람, 점심시간에 차근차근 신문을 읽고 있는 것은 엘릭슨 로스코 버닝 회사의 찰스 엘릭슨이었다. 그는 화재나 아이비 맨슨 살해 기사는 별로 차근차근 읽지 않았다. 그가 열심히 신문을 읽는 목적은 다른 데 있었다. 제목을 하나하나 들여다보았다.

그는 자신이 소속해 있는 클럽, 시내에서도 꽤 돈을 들여 꾸민 아담한 레스토랑 창가의 작은 식탁에 혼자 앉아 있었다. 검은 웃옷에 줄무늬 바지, 격식을 차린 훌륭한 옷차림이었다. 오랜 전통을 지키는 몇 안 되는 사람들이 입는 그런 바지였다. 나이는 40대 중반쯤으로 얼른 보아 꽤 잘 사는 사람 같았다. 재규어를 타고 다니고, 런던 근교에서 고급주택지로 꼽히는 에셔 부근에 독립주택을 가지고 있으며, 웬만한 여자와는 비교도 할 수 없을 만큼 영리하고 매력적이며 머리가 잘 돌아가는, 로디언 앤드 가튼을 나온 아내와 딸 하나에 아들 하나를 거느린 인물이었다. 17살 난 아들은 중서부의 중류 공립학교 졸업반에 재학 중이고, 2살 위인 딸은 파리에서 마네킨 학교에 다니고 있었다.

엘릭슨은 1년에 4천 파운드를 버는데, 세금은 그보다 훨씬 적은 액수를 지불하며, 1년에 5천 파운드 이상을 쓰고 있었다.

그와 로스코가 신중히 주식을 발행할 계획을 짠 것도 그 때문이었다. 되도록 모든 일을 두 사람 손으로 했고, 엘릭슨과 로스코의 이름만으로도 납득하여 확실한지 어떤지 조사해 보지도 않고 주식에 이름을 나란히 써줄 만한 법률사무소를 찾아내어 속임수를 쓸 준비를 갖추었던 것이다. 옛날부터 있는 사기수법의 하나였다. 로스코가 기술담당 중역이라고 떠벌리며 해외로 나가더니 중앙아프리카의 회사소유지에서 철광석이 발견되었다는 가짜, 또는 일부가 가짜인 보고를 가지고 돌아왔다. 그것을 '철광석'이라고 하기 위해 두 사람은 상당히 긴 시간을 소비하며 신중히 생각했다. 그보다 좀더 이익이 크고 돈이 빨리 도는 방식에 매력을 느끼기도 했지만, 그런 것은 그만큼 의혹을 사기가 쉽다. 철광석이라면 납득시킬 만한 견실성이 있다. 철같이 재미없고 성가신 물건을 정말 있지도 않은데 누가 야단스럽게 있다고 떠벌리겠는가?

총무와 경리담당인 엘릭슨에게는 그 방면에 능력이 있었다. 전에 중개 사무소에서 얼마 동안 일한 적이 있었기 때문이다. 이 계획의 자질구레한 부분은 그가 세웠다. 전에도 가끔 이런 사기꾼이 있었다는 사실을 잘 알고 있었던 것이다. 그리고 이 일에는 위험이 뒤따른다는 점도 잘 알고 있었다. 그러나 주식이 나와 주주가 상당히 많이 붙어 날 때까지는 그토록 위험이 빨리 오리라고 생각지 않았었다. 조사하는 사람들도 엘릭슨과 로스코, 그리고 그 두 사람을 위해 협력하는 법률사무소의 간판 때문에 그만 속고 있었던 것이다. 다만 형사 두 사람이 찾아와 섬뜩한 질문을 했다. 법률사무소 측은 벌써 경계하는 눈치를 보이기 시작했으나, 그들을 안심시키기 위해 엘릭슨은 자신이 아는 한 이 철광석은 틀림없으며, 줄지은 산등성이에 틀림없이 철광석이 있었다고 거침없이 확인해 주었다.

경찰도 법률사무소도 로스코를 만나 이야기하고 싶다고 말했다. 지금쯤 그들은 틀림없이 로스코를 찾고 있을 것이다. 그러나 아직 로스코는 나타나지 않고 있다. 적어도 이브닝 글로브 지에는 아직 아무 기사도 나와 있지 않았다.

엘릭슨은 비스킷과 커피에 덴마크 제 블루치즈를 곁들인 고상한 식사를 마치자 시내의 좁은 한길로 나갔다. 얼굴을 아는 사람들과 클럽 회원들과 고용인 등이 그에게 인사하기도 하고 미소 지어보이기도 했다. 아직 이 시에서는 일의 내막이 소문나지 않았기 때문이다. 소문이 나돌기 시작했다면 곧 그 반응을 알아차릴 수 있다고 엘릭슨은 자신했다.

아주 기분 좋고 따뜻한 오후였다.

그는 보험회사 빌딩 맨 위층에 있는 사무실로 갔다. 사무실에는 경리직원 두 사람과 측량사 조수 한 사람, 그리고 그의 비서인 귀여운 아가씨 개위지 양이 있었다. 그에게 온 연락은 아무것도 없었다. 경찰도 이런 조사에는 신중하기 때문에 어지간히 확신이 서지 않는 한 섣불리 사무실로 연락해서 뭐라고 말해 오지는 않을 것이다.

"오후에는 조금 쉬어야겠군." 그는 비서에게 말했다. "만일 파리의 로스코 씨에게서 연락이 오거든 집으로 돌려주게."

"알았습니다."

"그리고 다른 사람이 나를 만나러 오거든 내일 아침에 나온다고 말해 줘."

그는 사무실을 나와 런던 다리 옆에 있는 주차장으로 검은 재규어를 가지러 갔다. 거기서부터는 따뜻한 오후를 즐기며 자기 집으로 향했다. 집으로 접어드는 개인도로에 자동차가 다다르자 아직 꽃이 많이 피어 있지 않은 초록빛 꽃밭 앞에 아내가 무릎을 꿇고 있는 것이 보였다. 수선화와 물망초가 몇 그루, 노란 수선화와 나팔수선화, 덩굴 히아신스 등이 피어 있었다. 작은 목련나무가 두 그루 활짝 피어 손질이 잘된 잔디밭을 돋보이게 해주었다. 아내는 자갈길을 밟는 타이어 소리를 듣고 뒤돌아보며 손을 흔들었다.

엘릭슨은 늘 돈이 조금만 더 있었으면 하는 것 말고는 부족함이 없었다. 인생에서 돈 이외의 것은 모두 마음먹은 대로 되었다. 아내 조니에게로 다가가자 검은 머리카락이 조금 흐트러지고 화장도 좀 지워졌으나 두 눈은 남편을 맞이하는 기쁨으로 반짝였다. 엘릭슨 역시 누를 길 없이 가슴이 설레는 것을 느꼈다.

"여보, 무슨 일이 있었어요?" 조니가 물었다.

그는 갑자기 아내의 안색이 달라지는 것을 알아차렸다.

"아무것도 아니오."

그는 아내에게 입맞춤을 한 다음 꼭 끌어안아 그녀 가슴의 부드럽고 탄력 있는 감촉을 맛보려는 듯 앞뒤로 몸을 조금 흔들었다.

"화창한 오후로군. 조금 게으름을 피우고 돌아와 나쁜 짓을 하려고 생각했지. 마이클은 없소?"

조니는 미소 지었다.

"그 애는 클럽에 갔어요. 테니스를 치러요. 조안나 스패쇼트가 있는 동안은 거기서 떠나지 않을 거예요. 보자마자 상사병에 걸리는 아들을 두어서 당신도 고민이지요?"

"지금으로서는 상사병에 걸린 남편이 여기 있을 뿐이오. 마당 손질은 얼마나 더 걸리지?"

"5분." 조니가 대답했다.

그 뒤 엘릭슨은 내내 아내를 따라다녔다. 아내 옆에 누웠다가 다시 일어나 평화롭게 잡담을 나누었다. 침실 창문으로 맑은 햇살이 춤추듯이 비쳐 들어왔다. 그는 진심으로 마음 깊숙이 아내의 필요를 느끼고 있었다. 해를 거듭함에 따라 이 기분이 더해감을 알고 있었다. 만일 사기사건이 드러나면 어떻게 될는지 그도 잘 알고 있었다. 그러므로 그렇게 되지 않도록 어떤 방법을 찾아야겠다고 열심히 생각해 보는 것이었다. 체면문제 때문만은 아니었다. 조니와 떨어져 있어야 한다는 무서운 위험이 다가오기 때문이다.

남편의 기분과 정열에 놀라서인지, 그가 말이 없기 때문인지, 또는 더 이상 아내의 얼굴을 보고 있을 수 없다는 듯 갑자기 얼굴을 돌린 남편을 보고 깜짝 놀라서인지 그녀도 말이 없었다. 5시 30분쯤 전화벨이 울렸다. 그는 몹시 놀랐다. 그리고 아내가 자기의 기분을 알아차린 것 같다고 생각했다. 침착을 되찾고 일어나 침대 옆의 전화기 쪽으로 갔다.

"네, 찰스 엘릭슨입니다."

만일 이것이 경찰에서 걸려온 전화라면……

"여보세요, 아빠? 벌써 돌아오셨군요." 마이클이었다. "저어, 오늘 밤 우리 넷이 함께 식사하고 시내로 쇼 구경하러 나갈 거예요. 늦어질 것 같은데, 늦으면 엄마가 걱정하셔서 전화한 거예요."

"알았다."

"아빠, 괜찮겠지요? 늦어도 괜찮겠지요? 저어, 여자친구와 함께 네 사람이에요."

"조안나 스패쇼트도 있겠지?"

"아니, 어떻게 아셨어요?"

엘릭슨은 웃었다.

"11시까지 돌아올 수 없게 되거든 다시 전화하거라. 엄마에게 전해 주마."

그는 전화기를 놓고 아내에게 억지로 웃는 얼굴을 지어보였다. 오늘 밤에는 단둘이 있게 되어 몹시 기뻤다. 당장이라도 아내와 헤어져야 할 어떤 무서운 파국이 올 것 같은 예감이 들었기 때문이다.

거기서 60마일 떨어진 블레이튼의 어귀, 바다가 보이지는 않으나 곧 바다로 나갈 수 있는 작은 집에서 토니 해리슨은 아내 파멜라가 다림질하고 있는 부엌으로 기운차게 들어갔다.

그는 아내 앞에서는 언제나 지나치리만큼 원기왕성하게 행동했다. 만족하고 있다는 것을 아내에게 나타내는 유일한 표현방법이었다. 남편에게 있어 파멜라는 수수께끼, 그것도 오랜 세월에 걸친 수수께끼였다. 몇 년 전에는 그녀도 남편이 다른 여자에게 손대는 것을 그만두게 할 수 없음을 알고 심하게 싸움도 했었다. 바로 첫 아이가 태어나려던 무렵이었는데, 걸핏하면 자살하겠다며 남편을 위협했었다.

그러나 그녀는 자살하지 않았다.

아이가 태어나자 남편의 바람기로 황폐해진 마음에도 위안거리가 생겼고, 남편이 없을 때의 소일거리가 되었던 것이다. 차츰 이 부부는 이중생활을 하게 되었다. 파멜라는 아이와 가정, 남편은 자동차와 댄스홀과 해변 피서지에서의 온갖 환락을 생활의 일부로 하였다. 파멜라는 남편 앞에서 무엇이든 그가 하라는 대로 했고, 바보처럼 순했다. 남편이 몸을 요구해오지 않을 때는 그에게 다른 여자가 생겼음을 알아차렸다. 그러나 자기와 아이들에게 필요한 만큼의 돈을 주기만 하면 그것으로 만족하는 듯했다.

몇 년 동안은 토니 해리슨도 그 생활에 만족했다. 두 아이, 남자아이와 여자 아이가 자라고 있는 몇 년 동안은 아이를 몹시 좋아하는 그는 만족했다. 특히 아들 티모시를 몹시 사랑했다. 지금 티모시는 18살로, 바로 두 달 전에 군대로 들어갈 생각이라고 아주 조용히 말을 꺼냈다. 티모시는 이제 어엿한 군인이 되어 잉글랜드 북부에 배속받아 열심히 근무하고 있었다.

그 뒤를 따르듯 딸 조니도 런던에서 일하겠다며 떠나더니 블래이튼에는 주말에나 이따금 찾아올 뿐이었다.

지금은 집에 돌아와도 파멜라밖에 없었다. 해리슨은 무기력한 아내가 있는 집으로 돌아오는 것이 싫어졌다. 뿐만 아니라 아내를 미워하게 되었다. 아이들이 집을 나간 것은 아내가 집안을 따분하게 만들었기 때문이라고 생각하며 자신을 납득시키려고 했다. 자기가 집에 돌아와도 재미없듯이 아이들이 집을 재미없게 생각하는 것은 모두 저 칠칠치 못한 여편네 때문이라고. 이런 증오와 원한을 느낄 때면 이따금 아내에게 그렇게 고함치고 싶어졌다. 어째서 아내를 미워하는지 자기 마음속을 털어놓고 싶어지는 것이었다.

해리슨 자신은 잘 몰랐지만, 이 논법에는 무서운 아이러니가 담겨 있었다. 왜냐하면 그가 첫 번째 살인을 저지른 것은 바로 이 가정과 아이들을 지키기 위해서였기 때문이다.

어째서 그런 죄의 수렁으로 빠지게 되었는지 그 사건도 거의 잊어버릴 만큼 오래된 일이었지만, 그는 역시 같은 이유에서 그 뒤에도 두 번이나 살인을 저질렀다. 그가 임신시킨 여자가 그의 가정을 파괴하겠다고 협박했기 때문이었다. 한 가지 그가 뚜렷이 기억하고 있는 사실은 그런 경우 자기가 얼마나 냉정하고 맑은 머리로 그런 짓은 절대로 용납할 수 없다고 생각했던가 하는 점이었다. 첫째로는 아이들을 위해서였고, 물론 자기 자신을 위해서이기도 했다. 만일 파멜라와 이혼하면 그녀에게 아이들을 빼앗길 테고, 자기는 부양비를 지불해야 하는 무거운 짐에 눌려 꼼짝도 할 수 없을 것이었기 때문이다.

그리하여 다정한 척하며 재빨리 여자를 죽여 버린 것이다. 먼저 아무 의심도 품고 있지 않는 여자에게 입맞춤하며 입술을 꼭 댄 채 살짝 손을 들어 목을 죄었다. 놀라울 정도로 빨리 처리되었다. 60초도 지나지 않아 그녀는 의식을 잃고 말았다. 그 다음에는 시체처리 문제가 남았는데, 해리슨은 그것도 무난히 해치웠다. 그가 늘 밀회장소로 이용하는 곳에서 그리 멀지 않은 곳에 지금은 쓰지 않는 자갈과 모래 채굴장이 있었다. 그 근처에는 커다란 구멍이 여러 개 뚫려 있었다. 녹슨 채굴 연장도 남아 있어 그는 그것으로 30분도 안 걸려 깊은 구덩이를 파고 여자를 묻었다. 2년 뒤 같은 이유로 여자를 죽이지 않을 수 없었을 때도 역시 그때까지 2년 동안 발견되지 않은 그 무덤에 시체를 버리는 게 좋을 듯하다고 그는 생각했었다.

해리슨이 파멜라를 증오하기 시작한 것은 그 다음부터였다. 이유 중 하나는 그녀가 전혀 뼈대도 없이 하라는 대로 할 뿐이었기 때문이고, 또 하나는 그 무렵부터 아이들이 집에 붙어 있으려 하지 않음을 알았기 때문이었다. 해리슨은 자기가 나쁘다고는 전혀 생각지 않았다. 가정을 지키는 것은 파멜라의 일이라고 생각했던 것이다.

세 번째 살인, 플로렌스 데니는 다른 이유에서 죽였다. 그녀 쪽에서 협박해 왔기 때문에 깨끗이 없애버렸던 것이다. 그때 그녀의 놀란 얼굴을 그는 지금도 기억하고 있었다. 또한 그 순간 그는 이것이 파멜라의 목이라면 좋을 텐데 하고 생각했던 일도 기억하고 있었다.

그 다음부터 해리슨은 몇 주일 동안 매일 밤 집에서 지냈다. 파멜라가 참을 수 없을 정도로 싫어졌다. 얼굴을 보는 것도 목소리를 듣는 것도 싫었다.

갤러 댄스홀에서 클로 듀발을 만난 것은 이 무렵이었다. 처음에는 그저 모래시계처럼 늘씬한 몸매로구나 하고 생각했을 뿐이었다. 엉덩이를 흔드는 폼으로 보아 춤도 잘 출 것 같았고, 다른 점도 괜찮을 듯싶었다. 지루함을 달래기에는 안성맞춤인 상대였다. 클로는 최근 블레이튼으로 옮겨와 친척은 모두 런던에 있었다. 그녀는 혼자 작은 아파트를 빌려 살고 있었다. 모든 점에 있어 해리슨이 원하는 조건에 꼭 들어맞았다. 특히 여자가 재산도 좀 있고 가끔 모델 일을 한다는 점이 마음에 들었다. 그녀가 직접 말한 것은 아니지만, 해리슨은 그녀가 당연히 옷을 입은 채로 모델 노릇을 하겠거니 그렇게 믿었던 것이다. 그러나 당장의 지루함을 달래주는 점으로 볼 때 그런 것은 문제가 안 되었다.

해리슨으로서는 침대 안에서도 밖에서도 이런 여자는 처음이었다. 어느새 그는 이 여자에게 열중해 버리고 말았다.

그녀와 결혼하고 싶었다. 따라서 파멜라가 죽어 주었으면 하고 생각했다.

언제 어떻게 죽일 것인지 아직 결정하지는 않았으나, 아내에게 의심을 사지 않도록 하기 위해 집에서 명랑한 척 연극을 계속했다. 파멜라는 다림질하다가 얼굴을 들고 순한 미소를 지으며 말했다.

"어머나, 벌써 돌아오세요? 점심때는 돌아오시지 않을 줄 알았는데. 바로 뭐라도 좀 만들어 드릴게요."

"샌드위치와 커피면 돼." 해리슨은 그녀 옆으로 다가와 건성으로 아내를 안고 명랑하게 말했다. "오늘 밤에는 특별한 일이 생겼소. 두뇌보다 돈이 더 있는 영감을 위해 런던으로 폭탄을 한 개 날라다주어야 해. 그래서 늦게 돌아올 텐데, 괜찮겠지?"

"물론이지요, 당신이 하시는 일이라면 무엇이든지."

부엌으로 가는 파멜라의 모습을 보며 그의 손가락은 그녀의 목을 죄고 싶어서 꿈틀꿈틀했다.

파멜라는 부엌 식탁 앞에 서서 오믈렛을 만들며 울음이 터져 나오려는 것을 억지로 참고 있었다. 아이들이 떠나버려 참을 수 없을 정도로 쓸쓸한데, 토니는 지금 또 다른 여자와 바람을 피우기 시작한 것이다. 파멜라는 몇 년째나 이런 일을 겪으며 참아왔지만, 옛날부터 변함없이 남편을 사랑하기 때문에 견디어온 것이었다.

다시 자신을 억누르며 살아야 한다는 것을 그녀는 알고 있었다. 남편의 바람기가 잦아질 때까지 기다려야 한다. 하지만 어째서 그이는 그녀 하나만으로 만족할 수 없는 것일까? 다른 여자의 어디가 좋은 것일까? 자기가 이토록 남편을 원하고 사랑하면서도 남편에게 버림받은 쓸쓸함을 되씹고 있는 것을 끝내 알아주지 않으려는 게 아닐까?

그러나 햄 오믈렛과 튀긴 빵을 남편에게 가져갈 때는 차분한 미소를 띠고 있었다. 2시 조금 지나 집을 나간 해리슨은 영업용 임시번호판을 단 라일리의 핸들 앞에서 명랑하게 휘파람을 불고 있었다. 나중에 이 자동차로 클로를 데리러 갈 속셈이었던 것이다.

큰길에서 뒤쫓아 오는 라디오 수리가게의 뚜껑 있는 트럭을 경찰관이 운전하고 있는 줄은 꿈에도 몰랐다. 그러나 트럭을 의식하기는 했다. 해리슨은 꽤 조심성 있고 영리한 사람이며, 바보가 아니었다. 상점가로 접어들자 트럭이 그를 앞질러갔으므로 그는 그 일에 대해 잊어버렸다. 호브에 있는 클로의 아파트로 갈 때 우체국 자동차가 뒤를 따라왔다. 해리슨은 그다지 대수롭지 않게 생각했으나 의식하기는 했다.

문을 연 클로는 가운 앞자락을 여며 잡고 있었으나 들어가 문을 닫자 여며 잡았던 손을 놓았다. 입고 있는 것은 그 가운뿐이었다.

소방청장

 기데온도 곧 알았지만, 카마이클이 안내한 곳은 강가의 큰 빌딩 안에 있는 여러 클럽 가운데 가장 전통 있는 클럽이었다. 크고 넓은 천장, 대리석과 타일로 된 둥근 기둥, 클럽 관계 명사들의 조각상과 초상화 등이 줄지어 있고 분위기는 조용하여 엄숙하다고 해도 좋을 정도였다. 큰소리로 이야기하면 안 된다는 규칙은 없지만, 큰소리로 지껄일 만한 사람은 하나도 없었다. 서비스도 민첩하고 능률적이어서 답답하게 굴거나 중년 웨이트레스가 참견하는 일도 없었다.
 레스토랑은 강가와 템스 강을 바라볼 수 있는 곳에 자리잡고 있었다. 기데온의 사무실에서 반마일 정도밖에 떨어지지 않았으나 이곳에서는 런던의 카운티 홀 대신 페스티벌 홀의 산뜻하고 근대적인 윤곽이며 워털루 역의 메인 빌딩과 그 위의 큰 시계가 보였다.
 카마이클은 맛에 대해 까다로운 식도락가였으며 기데온은 대식가였다. 이곳의 스테이크 푸딩은 여느 레스토랑에서는 생각할 수 없을 만큼 식욕을 돋우는 진미였다. 카마이클은 옥새송어구이를 주문하여 차근차근 껍질을 벗기며 먹었다. 두 사람은 여기까지 걸어오며 람베스 화재이야기도 조금 했었다. 그러나 깊은 이야기는 나오지 않았었는데, 기데온이 요리를 거의 다 먹고 이제 스테이크 푸딩만 들면 배가 찰 때쯤 되자 카마이클이 입을 열었다.

"기데온 씨, 당신을 만나자고 한 것은 이 람베스 화재에 대한 몇 가지 점이 나로서는 좀 이상하게 여겨지기 때문입니다. 우리 간부들 중에도 역시 그렇게 생각하는 사람이 몇 있지만요, 지금까지 이 사건에서 무언가 이상한 점은 없었습니까?"

"첫째로 뚜렷한 점은, 보험금이 목적이 아니었다는 것이지요. 그리고 살인도 그 목적이 아니었던 것 같습니다."

카마이클은 기데온의 말에 고개를 끄덕였다. 카마이클의 엷은 빛 눈동자에 광채가 도는 것은 무언가 아직 감추고 있는 게 있음을 말해주었다. 기데온은 상대방에게 좀 우쭐한 기분을 맛보게 해줄까, 아니면 자기가 알고 있는 사실을 다 말해 버릴까 잠시 망설였다. 그는 이 자리에서는 카마이클에게 우쭐한 기분을 맛보게 해주어야겠다고 생각했다.

"그럴지도 모르지요. 그리고?" 카마이클이 재촉했다.

"둘째로 방화범은 그 아파트 거주자가 아니었다는 점입니다. 관할 경찰서의 보고에 따르면 전혀 수상쩍은 사람은 없었다고 합니다."

"그 점은 몰랐군요."

카마이클의 눈이 더욱 빛났다.

"생쥐 한 마리가 태산을 울리게 하는 식으로 공연한 법석이라고 생각할지도 모르지만, 우리 간부 몇 사람과 나는 지난 5개월 동안 이처럼 수상한 화재가 서너 건이나 있었기 때문에 좀 이상하게 생각하고 있습니다."

'역시 그렇군.' 기데온은 생각했다. 그는 큰소리로 물었다.

"또 다른 화재라면?"

"뚜렷이 방화라고 단정할 수 있는 것은 그중 한 건뿐입니다. 11월에 베스널 그린에서 화재가 있었습니다. 철거예정 건물이었으나 아직 사람이 살고 있던 집이 일곱 채나 불에 탔으며 두 사람이 타죽었지요. 어떤 여자와 그 딸이."

"그 화재라면 기억하고 있습니다. 아이들이 구석방에서 불장난한 것으로 보았었지요. 쓰레기장에서 주워다 놓은 다이너마이트가 모두 잠들고 난 다음 방에서 폭발한 거라구요. 아이들이 불장난하다 채 끄지 않은 불에서 불길이 옮겨 붙은 거라고 말입니다."

"그렇습니다. 그 다음은 화이트차펠의 화재입니다. 그때는 부상자가 없었지만, 아파트 두 채의 내부가 어제처럼 몽땅 타버렸었지요."

"그것도 기억하고 있습니다. 부엌 보일러가 폭발한 것이었지요?"

"그런 이유가 붙여졌었지요." 카마이클이 대답했다. "세 번째 화재는 캐닝 타운에서 일어났는데, 이때는 빈민굴이 굉장히 많이 타버렸습니다. 철거될 예정이라 거의 빈집이었으나, 열 두어 채 가량에 아직 사람이 살고 있었습니다. 그러나 이때는 모두 대피할 시간이 충분했었지요."

"말씀하시는 뜻이 무엇인지 알 수 있을 것 같습니다."

"당신이 오랜 시간 걸리게 할 사람이 아니라는 건 나도 알고 있었습니다." 카마이클은 무뚝뚝하게 말하고 주위를 둘러보더니 웨이터를 불러놓고 기데온에게 물었다. "다음은 무엇을 드시겠습니까? 단 것? 아니면 치즈? 좋으시다면 두 가지 모두."

기데온은 웨이터에게 말했다.

"지금 자네가 가져온 시럽 얹은 금빛 푸딩이 맛있을 것 같군."

"네, 이것은 늘 맛있다는 평판을 듣고 있습니다."

"나도 당신의 절반만큼이나마 식욕이 있었으면 정말 좋겠소." 카마이클이 투덜거렸다. "나에게는 조그마한 캐러멜 푸딩을 가져다주게. 그리고 치즈 메뉴를 보여주겠나?"

웨이터가 물러가자 카마이클은 아무 방해도 받지 않았던 듯한 투로 화재이야기를 이어나갔다.

"네 번째 화재 역시 베스널 그린 근처였습니다. 이 화재는 모두 빈민굴로 철거예정. 또 한 가지, 이것은 당신이 모르리라고 생각합니다만……."

"무엇입니까?"

"이 화재들은 모두 내가 아는 한 화재가 일어난 직후 누군가가 가까운 소방서에 꼭 전화를 걸었습니다. 999번을 돌려 이름은 대지 않고 화재를 신고한 것입니다. 전화를 건 사람은 당직 교환원에게 화재가 일어난 정확한 위치를 대고는 아무 설명도 없이 끊어버렸답니다. 어느 경우에나 교환원들은 모두 '장난전화인 듯하지만'이라고 보고해 왔습니다. 전화를 건 사람이 너무 침착했기 때문이었지요. 대개 진짜 화재를 알리는 경우 당황하고 흥분해 있는 법이니까요. 그리고 장난전화가 진짜보다 많다는 것은 당신도 알고 계시겠지요."

기데온은 고개를 끄덕였다.

"맨 처음 내가 알아차린 것은 이 화재들이 모두 빈민굴에서 일어났으며, 또한 방화의 진정한 동기를 쉽사리 찾아낼 수 없다는 점이었습니다. 그리고 캐닝 타운의 화재를 빼놓고는 모두 불이 날 그럴 듯한 이유가 있었다는 점입니다. 캐닝 타운의 화재 때는 가솔린을 쓴 흔적이 나타났지만, 그러나 누군가가 빈집을 몰래 창고 대신 쓰며, 거기에 가솔린을 넣어 두었었다고 생각할 수도 있습니다. 어젯밤에도 역시 현장에서 걸어서 10분쯤 되는 거리에 있는 공중전화에서 전화가 걸려왔었습니다. 전화를 건 사람은 정확하게 불이 난 위치를 대고는 곧 끊었습니다. 아무튼 그 공중전화에서는 화재현장이 보일 리 없고 화재현장에서 더 가까운 공중전화도 얼마든지 있었는데……."

"확실합니까?" 기데온의 말투가 날카로워졌다.

"확실하다고 말할 수 있습니다."

기데온은 자기 앞에 놓인 시럽을 듬뿍 얹은 금빛 푸딩을 내려다보는 대신 카마이클의 얼굴을 바라보았다.

"당신이 하시는 말씀이니 믿지요. 그리고 이 화재들이 모두 같은 방화범의 짓이라는 주장도 믿겠습니다. 그럼, 여기에 관한 보고서를 나에게 주실 수 있겠습니까? 자세한 점까지 모두 알고 싶습니다. 그리고 연락원을 경시청에 파견해 주십시오. 우리 쪽에서는 마켓슨을 이 일에 배치시키겠습니다. 방화에 대해서는 최고권위자지요."

카마이클은 조용히 미소 지었다.

"가능한 한 협조를 아끼지 않겠습니다. 내 서류가방 속에 자료 사본이 모두 들어 있습니다. 당신을 납득시키는데 그다지 시간이 걸리지 않을 것 같아 가지고 온 겁니다."

"그 밖에 또 무언가 생각해야 할 점이 있습니까?"

"아직 이런 말을 하는 것은 좀 이를지 모르지만, 만일 이 일련의 빈민굴 화재에 어떤 관련이 있다고 한다면……당신이 맞닥뜨리고 있는 상대는 빈민굴을 철거하는 일에 대해 당국보다 더 빨리 손을 쓰는 것을 일종의 천명이라고 생각하는 미치광이일지도 모릅니다. 지금까지 그런 무리가 있긴 했지만, 대개 붙잡혔었지요. 정말 머리가 뛰어난 사람이 그런 충동을 일으켜 불 지르기를 시작하면 어떻게 될까 가끔 생각해 본 적도 있답니다. 지금 당신과 의논하는 편이 좋겠다고 생각한 것도 바로 그 때문이지요. 우리는 런던의 사회복지상태와 빈민굴 일소계획을 크게 자랑으로 생각하고 있지만, 아직도 깜짝 놀랄 만큼 지독한 곳이 시내에 얼마든지 있다는 건 당신도 아실 겁니다. 지난번에 나도 그 대책이라는 것을 연구해 보았습니다. 소방청에서는 런던의 중심부와 동부, 그리고 동남부가 다른 주거지역보다 화재의 위험도가 두 배쯤 높다고 보고 있지요. 그것은 모두 낡은 빌딩과 낡은 집들 때문입니다. 완벽한 화재예방대책을 세우지 않고 있으며, 굉장히 많은 사람들이 혼잡하게 모여 사는 데다, 심한 곳은 물이 1층 밖에 나오지 않는 빌딩도 있답니다. 런던이라는 도시는 우리가 인정하고 싶어하는 것만큼 문화적이지도 진보해 있지도 않습니다. 하지만 이런 이야기로 요리를 식게 해서는 안 되겠지요."

"정말 그렇습니다."

기데온은 스푼을 집어 들고 걸쭉한 푸딩을 듬뿍 떴다. 그 맛은 기데온의 기호에 꼭 맞았다. 그는 푸딩을 먹으며 카마이클의 이야기를 생각해 보았다. 그로서도 미친 사람이 불을 지른 예를 몇 가지 생각해 낼 수 있었다. 이렇다할 동기 없이 그저 무언가가 불타는 것을 보고 싶다는 단순한 생각에서 불지른 예도 있었다.

푸딩을 먹고 나니 입 속이 끈적거렸다. 아직 술잔에는 빛깔이 엷은 맥주가 조금 남아 있었으므로 그것을 마셨다. 이윽고 기데온은 깊이 생각하며 말했다.

"지금 생각해 보았습니다만, 불탄 건물의 소유주가 동일인물은 아닙니까?"

"그 점에 대해서는 뭐라고 말할 수가 없습니다." 카마이클이 흥미있는 듯한 눈길로 말했다. "그런 몹쓸 건물로 돈을 버는 사람에 대한 공격이었을지도 모른다는 의견입니까?"

"아니, 지금 당신 이야기를 듣고 문득 그런 생각이 떠올랐을 뿐입니다."

 그날 오후 3시 마켓슨 주임경감을 부르라고 명령했을 때도 기데온은 여전히 머리를 썩이고 있었다. 마켓슨은 중년 사나이로, 경시청의 승진 방식에 이의를 제출해도 당연할 만한 사람이었다. 책으로 하는 공부는 도무지 질색이어서 어떤 시험에도 합격한 적이 없었다. 글씨를 쓰게 하면 아주 엉망이라 그의 자필보고서를 읽는 사람은 누구나 초등학생이 썼나 보다고 생각할 것이다. 그러나 내용을 읽어보면 인상이 금방 달라진다. 양심의 견본 같은 보고서로 어려운 단어나 전문 용어로 정확하게 씌어져 있는 것이다. '때로는 사전을 찾아보기도 하지' 하고 마켓슨은 말할 것이다. 글씨가 엉망이고 학문적 교양이 없기 때문에 그는 더 이상 출세하지 못하고 있었다. 그러나 기데온과 그 밖에 그의 소질을 인정하는 사람들이 끈질기게 추천하여 겨우 경감자리에 올라오기는 했다.

 그는 중키의 뚱뚱한 몸집으로, 얼굴에는 깊은 주름이 새겨져 있어 주름 사이의 수염은 전기면도기로 깎을 수가 없었다. 게다가 언제나 수염을 깎아야 할 때보다 몇 시간이나 늦게 면도하기 때문에 더욱 덥수룩했다. 밀짚 빛깔의 머리카락도 늘 헝클어져 있었는데, 그 이유 중 하나는 머리카락들이 모두 제각기 이쪽저쪽 방향으로 돋아나 있기 때문인지도 모른다. 그는 늘 가마가 세 개 있다고 유쾌하게 자랑했다. '그래서 틀림없이 운이 좋은 거야'라고 말하여 '럭키 마켓슨'이라는 별명까지 붙었다.

 기데온의 방문을 조용히 노크하자 들어오라는 목소리가 들려왔다. 그는 주춤거리며 들어가 조심스럽게 문을 닫았다. 무엇 때문에 이처럼 높은 사람 앞에 불려왔는지 모르겠다는 듯한 공손한 태도였다.

 "여어, 럭키, 앉게나!"

 기데온이 말을 걸자 그때까지 불안한 얼굴에 주름을 모으고 있던 그는 초등학생 같은 미소를 지어보였다. 마켓슨의 얼굴에는 균형 잡힌 데가 하나도 없었다. 입 끝은 한쪽이 다른 쪽보다 올라가 있고, 콧구멍도 한쪽이 다른 쪽보다 컸다. 눈도 초록색과 갈색의 중간이었으며, 양쪽 빛깔의 강도가 달랐다.

"아아, 마음 놓았습니다." 마켓슨은 의자를 끌어냈다. "나는 또 부장님 머리 뒤에 눈이 달려 있는 줄 알고……"

"이번에는 또 어떤 나쁜 짓을 했나?"

"오늘 아침에 람베스 화재 현장에 가보았지요. 창고 방화사건을 보러 가야 했습니다만, 그 사건은 이미 해결된 거나 마찬가지여서……." 마켓슨의 런던 사투리는 르메틀보다 더 심했으나 낱말 선택에는 신중했다. "보험금이 목적으로, 그 창고회사에는 틀림없이 무언가 흑막이 있습니다. 보고서에도 적었습니다."

"알고 있네. 그런데 무엇 때문에 람베스에 갔었나?"

"너무나 이상했기 때문입니다. 조 벨에게 할 이야기가 있어서 왔을 때, 벨이 잠깐 자리에 없었거든요. 지난 5개월 동안에 빈민굴화재가 다섯 번이나 났었습니다."

기데온은 무뚝뚝하게 말했다.

"오전 중에 나에게 그 점을 귀띔해 주었더라면 소방청장 카마이클 씨의 이야기를 듣는 대신 내 쪽에서 먼저 설명해 줄 수 있었을 게 아닌가!"

"그렇다면 그쪽에서도……? 과연 카마이클 씨답군요. 놀랐는데요. 그들은 어느 정도 알고 있습니까? 신고전화에 대해서도 알고 있었습니까?"

"알고 있더군."

"내가 맨 처음 이상하게 생각한 것은 그 전화였습니다. 어제 저녁 신고한 전화 부스를 보러 갔었는데, 공중전화였습니다. 교환원은 공중전화 번호를 모두 알아낼 수 있거든요. 그 공중전화는 서섹스 거리와 헴프 거리의 모퉁이에 있으며, 힐튼 테라스에서 1마일 반이나 떨어진 곳에 있었습니다. 화재현장으로부터 1마일 안에 공중전화가 17군데나 있으므로 가까운 곳의 전화를 썼다고 볼 수는 없지요. 나는 관할경찰서 경관의 자전거를 빌려 타고 힐튼 테라스 주위를 두루 돌아다녀보았습니다만, 불길이 하늘로 치솟아 오르지 않는 이상 어느 길을 지나도, 현장 바로 옆에 가지 않는 한 불은 보이지 않습니다. 따라서 불을 지른 녀석이 자전거를 타고 달아나다가 이제 붙잡힐 염려가 없다고 안심할 만한 곳에 이르러 전화를 건 것입니다. 그러므로 단지 불을 지르고 재미있어하는 단순한 녀석이 아닙니다."

"어째서 전화를 걸었는지 그 점에 대해 생각나는 게 없나?"

"없습니다. 거기까지는 미처 생각해 보지 못했습니다. 어쩌면 단순히 불 지르는 것이 재미있어서 그랬는지도 모르지요. 내 아이들 중에도 좀 한심한 녀석이 하나 있습니다. 성냥갑이 눈에 띄기만 하면 성냥을 그어 불을 붙이지 않고서는 견디지 못한답니다. 바로 지난 주일에도 엉덩이를 호되게 두들겨주었습니다. 아이들이란 누구나 불이 무섭다는 것을 모르기 때문에 불장난을 좋아하지요. 그리고 크기만 한다고 모두 어른이 되는 건 아니니까요. 안 그렇습니까, 부장님?"

"말하는 뜻은 알겠네. 그 불탄 건물이 각각 장소는 다르지만, 소유주가 누구인지 알아보았나?"

마켓슨은 눈을 동그랗게 뜨며 아차 하는 듯한 표정을 지었다.

"아니오, 제기랄, 그 점을 왜 생각해 내지 못했을까? 막연히 이상하게 느꼈을 뿐 그 점에 대해서는 생각해 보지 못했습니다. 람베스 화재로 그만 당황했거든요."

"괜찮네, 럭키."

기데온은 카마이클이 준 복사한 자료를 그에게 건네주었다.

"소방청에서 파견 나온 연락원에게 전화를 걸어주게. 카마이클이 그 연락원에게 대체적인 설명은 했을 테니까. 되도록 깊이 파고들어야 하네. 방화증거를 찾아야 하는 걸세. 동기, 건물과 그 밖의 소유주, 그리고 각 화재현장의 공통점. 예를 들어 거주자 사이에 어떤 연관은 없는지 등 온갖 가능성을 조사해 보게. 어물어물할 때가 아니야."

"어물어물하다니요." 마켓슨이 진지하게 말했다. "람베스 사건은 어떻게 할까요?"

"그것도 자네가 조사하게, 관할 경찰서와 협력해서."

"알겠습니다!"

마켓슨이 얼마나 이 사건을 맡고 싶어했는지 기데온은 이 한마디로 알 수 있었다.

기데온이 그에게 말했다.

"나를 만나고 싶을 때는 언제든 조 벨에게 말하게. 이 사건은 무엇보다도 우선이니까."

"여덟 명이나 죽었으니 나도 온 힘을 다하겠습니다, 밤낮없이." 마켓슨은 다짐했다. "희생자 가운데 어린아이가 끼어 있으면 아무래도 기분이 묘해집니다. 안 그렇습니까? 그 이슬린턴의 개새끼에 대해서는 그 뒤 무슨 단서가 잡혔습니까?"

"없네."

"사형폐지는 터무니없는 이야기입니다. 그건 그렇고, 고맙습니다, 부장님!"

다시 한 번 고맙다는 말을 하고 마켓슨은 몸을 일으켜 의자를 뒤엎을 듯한 기세로 방을 나갔다. 기데온은 희미한 미소를 띤 채 책상을 향해 고쳐 앉았다. 그곳에는 12시 30분 이후에 들어온 보고서가 산더미처럼 쌓여 있었다. 그중 한 장을 집어 들고 차근차근 재빨리 읽어나가기 시작했다. 밖에서 발소리가 들리고 문이 열리더니 벨이 들어왔다. 기데온의 책상 위 전화 벨이 울렸다. 시계밀수사건의 수사보고서에 눈길을 보낸 채 그는 전화기를 들었다.

"기데온이오…… 좋아, 연결해 주오." 그는 벨 쪽을 보며 말했다. "코니시에게서 전화일세. 여보세요, 코니시?…… 뭐라고?"

"역시 비슷한 구멍에 기운 자국이 있는 똑같은 장갑이었습니다…… 지난 주일 은행 지하에 뚫은 구멍에 있던 자국과 번마우스 사건 때 남긴 자국이 말입니다. 육감이 맞았다는 사실을 알고 싶어하실 것 같아 이렇게 전화한 겁니다."

뱃속에서부터 우러나오는 듯한 코니시의 목소리에는 감탄한 듯한 기색이 담겨 있었다.

"그래, 무언가 단서가 잡힐 듯싶은가?"

"이렇다할 것은 없습니다. 지금 잡혀 있는 레니 클래퍼라는 녀석을 다시 한 번 심문해 봐야겠습니다. 이쪽에서 번마우스 사건과의 관계를 알고 있다고 하면, 녀석은 우리가 뭔가 알아냈을지도 모른다고 생각하겠지요. 그리고 또 한 가지……."

기데온은 달리 무슨 말이 있으리라고 미리 짐작하고 있었다. 코니시가 이런 이야기만으로 일부러 전화를 걸 리가 없기 때문이다.

"절대적이라고 할 수는 없습니다만, 그 장갑의 구멍이 아무래도 마음에 걸립니다. 반년 전 블렌포드에서 야경꾼을 쏜 권총을 입수한 적이 있는데 기억하고 계시겠지요?"

"물론 기억하고 있지." 기데온은 무게 있게 대답했다.

"그 권총에 난 손자국과 번마우스에서의 손자국이 똑같습니다. 블렌포드 사건에는 관계하지 않았습니다만, 담당했던 르메틀이 한 말이 기억납니다. 그래서 그 권총의 지문사진을 찾아내보았지요. 똑같습니다! 다시 말해서 범인은 괘씸한 살인청부업자란 말입니다."

"그럼, 조심해야겠군."

"조심하고 있습니다. 그보다도 이것을 어떻게 생각하십니까?"

"자네는 어떻게 생각하나?"

"레니 클래퍼가 실토하지 않는 이유도 거기 있다고 생각합니다. 녀석은 이 사건을 혼자 떠맡고 7년쯤 감옥에 들어가 있는 편이 털어놓고서 목숨을 잃는 편보다 낫다고 생각하는 겁니다. 야경꾼을 죽인 그런 놈에게 원한을 사고 싶지 않은 거지요. 이것은 골치 아픈 사건이 될지도 모르겠습니다."

"확실히 그렇군." 기데온은 침울하게 동의했다. "우선 알아내야 할 것은, 클래퍼가 아는 사람 중 폭력배 명단일세. 클래퍼의 아내를 만나 이야기해 보았나?"

"그녀는 남편이 그런 일을 했으리라고는 믿을 수 없다고 버티고 있습니다."

"겁을 주면 어떨까? 신문하겠다며 경시청으로 끌고 온다거나 하는 식으로 말일세. 내가 만나 호통을 치면 겁을 먹고 털어놓을지 모르지. 끌고 오는 데 시간이 얼마쯤 걸리겠나?"

"5시 30분까지는 어떻게든 데려갈 수 있을 겁니다. 그것이 좋은 생각일지도 모르겠군요. 그럼, 그렇게 하겠습니다."

"기다리겠네." 기데온이 말했다. "아참, 잠깐만…… 만일 그 장갑이 2년 전에 쓴 것이라면, 지금은 꽤 닳아 있겠지?"

"글쎄요, 그건 대답하기 곤란한데요. 그런 자들은 일할 때 쓸 수 있는 부드러운 고급 장갑을 구하면 진주를 다루듯 소중히 하니까요. 토미 레드베터 영감은 같은 장갑을 9년이나 썼고……"

"알았네, 잘해보게."

기데온이 이야기를 마무리짓자 코니시는 전화를 끊었다.

벨은 보고서 작성에 열중해 있었다. 기데온은 회전의자에 몸을 젖히고 머리가 벽에 닿을 만큼 기대었다. 그제야 비로소 주머니에 손을 넣고 커다란 파이프의 둥근 머리부분을 매만져 보았다. 좀처럼 담배를 피우지 않지만, 이 파이프는 거의 늘 주머니에 넣고 다녔다. 하늘이 흐려지며 방 안도 썰렁해졌으나 기데온은 알아차리지 못했다. 그는 지금 벨에 대해 생각하는 것도 아니고, 지금 수사 중인 어떤 사건에 생각을 집중하고 있는 것도 아니었다. 기데온의 마음은 가라앉지 않았다. 그는 그 까닭이 무엇인지 알고 있었다.

이미 저지른 범죄를 수사하는 것도 확실히 일은 일이지만, 붙잡힐 때까지 계속 범죄를 그만두지 않는 사람을 상대로 해야 하는 일도 있다. 예를 들어 지금까지의 화재가 서로 관련 있고 동일범이 지른 불이라면, 다음에는 어디서 그 불길이 일어날까? 방화란 보험금을 목적으로 하지 않는 한 모두 미친 사람의 짓이다. 럭키 마켓슨이 뚜렷이 지적했듯이 방화 미치광이란 불이라면 정신을 못 차리는 어린아이의 본성을 어른이 되어서도 억누르지 못하는 사람이다. 동기가 무엇이든 이처럼 큰불을 다섯 번이나 지를 수 있는 사람이라면 정신적으로 이상이 있는 자일 것이다. 그렇다면 다음에는 무슨 일을 저지를지 알 수 없다. 게다가 미치광이를 찾는 일은 욕심에 이끌려 움직이는 범죄자를 찾는 것보다 열 배나 더 어렵다. 화재를 한 사람의 짓으로 볼 때 이 방화범은 어느 온전한 가정에서 온전한 생활을 하고 있을지도 모르며, 함께 사는 사람들에게 지극히 정상적으로 보일지도 모르는 것이다.

한밤중에 불을 들고 몰래 돌아다니는 미치광이, 그것도 8백만 런던 시민 속에 끼어 있는 단 한 사람을 어떻게 찾아낸단 말인가?

그 사람이 더 무서운 피해를 낳을 방화를 다시 저지르지 않는다고 누가 단언하겠는가?

그리고 또 오늘 밤에 또다시 아이비 맨슨 사건과 똑같은 사건이 일어나지 않는다고 어떻게 장담할 수 있겠는가? 새록새록 잠든 어린아이가 악귀 같은 녀석의 습격을 받지 않을까?

그리고 또 어떤 야경꾼이 실밥이 터져 구멍이 뚫린 목면장갑을 낀 사나이에게 총을 맞아 죽지 않는다고 어떻게 보장할 수 있겠는가?

이런 문제로 걱정하지 않아도 된다고 장담할 수 있는 방법은 하나밖에 없다. 범인을 찾아내는 것이다. 어느 사건이든 경시청이 짊어져야 할 책임은 엄청나게 무겁다. 어린아이가 또 습격당하거나, 방화가 일어나거나, 권총살인이 있다면 경찰은 당연히 실패의 오명과 책임을 뒤집어써야 한다. 더구나 기데온은 그런 사건과 주로 관계를 맺게 되는 수사부의 부장으로서 모든 책임을 짊어져야 한다. 경시청 안에는 그런 것을 인정하지 않으려는 사람이 많다. 자기들은 자기들 일에 최선을 다하면 그만이라는 것이다.

그러나 사실 책임이란 그런 사람들이 이해하고 있는 것보다 훨씬 더 깊다. 예를 들어 만일 그들이 실패하면 어떻게 될 것인가? 만일 럭키 마켓슨이 꾸물거리다 보고를 늦게 하거나——사실 하마터면 그렇게 될 뻔했지만——오늘 밤에라도 또 화재가 일어난다면 어떻게 되겠는가? 그 과오를 누구의 잘못이라고 하겠는가? 남이 어떻게 생각할지 몰라서, 자기의 추측을 말하여 웃음거리가 되는 게 싫어 보고를 꾸물거렸다고 해서 럭키를 나쁘다고 할 수 있겠는가? 아니면 럭키 같은 사람들에게 아무 때나 그런 생각이 나거든 서슴지 말고 와서 이야기하라고, 아니면 보고서를 제출하라고 일러놓지 않은 기데온의 잘못이라고 할 수 있겠는가?

범죄수사담당 부총감 로저슨은 이런 모든 것을 '완전주의'라고 말할 것이다. 그렇다. 하지만 완전을 기하려는 것이 나쁘다고 할 수 없지 않겠는가?

기데온은 이 세 가지 사건이 해결되어 범인들이 모두 붙잡힐 때까지 악성종기처럼 그의 몸속에 퍼져 있는 불안과 위구심을 피할 수 없었다. 그 밖에도 아직 여러 가지 일이 있었다. 수도경찰의 관할 안에서 지금도 헤아릴 수 없을 만큼 많은 범죄가 기데온이 모르는 가운데 저질러지고 또 계획되고 있는 것이다. 그 가운데에는 적어도 기데온이 자책감을 느끼지 않아도 될 것이 있겠지만, 내일 역시 오늘만큼이나 공포와 불안감이 솟아오르리라.

아무튼 기데온은 '오늘'이라는 날이 도무지 마음에 들지 않았다.

젊고, 좋은 옷을 입고, 곱게 화장하고, 엉덩이를 흔들며 걷고, 야한 몸짓을 하는 클래퍼의 아내를 만난 다음에도 그의 기분은 나아지지 않았다.

"우리 집 그이는 아무 나쁜 짓도 하지 않았어요." 그녀는 딱 잘라 말했었다. 남편이 그런 짓을 했으리라고는 단 한순간도 생각할 수 없다는 것이다.

기데온이 코니시에게 여자를 미행하라고 이를 필요도 없었다.

집에 돌아와보니 케이트는 외출 중이었고, 여섯 아이 중 막내인 맬콤 혼자 있었다. 맬콤은 텔레비전에서 스포츠 중계를 하고 있어 맡겨진 집안일 돕기와 양심을 상대로 싸우고 있었다. 기데온은 몸과 마음이 안정되자 내일 해야 할 일을 검토하고 머리에 새겨둔 다음 한시름 놓았다. 11시 조금 전에 케이트가 돌아왔다. 버스 정류장에서 급히 걸어온 때문인지 눈을 반짝이고 있었다. 기데온은 아내가 늘 활기에 차 있어 훈훈한 만족감을 느꼈다. 그러나 2층에 올라가 옷을 벗을 때 가까운 큰길을 달려가는 소방차의 사이렌 소리를 듣자 빈민굴 방화사건과 그 사이렌 소리가 뜻하는 모든 일 쪽으로 생각이 달려가 버렸다.

아내의 이해

 그날 밤 11시 30분쯤 기데온네 가족들은 잠자리에 들어 있었지만, 엘릭슨의 아들 마이클은 자기 방에서 그의 부모는 이제까지 들은 적도 없는 노래를 휘파람으로 불고 있었다. 로스코에 대한 이야기며 가짜 주식에 대한 이야기를 아내에게 털어놓기 전에는 아내도 자신도 잠을 이루지 못하리라는 것을 엘릭슨은 잘 알고 있었다. 그날 밤은 이 부부에게 있어 괴로운 밤이었다. 조니는 전부터 남편이 무슨 일로 고민하고 있음을 알아차렸지만 물어보려고 하지 않았던 것이다.
 어떤 일이 일어나고 있는지 더 이상 말해 주지 않는 것은 아내에게도 나쁘다. 그러나 감옥에 들어가는 것은 아내와 떨어져 있어야 한다는 뜻이며, 그 다음부터 시작될 절망적이고 고통스러운 세월이 어떤 것인지 잘 알고 있었으므로 엘릭슨은 괴로워했다. 조니는 지금 부엌에서 고양이에게 줄 생선을 자르고 있었다. 1년에 5천 파운드나 쓰는 생활을 하고 있지만, 그의 집에는 하녀를 두고 있지 않았기 때문이다.
 조니의 목소리가 들려왔다.

"티비, 이리온, 티비!"
부엌문이 열리며 바람이 불어들어왔다.
"티비! 티비!"
조금 사이를 두었다가 이번에는 귀엽다는 듯이, 재미있어하는 듯이 늘 고양이에게 말하는 조니의 말소리가 들렸다. 문이 닫히고 그녀는 부엌에서 거실로 들어왔다. 훌륭한 비단 커튼에 호화로운 가구가 놓인 거실은 바로 지난해 그녀가 손수 꾸몄다. 이것만 해도 적지않은 비용을 들인 것이었다. 그때가 낭비의 마지막 시기로, 로스코와 사기 계획을 짠 것도 바로 그 무렵이었다.

조니는 눈을 반짝이며 피로한 빛이 전혀 없었다. 엘릭슨은 이처럼 아름다운 모습을 보는 게 오랜만이라고 생각했다. 이것은 그가 아내를 보는 기분 탓이기 때문이리라. 물론 그뿐만은 아니었다. 40대 중반으로 접어든 나이가 그녀에게 꼭 어울렸던 것이다. 아직 늘씬한 몸의 곡선, 보기 좋은 허리와 매끈한 엉덩이는 자랑할 만하며, 다리도 나무랄 데 없이 아름다웠다. 그녀는 거실을 가로질러와 남편 앞 소파에 앉아 무릎을 끌어안았다.

"당신 벌써 주무시겠어요?"
"그렇게 할까."
"주무시기 전에 한잔 어떠세요?"
"마시고 싶소?"
"조금, 가져올게요."

그녀는 발딱 일어섰다. 발레를 하는 딸도 이 이상 유연하게, 또는 가볍게 일어날 수 없을 것이다. 엘릭슨은 아내가 위스키 병의 술을 술잔에 따르고, 두 개의 술잔에 탄산수를 섞으며 돌아다보는 것을 지켜보고 있었다. 이윽고 엘릭슨이 말했다.

"조니, 할 이야기가 있소."

"네, 알고 있어요."

그녀는 마실 것을 가지고 와서 남편 앞에 섰다. 남편이 술잔을 받을 때 손이 닿았다. 두 사람은 정열을 토해버리고 난 뒤까지도 계속 감정을 겉으로 표현하는 타입이 아니었다. 지금도 서로 감정을 노골적으로 나타내보이지 않았다.

"무엇을 걱정하고 계시는지 내가 알지 않으면 안 될 만한 일이 없기를 바라고 있었어요."

"언제부터 눈치 채고 있었소?"

"한 5, 6주일 전부터요."

조니는 바닥의 두꺼운 방석에 앉아 다리를 엉덩이 밑에 집어넣었다.

"화내시면 싫어요…… 처음에는 여자가 생긴 줄 알았어요."

"이거 참, 놀랐는데!"

"가슴이 철렁 내려앉았지요?"

"철렁 내려앉았다고?"

엘릭슨은 그 말을 되풀이하며 웃음을 터뜨렸다. 참으로 오랜만에 기분이 가벼워지는 듯한 느낌이었다.

"그렇지 않소, 당신이 그런 생각을 하고 있는 줄은 조금도……"

그는 다음 말을 얼버무리며 술을 반쯤 마셨다. 잔을 옆 탁자에 놓은 뒤 몸을 앞으로 내밀었다.

"내가 어떤 짓을 했는지 들으면 당신은 아마 나를 무척 미워할 거요. 하지만 이것만은 말할 수 있소. 여자문제는 아니라고. 당신을 안 뒤로 나는 단 5분이라도 다른 여자 생각을 해본 적이 없소."

"그것도 알아차렸어요. 야비한 의심을 극복한 직후에. 일에 대한 것이겠지요?"

"어떤 뜻에서는 그렇지."

"파산하게 됐나요?"

이 질문으로 아내가 눈치를 챘다 하더라도 사실이 어떤 것인지는 조금도 짐작하지 못하고 있음을 그는 알았다.

"파산하게 됐나요?"

1년 전 이미 파산 직전에 이르러 있었다. 돈이 떨어져서 1만 파운드의 빚을 졌는데, 그저 보통 빚이었으므로 최악의 경우 파산하면 그만이었다. 그런데 그는 바보 같은 광대처럼 파산을 겁내며 뒷걸음질 쳤던 것이다.

"그래요, 여보?" 아내의 목소리는 부드러웠으나 끈질겼다.

선뜻 대답할 수가 없었다. 말이 목에 걸려 숨이 막힐 지경이었다. 조니가 눈살을 찌푸리는 것이 보였다. 그녀는 이제 자기가 질문한 그런 간단한 문제가 아님을 짐작했는지 그 눈에 그늘이 드리워지는 것을 엘릭슨은 알아차렸다. 그녀는 더 이상 묻지 않았다. 엘릭슨은 땀이 배어나와 뜨거워진 이마와 젖은 입술을 비비며 간신히 입을 열었다.

"그 정도라면 좋겠지만……."

"이야기를 들을 각오는 되어 있어요. 얼마나 나쁜 사태가 벌어지게 되나요?"

"아주 지독하게."

"설마……."

그녀는 말하다 말고 잠시 남편을 뚫어지게 바라보았다.

"지미가 없어진 것과 관계가 있나요?"

"있지."

"엉터리 주식에 대한 건가요?"

엘릭슨은 너무나 놀라 몸을 벌떡 뒤로 젖히고 두 손을 들어올리며 입을 크게 벌렸다. 조니는 위스키를 마시고 술잔을 내려놓았으나 일어서려고 하지는 않았다.

"역시 그랬었군요." 그녀는 괴로운 듯이 천천히 말했다.

"어떻게…… 대체 당신이 어떻게 그것을……" 엘릭슨은 말을 잇지 못했다.

"그 주식에 대해서는 전부터 마음에 걸렸었어요. 왜냐하면 너무도 때를 잘 맞춰 이야기가 나왔기 때문이에요. 안 그래요? 당신의 경기가 별로 좋지 않다는 건 나도 알고 있었어요. 지난해 당신이 우리 예금계좌를 아주 꼼꼼하게 두 번이나 조사했는데, 그전까지는 한 번도 그런 적이 없었으니까요. 나는 다만 막연하게 불안을 느끼고 있었지요."

그녀는 잠시 입을 다물었으나 눈길은 여전히 남편에게서 떼지 않았다.

"누가 생각해 냈지요?"

그는 대답하지 않았다. 그녀는 괴로운 듯이 말을 이었다.

"그런 건 아무래도 좋아요. 문제는 뒤처리겠지요. 얼마…… 모두 얼마 가량이에요?"

"5만 파운드쯤."

아내의 볼에서 핏기가 가시고 눈언저리가 어두워지는 것이 엘릭슨에게도 보였다. 그녀는 사실 한순간 눈을 감았다. 그녀는 애써 숨기고 있지만, 이 충격이 그녀에게 얼마나 끔찍한 것인지 엘릭슨은 잘 알고 있었다. 이처럼 불쑥 5만 파운드라고 말한 것만으로도 큰 충격인 것이다.

'아아, 이이는 대체 어떻게 되었던 게 아닐까?'

이윽고 그녀는 눈을 크게 뜨고 말했다. 그녀의 목소리는 기분과는 완전히 동떨어진 것이었다.

"얼마나 될까요? 모든 것을 몽땅 팔아버리면? 모두 말이에요. 예를 들어 내 코트며 스톨(여성용의 긴 솔)이며 보석 등까지 모두 합쳐서."

"아마 1만 파운드쯤 되겠지." 엘릭슨이 대답했다. 지금까지 그는 몇 번이나 그 계산을 해보았던 것이다.

"그것으로 우선 어떻게 막을 수 없을까요? 어떻게 해서든지 피할 수 없을까요?"

"안 돼, 그렇게 되지 않아. 문제는 경찰이 어떻게 나오느냐에 달려 있소. 수사가 이 이상 더 진전되면……"

"이 이상?"

"벌써 여러 번 심문을 받았소. 법률사무소의 헤일리버리 영감도 떨고 있소. 남은 것은 한 가지…… 경찰이 지미의 조사보고서가 가짜라는 증거를 잡느냐 어떠냐에 달려 있소. 경찰에서 별도로 조사하고 있는 것 같거든. 당분간은 지미가 숨어 있기 때문에 그를 데려다 심문할 수가 없겠지만."

"전혀 구제될 가망이 없는 건가요?"

마침내 그녀가 일어섰으나, 방 안을 걸어 다니기 위해서가 아니라 선반 쪽으로 가 위스키를 더 따르기 위해서였다. 그녀는 남편을 돌아다보며 말했다.

"틀림없이 무언가……"

그러나 그녀는 도중에 말을 그만두었다.

"가망은 없을 거요." 엘릭슨이 잘라 말했다. "나는 아직 괜찮다고 자신을 속여 왔소. 그 산에서 정말 철광석이 나오리라 믿고 주식을 발행했다고 하면 무사히 발뺌할 수 있다고 말이오. 하지만 냉정하게 생각해 보면 그런 이야기에 경찰이 속아 넘어가지 않으리라는 것을 인정하지 않을 수 없소. 만일 5만 파운드라는 돈이 있어서 조사보고서의 잘못을 발견했으므로 주식을 다시 사들이겠다고 하면 어떻게 모면할 수도 있겠지. 그러나 그렇게 하더라도 회사는 결국 끝장이란 말이오."

"회사일 따위는 별로 걱정하지 않아요."

조니의 말투가 시원스럽고 사무적이었으므로 엘릭슨은 깜짝 놀랐다.

"당신 아버님이 돌아가신 뒤부터 그 회사는 두통거리에 지나지 않았어요. 그 회사의 중역 가운데 진짜 경영인이라고 할 만한 사람은 아버님뿐이었으니까요."

마치 예전부터 모든 것을 잘 알고 있었다는 듯한 말투였다.

"나로서는 그런 회사는 아무래도 상관없어요. 하지만 최악의 경우 실수하면 어떻게 되지요?"

잠시 긴장된 침묵이 흐른 뒤 엘릭슨이 말했다.

"7년쯤 교도소에 있어야겠지."

조니가 날카롭게 숨을 들이마셨다.

"얼마나 괴로운 일인지 알고 있소."

엘릭슨은 두려움이 이제 정말로 몸속에 스며들어왔으므로 목소리를 가다듬고 손의 떨림을 누르려고 필사적으로 애썼다.

"그 정도에서 끝나주기만 한다면 다행이지. 하지만 법정에서 어떤 말을 들을지 상상해 보오. 엉터리 광산으로 엉터리 주식을 발행하여 영세투자가에게 1파운드 주식을 5만 장이나 떠맡겼으니."

그는 말을 끊고 주먹을 불끈 쥐었다. 목소리가 들떠오는 것을 알 수 있었다.

"무엇보다도 나쁜 것은 영세투자가들이 많다는 점이오. 늘 그랬지. 신문기자들도 아마 곧 공격을 시작할 거요. 그리고 재판이 시작되면 온갖 고통이 당신과 아이들에게 덮쳐오겠지. 마이클과 조안나에게도 말이오. 어떻게든 그것만은 피하고 싶어서 며칠 잠도 자지 않고 생각했지만, 방법이 없소."

그는 입술을 깨물었다.

"게다가 나 자신마저도 그런 장면을 이겨낼 수 있을 것 같지 않고……."

"여보!"

조니는 소리치며 남편 옆으로 급히 달려갔다. 엘릭슨은 여태까지 아내의 이런 모습을 본 적이 없었다. 눈에는 노여움이 넘쳤고 볼이 물들었다. 날카로운 목소리에도 노기가 담겨 있었다.

"그런 말씀 하는 게 아니에요! 입 밖에 내는 것은 물론 생각해서도 안 돼요. 당신은 아직 45살이에요. 최악의 경우가 닥쳐와 7년 동안 교도소에 들어가 있어야 한다 해도 나올 때는 겨우 52살이에요. 견디지 못하겠다는 감상적이고 어리석은 잠꼬대는 그만두세요. 이겨내야 해요. 우리 모두가 이겨내야 해요. 당신은 이 불명예가 아이들에게 상처를 입히리라고 생각하시겠지만, 자살한 아버지를 가진 아이들의 인생이 더욱 지독하다는 것을 모르세요?"

그녀는 남편 앞에 우뚝 서 있었다. 엘릭슨은 눈도 들지 못하고 두 손을 내밀었다. 그녀는 그 손을 잡고 조용히 꼿꼿하게 서 있을 뿐이었다.

"아시겠지요, 여보?"

"알았소."

엘릭슨은 자기 눈에 눈물이 괴고 목소리가 쉬어 있는 것이 싫었다.

"알았소, 조니. 당신 말이 맞아. 나는, 오랫동안 머리가 돌았었나 보오."

"당신이 무엇을 해도 좋아요. 어떻게 돼도 좋아요. 무엇이 없어지든 상관없어요. 다만 당신이 자살하지 않을까 걱정하며 살지 않도록 해주세요."

"자살하지는 않아." 겨우 그는 아내를 납득시켰지만, 잠시 뒤 다시 내뱉듯이 말을 이었다. "그만한 용기가 있을지도 의심스럽군. 나에게는 그전부터 용기가 별로 없었거든. 안 그러오? 만일 전부터 용기가 있었다면……."

"들어보세요, 여보." 조니가 절망하여 날카로워진 목소리로 말했다. "이러니 저러니 지나간 일을 말해 봐야 소용없으니까 지금의 입장을 헤쳐 나가세요. 경찰이 당신을 그렇게 빨리 체포하러 올까요?"

"그렇소."

"돈을 돌려줄 방법은 없나요? 그리고……."

그녀는 입을 다물고 남편의 손을 놓더니 본디 앉았던 방석으로 돌아갔다. 거기에 앉은 그녀의 눈이 몹시 반짝이는 것을 엘릭슨은 보았다. 당장 울음을 터뜨릴 것 같은 상태임을 그는 알았다. 이때 비로소 그는 아내가 지닌 위대한 힘을 알아보았다.

"헤일리버리를 납득시킬 방법이 있을 거예요. 그리고 경찰에도 사기가 아니었다고 납득시킬 방법이 있을 거예요. 아직 경찰에 무언가 털어놓지는 않았겠지요?"

"물론이지. 하지만……."

"지미가 잘못했다고 할 수는 없나요?"

"그렇게 밀고나가다 달아날 수 있으면 되리라고 생각했는데, 그게 아니었소. 그가 조사보고서를 위조했단 말이오. 그 자신이 그 보고서를 보고, 그 광맥에는 10분의 1의 철 함유량이 있다고 발표했었소."

"지금 그 보고서는 누구 손에 있지요?"

"경찰."

"맙소사!"

사태가 얼마나 절망적인가를 알았다는 듯이 조니가 중얼거렸다. 그러나 그녀는 얼굴을 돌리지도 않고 잠시 뒤 고집스럽게 말을 계속했다.

"여보, 아무튼 손을 써봐야 해요. 지미가 숨어 있는 건 사실이지만, 경찰에서 지미가 정말 숨어 있다는 것을 알면 당신에 대한 심증이 더욱 나빠질 거예요. 아마 이 집과 나의 모피와 보석들을 모두 처분하면 1만 파운드 이상 나올 거예요."

"사려면 2만 파운드는 되지. 팔 때는 이야기가 다르지만."

"여보, 지금 당장은 안 되겠지만, 지미를 불러들여 실은 그 보고서가 잘못되었다고 경찰에 이야기하고, 1펜스도 남김없이 회사에서 보상하겠다고 말하는 게 좋겠어요." 조니의 목소리는 또렷또렷했다. "아무튼 결국 돈을 돌려주어 손해 보는 사람이 없도록 하면 될 테니까요."

남편이 대답하지 않자 그녀는 쌀쌀하게 말을 이어나갔다.

"경찰이든 누구든 돈을 갚아주겠다는데도 끝까지 맞서려고 하지는 않을 거예요. 안 그래요? 일부를 갚기 위해 모든 것을 팔도록 내놓고, 우리의 조사가 잘못된 보고서 때문이었으니 기간을 정해놓고 나머지 돈을 돌려주겠다고 정식으로 발표하는 거예요."

"조니, 만일 경찰에서 그것으로 우리를 너그럽게 봐준다고 하더라도 우리에게는 그만한 돈이 없지 않소. 모르겠소? 나는 1펜스도 남기지 않고 모두 써버렸단 말이오. 회사는 빚더미에 올라앉았고 나에게도 빚이 있소. 1만 파운드를 만드는 데도 당신 물건에 손대야 할 정도란 말이오. 잘 들어보오, 조니. 이번 일은 내가 저지른 실수로 내가 초래한 결과니까 당신이 모든 것을 잃어야 할 이유는 없소. 모피며 보석들만 하더라도 여러 해 전에 산 것이고, 당신의······."

"그런 말씀하지 마세요."

조니는 답답한 듯한 표정을 지었다.

"당신이 교도소에 들어가 있는데 내가 밍크에 다이아몬드를 몸에 걸치고 돌아다닐 수 있겠어요? 아마 먹고 살기 위해 거의 팔아치워야 하겠지요. 내가 큰돈을 벌 만한 일자리는 별로 없을 테니까요. 우리가 가지고 있는 것은 모두 돈으로 바꾸고 온갖 수단을 다해 빌려 모아, 주식을 사간 사람들로부터 다시 그 값으로 사들이는 거예요. 의지할 만한 곳이 꼭 한 군데 있어요. 레기 아저씨예요. 그 아저씨라면 3천이나 4천쯤 놀고 있는 돈이 있을 거예요. 있다면 빌려주실 테지요."
그녀의 눈은 밝아지기 시작했다.
"그리고 모드가 있군요. 그녀와 그 남편 아서는 굉장한 부자니까 그 점은 문제없어요. 그 사람들과 의논하면 되지 않겠어요? 당신이 보고서를 잘못 보고 실수했는데, 세상 체면에 관한 문제이기 때문이라고 하면 어떨까요? 물론 그렇게 되면 우리는 평생 빚을 짊어지고 살아야겠지만, 그들로서는 그다지 큰돈이 아닐 테니까요. 모드는 내가 어떻게든 설득할 수 있을 거예요."
그녀는 문득 입을 다물어버렸다.
엘릭슨의 눈은 눈물로 반짝였다. 그녀는 몸을 일으켜 남편에게로 다가가 의자 팔걸이에 걸터앉으며 남편의 어깨에 팔을 올려놓았다.
"져서는 안돼요, 여보."
"용서하구려!" 엘릭슨이 목이 멘 소리로 말했다.

이 무렵 이슬린턴에서는 좁은 골목으로 향한 좁은 아파트의 좁은 거실에서 부부가 서로 무릎을 맞대다시피하고 앉아 있었다. 침실 두 개와 거실, 그리고 부엌과 창고가 있는 아파트로 층계참에 있는 욕실은 다른 집들과 함께 쓰고 있었다. 거실 벽지는 화려한 빨강과 노란 빛 지그재그 무늬로, 결혼하여 오스트레일리아로 간 맏딸의 취향이 남아 있는 것이었다. 방 한가운데 놓인 탁자에는 초록색 셔닐사(chenille, 겉에 고운 잔털이 붙은 실. 모총사)로 짠 테이블보가 씌워져 있고, 그 위 쟁반에는 밀크와 밀크 티가 놓여 있었다. 방 한구석에 놓인 12인치 텔레비전은 소리도 내지 않고 영상도 비치지 않은 채 캄캄했다. 낡았지만 편안해 보이는 안락의자가 밝은 초록빛 타일과 검은 쇠살대의 맨틀피스를 사이에 두고 마주 놓여 있었다. 조명이라고는 천장에서 늘어진 술장식이 달린 전등뿐이었다. 의자 뒤에 부엌문이 있고, 그 문 저쪽에 죽은 딸의 침실이 있었다. 이웃사람들의 호의와 경찰이 배려한 덕분에 딸의 시체는 재빨리 아파트에서 실려나갔다.

아내 도리스 맨슨은 의자에 앉아 있고, 남편 모티머는 의자팔걸이에 걸터앉아 있었다. 그는 노동으로 못이 박인 한 손을 아내의 어깨에 얹어 놓았다. 굵은 손가락이 거칠고 울퉁불퉁했으며, 손톱이 갈라져 있었다. 중년부부로, 늦게 얻는 딸 아이비는 이 부부의 큰 기쁨이었던 것이다. 맨슨이 말했다.

"도리스, 여기 앉아 있는다고 무슨 소용이 있겠소. 잠자리에 듭시다. 당신의 괴로운 기분은 잘 알겠소. 나도 역시 괴롭지만, 여기 앉아 있어봐야 별 수 없잖소. 이렇게 앉아 있다고 해서 그 애가 돌아올 것도 아니니까. 도리스, 알겠지? 자, 기운을 내구려. 제발 부탁이오."

딸을 잃은 어머니는 입도 열지 않았고 꼼짝도 하지 않았다.

"도리스, 어서 잠자리에 듭시다. 내가 마실 것을 갖다줄 테니 의사 선생님이 놓고 간 그 약을 두 알 먹어야 하오. 그러면 아마 잠들 수 있을 거요."

여자는 여전히 입도 열지 않고 꼼짝도 하지 않았다.

"도리스!"

남편의 목소리가 떨려나오고 아내의 어깨에 올려놓은 팔에 힘이 주어졌다.

"나도 정말 괴로워서 견딜 수가 없소. 당신은 모르겠소?"

그의 눈에서 눈물이 흘러나왔다.

"그 아이는 눈에 집어넣어도 아프지 않을 만큼 사랑스러웠지. 안 그렇소? 나는 아이비에게 정말 굉장한 희망을 걸고 있었거든. 그처럼 귀여운 아이는 어디를 찾아보아도 없을 거요. 그런데 그 아이가 다시는 돌아올 수 없다니, 정말 믿을 수 없군. 당신보다 내가 더 비참한 기분이오. 방에 들어올 때마다 그 애의 목소리가 들리는 것 같고, 웃는 얼굴이 눈앞에 떠오르는 듯하오. 하지만 도리스, 사실을 외면할 수는 없는 거요."

그는 거칠게 아내를 흔들었다.

"당신은 모르겠소? 우리는 둘 다 정신을 바짝 차려야 하오. 우리가 맥을 못 추면 안 된단 말이오."

그는 더 이상 말을 잇지 못했다. 더 이상 아내를 흔들 수 없었다. 그녀는 여전히 꼼짝도 하지 않았다. 입도 열지 않았다.

잠시 뒤 남편이 몸을 일으켰다. 이마를 지그시 누른 채 부엌으로 들어갔다. 그 맞은쪽 작은 침실문은 닫힌 채 열쇠가 잠겨 있었다. 경관이 닫고 갔는데, 금방이라도 그 문이 열리며 귀여운 딸이 목까지 올라오는 가운을 입고 문 앞에 나타날 것만 같은 기분이 들었다. 명주 같은 노란 머리카락을 얌전히 빗고 파란 눈을 반짝이며 달콤한 핑크빛 입술을 방긋거리면서…….

그는 소리쳤다.

"아아, 하느님, 나는 더 이상 참을 수가 없습니다! 이젠 안 되겠습니다!"

잠시 뒤 거실에 돌아와 보니 아내는 아까 그 자세 그대로 앉아 있었다. 앞쪽을 뚫어지게 바라보고 있었다. 얼굴은 핏기를 잃고 눈은 한 곳을 응시한 채 두 손을 무릎 위에서 마주잡고 있었다. 무서운 것은 그녀가 아이비와 많이 닮았다는 점이었다.

현관문을 두드리는 소리가 들려 그는 섬뜩했다. 조금 망설이다가 문 앞으로 가서 열어보았다. 중년여자였는데, 층계참 맞은쪽에 사는 사람이었다.

여자는 조용히 말했다.

"안녕하세요, 맨슨 씨. 문 밑으로 불빛이 새어나오기에 별 일 없으신가 하고 왔어요. 아주머니는 좀 어떠세요?"

"그 사람은…… 그 사람은 한마디도 하지 않습니다. 벌써 몇 시간째, 아이비의 시체가 나간 뒤부터 내내 저렇게 앉아 있답니다." 맨슨의 목소리는 당장이라도 울음을 터뜨릴 것만 같았다.

"뭔가 도움이 되어드릴 수 있을지 들어가 보겠어요. 그리고 당신은 우리 집에 가서서 한 시간이라도 좋으니 소파에 누워 계시는 게 어떻겠어요? 우리 집 그이가 기다리고 있어요. 두 분이 이렇게 계실 것 같다고 그이와도 이야기했답니다. 내가 아주머니에게 힘이 되어드린다 해도 당신이 지쳐버리면 아무 소용이 없으니까요."

여자의 남편이 맞은쪽 문 앞에 나타났다.

맨슨은 고마움과 불안이 섞인 걸음걸이로 천천히 복도를 가로질러 갔다.

이슬린턴 북쪽에서 조금 떨어진 이셔 끝에서는 저비스 순경의 미망인이 큰 더블베드에 혼자 누워 있었다. 남편은 흔히 야근을 했기 때문에 혼자 누워 있는 것이 별로 이상하지는 않았다. 다만 오늘은 여느 때와 다르다고 자신에게 타일러야만 했다. 톰은 이제 두 번 다시 이 침대에 누울 수 없을 것이고, 귀에 익어 별로 거슬리지 않았던 그 코고는 소리도 들을 수 없다고.

결혼 첫 무렵, 아니, 그 이전부터 남편이 정열적인 애인 기질을 발휘했던 그 불같은 순간은 다시 오지 않을 것이다. 그는 언제나 순했다. 파이프와 슬리퍼, 텔레비전과 개, 마당손질을 하다 이따금 맥주를 한 병 마실 정도였다. 그녀는 자기에게 남편이 있다는 사실을 때로는 몇 주일씩이나 잊어버리고 살 수 있을 정도였다. 침대에서 코고는 소리가 들릴 뿐이었다. 그런 식으로 아내를 며칠씩 내버려둔 채 야근을 하고 오는 날이면 남편을 감당하기 힘든 밤이 오는 것이다. 그리하여 이처럼 무질서하게 굴면 지금도 아이가 셋이나 되어 충분한데, 한 다스나 생길 거라고 딱 잘라 못 박지 않을 수 없었다.

복도 맞은편 침실에서 소리가 났으므로 그녀는 반쯤 열린 문 쪽으로 몸을 돌렸다. 아이가 깨어날 때를 위해 반쯤 열어놓았던 것이다. 아직 아이들에게는 사실을 이야기하지 않았다. 아빠가 심한 상처를 입고 병원에 입원했다고만 말해 두었다. 이제 곧 아이들이 사실을 모두 알게 되어 피할 수 없는 무서운 순간이 올 것을 생각하면 가슴이 두근거렸다.

문이 삐걱 열리는 소리가 났다.

"헤스터니?"

그녀는 힘주어 팔을 뻗어 머리맡의 등불을 켰다. 창문으로 비쳐드는 가로등 불빛이 희미해졌다. 두 번에 걸친 세계대전 사이에 엘삼이라는 밝고 작은 교외에 세워진 조그마한 2층집이었다.

발소리가 나더니 문이 열리고 헤스터가 문 앞에 모습을 나타냈다. 10살치고는 몸집이 큰 소녀로, 이미 성숙한 여자 같은 몸매를 나타내고 있었다. 동그랗게 목을 판 핑크빛 잠옷을 입었는데 좀 작아보였다. 머리카락은 이마에서 곧장 뒤로 빗어 넘겨져 있었으며, 그 때문에 더 어른스러워 보였다. 커다란 갈색 눈은 아버지를 닮았다. 늘 유난히 크게 반짝이는 것 같았다.

아래층 시계가 12시를 쳤다.

"잠이 안 오니?" 하고 물으며 저비스 부인이 침대에서 몸을 일으켰다. "잠깐 이리 들어오렴. 곧 잠들 수 있을 테니까."

딸은 기다리고 있었다는 듯이 침대로 기어 올라와 눕더니 어머니의 얼굴을 바라보자 조금쯤 마음이 가라앉는 모양이었다. 이윽고 어머니가 침착한 목소리로 물었다.

"아빠가 걱정되니?"

"네, 엄마······."

아이는 말을 하려다가 그만두며 말끄러미 어머니의 얼굴을 바라보았다.

그 태도에서 저비스 부인은 딸이 마음속 깊이 진지한 고민을 안고 있음을 알아차렸다.

"왜 그러니?"

"엄마는 아까 내가 모퉁이 가게에 차와 설탕을 사러 갔던 것을 알고 계시지요?"

"그럼, 물론 알고 있지."

헤스터는 작은 목소리로 말했다.

"엄마, 내가 가게에 들어갔더니 안에 있던 사람들이 모두 갑자기 하던 이야기를 그쳤어요. 와그너 씨네 아주머니도 계셨고 플로 아주머니도 계셨어요. 처음에는 나도 몰랐는데, 그 사람들이 우리 아빠가 돌아가셨다고 말하는 소리를 들었어요."

다시 길고 긴장된 침묵이 흘렀다. 이윽고 헤스터가 물었다.

"아빠는 돌아가셨나요?"

저비스 부인은 눈을 감지 않으려고 애썼다. 기진맥진한 것을 겉으로 드러내지 않으려고 애쓰고 있었다. 질문에 대해 대답하기 전에 이 슬픈 소식이 헤스터에게 어떤 영향을 미칠까 생각해 보았다. 그녀로서 염려스러운 것은 이 딸뿐이었다. 다른 두 아이는 7살, 4살이므로 아버지의 죽음이 그리 견디기 어려운 일이 아니겠지만, 헤스터는 전부터 이해하기가 좀 힘든 편이었다. 아버지와 어머니 가운데 어느 쪽을 더 따르는 법도 없었고 늘 쌀쌀맞았으며, 너무 지나치다고 여길 정도로 응석을 부리지도 않았다.

"그렇단다." 저비스 부인은 겨우 목소리를 가라앉히고 말했다.

헤스터의 갈색 눈이 더욱 크게 벌어지는 것 같았다.

"그런 줄 알고 있었어요." 아이는 조용히 말했다. "왜 그런지 그런 것 같은 기분이 들었어요. 엄마가 우리들에게 사고가 났다는 말을 하셨을 때, 엄마의 얼굴이 그랬거든요. 굉장히 심하게 다쳤나 보다고 짐작하고 있었지요. 그렇지 않았다면 엄마가 병원에 가 계시는 동안 메이벨 숙모가 우리를 보살펴주실 리가 없으니까요. 게다가 엄마가 병원에서 돌아오신 다음 이제 다시 가지 않아도 된다고 하셨기 때문에 나는 아빠가 돌아가셨구나 하고 생각했어요. 어째서 그때 이야기해 주지 않았지요?"

"나로서도 너무 끔찍한 일이어서 아직 정말 같지가 않았고, 또 너희들에게 이야기할 만한 기운이 없었단다."

"알았어요." 헤스터는 잠시 잠자코 있다가 다시 말을 이었다. "엄마와 아빠는 죽은 다음의 세계를 믿으세요?"

이 말을 듣고 어머니는 하마터면 울음을 터뜨릴 뻔했으나 겨우 억누를 수가 있었다.

"믿지 않는 건 아니지만, 틀림없이 있다고 말할 수도 없지. 그런 일은 넓은 마음으로 생각하도록 애써야 한단다."

"하지만 아빠는 이제 알고 계시겠군요." 헤스터는 어른스럽게 말했다. "또 한 가지 물어봐도 괜찮아요?"

"엄마가 아는 일이라면."

"아빠는 몹시 괴로워 하셨나요?"

"조금은 괴로워 하셨겠지."

저비스 부인은 와락 울음이 터져 나올 것 같아 어떻게 해야 할지 몰랐다. 그녀의 신경은 이미 한계선을 넘고 있었다.

"하지만 의사선생님이 현장으로 빨리 달려가 주셨고, 요즈음은 약이 좋아서 아픔을 느끼지 않게 해준다는구나. 그다지 오래 괴로워 하시지는 않았을 거다."

"아빠는 훌륭한 일을 한 영웅인가요?"

"그럼, 아주 용기 있는 분이었지."

"전부터 그렇게 생각하고 있었어요."

헤스터는 눈을 깜박거리더니 그때까지의 질문과 대답의 자극이 효력을 잃은 듯 갑자기 눈이 멍청해졌다. 잠시 동안 그대로 천장을 보고 누운 채 단조롭게 숨을 쉬고 있었다. 저비스 부인은 마음 놓으며 누워서 눈을 감았다. 뜨거운 눈물이 흘러나왔다. 얼마 뒤 졸린 듯한 목소리로 헤스터가 물었다.

"엄마, 다음주 금요일은 학교 소풍날이에요."

"그렇구나."

"이렇게 됐는데, 괜찮을까요? 가도 좋아요?"

어쩌면!

"물론 가야지."

"고마워요."

10분 뒤 헤스터는 곤히 잠들어 있었다. 어머니가 흐느껴 우는 것도 모를 정도로 깊이 잠들어 있었다. 자신이 어머니의 잔뜩 긴장된 기분을 깨뜨려버렸다는 것도, 울음을 터뜨림으로써 어머니의 기분이 얼마쯤 누그러졌다는 것도 모르고.

날이 새고 7시 조금 지났을 때 헤스터는 잠에서 깨어났다. 4살짜리 남동생 닐이 침실에서 뛰어다니고 있었다. 헤스터가 이불을 들치고 일어나 문으로 갔을 때 저비스 부인도 잠에서 깨어났다.

"닐은 내가 돌볼게요." 헤스터가 말했다.

저비스 부인은 천천히 일어나 거울 속의 자기 얼굴을 보았다. 볼에 난 눈물자국을 보니 지난밤 헤스터의 질문이 생각났다. 아이들은 아직 이 비극으로 말미암아 조금밖에 상처입지 않았음을 알았다. 헤스터의 마지막 질문이 바로 그 증거였다.

그때 닐의 웃는 목소리가 들려왔다.

"가장 좋은 것은 저 아이들을 학교에 보내는 일이야."

저비스 부인은 소리 내어 중얼거리며 침대에서 나왔다. 여느 때와 다름없이 행동해야 한다.

"헤스터, 너 세수하고 닐도 해주어라."

"알았어요, 엄마." 헤스터가 대답했다.

파멜라 해리슨은 블래이튼에 있는 자기 집의 쓸쓸한 침대에 누워 말똥말똥 눈을 뜨고 있었다. 토니는 아직 돌아오지 않았고, 오늘 밤 돌아올지 어떨지도 알 수 없었다. 내일이면 남편은 그럴싸한 변명을 늘어놓을 것이고, 그녀도 그것을 납득한 척해야 한다.

클로의 침대에서는 해리슨이 꾸벅꾸벅 졸며 붙잡히지 않고 아내를 죽일 방법에 대해 이리저리 생각하고 있었다. 한 가지 방법이 머릿속에서 빙글빙글 돌다가 다시 되돌아왔다. 아이들은 모두 나가버렸고 남편은 이따금 집을 비우기 때문에 그녀는 자살을 할 수도 있다. 이 문제의 해답은 자살이다. 그러나…… 어떤 방법으로?

기데온의 방문

기데온은 그날 아침 일찍 눈을 떴다. 아마 거의 밤새도록 머릿속에 소방차의 사이렌 소리가 울렸기 때문이리라. 그는 밤중에 두 번쯤 잠에서 깨어나 케이트가 곤히 잠자고 있는 숨소리에 몇 분씩 귀를 기울이다 그대로 다시 잠들고 말았다. 빗발이 창문을 두드리고 바람이 이따금 층계 위의 헐거워진 창문을 덜거덕거리게 했다. 창문을 고쳐야겠다고 기데온은 생각했다. 그러나 요즘은 그런 일을 할 시간이 1분도 날 것 같지 않았다.

7시 조금 지나자 그는 자리에서 일어나 가운을 걸쳤다. 5분 뒤 그는 층계 위의 창문을 살피고 있었다. 아이들은 아직 아무도 일어나지 않았다. 여섯 명이었던 아이가 지금은 네 명밖에 없다. 톰은 오래 전에 살림을 차려 독립했고, 플루던스도 지난해 끝 무렵 피터라는 남자를 만나 시집갔다. 이제 곧 21살이 될 프리실라는 아직 시집갈 생각이 전혀 없는 것 같고, 둘째 아들 매슈는 4, 5주일 뒤면 케임브리지 대학에 가게 되어 있다. 매슈는 갖은 노력 끝에 드디어 장학생 자격을 딴 것이다. 16살인 페넬로프는 여전히 피아노에 열중해 있는데 얼마쯤 장래성이 있는 것 같기도 하며, 13살인 막내 맬콤은 아직 아무 문젯거리도 없다. 기데온이 끈으로 올렸다 내렸다하게 되어 있는 창문을 밀자 요란하게 덜거덕 소리를 냈다. 소리 나지 않게 하려면 양쪽에 가는 나무판자를 대야 한다. 그리고 창문을 떼어 끈을 갈아야 할 것이다.

"토요일에 손을 봐야겠군. 잊지 말고 가느다란 나무판자를 구해와야겠는걸."

그는 혼자 중얼거리며 아래층으로 내려가 부엌으로 들어갔다. 매슈가 이미 내려와 있어 깜짝 놀랐다. 머리는 아직 헝클어져 있으나 금방 세수한 얼굴로 아침 차를 끓이고 있었다.

"안녕히 주무셨어요, 아빠?"

"오냐. 잠꾸러기인 네가 이런 새벽에 일어나다니, 웬일이냐. 무슨 걱정거리라도 있니?"

"별로 없어요." 매슈가 대답했다.

얼굴 생김새는 완전히 기데온을 닮았으나 어깨 폭이며 가슴 두께는 아버지를 따르려면 어림도 없었다. 그래도 소년이라기보다는 제법 어른스러웠다. 어릴 적에 그는 이 집에서 이른바 '미운 오리새끼' 같은 존재였다.

"요즘은 잠이 잘 오지 않아요, 그뿐이에요."

기데온은 아들의 얼굴을 유심히 바라보았다. 아들이 부엌 창문으로 눈길을 돌려버리는 것을 알았다. 그곳은 손바닥만한 잔디가 있는 뒤뜰로, 주위에 아담한 꽃밭이 있었다. 초록빛 산울타리에 둘러싸여 하얀 스톡이 가득 심어진 한구석에 튤립과 물망초가 있었다. 그 파란 꽃이 지금 한창 피고 있는 중이었다.

기데온이 말했다.

"몸이 좀 쉬고 싶어하는 모양이구나. 차는 내가 위층으로 가져가

마. 고맙다."

기데온은 쟁반을 받아들고 뒤돌아보았다.

"이따가 약 3미터 길이의 가느다란 판자를 사다주지 않겠니? 8분의 1인치 두께로 잘라달라고 해서 말이야."

"알았어요, 아빠." 매슈가 순순히 대답했다.

'너무 무리를 해서 그렇겠지' 하고 기데온은 생각했다. '하지만 또 다른 이유가 있을지도 모르겠군. 케이트는 알고 있겠지.'

기데온은 2층으로 차를 들고 올라가다 프리실라가 욕실로 들어가는 모습을 보았다. 금발에는 아직 헤어네트가 씌어져 있었다. 침실에 들어가니 케이트가 막 일어나는 참이었다. 오른손으로 머리카락을 누르고 있었다. 헤어네트는 옆 탁자에 놓여 있었다. 아침에 케이트에게서 가장 눈에 띄는 것은 그 얼굴빛이었다. 그녀는 언제나 깊이 잠으로써 완전히 기운을 되찾을 뿐만 아니라 몇 년이나 다시 젊어지는 듯했다. 그러나 머리카락에는 기데온이 전에 눈여겨보았을 때보다 흰 것이 늘어나 있었다. 나이는 어쩔 수 없는 모양이었다. 그녀는 49살, 기데온은 53살이었다. 그는 쟁반을 침대 끝에 놓고 되돌아가 문을 닫고 와서 차를 따랐다.

"여보, 무슨 비밀이라도 있는 것처럼 왜 문을 닫고 그러세요?" 케이트가 물었다.

"매슈가 뭔가 고민이 있는 모양인데, 당신에게 털어놓지 않았소?"

"고민이라고요?" 케이트가 깜짝 놀라며 되물었다.

"그럼, 아무 말도 하지 않았군?"

"그 애가 뭐라고 하던가요?"

"아무 말도 하지 않았소. 지금 아래층에서 보았는데, 당장이라도 털어놓을 것 같은 눈치가 보였소. 잠이 잘 오지 않는다던데, 언제부터 그랬소?"

"그 시험을 치르고 난 다음부터예요." 케이트가 천천히 말했다. "그 시험공부에 파고들 때는 그렇지 않았는데, 시험을 치르고부터는 몹시 초조해 했어요. 떨어질까봐 그랬겠지요. 그리고 요즘엔 케임브리지에 간 다음이 또 걱정인가 봐요. 백작아들이니 뭐니 모두 섞여 자기가 해낼 수 있을까 하는 생각이 들어서……."

"바보 같은 소리!" 기데온이 말을 가로막았다. "그야 열등감이 좀 들긴 하겠지. 그러나 아직은 그렇지 않을 거요. 왜 그러는지 알아보구려."

"당신은 그 애가 왜 그러는 것 같아요?"

"글쎄, 그 녀석이 무언가 말을 하려다 마는 것 같은 느낌을 받았을 뿐이니까 그리 대단한 일은 아니겠지."

"아무튼 걱정할 만한 일은 아닐 거예요." 케이트는 희망을 품고 말했다.

9시 15분전에 기데온은 집에서 나왔다. 오늘 아침에는 지각하지 않으려고 매슈에 대한 것 말고는 아무 말도 듣지 않고 나왔던 것이다. 아침식사 때는 온 가족이 모두 모였고, 기데온은 충분히 먹었다. 자동차도 오늘 아침에는 순조롭게 한길로 나올 수 있었다. 매슈가 차고 앞까지 배웅해 주었다. 아들의 일은 그리 걱정되지 않았으므로 자연히 오늘 아침 사무실에서 기다리고 있을 여러 가지 사건 쪽으로 생각이 쏠렸다. 어젯밤에는 무슨 일이 일어났을까 하고 갖가지 추측을 해보았다. 다시 또 큰 화재가 일어나지 않았기를 하느님께 빌었다.

조 벨은 그보다 조금 일찍 출근했으며 보고서도 책상 위에서 기다리고 있었다. 기데온은 보고서를 죽 훑어보고, 오늘 아침에는 벨이 인사 대신 나쁜 뉴스를 들이대지 않았으므로 한숨 돌렸다.

"어젯밤은 조용했던 모양이군." 기데온이 입을 열었다.

"가끔 그럴 때도 있어야지요. 고향에 알릴만한 일이 하나도 없는 셈입니다."

"다른 연락은?"

"아마 아직 모두 잠에서 덜 깨어났을 겁니다. 어쩐지 오늘 아침은 한가할 것 같군요."

10시 15분전에 벨의 예감이 틀림없다는 게 증명되었다. 르메틀, 코니시, 마켓슨, 리델 등의 보고도 한결같이 '그 뒤 수확 없음'이었다. 도박을 하여 전부터 감시하던 어떤 집을 습격했는데, 조금 성가신 결과가 되었다는 보고가 있긴 했다. 오늘 아침 맬보로 거리의 예심에 끌려나온 30명의 구류자 가운데 '외교관 특권'을 휘두를 신사가 세 사람 있다는 것이었다. 경찰이 몇 시간 동안 유치장에 가둬놓았다 하여 화가 머리끝까지 나서 보상을 받겠다고 호통치고 있다는 것이다.

"부총감과 의논해 보겠네." 기데온은 급습을 지휘한 경감에게 말했다. "내가 생각하기에 그들은 피고석에서 외교관 특권인가 하는 것을 휘두를 듯싶군. 그만 가보게, 피트."

경감이 나갔다. 기데온은 나머지 보고서를 읽는 데 10분을 소비했다. 오늘은 전화도 얌전했다. 기데온이 갑자기 벌떡 일어났다.

"이제부터 한 바퀴 돌고 오겠네. 급한 일이 생겨 라디오로 불러도 응답이 없거든 KL이나 QR 경찰서로 연락하게."

"알았습니다. 하지만 오늘 아침은 드라이브하기에 별로 좋은 날씨가 아닌데요."

"뭐, 이 정도야 괜찮겠지."

이때처럼 각 관할경찰서를 한 바퀴 돌아보고 싶을 때면 기데온은 늘 직접 자동차를 운전했다. 비는 여전히 억수같이 쏟아져 템스 강물도 심한 바람에 물결치고 있었다. 자동차 왕래도 여느 때보다 훨씬 눈에 띄게 적었는데, 이것은 낮에 공연히 자동차를 몰고 다니는 패들이 오늘은 집에 틀어박혀 있기 때문이리라. 기데온은 웨스트민스터 다리를 건너 15분도 채 못 되어 QR 경찰서 앞에 이르렀다. 초기 빅토리아 시대의 낡은 그 건물을 보면 이것도 철거대상에 넣었으면 좋겠다는 생각이 든다. 경찰서 건물 중에는 방화시설이 안된 곳이 아주 많다. 카마이클의 말이 맞다. 안으로 들어가자 한 순경이 일어나 열심히 경례를 했다. 마법의 지팡이를 휘두르듯 차례차례 문이 저절로 열렸다. 머닝도 서장실에서 기다리고 있었다. 이런 용의주도함은 그다지 놀랄 게 못된다. 마치 지금 막 청소를 끝낸 곳 같았다. 뚱뚱하니 몸집이 크고 대머리에 수염을 깨끗이 다듬은 머닝 서장이 손을 내밀었다.

"조지, 어서 오게. 앉지. 차를 가져오라고 할까?"
"그전에 힐튼 테라스와 그 전화 부스를 보았으면 하네. 그리고 저 비스 순경의 부인은 좀 어떤가?"
"이웃사람들의 이야기로는 이제 마음을 좀 가라앉혔다고 하네. 오늘은 나도 찾아가서 곤란한 점이 없는지 보고 올 생각일세."
"좋지. 힐튼 테라스 화재현장을 보았으면 하네."
"안내하지."
"시간이 나겠나?"
"우리의 대추장을 위해서라면 얼마든지 내야지. 실은 나도 오늘 다시 한 번 현장을 둘러보려던 참일세. 마켓슨이 우리 쪽 사람 둘과 소방서에서 온 사람 하나를 데리고 갔지."

힐튼 테라스는 거무스름하게 타버린 건물 몇 채와 불탄 자리에 사람들이 가까이 다가가지 못하도록 쳐놓은 울타리 외에는 거의 여느 때의 상태로 되돌아가 있었다. 타다 남은 싸구려 아파트의 바깥 층계에는 빨랫줄이 쳐져 있었고, 창문에는 빨래가 잔뜩 널려 있었다. 무표정한 구경꾼들은 불탄 자리며 경찰관이며 화재조사관들을 바라보고 있을 뿐이었다. 기데온은 그런 사람들과 5분쯤 상대했는데, 마켓슨이 아직 보고할 만한 것을 하나도 찾아내지 못했으므로 문제의 전화 부스로 가보았다. 마켓슨의 주장이 옳다는 것을 곧 알 수 있었다.
"이제 후련한가?" 머닝 서장이 물었다.
"꼭 내 눈으로 봐야만 속이 시원하거든. 고맙네. 아직 범인의 단서를 하나도 못 잡아서 유감이군."
"이제 곧 잡을 수 있겠지."

이때 테니슨 부인이 '브라운 씨'라는 이름으로 알고 있는 하숙인이 두 경찰간부가 서 있는 곳에서 걸어서 15분도 채 걸리지 않는 곳에 있었다. 그는 잠을 자고 있었는데, 어떤 큰 호텔에서 야근을 하고 왔다는 것이었다.

기데온은 람베스에서 자동차를 타고 런던 다리를 건너 베스넬 그린으로 향했다. 첫 번째와 네 번째 화재현장이었다. 다른 낡은 건물들은 깨끗이 철거되었으므로 불탄 흔적이 하나도 남아 있지 않았다. 검게 그을린 기둥 몇 개와, 뜻밖의 일이지만 첫 번째 화재현장 맞은편 빈터에 있는 타버린 자동차의 잔해만이 유일한 흔적이었다.
그 뒤 기데온은 화재가 일어나 쫓겨난 주민들이 살고 있는 캐닝 타운으로 갔다. 그곳의 싸구려 5층 아파트 벽에도 얼룩 같은 구멍이 크게 뚫려 있었다. 어느 건물에도 화재용 비상층계가 없었고, 또 말할 수 없이 복작거렸다. 기데온은 다시 화이트 차펠로 자동차를 몰고 가서 차를 세워놓고 불탄 건물 옆에 새 건물이 들어선 것을 바라보았다. 카마이클의 말 가운데 한 가지 맞는 것이 있었다. 이 부근은 그전과 조금도 달라진 데가 없다는 것이다. 지붕에는 텔레비전 안테나가 있고 가까운 상점에는 화려한 새 가구들이 진열되었으며, 가운과

드레스를 걸어 놓은 상점이며 식량을 산더미처럼 쌓아놓은 가게들이 있지만, 그래도 역시 복잡하고 숨막힐 듯하며 불결하고 수치스러운 빈민굴의 인상은 여전했다.

주급 3, 40파운드의 수입으로 살아가는 사람들이 이 부근의 방 두 개짜리 아파트에 살고 있을 것이다. 한 방에서 서너 명이 함께 자고 성적 혼란이 십대 초반에까지 미치고 있는 것이다. 범죄의 온상. 성 지식이 굉장히 일찍 심어지는 이 부근의 생활은 헬링검과는 엄청난 차이가 있다. 그런데도 여자들은 아주 건강해 보이고 화장도 제대로 했으며 좋은 옷을 입었다.

기데온은 매슈 또래의 소년이 야구모자를 깊숙이 쓰고 휘파람을 불며 자전거를 타고 지나가는 것을 보았다. 책가방이 등에서 아래위로 춤추었다. 케이트는 지금쯤 매슈와 이야기를 나누어보았을까 ? 기데온은 그리 깊이 생각해 보지도 않고 시내로 자동차를 돌려 이번에는 반대쪽인 북 런던으로 향했다. 이슬린턴의 엔젤에 이르자 길가의 경찰관 옆에 차를 세우고 물었다.

"리틀턴 거리로 가려면 어느 쪽으로 가야 할지 가르쳐주겠나 ? "

"이 길로 곧장 가다가 첫 번째 모퉁이에서 왼쪽으로 도십시오. 그리고 두 번째 모퉁이를 오른쪽으로 돌면 됩니다. 그곳에 큰 창고가 있는데, 데빙 상회라는 도매상입니다. 거기서 직각으로 오른쪽으로 도십시오. 그곳에서는 조심하셔야 합니다. 크고 작은 트럭들이 가끔 불쑥 튀어나오니까요. "

"고맙네. "

이때 기데온은 그 순경이 자기를 알아보는 것을 눈치챘다. 순경이 깜짝 놀란 표정을 지었던 것이다. 기데온은 자동차를 몰았다. 늘 그렇지만 경관들이 정중하고 친절하다는 증거를 보면 기데온은 기분이 좋아졌다. 요즘에는 저 사람들도 어려울 것이다. 자기가 순찰 경관이었을 무렵보다 훨씬 힘들 것이다. 무엇보다도, 그때는 젊은 부랑자를 한 대쯤 때렸다고 해서 항의하는 사람은 아무도 없었으니까.

　도매상인 데빙 상회의 크고 볼품없는 콘크리트 창고가 눈에 들어왔다. 모퉁이를 돌자 짐 싣는 곳인 안뜰에서 트럭 한 대가 튀어나왔다. 운전하던 사나이가 급하게 브레이크를 밟았다. 사람들은 어째서 겨우 몇 초 때문에 목숨의 위험을 무릅쓰는 짓을 예사롭게 하는 것일까?

　또 뚜껑 있는 트럭이 한 대 나왔는데, 이것은 아까 그 트럭보다 조금 침착했다. 큰 차였다. 몸집이 좋은 운전기사는 이처럼 비 오는 서늘한 날에 웃옷을 벗고 있었다. 짙은 머리카락이 이마를 덮었으며 짙고 검은 눈썹 아래 눈이 숨어 있었다. '어두운 곳에서 여자와 마주치게 해서는 안 될 녀석이로군'하고 기데온은 생각했다. 다음 순간 그는 자신을 나무랐다. 이탈리아의 범죄학자 롬브로소 같은 사람의 학설을 실제로 믿고 있지는 않지만 아무래도 마음속에 끈질기게 새겨져 있는 모양이다. 저 사나이도 모범적인 아버지이고 한 가정의 주인일지 모르는데…… 그 사나이는 기데온에게 먼저 가라고 손짓했다. 기데온은 그 사나이가 아이비 맨슨이 살해당한 집 쪽을 어떤 표정으로 보았는지 알지 못했다.

　존 스튜어트 블릭스는 자기가 길을 비켜준 자동차에 경시청 사람이 타고 있다는 것을 몰랐다. 그는 다만 아무리 사소한 일이라도 경찰에 걸릴 만한 짓은 하고 싶지 않았기 때문에 요즘은 특별히 예절바르게 행동하고 있었던 것이다. 지금 그로서는 한 가지 다행한 일이 있었다. 아무도 그를 심문하지 않았고, 아무도 그가 맨슨네 딸을 자기 트럭에 태워 주었다고 의심조차 하지 않는 것이었다.

　KL 경찰서의 커슨은 기데온이 오기를 기다리고 있었다. 커슨은 키가 작고 창백한 얼굴의 원기 왕성한 사나이였다. 좋은 양복을 입은 멋쟁이인데, 어딘지 차가운 느낌이 들었다. 경시청에서도 그와 친한 사람은 별로 없었다. 몸을 아끼지 않는 양심적인 경관으로, 수사에 있어서는 누구에게도 뒤지지 않았다. 경관으로서는 가장 전형적인 인물이었다.

"어서 오십시오, 부장님" 하고 커슨이 그를 맞았다.

"별 일 없나?"

"유감스럽게도 아직 알아낸 것이 별로 없습니다."

"야단났군. 부모는 어떤가?"

"어머니는 정말 입원시켜야 할지도 모릅니다. 충격과 착란의 징후가 나타나고 있습니다. 그녀는 남편과 친척들, 또 이웃사람들이 아무리 말을 걸어도 지난 18시간 동안 한마디도 하지 않았답니다. 늦게 얻은 아이로, 어머니가 45살 때 낳았다니까 부모가 모두 눈에 넣어도 아프지 않을 만큼 귀여워했겠지요."

커슨이 이런 사실을 보고하면 그의 냉철함이 위력을 발휘하여 더 처절하게 들린다.

"지금 의사가 가 있습니다만, 되도록 빨리 전문의사의 진찰을 받도록 수속하라고 일러두었습니다."

"흐음……." 기데온은 신음 소리를 냈다. "그래, 아직 아무 단서도 못 잡았단 말이지?"

"그렇습니다. 한 가지 단서로 삼고 싶은 것이 있긴 합니다만, 좀더 내버려두는 편이 현명할 것 같아서 손을 대지 않고 있습니다."

기데온은 잠자코 있을 수가 없었다.

"범인이 또다시 범행을 저지르면 어떡하지?"

"이런 범행을 그처럼 연달아 저지르는 예는 별로 없는 것 같습니다. 좀 기다려도 위험은 없을 겁니다."

기데온은 웃음이 터져 나오려는 것을 눌렀다. 커슨은 냉정하게 말을 이었다.

"나는 그 데빙 상회 창고를 생각하고 있습니다. 듣자하니 가끔 그곳 운전기사가 이 동네 아이들을 태워주었다고 합니다. 그런 일이 자주 있었던 것은 아니고 상회에서도 엄하게 금지시키고 있기는 하지만, 비오는 날 같은 때면 친절심에서 운전기사들이 회사규칙을 어기는 일도 있었던 모양입니다. 그래서 오늘 저녁때까지 기다렸다가 그곳 운전기사들을 모두 집으로 찾아가 질문해 보는 것이 어떨까 생각합니다. 직접 창고로 가서 운전하고 돌아온 사람들을 붙잡고 물어보면, 켕기는 데가 있는 녀석은 경계하여 증거를 감출 기회를 찾을지도 모릅니다. 그리고 그들이 범인은 아니더라도 살해당한 아이가 남자와 함께 있는 것을 본 사람이 있을지도 모르니까요."

"좋은 생각이군. 그곳에는 운전기사가 몇 명이나 있나?"

"11명입니다. 게다가 그곳 운전기사들은 이 부근의 지리를 아주 잘 알고 있습니다."

"사람이 더 필요하지 않겠나?"

"관할경찰서 직원으로 충분할 것 같습니다. 하지만 그 말씀을 들으니 마음 든든하군요."

커슨은 쓸쓸한 눈길로 한길 모퉁이를 돌아가는 검은 로버를 흘끗 보았다.

"저것은 아마 포브슨 박사일 겁니다."

"의사가 뭐라고 했는지 나중에 알려주게. 그럼, 나는 그만 가보겠네" 하고 기데온이 말했다. 그는 '여기에는 내가 있을 필요가 없을 것 같으니까'라고 덧붙이지는 않았다.

기데온은 창고 앞을 지날 때 적하장에 있는 몇 대의 뚜껑 있는 트럭으로 눈길을 보냈다. 만일 범인이 저 가운데 있다면, 그 녀석은 욕정과 나쁜 마음을 품고 오랫동안 저곳을 들락날락했을 것이다. 어떤 뜻에서 볼 때 그것은 기데온이 생활하며 맞닥뜨린 가장 싫은 면을 강조하여 드러내주는 셈이었다. 그가 런던 시내를 차로 달리거나 걸어 다니는 동안, 사무실에 앉아 있는 동안, 아내 케이트와 이야기하는 동안, 언제 어디서 무엇을 하고 있든 그의 머리에서 떠나지 않는 생각은 세상 사람들이 저마다 자기 생활을 하고 있으며 그들 중 대부분은 나쁜 마음을 조금도 갖지 않는데 반해 그 속에 여러 가지 범죄며 짐승 같은 행동을 할 계획을 품고 있는 자들도 있다는 사실이었다.

아마 방화범은 또 있을 것이다. 경관 살해범, 가짜회사를 만드는 녀석도 또 있을 것이다. 지금 이 순간에도 그런 일들이 행해지고 있다고 이따금 그는 스스로에게 말하곤 했다. 범죄는 계속 일어나며 야망은 더욱 커져, 형제를 죽인 카인의 낙인이 찍힌 자도 생길 것이고 죄수복이라는 더러운 표시를 몸에 걸치는 자도 생길 것이다. 지금 그가 자동차를 몰고 가는 이 런던, 그 자신도 일부인 런던이라는 대도시로서는 피할 수 없는 사실이다. 범죄의 꽃이 피는 온상이며, 아직 태어나지 않았으나 언젠가는 사람을 죽이고 상처를 입히고 훔치고 속일 수많은 사람을 배고 있는 것이다. 가끔 이런 생각을 하면 기데온은 우울하고 견딜 수 없는 기분이 들었다. 똑같은 인간의 거대한 집단 속에 태어났는데, 똑같은 한패의 마음속이 보이지 않는 것이다. 하지만 사람에게는 좋은 면도 있다.

백 사람 가운데 아흔 아홉 사람은 범죄는 물론 아내와 아이를 때리는 것조차 생각지 못한다. 아무튼 저 트럭 운전기사들도 주위에서 일어나는 여러 가지 일을 보고 들었을 것이다. 경찰이 수사의 손을 깊게 뻗치면 증인이 나타날 것이 틀림없다.

런던의 반대쪽에서는 클래퍼의 아내가 미행하는 형사를 따돌리고 남편과 함께 은행을 턴 사나이를 만나러 갔다. 그녀가 그를 만난 곳은——전에도 거기서 만났었다——선창에서 그리 멀지 않은 조용하고 막다른 골목 구석이었다. 한쪽은 창문도 아무것도 없는 높은 벽이고, 반대쪽은 본디 재목을 쌓아두는 곳이었던 빈터였다.

사나이는 그녀를 기다리고 있었다. 중키에 마르고 살빛이 거무스름했으며 눈초리가 꽤 날카로웠다.

"왜 불렀어, 비아?" 사나이가 대뜸 물었다.

비아트리스 클래퍼는 또렷하게 말했다.

"레니를 빨리 어떻게 해주겠다고 약속한 것 기억하고 있겠지요?"

"내가 레니를 저버린 것이 아니라는 건 당신도 잘 알잖아. 유죄판결을 받아도 콩밥을 2년만 먹으면 그만이야. 게다가 잘 되도록 말주변 좋은 변호사를 대준다는데 그러는군. 아무튼 레니의 뒷바라지도 해주고 당신도 돌봐주겠어. 그렇게 팔짝팔짝 뛸 것 없잖아."

사나이의 말이 끝나기도 전에 비아트리스가 쌀쌀맞게 말했다.

"이번만큼은 그 사탕발림에 넘어가지 않아요. 레니를 빨리 꺼내주세요. 그렇지 않으면 당신도 한패였다고 경찰에 밀고하겠어요. 그리고 블래이튼으로 도망칠 생각인 모양이지만, 뜻대로 잘 되지 않을 거예요."

"내가 블래이튼에 집을 가지고 있다는 말은 누구에게서 들었지? 레니에게도 이야기하지 않았는데."

"물론 레니에게도 말하지 않았겠지요."

비아트리스는 의기양양하게 웃어댔다.

"실은 내가 그것을 알고 있다는 것은 레니도 몰라요. 지난봄 하루 일정으로 블래이튼에 놀러갔을 때 한껏 멋 부리고 있는 당신을 보았지요. 심프슨 씨라든가 하면서 말이에요."

틀림없이 그녀는 이 사나이를 몰아세웠다고 자신만만했을 것이다.

"당신 때문이든 누구 때문이든 레니 혼자 죄를 뒤집어쓰게 하지는 않겠어요. 나는 지금 농담하고 있는 게 아니에요."
사나이는 천천히 말했다.
"아암, 그건 잘 알고 있소."
그는 여자를 잠깐 노려보더니 느닷없이 행동으로 옮겼다. 왼손을 번쩍 들어올려 여자의 입을 내리친 뒤 목을 뒤로 번쩍 젖혔다. 여자가 입을 벌려 그 손을 물려고 했으나 헛수고였다.
목을 향해 나이프가 번뜩였을 때 이미 여자의 눈에 그것은 비치지 않았다.

기데온은 1시 조금 지나 경시청으로 돌아갔다. 구내식당에서 간단하지만 실속있는 점심식사를 마치고 자기 방으로 올라갔다. 벨도 점심을 먹으러 나갔는지 젊은 경관이 교대 근무를 하고 있었다.
"별 일 없었나, 퍼슨즈?" 기데온이 물었다.
"대단한 일은 없습니다."
"맬보로 거리 일은 어떻게 되었나?"
"결국 그들은 '외교관 특권'을 주장하지 않았답니다. 각기 50파운드의 벌금을 물었지요. 그 집주인은 천 파운드의 보석금을 걸고 1주일의 보석을 받았습니다."
"적당하군. 좋아, 자네는 일을 계속하게."
기데온은 보고서를 들여다보며 손을 써야 할 일에 대한 지시를 적어 넣기 시작했다. 아까 방을 나간 뒤에 들어온 보고서를 죽 훑어보며 그중 어떤 사건에 대해 의논해 와도 곧 상대할 수 있도록 했다. 30분쯤 열심히 몰두하여 벨이 들어온 것도 몰랐다. 그러나 전화가 걸려와 벨이 대답하는 목소리를 듣고 아주 기뻐했다. 기데온의 책상 위 전화 벨이 울린 것은 3시였다.

"기데온이오" 하고 말하며 그는 연필을 놓고 몸을 쭉 뻗어 입을 가리지도 않은 채 크게 하품을 했다.
"코니시 씨로부터 전화입니다."
"대주게."
"네."
곧 코니시가 전화에 나왔다. 그 순간 코니시가 화내고 있음을 기데온은 알았다. 코니시는 느닷없이 말했다.
"부장님, 클래퍼의 아내가 목을 찔렸습니다."
뜻밖의 일에 익숙해 있는 기데온도 이 말만은 아닌 밤중의 홍두깨 격이었다. 그는 야하게 화장을 하고 화려한 몸짓을 섞어 떠벌리던 여자의 모습을 간신히 그려냈다. 그리고 가냘프고 매끈한 그 하얀 목을 끔찍하리만큼 생생하게 그려냈다.
"부장님, 듣고 계십니까?"
"으음." 기데온은 겨우 대답했다. "어디서 찔렸나?"
"그녀를 감시하고 있었습니다. 형사 하나가 미행했는데 올케이트 역에서 놓쳤답니다. 그때가 12시 조금 전이었습니다. 화이트차펠의 어떤 빈터에서 놀고 있던 아이들이 여자의 시체를 발견했습니다. 지금 가보고 왔는데, 막다른 골목에서 살해당했더군요. 시체는 담장 위로 들어올려 반대쪽 빈터에 내던졌습니다. 관할경찰서의 통지로 알았습니다만, 될 수 있는 대로 그녀의 발자취에 대한 정보를 모으도록 종합 수배해 주셨으면 합니다."
"좋아, 그렇게 하지. 그리고 브릭스턴에서 클래퍼를 인수하겠네. 사진은 찍어두었겠지?"
"네."
"빨리 그 사진을 보내주게. 그럼, 또 연락해 주기 바라네." 전화를 끊자 기데온은 숨도 돌리지 않고 벨에게 말했다. "중앙부 각 관할경찰서에 지령을 내리게. 레니 클래퍼의 아내 비아트리스 엘리자의 발자취에 대한 정보를 보고하도록. 그녀의 인상과 나이는 알고 있겠지? 대지급으로 하게. 여자가 목을 찔렸단 말일세!"

"맙소사!"

"브릭스턴에 연락하여 클래퍼를 이쪽으로 보내도록 이르게. 뭣하면 이쪽에서 두 사람쯤 가서 데려와도 좋네."

"알았습니다."

"뭘 꾸물거리고 있나?" 기데온이 호통을 쳤다.

그는 머리카락을 이마에서 뒤로 쓸어 올렸다. 벨이 전화기를 들었다. 한순간 기데온은 속이 메슥거림을 느꼈다. 뻔뻔스럽고 야하게 굴기는 했지만, 미인이고 발랄했었다. 더구나 바로 어제 이 책상 앞에 서 있었던 것이다. 기데온이 런던 거리를 자동차로 돌아다니고 있는 동안 그녀는 목을 찔린 것이다. 나이프로 단 한 번 깊이 찔려 여자의 생명은 영원히 돌아오지 않는다. 무엇보다도 범인이 이미 반년 전 번마우스에서 살인을 저지른 사나이인 듯하다는 점이 기분 나빴다. 코니시가 초조해 하는 것도 무리가 아니었다. 그러나 이렇게 된 이상 범인을 찾아내는 일도 그다지 오래 걸리지는 않을 것이다. 아니, 그래도 시간이 좀 걸리지 않을까?

클래퍼는 어깨가 넓고 허리가 가는 몸집이 큰 사나이였다. 지독하게 멋을 내는 점에서는 아내와 똑같았다. 유들유들한 미남으로 멋쟁이였으나, 겉보기만큼 자신 있지는 않았다. 그는 23시간 전 아내가 섰던 바로 그 기데온의 책상 앞에 섰는데, 그동안 어떤 일이 일어났는지 전혀 모르고 있었다.

"은행에 터널을 뚫고 들어가 강도질한 한패가 누구인지 털어놓을 생각이 없나?" 기데온이 부드럽게 물었다.

"그런 쓸데없는 질문을 하여 시간낭비하지 마시오." 클래퍼가 비웃었다.

"털어놓으면 그 녀석에게 당할까봐 겁이 나나?"

"나는 누구도 겁내지 않소, GG 나리."

"자네 마님이 겁낼 사람은?"

기데온은 이 사나이에 대한 동정심이 손톱만큼도 없었다. 이 사나이는 자기가 감싸고 있는 한패가 어떤 흉악범인지 잘 알고 있을 것이었기 때문이다.

"마누라를 이 사건에 끌어들이지 마시오!" 클래퍼가 날카롭게 소리쳤다.

"하긴 그래. 나도 그러고 싶네. 하지만 자네 한패는 그러지 못했던 모양일세."

기데온은 클래퍼가 내려다보면 눈에 띄도록 그의 아내 사진을 돌려놓았다. 턱밑을 보면 기분이 좋아지지 않는 사진이었다.

클래퍼는 적어도 30초쯤 얼굴빛 하나 바꾸지 않고 사진을 뚫어지게 들여다보았다. 기데온은 그의 얼굴을 지켜보았다. 그의 얼굴에서 핏기가 사라지더니 유들유들하게 빛나던 눈이 차츰 어두워졌다. 입술이 벌어졌다. 마침내 입으로 숨을 쉬었고, 숨을 쉴 때마다 차츰 숨소리가 거칠어졌다. 기데온이 물었다.

"자네가 한패를 감싸는 것은 이런 짓을 시키기 위해서였나? 그놈에게 이런 짓을 시키기 위해서였느냔 말야!"

그 다음에 일어날 일에 대해서는 기데온으로서 별 준비가 없었다. 클래퍼는 귀에 거슬리는 숨막힐 듯한 외마디 소리를 지르더니 그 자리에서 무릎을 꺾었다. 쓰러질 때 기데온의 책상 끝에 턱을 부딪쳤다. 그는 기데온이나 벨이 손쓸 겨를도 없이 책상 앞에서 기절하고 말았던 것이다.

경시청 발표

 기데온이 책상을 돌아갔을 때 눈앞에 벨의 대머리가 먼저 와 있었다. 나이에 비해 벨은 동작이 빨랐다. 그는 클래퍼의 맥박을 짚어보고 그의 잘생긴 얼굴을 들어올리려 하고 있었다. 입을 크게 벌린 클래퍼의 가늘게 뜬 눈은 개개풀려 있었다. 몸도 축 늘어졌다.
 "심하게 부딪친 모양입니다만, 괜찮겠어요." 벨이 클래퍼에게서 손을 떼며 물었다. "간호사를 부를까요?"
 "글쎄…… 그 턱에 심한 멍이 들겠지. 이 녀석은 우리에게 매 맞았다고 할지도 모르겠는걸. 그대로 두는 편이 좋지 않을까."
 벨은 자기 자리의 전화기 쪽으로 갔다. 기데온은 몸을 굽혀 클래퍼의 아내 사진을 집어 들었다. 그 사진 때문에 클래퍼가 기절한 것이다. 기데온은 별로 동정하지는 않았으나 조금 불안을 느끼지 않을 수 없었다. 방법이 나빴는지도 모른다. 그렇다면 성가시게 되지 않을까? 클래퍼의 변호사는 얼마쯤 이름이 알려진 루이섬이라는 사나이로 피고와는 두 번 만났다. 기데온은 그와 만난 적이 없지만 상당한 수완가라는 말은 들었다. 경시청에서 누군가가 맞았다는 기사가 신문에 나면 반드시 여론이 들끓을 것이다. 더구나 경시청의 흠을 잡으려고 모든 준비를 갖추고 있는 이들이 몰려들어 기데온을 닦아세울 것이다.

"치료가 끝나면 아마 실토할 겁니다." 벨이 말했다.

그는 고문이 문젯거리가 될지도 모른다고는 전혀 생각하지 않는 모양이었다. 그 생각이 옳을 것 같기도 했다. 기데온은 기다리는 동안 자기 책상 끝에 걸터앉아 지금까지의 일을 돌이켜보았다. 번마우스에서 야경꾼이 살해당한 사건, 터널을 파고들어가 해치운 은행 강도사건, 클래퍼의 체포, 클래퍼의 침묵, 클래퍼 아내의 뻔뻔스러운 자신감. 이 부부는 자신들이 이름을 숨겨주고 있는 사나이 또는 사나이들에게 감시당하고 있음을 잘 알고 있었던 것이다.

경시청 구급실에 근무하는 두 간호사 가운데 하나가 문을 열고 들어오자 클래퍼는 몸을 조금 꿈틀거렸다. 간호사가 익숙한 솜씨로 클래퍼를 의자에 뉘었다. 맥을 짚어보고 엄지손가락으로 재치 있게 눈꺼풀을 뒤집어보았다.

"걱정 없습니다."

그녀는 책상에 부딪쳐 발갛게 부어 오른 클래퍼의 턱을 만져보았다.

"아무렇지도 않아요."

그녀는 흘끗 기데온의 오른쪽 주먹으로 눈길을 보냈다.

"왜 이렇게 됐지요?"

"아내의 죽은 사진을 보더니 책상 끝에 턱을 부딪치며 쓰러지더군." 기데온은 대답하며 두 손을 내밀어보였다. "내 손은 아무 짓도 하지 않았어!"

"아니에요, 그런 생각을 한 게 아니에요."

"그래, 조치는?" 기데온이 쌀쌀맞게 물었다.

"한잔 마시게 하는 게 좋겠어요. 다음은 뜨겁고 단 커피를……."
"술은 우리가 어떻게 마련할 테니 뜨거운 것은 당신이 준비해 주오."
기데온의 명령을 듣고 간호사는 마음 놓은 듯한 얼굴로 부리나케 나갔다.
브랜디 병을 손에 들고 있는 벨을 보고 기데온은 고개를 끄덕였다. 벨이 병 주둥이를 클래퍼의 입술에 대자 클래퍼는 꿀꺽 삼키고 숨이 막히는지 목을 젖히려고 눈을 떴다. 그는 기데온을 물끄러미 보았다. 기데온은 사나이의 갈색 눈에서 한순간 분별의 빛을 보았다고 생각했는데, 곧 그 눈은 흐릿해지고 말았다. 그것으로 기데온은 클래퍼가 이 자리에서 시간을 벌려고 한다는 것을 알아차렸다.
"이봐, 클래퍼, 털어놔." 기데온이 엄격하게 다그쳤다. "우리 눈은 못 속여. 자네가 감싸고 있는 사람은 누구지?"
클래퍼의 눈은 고집스럽게 감겨져 있었다.
"어서 털어놔!" 기데온이 계속 다그쳤다.
주먹이 근질근질했다. 이처럼 절실하게 사람을 때려주고 싶다는 생각이 든 적은 없었다. 어쩐지 이 사건은 정말로 성가시게 될 것 같은 예감이 들었다. 뱃속에서 불안에 가득 찬 어떤 종류의 육감이 끓어올랐다.
"그가 자네 아내를 죽였네. 클래퍼, 그게 누구지?"
클래퍼는 여전히 기절한 척하고 있었다.
기데온은 홱 돌아서서 책상 위의 상아막대기를 집어 들었다. 그는 막대기로 책상을 세게 내리쳤다. 권총 소리 같은 소리가 나자 클래퍼는 놀라 퍼뜩 몸을 일으키고 눈을 동그랗게 떴다. 얼굴이 겁에 질린 빛을 띠었다. 기데온은 막대기로 그의 소맷부리를 들어올렸다. 벨의 얼굴에서 미소가 사라졌다. 기데온은 말을 이었다.

"자네 입으로 말하는 편이 좋을 거야. 아무튼 우리는 번마우스의 야경꾼을 죽인 녀석과 자네 아내를 죽인 녀석을 꼭 붙잡고 말 테니까. 그자가 달아날 가망은 이제 없어. 그리고 그자를 계속 감싸면 자네 몸이 안전하리라고 생각하는 것도 잘못이야. 자네 마누라도 그 점에 대해 잘못 생각하고 있었던 거야."

클래퍼는 입술을 축였으나 아무 말도 하지 않았다.

"무슨 짓을 하든 자네는 이제 가망이 없어." 기데온은 노여움이 치솟아 오름을 느꼈다. "그러나 자네 아내의 원수를 갚을 수는 있겠지. 어떤 일이 있었는지 자넨 모르지? 그녀는 자네가 싸고도는 한패를 만나러 갔었다네. 그녀는 우리에게 털어놓지도 않았고 그 녀석에게 해를 끼치지도 않았어. 그런데도 그는 그녀의 목을 찌른 거야. 이래도 그 녀석을 감싸줄 가치가 있다고 생각하나?"

클래퍼가 입속으로 중얼거렸다.

"변호사를 만나고 싶소. 그럴 권리는 있을 테니까. 변호사를 불러주시오."

그는 오른손을 왼쪽 턱으로 가져가 부어오른 곳을 조심스럽게 만지며 얼굴을 찌푸렸다.

"나는 아무 말도 하지 않을 거요. 그러니 당신도 쓸데없이 자꾸 지껄이지 마시오."

간호사가 뜨거운 차를 가지고 왔을 때도 그는 아무 말 하지 않았다. 코니시가 와도, 그를 브릭스턴으로 되돌려 보내기로 결정했을 때도 그는 입을 열지 않았다.

"저 녀석의 기분을 아십니까?" 코니시가 기데온과 벨에게 말했다. "저 녀석은 지금까지보다 훨씬 더 겁을 내고 있습니다. 지금까지도 무서워서 털어놓지 못했는데, 아내가 이런 꼴을 당하자 이번에는 자기가 찔릴 차례라고 생각하고 있는 거지요."

기데온은 아무 말도 하지 않았다.
"그런 것 같군." 벨이 동의했다.
기데온이 신음하듯 말했다.
"그럴지도 모르지. 코니시, 자네는 정말 골치 아픈 사건을 만났군 그래. 이번 사건은 NE경찰서 관할일세. 거기 가서 홉킨슨을 만나 일을 잘 처리해 주게. 사람이 더 필요하거든 나나 조에게 연락하게, 알겠나."
"네, 부장님. 그런데 내가 어떻게 하려고 생각하는지 아십니까?"
"말해 보게."
"시체가 발견된 부근을 이 잡듯 집집마다 조사하겠습니다. 클래퍼의 아내라면 얼굴을 보고 눈여겨보지 않을 남자가 없을 테니까요. 그리고 라디오와 텔레비전을 통해 오늘 아침 올게이트 역에서 나온 다음 그녀를 본 사람을 찾겠습니다. 방송국에 그런 부탁을 하는 것이 어려운 일인 줄 압니다만……."
"그것은 내가 하지." 기데온이 말했다. "이 사건의 범인은 자기 몸을 지키기 위해 서슴지 않고 사람을 죽이는 사나이일세. 단서를 꼭 찾아주게."
코니시가 나가기 전에 이미 기데온은 부총감에게 전화를 걸고 있었다. 영국방송협회와 런던 텔레비전에 부탁하려면 부총감의 승인이 있어야 하기 때문이었다.

런던과 그 근처 텔레비전 뉴스에서 비아트리스 클래퍼의 사진을 본 사람 가운데 얌전하고 작은 사나이 브라운도 있었다. 그는 오늘 밤에는 일하러 나가지 않았고 테니슨 부인에게도 그렇게 말했으므로 그 집의 조그만 텔레비전을 보다가 2층으로 올라가서 책이라도 읽을 생각이었다.

존 스튜어트 블릭스도 역시 그 뉴스를 보고 있었다.

아이비 맨슨을 죽인 범인으로서 그 30분은 몹시 괴로운 시간이었다. 그가 집에 돌아온 것은 6시 조금 지나서였는데, 누이는 거실에 앉아 뜨개질을 하며 텔레비전을 보고 있었다. 식탁에는 저녁식사가 마련되어 있었다. 블릭스가 부엌 설거지대에 가서 손을 씻은 다음 타월로 닦고 있을 때 아나운서의 목소리가 들려왔다.

"…… 살인사건에 대한 경시청의 긴급통보가 있습니다……."

블릭스는 마치 누구에게 칼로 찔린 듯한 기분이 들었다. 그는 타월을 손에 든 채 문 앞에 서 있었는데, 누이는 텔레비전보다 그의 얼굴을 보고 더 놀라 숨을 삼킬 정도였다.

"…… 오늘 오후 1시부터 2시 30분 사이에 올게이트 역으로부터 화이트차펠 일대에서 이 부인을 보신 분은 가까운 경찰서나 경시청으로 연락해 주시기 바랍니다. 경시청 전화번호는 화이트차펠 1212번입니다."

블릭스는 몸을 홱 돌렸다. 누이는 아무 말도 하지 않고 그의 뒷모습을 뚫어지게 지켜보다가 마침내 몸을 일으켜 오븐 앞으로 갔다. 생선 파이를 굽고 있었던 것이다. 행주로 감싸 쥐고 파이를 꺼내며 못이 박인 엄지손가락에 밀크가 조금 묻은 것을 보고 중얼거렸다. 그녀는 에나멜 파이 접시를 식탁에 꺼내놓고 블릭스에게 어서 오라고 소리쳤다. 파이를 자르려는데 똑똑 현관문을 날카롭게 두드리는 소리가 들렸다.

"어머나, 누구지?" 그녀는 중얼거렸다. "존, 이 시간에 누구인지 나가보렴."

"누나가 나가 봐." 블릭스가 거칠게 대답했다.

"나는 지금 파이를 자르고……"

"내가 자를 테니 누구인지 나가 봐."

그녀는 눈살을 찌푸리고 그를 흘겨보며 천천히 현관 쪽으로 몸을 돌렸다. 동생이 이처럼 묘한 기분에 젖어 있는 것은 처음이었다. 디룩디룩 살찌고 몸집이 큰 그녀는 현관으로 가는 좁은 복도 양옆 벽에 엉덩이가 닿을 정도였다. 그녀는 문을 연 뒤 귀를 기울이고 있는 동생의 모습을 보았다.
  문 밖에 두 남자가 서 있었다. 둘 다 몸집이 우람했다. 그녀는 왜 그런지 그들이 형사라는 것을 대뜸 알아차렸다. 두 사람 가운데 좀더 큰 사나이가 물었다.
  "존 스튜어트 블릭스 씨 계십니까?"
  "누구…… 누구신지요?"
  "경찰에서 나왔습니다." 사나이는 신분증을 내보이며 말했다. "아이비 맨슨 살해사건 때문에 정보를 모으고 있습니다. 블릭스 씨를 만나고 싶습니다."
  "글쎄요, 있을지 모르겠군요." 누이는 불안한 듯이 말했다. "보고 오겠어요, 동생은 늘 뒷문으로 돌아오거든요."
  문을 닫으려고 했으나 형사의 발에 걸려 닫을 수가 없었다. 흘끗 돌아보니 부엌문이 닫히는 게 보였다. 그녀는 너무도 놀라 거의 기절하다시피 벽에 몸을 기댔다. 다음 순간 뒤에서 발소리가 들렸다. 형사 하나가 그녀를 밀어젖히려고 했으나 그녀의 거대한 몸집이 그들을 가로막았다. 몸무게 백 킬로의 거구는 쉽사리 움직여지지 않았다.
  "무…… 무슨 짓이에요? 대체 무엇 때문에……" 하고 그녀는 겨우 중얼거렸다.
  사나이는 그녀를 밀어젖히고 손을 뻗어 부엌문을 열려고 했으나 잠겨 있었다.
  "뒷문이다!"
  그 사나이가 소리 지르자 다른 한 사람이 홱 몸을 돌려 모퉁이 쪽으로 달려가더니 이 집 뒤쪽으로 가는 골목으로 사라졌다. 부엌문에 어깨를 대고 있던 사나이는 몸으로 두 번 부딪쳐 문을 열고 부엌으로 뛰어들었다. 설거지대 옆쪽으로 작은 뒤뜰로 나가는 문이 열려 있었다. 형사는 냅다 달렸으나, 문간에 나동그라져 있는 의자를 미처 보지 못해 거기에 걸려 넘어지고 말았다. 블릭스의 모습은 보이지 않았고 목소리도 들리지 않았다. 그리고 뒤쪽으로 달려간 동료의 모습도 보이지 않았다. 그러나 5분도 채 못 되어 무선으로 경시청에 보고가 들어갔으며 몇 분 뒤에는 비상경계망이 깔렸다.

파멜라 해리슨은 경시청의 부탁과 함께 사진이 곁들여진 뉴스를 본 다음 패션 잡지를 들추며 곱게 화장하고 아름답게 차려입은 여자들의 사진을 들여다보기 시작했다. 언제나처럼 지금도 어떻게 하면 토니를 자기에게 묶어놓을 수 있을까 생각하며…….
머리가 아파 그녀는 욕실로 아스피린을 가지러 갔다. 그리고 다시 잡지를 들여다보며 가장 확실한 방법이 무엇일까 생각했다. 새로운 화장법, 그리고 머리모양도 새롭게 해보면 어떨까. 새 옷도 맞춰 입어야겠다. 지금은 아이들이 나가 살기 때문에 그 정도의 여유는 있었다. 그리고 무엇이든 해볼 만한 이유가 있지 않는가?
그러나 그녀의 남편과 클로 듀발은 경시청의 수배 뉴스 방송을 보지 못했다. 그들은 클로의 작은 아파트 침대에 있었다. 미행하는 경관은 작은 자동차 안에서 신문을 읽고 있었다. 경관은 아파트 건물과 해리슨의 자동차가 보이는 곳에서 지키고 있었던 것이다. 해리슨의 자동차는 멋진 최신형이었다. 그는 다만 여자를 사람의 눈에 띄지 않는 곳으로 데려가기 전에는 해리슨에게 손대지 말고 미행하라는 명령을 받았다.
해리슨이 아내의 '자살'을 다시 생각하기 시작한 것은, 정사의 물결이 지나가 격정이 가라앉은 다음이었다. 파멜라는 늘 아스피린을 복용했고 수면제도 먹었다. 누가 보든 그녀가 스스로 마셨다고 여기도록 그녀에게 치사량의 약을 먹일 방법이 있을 것이다.

저비스의 집에서도 이 뉴스를 보았다. 닐은 이웃사람이 준 태엽장치가 달린 자동차를 가지고 놀고 있었고, 막내딸 역시 누구에게서 받은 만화책을 보고 있었다. 헤스터는 저녁식사 준비를 하고 있었고, 저비스 부인은 언제나와 마찬가지로 빵을 자르고 있었다. 저비스는 옛날부터 잘라서 파는 빵을 싫어했었다. 잘라서 파는 빵에는 감칠맛이 없다고 그는 늘 말하곤 했다.

엘릭슨과 조니 부부도 에서에 있는 그들의 집에서 지미 로스코와 함께 이 방송을 보고 있었다. 세 사람의 의논이 묘한 정돈상태에 빠졌다. 지미는 켄트의 은신처에서 돌아왔다. 그는 자신이 알고 있는 한 아직 경찰에 들키지 않았다고 말했다. 지미는 곱슬거리는 금발에 늘 미소 띤 얼굴의 작고 뚱뚱한 사나이였다. 지금과 같은 위기에 빠지기 전까지 조니는 이 사나이에 대해 아무것도 몰랐었다. 다만 영리하고 명랑하며 듣기 좋은 말을 잘한다는 것, 마이클이나 조안나가 어릴 적에는 지금보다 좀더 이 사나이를 따랐었다는 것이 고작이었다. 아이들도 역시 얄팍한 인품을 감추기 위한 그의 거짓된 쾌활함을 꿰뚫어보고 있었던 것이다.

그는 경찰에 자수한다는 의견에는 반대였다. 그 대신 나라 밖으로 달아나자고 했다. 이 대립은 그와 조니 사이에 이루어졌으며, 찰스 엘릭슨은 이때 비로소 아내가 자기의 힘이라는 것을 깨닫기 시작했다.

비아트리스 클래퍼의 사진을 텔레비전에서 본 수백만 시청자 가운데 그녀와 레니 클래퍼를 잘 아는 사나이가 하나 있었다. 이름은 스카프, 앨런 폴 스카프였다. 친구나 가까운 사람들은 그를 '스카(상처자국)'라고 불렀다. 우연히 보니 그의 왼쪽 손등에 흉한 상처자국이 있었기 때문이다. 오래 전부터 그를 알아온 사람들은 그가 이 상처 덕분에 목숨을 건진 일을 알고 있었다. 15년 전 사기도박을 하다가 그에게 진 두 사람이 그를 덮쳤던 것이다. 나이프로 찌르려고 대들자 그는 얼른 왼손을 들어 얼굴을 가리다 손등에 심한 상처를 입었는데, 더 이상 다치기 전에 한패가 달려와 위기를 모면했다. 그러나 경찰에 보고가 들어갈까봐 두려워 그는 근처 병원에 가기를 꺼려했다. 앨런 폴 스파크는 그 무렵에도 자기 자신 말고는 아무도 믿지 않는 사람이었다. 그리하여 비밀 낙태수술을 해주다가 의사면허증을 박탈당한 술주정꾼 의사 출신에게 치료를 받았다. 그러나 잘못 꿰매어서 그런지 상처자국은 끝내 매끈하게 되지 않았다. 매듭 같은 자국이 손등에서 손목에 이르기까지 한가운데를 달리다가 셔츠 소맷부리 안으로 사라졌다.

그래서 스카프는 별 지장이 없는 한 늘 장갑을 끼고 다녔다.

그는 또 언제나 멋을 부렸다. 더구나 요즈음에는 이스트엔드에서도 일류 양복점인, 따라서 값도 가장 비싼 양복점에 가서 옷을 맞춰 입었다. 그의 셔츠 소매는 언제나 티 한 점 없었으며, 양복 소매에서 정확하게 반 인치만 얼굴을 내밀고 있었다. 넥타이와 가슴주머니의 손수건과 양말은 늘 조화를 이루도록 신경 썼다. 값진 커프스 버튼을 비롯하여 금으로 된 넥타이핀에도 역시 다이아몬드를 박았다. 그의 소지품 가운데 그의 이름 머리글자가 새겨져 있지 않은 것은 면도날처럼 날카로운 칼날이 달린 나이프뿐이었다. 비아트리스 클래퍼를 만나고 돌아오자마자 그는 칼날을 잘 소독했으므로, 이제 거기에서 그녀의 피가 발견될 위험은 조금도 없었다.
 그는 또 다른 두 개의 신원을 가지고 있었다.
 앨런 피터 스펜서라는 이름으로 버클리 광장으로 향하는 메이페어 거리에 작은 아파트를 가지고 있었다. 블래이튼에는 '심프슨'이라는 이름으로 방이 여러 개 달린 아파트를 가지고 있었다. 메이페어의 아파트에서는 꽤 거들먹거리며 사는 사람으로 알려져 있었다. 장사꾼에게는 후했고 이웃사람들과 마주치면 늘 상냥하게 인사했다. 이웃사람들은 이 사나이가 필요할 때면 언제든 헌 양복을 입고 사냥모자에 머플러를 매고 목소리까지 바꾸어 전형적인 런던 하류층 사람으로 둔갑한다는 사실을 꿈에도 생각해 본 적이 없었으며, 또 그렇게 생각해야 할 이유도 없었다.
 지난 번마우스 강도사건 때도 그가 지휘자였으며, 야경꾼을 죽인 것도 그였다. 경찰이 종잡을 수 없도록 그는 그때그때 수법을 바꾸었다. 그러므로 오른쪽 장갑 엄지손가락에 조금 터진 데가 있는 것이 자기에게 불리한 증거가 되리라고는 꿈에도 생각지 못했다. 그 장갑은 제2의 피부처럼 그의 손에 꼭 맞았고 지문도 남기지 않았으며, 또 완전히 자유롭게 어떤 손가락이든 움직일 수 있어 그에게는 소중한 것이었다.
 지난 7년 동안 그는 한 다스도 넘는 도둑질을 계획했고, 그것을 실행하여 지금은 10만 파운드에 이르는 재산을 가지고 있다. 그 재산을 그는 런던의 다섯 개 은행과 파리, 밀라노, 뉴욕의 각 은행에 나누어 맡겨놓았다.
 그가 스카, 즉 앨런 폴 스카프인 동시에 앨런 피터 스펜서임을 아는 사람은 몇 안 되었다. 세 개의 이름을 모두 아는 사람은 하나도 없었다. 그가 스카프며 스펜서이기도 하다는 사실을 알고 있는 네 사람 가운데 클래퍼 부부도 끼어 있었다.

클래퍼가 체포되자 스카프는 불안했지만, 그가 그 스펜서라는 이름까지 폭로하지는 않으리라고 생각했다. 클래퍼에게는 늘 충분한 대가를 주었으며, 교도소에서 나오면 뒷바라지해주고 그가 없는 동안 아내를 보살펴 줄 것을 잘 알고 있을 터이니까. 그런데 비아트리스 클래퍼가 순순히 말을 들을 것 같지 않음을 그는 깨달았다. 비아트리스 클래퍼가 메이페어에 있는 그의 아파트로 전화를 걸어 당장 만나고 싶다고 말했을 때 그는 이미 그것을 뚜렷이 느꼈다. 비아트리스 클래퍼는 울컥하기 쉬운 감정적인 여자이기 때문에 그녀가 경찰에 밀고하지 못하도록 하는 확실한 방법은 죽이는 길밖에 없었다. 그러나 그녀를 죽이면 클래퍼가 충격을 받아 그의 숨겨진 이름을 말해 버릴 염려가 있었다.

양쪽 다 중대한 위기임에는 틀림없으나 클래퍼가 폭로할 수 있는 것은 제2의 이름 즉 런던에서 쓰고 있는 이름뿐이지만, 비아트리스는 그의 제3의 이름과 마지막 은신처까지 망치게 할 염려가 있다고 판단했다.

그리하여 비아트리스를 죽이지 않을 수 없게 되었던 것이다.

그는 클래퍼에 대해서라면 잘 알고 있었다. 클래퍼가 아내가 살해당한 사실을 알고 나타내보일 맨 첫 반응은 자기 신변에 대한 불안이리라고 믿었다. 교도소에서 나온 뒤 어떤 봉변을 당할까 하는 불안. 어쩌면 클래퍼는 실토하지 않을지도 모른다.

비아트리스가 살해당한 사실을 알고 클래퍼가 어떻게 나올지 알게 될 때까지 스카프인 동시에 스펜서인 그는 제3방어선, 즉 제3의 인물아더 필립 심프슨이 되어 블래이튼에 숨어 있어야 한다. 메이페어의 아파트에는 돌아가지 않기로 마음먹고 그날 오후에, 자기 정체를 드러낼 만한 물건을 모두 블래이튼으로 옮겨놓았다. 만일 클래퍼가 폭로하지 않는다면 기회를 보아 다시 본디 이름을 쓰면 된다.

방이 서로 이어진 그의 아파트는 해안도로의 동쪽, 바다가 내다보이는 곳에 있었으며, 유원지 전차의 정류장 앞이었다. 화려한 가게와 선창의 정면 입구로부터 떨어진 곳이었다. 생선튀김 냄새나 솜사탕이나 엿냄새도 풍겨오지 않았고, 바보 같은 모자를 쓰고 바보 같은 노래를 부르며 줄줄이 걸어 나다니는 무리들도 그곳까지는 오지 않았다.

블래이튼에는 주말에만 사람이 사는 아파트가 많아, 심프슨이 그 아파트에서 주말에만 때로는 1주일쯤 묵어간다고 해서 이상하게 여길 사람은 아무도 없었다. 아담하고 모든 것이 갖추어진 아파트이므로 그가 주말마다 데리고 오는 여자가 가끔 바뀌는 것도 그다지 이상하게 여기지 않았다. 확실히 그는 매년 여름 다른 여자를 데리고 왔었다.

그는 지금 창문에 등을 돌리고 앉아 편편한 자갈의 바닷가에서 조용히 불어오는 바람도 느끼지 못했다. 텔레비전을 보며 경시청의 발표가 있기를 얼마쯤 기대하고 있었다. 뉴스가 시작되자 입매를 긴장시키고 열심히 바라보며 귀를 곤두세웠다. 뉴스가 끝나자 그 옆으로 가서 스위치를 끄고 얼굴에 엷은 미소를 띠었다.

그는 아더 필립 심프슨으로 이 블래이튼에 머무르며 사태가 어떻게 돌아가는지 지켜보려는 속셈이었다.

그 아파트에서 얼마 떨어지지 않은 싸구려 아파트에 얼마 전 클로듀발이라는 여자가 세 들어 이사 왔다는 것을 그가 알 리가 없었다. 그리고 잔인하게 세 여자나 죽인 톰 해리슨이라는 사나이가 바로 그때 그녀의 아파트에 있다는 것도 알 리가 없었다. 또한 서섹스 경찰과 블래이튼 경찰의 요청으로 그 부근에 경시청의 부장형사가 계속 잠복하고 있다는 사실도 알 리가 없었다.

기데온도 자기 집 텔레비전을 통해 비아트리스 클래퍼의 사진을 보고 있었다. 모든 것이 생각한 대로 되어가고 있는지 어떤지 보기 위해서였다. 케이트는 2층에 있었다. 그는 오늘 여느 때보다 일찍 돌아왔다. 아내는 지금 목욕을 하는 중이었다. 아이들은 아무도 돌아오지 않았다. 정신을 차려보니 그는 매슈의 일을 생각하고 있었다. 케이트가 뭔가 알아냈을까? 언제까지 목욕을 할 셈인가? 부엌에 들어가 찬장을 열고 그 안을 들여다보다가 치즈 한 조각을 잘라내고 선반 위 접시에서 사과를 집어 들었다. 치즈를 입에 넣고 사과를 베어 물며 아담한 뒤뜰을 바라보았다. 하수도로 쏴 하고 물내려가는 소리가 들렸다. 케이트는 곧 나올 것이다. 아내가 걸어 다니는 발소리가 들렸다. 그녀는 6시 25분에 서둘러 내려왔다. 기데온은 첫눈에 아내가 뭔가 할 이야기가 있다는 것을 알아차렸다. 걱정이 되어 초조해 하는 듯했다. 기데온으로서도 놀라지 않을 수 없었다.

"내가 너무 일찍 돌아왔나?" 하고 기데온은 사과 한 조각을 삼켰다.

"이렇게 일찍 돌아오실 줄은 몰랐어요. 집에 아무도 없을 때는 목욕할 게 아니군요. 그때마다 누가 오거든요. 오늘 일은 잘되셨어요?"

여느 때는 정말 알고 싶어서 물었지만, 오늘은 그냥 인사치레로 묻는 것 같았다.

"어떻게 됐소, 여보? 매슈에게 무슨 일이 생겼소?"

"네." 케이트가 대답했다.

이때 전화 벨이 울렸다. 두 사람 사이의 공기를 나이프로 자르는 듯한 소리였다. 벨 소리를 묵살하려 해도 소용없었다.

"빌어먹을!"

기데온은 거칠게 투덜거리며 부엌 탁자 위로 몸을 내밀어 전화기를 집어 들었다. '빌어먹을 놈!'을 '빌어먹을!'이라고 하는 것은 아이들의 그의 '빌어먹을 놈'을 흉내냈기 때문인데, 아직도 그대로 쓰고 있었다.

그는 귀에 거슬리는 목소리로 말했다.

"기데온이오."

케이트는 전화기를 쥔 남편의 손에 힘이 주어지는 것을 보았다. 남편의 생각이 그녀의 이야기로부터 억지로 멀어져가고 있음을 그녀는 알아차렸다. 그녀는 남편 옆을 지나 한쪽으로 가서 블라우스 등의 단추를 채웠다. 그녀는 늘 세퍼레이츠(아래위가 따로 된 여자옷)를 좋아했다.

기데온이 물었다.

"무슨 일인가?"

그의 입술이 꾹 다물어졌다.

"되도록 빨리 가겠네."

그는 전화기를 놓았다. 몸을 돌려 케이트를 보며 호소하는 듯한 묘한 몸짓으로 손을 들어올렸다. 그러면서도 그는 이 몇 초 사이에 나타난 위기를 알아차렸다. 케이트는 매슈 문제를 남편에게 이야기하고 싶어 급히 내려온 것이다. 기데온도 그런 노고를 반쯤 나누어 가지려고 했다는 것을 하느님은 아시리라.

요즈음은 별로 느끼지 못하지만, 가정을 위한 일과 직장을 위한 일 사이에 심각한 대립을 느끼는 적이 있었다. 전에는 그것이 위험한 폭발에 이르는 때도 여러 번 있었다. 기데온은 그때마다 아내와 자기 사이를 방해하는 것은 무엇이든 만들지 않겠다고 마음속으로 맹세하곤 했었다.

지금 케이트는 창 밖을 내다보고 있었다.

"무슨 일이지요?"

"아이비 맨슨을 죽인 사나이를 몰아넣었다는구려. 창고 안뜰에 있는 페인트를 가득 실은 트럭에 올라타 앉아 핸들을 쥐고 있다고 하오. 달아나지 못하게 하면 페인트에 불을 지르고 앞에서 가로막고 있는 경찰이며 소방대원들을 향해 돌진하겠다고 위협하고 있다는군."

기데온은 말을 끊고 케이트의 눈에 나타난 표정의 변화를 살폈다. 아이비 맨슨 살해사건이니만큼 아내의 마음속에서 두 가지 감정이 서로 싸우고 있음을 그는 알았다. 이런 일은 내버려두면 더욱 도지게 마련이다. 매슈에게 무슨 문제가 생긴 것일까? 그애가 어떤 일을 저질렀기에 아내가 이토록 걱정하는 것일까?

"함께 가는 게 어떻겠소?" 기데온이 불쑥 말했다. "가면서 이야기할 수 있을 테니까. 현장에 도착하려면 적어도 30분은 걸리거든."

케이트의 눈동자가 밝게 빛났다.

"자동차는 아직 집어넣지 않았소. 드라이브를 할까 하고 말이오. 5분 안에 준비를 마칠 수 있겠소?"

"그렇게까지 걸리지 않아요."

케이트는 2층으로 가려고 남편 옆을 지나며 그의 볼을 손가락으로 가볍게 어루만졌다.

"당신은 좋은 사람이에요."

그녀는 2층으로 뛰어올라갔다. 기데온은 성큼성큼 찬장으로 가서 치즈를 크게 한 조각 잘라 비스킷이 반쯤 든 깡통에 던져 넣고 사과도 몇 개 집어 커다란 웃옷주머니에 넣었다. 층계를 내려가는데 케이트가 뒤따라왔다. 키가 크고 체격이 좋은데도 발소리가 가냘프다. 깃과 소맷부리에 밍크가 달린 모직 코트를 입고 있었다. 기데온은 치즈와 비스킷이 든 깡통을 케이트에게 건네주었다.

"우선 이것으로 요기를 해두고 이슬린턴의 일이 그다지 애먹이지 않거든 변화가 어디서 식사를 하도록 합시다."

그는 아내에게 자동차문을 열어주고 다시 닫은 다음 반대쪽으로 돌아가 핸들 앞에 올라탔다. 조용한 길을 달리며 이웃집들이 그 앞에 자동차를 세워둔 것을 보자 케이트와 집에서 조용히 매슈의 일을 의논하고 싶다는 생각이 들었다. 하지만 전혀 의논하지 못하는 것보다는 이 편이 낫다.

"그래, 매슈가 무슨 짓을 했다는 거요?" 기데온이 재촉했다.

케이트가 조용히 말했다.

"당신이 화내실지도 모르지만, 매슈가 여자친구와 잘못을 저질렀어요."

고민

 그들은 뉴 킹즈 로드 방향으로 접어들었다. 길에는 자전거를 탄 사람이 하나 보일 뿐이었다. 기데온은 재빨리 아내 쪽으로 눈길을 돌렸다. 깜짝 놀란 듯한 얼굴이었다. 그 순간의 기데온에게는 놀라움 말고는 그 어떤 것도 반응을 보일 수가 없었다. 자동차 운전도 제대로 못할 만큼 놀라 자전거 쪽으로 차를 빗나가게 하고 말았다. 그는 급히 핸들을 바로잡으며 '안 되겠는걸' 하고 중얼거리더니 정면을 똑바로 노려보았다. 케이트가 자기를 지켜보며 그의 마음의 움직임을 헤아리고 있다는 것을 알았다.
 혼란과 놀라움. 하필이면 매슈가! 아직 19살도 채 안되었고, 이제부터 케임브리지 대학에 유학할 큰 희망을 품은 녀석이! 이런 바보 같은 녀석!
 그러나 케이트에게는 그런 말을 하지 않았다. 기데온은 아무 말없이 자동차를 뉴 킹즈 로드로 몰았다. 자동차들이 별로 없었다. 과자가게와 술집, 신문판매소 이외에는 가게들이 모두 문을 닫아버렸다. 이윽고 기데온이 말했다.

"지금 한 이야기가 확실하오?"

"그럴 거예요."

"시시한 여자에게 걸려 봉으로 잡힌 건 아니겠지?"

케이트는 대답하지 않았다.

"그렇지는 않겠지?" 기데온은 다시 물으며 희망이 솟아났다.

"그렇지는 않아요." 케이트가 대답했다.

어지간히 확실한 일이 아니면 케이트는 이렇게 잘라 말하지 않는다. 기데온은 다시 아내를 보고 그녀가 똑바로 앞쪽을 쳐다보고 있음을 알았다.

"우리가 알고 있는 처녀인가?"

"헬렌 마이올이에요."

"아니, 그애는……" 하고 기데온은 신음 소리를 냈다.

마이올이라면 바로 이웃에 사는 아가씨다. 기데온의 집에서 다섯 채 떨어진 집에 살고 있다. 마이올의 두 아이와 기데온의 아이들 가운데 셋은 학교도, 주일학교도 같으며, 함께 놀고 같은 파티에서 얼굴을 대하는 사이였다. 헬렌 마이올이라면 기데온으로서 자기 딸이나 다름없을 정도로 잘 아는 아가씨다. 몸집이 작고 내성적인 성격이며, 매슈보다 한 살 위였다. 둘은 생일이 1주일 정도밖에 차이 나지 않아서 어릴 적에는 두 집에서 합동으로 생일축하를 해주곤 했다. 헬렌은 아주 착한 아가씨였다. 아버지 마이올은 보험대리업을 꽤 잘해나가고 있었다. 그러나 그의 아내는 케이트같이 가정적이지도 않고 알뜰한 맛도 없었다. 이웃으로 친하게 지내기에는 명랑하고 좋은 사람들이지만 진짜 친구가 되기에는 큰 장애가 한 가지 있었다. 마이올 집안은 엄격한 교회의 신자들로 비국교파에 속해 있었던 것이다. 그들에게는 이렇다할 위선적인 점이 없었고 기데온이 알고 있는 한 자신들의 언행을 믿고 있는 듯했으나, 그보다 더 답답한 종교관을 가진 사람은 별로 없을 것이다.

케이트는 아까보다 거침없이 이야기하기 시작했다.

"매슈의 말로는, 지난 한 달 동안 둘이 몹시 걱정을 했었대요. 실은 벌써 두 달째로 접어들었다는군요. 요즈음 헬렌이 아침마다 구토증을 느낀다는 거예요. 부모들이 뭐라고 할지 몰라 헬렌은 겁에 질려 있고, 매슈도 우리에게 털어놓고 싶지 않았던 모양이에요."

"그런데 어떻게 캐냈소?"

"그애가 오늘 아침 몹시 안절부절못하는 것 같았고, 당신도 그애에게 무슨 고민이 있는 듯하다고 하셨기에 다들 애들이 나가자 곧 단도직입적으로 물었지요. 여자문제가 아닐까 하는 생각이 들었어요. 사랑에 빠졌거나 아니면 그 비슷한 기분에 젖어 케임브리지에 가는 것이 내키지 않게 되었나 해서 여자 때문에 고민하느냐고 물어보았지요. 그랬더니 순순히 털어놓더군요."

기데온은 왼손을 뻗어 케이트의 손을 잡았다.

"잘했소."

"아침이라 다른 이야기는 하지 못했어요. 그애는 지금 외출 중인데, 10시까지는 돌아오지 않을 거예요. 그전에 당신에게 말씀드리겠다고 말해 두었지요. 그러므로 10시까지는 돌아가야 해요."

"돌아가야지."

그들은 센트 마크 대학 옆의 다리를 건너가고 있었다. 다리 밑으로 기차가 요란한 소리를 내며 지나갔다. 기데온은 존 스튜어트 블릭스의 일은 완전히 잊어버리고, 10시까지 돌아가야 한다는 생각만 머릿속에 가득했다. 지금은 아이비 맨슨의 모습도 뚜렷이 떠오르지 않았다. 그 어떤 것보다도 그가 지금 생각하고 있는 것은 매슈가 자기나 케이트에게 좀더 빨리 의논하지 못했다는 사실뿐이었다. 한 달 전이었다면 그래도 힘이 되어주기가 쉬웠을 텐데, 만 두 달이나 지났다면 일은 어렵다.

'이거 참, 큰일 났군' 하고 그는 생각했다. '아들이 이처럼 어리석은 짓을 저지르도록 내버려두었다니, 대체 무엇을 하고 있었담? 그리고 매슈는 왜 좀더 빨리 털어놓지 않았을까? 아버지인 내가 호랑이처럼 보였나? 어머니인 케이트도……'

"그애는 우리가 괴로워할까봐 확실해질 때까지 털어놓을 수가 없었다고 말하더군요. 지난 한 달 동안 얼마나 괴로워했겠어요."

"잠이 오지 않고 정신을 집중시킬 수 없었던 것도 무리가 아니었겠지." 기데온이 무뚝뚝하게 중얼거렸다. "그런데도 시험에 합격했으니 대단하군. 어떤 장학금이든 받을 수 있겠어. 그런데 그애와의 결혼문제에 대해 말을 하던가?"

"네." 케이트는 말하기 거북한 듯 대답했다.

"뭐라고?"

"결혼하지 않겠다는 거예요."

기데온은 아무 말도 하지 않았다.

"헬렌도 그렇게 생각한대요." 케이트는 말을 덧붙였다.

"서로 그런 기분이면서 무엇 때문에 그런 짓을 했지?" 기데온이 신음하듯 말했다. "한심한 아이들이로군. 그 정도는 알 만한 나이인데. 서로 깊이 사랑하여 어쩔 수 없었다면 또 모르지만……."

기데온이 입을 다물자 케이트는 그의 얼굴을 흘끗 보았을 뿐 아무 말도 하지 않았다. 신호등이 다가왔으므로 기데온은 자동차 속도를 늦추고 멈추어 섰다. 그는 아내 쪽으로 얼굴을 돌렸다. 자동차에 탄 뒤 처음으로 기데온은 싱긋 웃었다. 소리까지 내며 웃었다.

"내가 얼마나 구식 아버지인지 알았겠지? 매슈는 나를 나 자신보다 더 잘 알고 있는 모양이군. 그래, 그 경위를 매슈가 설명해 주었소?"

"네."

열심히 남편을 달래려는 듯 케이트의 목소리는 따뜻했다. 아니면 매슈를 위하려는 마음에서였을까?

"그애가 나에게 그런 투로 이야기한 것이 몇 년 만인지 몰라요. 아니, 그런 투로 이야기한 적은 없었어요. 그애는 어릴 때부터 부끄럼을 잘 타서 목욕시키는 것도 다른 아이들보다 훨씬 일찍 그만두었었지요. 맬콤은 아직도 태연한데 말이에요."

케이트도 그만 웃음을 터뜨렸다. 그녀는 여전히 따뜻한 말투로 말을 계속했다.

"세 번인지 네 번쯤이었나 봐요."

"기가 막히는군! 그래서……." 기데온이 어이없다는 듯 말했다.

"우스운 건 그게 아니에요."

케이트의 목소리에는 아직 유머가 담겨 있었다.

"꼼짝달싹할 수 없게 되자 비로소 나에게 털어놓은, 그 점이 우스운 거예요."

그녀는 나직이 웃음소리를 냈다.

"여보, 당신 18살 때 일이 생각나세요?"

"아니."

"우리가 거드름 피우거나 당황해 봐야 소용없었어요." 케이트는 느닷없이 기분과 말투를 바꾸어 이치에 맞는 말을 하기 시작했다. "처음 그애의 이야기를 들었을 때, 나는 그애가 일찍이 없던 큰 죄를 저지른 듯한 느낌이 들었어요. 하지만 지금은……."

"나에게는 다만 아까 말한 세 번인지 네 번인지 경위만 설명하면 되오."

"여보!" 케이트는 마치 한마디 한마디를 신중하게 고르려는 듯이 조금 사이를 두었다가 말했다. "처음 시작은 섣달 그믐날 테니스클럽의 댄스파티에 갔을 때였다는군요. 매슈가 잔뜩 취해서 돌아온 것 기억나세요? 내가 그애를 잠자리에 눕히고 보살펴주라고 하자 당신은 그 녀석도 언젠가는 익숙해져야 할 테니 도와주지 않는 편이 좋다고 하며 다음날 아침의 두통이 백 번의 설교보다 더 낫다고 말씀하셨지요."

 "케이트, 당신은 나를 난처한 입장으로 몰아세울 모양이지만 남자와 여자는 세계가 다르고……."

 "그날 밤이 처음이었대요." 케이트가 말을 가로막듯이 설명했다. "마이올 댁 식구들은 송년예배를 보기 위해 교회에 갔지만, 헬렌은 댄스파티에 보냈다는군요. 그 댁에서 그런 일을 허락했을 때 나는 사실 놀랐어요. 집은 비어 있었고 헬렌은 술에 취해서……."

 "이제 알겠군."

 "그때 둘 다 몹시 흥분해 있었대요." 케이트는 다시 남편의 말을 가로막았다. "내 생각으로는 그날 밤, 그때의 경험이 굉장했던 것 같아요. 그 다음 1주일 동안 둘은 열중했지요. 그러다가 다투었고, 서로 피하게 되었나 봐요. 서로 두려웠고 또 부끄러웠다고 매슈는 말하더군요. 큰길에서 우연히 마주치는 정도로 지내다 둘이 차분히 만난 것은 약 한 달 전부터였대요. 하지만 처음 한 달은 뭐라고 말할 수 없었는데, 아마 그 다음에 헬렌이 그애에게 이야기했나 봐요. 매슈의 말이 사실이라면——그애는 거짓말할 아이가 아니지만——자기들은 서로 사랑하고 있지 않다고 명확히 단언할 수 있고, 결혼이란 생각조차 하기 싫다는 거예요. 그애들은 무엇보다도 그것이 고민거리였나 봐요. 마이올 댁과 우리가 두 사람을 결혼시키려고 할까봐 두려웠던 거지요."

 기데온은 잠시 아무 말도 하지 않았다. 아까보다 자동차를 훨씬 빨리 몰아 케이트가 알지도 못하는 거리, 높은 테라스가 달린 저택들이 줄지어진 길을 달렸다. 10분 안으로 기데온은 그날 오후에 보았던 창고 앞에 닿을 테고, 10분 안에 기데온은 하나의 악몽에서 또 하나의 질이 다른 악몽으로 머리를 돌려야만 할 것이다.

악몽일까?

"어처구니없는 녀석이로군! 어떤 맛을 보여줄지 두고 보라지!"

"여보……."

"테드 마이올에게 그 녀석을 1주일만 맡겨둘까?" 기데온은 소리쳤다.

케이트는 웃었다. 그러나 이번의 웃음소리에는 짓눌린 듯한 감정이 깃들어 있었다.

"당신 기분을 이해할 수 있어요. 테드는 뭐라고 할까요?"

"나에게 성경책을 집어던지며 그와 그의 목사와 그의 아내가 지금까지 생각해 낸 온갖 해석을 멋대로 붙여 설교하겠지. 제기랄, 이게 무슨 꼴이람!"

기데온은 말을 끊고 한숨을 쉬었다.

"케이트, 어떻게 하면 좋지? 정말 완고한 아버지가 되어야 할까, 아니면……."

그는 다음 말을 잇지 못했다.

"마이올 댁에서 둘을 당장 결혼시키자고 할까요?"

"글쎄……."

그 뒤 기데온은 그날 아침 그가 순경에게 말을 걸었던 신호등이 있는 곳까지 아무 말도 하지 않고 차를 몰았다. 이윽고 그는 케이트의 무릎에 손을 얹으며 힘주어 말했다.

"매슈와 이야기가 끝나거든 곧 테드 마이올네로 갑시다. 그리고 아이들처럼 우리까지 심각하게 생각할 건 없다는 말을 할 필요는 없겠지."

신호가 바뀌었다.

자동차를 몰아나갔다. 바로 저 모퉁이를 돌면 또 다른 악몽이 기다리고 있는 것이다. 기데온은 자포자기에 가까운 기분이 되었다. 아들과 헬렌의 모습이 눈앞에 떠올랐다. 이때 문득 지난번 헬렌을 보았을 때의 일이 생각났다. 그애가 갑자기 여자다워진 것 같았었다. 그때까지는 유연하게 부풀었던 가슴 선이 제법 봉긋해졌고 브래지어를 하고 있었다. 둘이 서로 뜨겁게 흥분하고 취하여 얼굴을 벌겋게 해가지고 한데 어울린 모습이 묘하게도 눈이 아플 만큼 생생하게 떠올랐다. 두 사람이 결혼하고 싶다면 그다지 나쁜 일은 아니겠지만, 아니 그래도 나쁜 짓임에 틀림없다.

아직 기데온은 생각해 보지 않았지만, 언젠가는 생각해야 할 문제가 있다. 건전한 도덕적 기준에서 어떻게 해야 좋을까 판단내리기 전에 매슈와 헬렌을 위해서 어떻게 해주는 것이 가장 좋을까 하는 점이었다. 지금 두 사람이 품고 있는 반감은 제쳐두고라도 두 사람을 위해 어떻게 해주면 좋을까? 오붓하고 가정적인 만족에서 느닷없이 내던져져 아주 어려운 입장에 몰리게 된 셈이었다.

얼마쯤 냉정하고 이치에 맞는 생각을 하고 있었는데, 갑자기 솟아오른 노여움이 그것을 삼켜버렸다. 하필이면 그런 일을 저지르다니! 매슈와 서로 아기일 적부터 알고 지내던 처녀가, 친구로서 이웃에 살고 있는 그들이 이럴 수가 있담! 이 이상의……

이때 데빙 상회의 창고로 돌아가는 모퉁이에 세워놓은 경찰차가 눈에 띄었다. 하늘에 헤드라이트의 반사 빛이 보였다. 순간 기데온의 마음에 다른 광경이 떠올랐다. 재갈을 물리고 손이 묶인 채 폭행당하고 교살당한 소녀 아이비 맨슨의 모습이었다.

'나는 대체 무엇을 생각하고 있는가? 이처럼 끔찍한 일이 또 있을까?'

기데온이 길가에 자동차를 세우자 순경이 한 사람 다가왔다.
"미안하지만 이 길은……"
"기데온 부장일세. 내가 올 줄 알고 있었을 텐데?"
기데온의 이 말에 순경은 당황하며 뒤로 물러섰다.
"내 아내는 여기 있게 하겠네. 방해가 되면 아내도 자동차를 다룰 수 있으니 염려 말게."
자동차에서 내리자 기데온은 몸을 굽히고 케이트에게 힘을 북돋아 주듯 미소 지어 보였다.
"염려 말구려. 어떻게든 되겠지."
그리고 기데온은 몸을 쭉 폈다. 순경은 멋쩍은 표정을 지었다. 키가 작고 얼굴이 창백한 사나이로, 아직 경찰학교에 다닌다면 어울릴 듯한 젊은이였다.
"내몰려고 해서 면목 없습니다."
"사과할 건 없네. 그러나 이것만은 기억해 두게. 직무를 수행하는 데 있어 실수를 저지르지 말 것. 되도록 마찰을 일으키지 않도록 해야 하네. 찌푸린 얼굴이나 위협보다는 자동차를 몰고 가는 사람에게는 미소 띤 얼굴이 더 효력 있고 자동차의 흐름도 부드럽게 되지. 그건 그렇고, 상황은?"
"그다지 좋지 못합니다."
"내가 가보지."
기데온은 말을 마치자 성큼성큼 모퉁이를 돌아 사람들이 모여 있는 곳으로 갔다. 그 부근 사람들과 구급차와 소방서 직원들이었다. 소방차 한 대가 길 한가운데에 멎어 있고 또 한 대는 창고 끝에서 호스를 늘어뜨리고 있었다. 그러나 화재가 난 기색은 없었다. 기데온은 창고의 나무문이 활짝 열려 있는 것을 보았다. 주위사람들은 그를 보자 기데온임을 알았는지 곰 같은 큰 몸이 성큼성큼 걸어가는 것을 막으려 하지 않았다. 굉장히 뚱뚱한 여자와 이야기하고 있는 커슨의 모습이 보였다. 이윽고 목표의 중심부분이 보이는 곳까지 걸어갔다.

대형 트럭이 한 대 적하장 구석에 서 있었다. 정면으로 가지 않으면 아무도 접근할 수 없는 곳에 세워져 있었다. 밤중에 방해가 되지 않도록 하기 위해서 그렇게 세워놓았으리라. 경찰차와 오토바이들이 그 트럭을 에워싸듯하며 트럭의 앞유리 창과 운전대와 핸들 앞에 앉은 사나이를 눈이 부시도록 비춰대었다. 처음에 기데온은 이 사나이가 협박으로 나오면 어떻게 할까 생각했다. 트럭이 미친 듯 달릴지도 모르기 때문이다. 앞에 있는 사람들을 닥치는 대로 깔아뭉갤 수도 있을 것이다. 그것은 10톤짜리 트럭이었다. 부상자가 많이 나올 것이다. 트럭은 창고문을 지나 큰길로 나갈 수 있다. 문은 열려 있으니까. 큰길에 경찰차들이 모여 있어 멀리 달아나지는 못하겠지만, 일단 그곳으로 나가면 어떤 피해를 입힐지 알 수 없는 일이다.

거기서 기데온은 그 사나이를 똑똑히 보았다. 아까 오후에 맞닥뜨렸던 징그러운 눈썹의 사나이임을 알았다. 롬브로소가 예로 인용할 만한 타입이라고 생각했었던 사나이였다. 그는 글자 그대로 기데온이 생각했던 것을 입증하고 있지 않은가?

커슨이 말을 걸어왔다.

"수고하십니다, 부장님. 직접 오셔야 할 만한 사태까지 만들어 죄송합니다."

"별 수 없지 않나."

기데온은 말하고서 곧 기분 나쁘리만큼 살찐 여자를 바라보았다. 이토록 엉덩이가 크고 몸집이 거대한 여자를 본 적이 있었던가 생각했다. 너무나도 몸집이 커서 몸을 제대로 가누고 있는 것 같지 않았다. 금방이라도 터질 것처럼 부풀어 오른 기분 나쁜 풍선을 연상시켰다. 머리카락은 뭉클뭉클했으며, 어버이의 유전인자가 자손에게 나타난 듯한 추한 모습이었다. 작은 눈이 밝은 빛을 받아 반짝였다. 마치 늙어빠진 뚱뚱한 마녀 같았다.

커슨이 소개했다.

"미스 블릭스라고, 저 사나이의 누님입니다."

"안녕하십니까? 당신 동생은 정말 자기 말대로 행동할 것 같습니까?" 기데온이 물었다.

"저애는 머리가 돌았으니 무슨 짓이든 할 거예요." 뚱뚱한 여자가 또렷이 단언했다. 뜻밖에도 듣기 좋은 목소리였으며, 여느 여자들보다 좀 굵은 느낌이었다. "틀림없어요. 지금까지는 별로 생각해 보지 않았지만, 이제 알았어요. 존은 어릴 때부터 내 친구를 협박해서 쫓아버리곤 했었지요. 늘 나를 놀이상대로 자기 혼자 득점하려고요. 저애는 틀림없이……."

"확성기를 달았습니다." 커슨이 여자의 말을 가로막으며 보고했다. "거기에 대고 블릭스에게 항복하지 않으면 어떻게 되는지 두 번이나 말해 주었습니다."

커슨이 말을 마쳤을 때 트럭의 엔진 소리가 요란하게 울려왔다. 다른 소음은 거의 들리지 않았다. 이따금 발소리와 헛기침 소리가 들릴 뿐. 어떻게 보면 바보스러운 상황이기도 했다. 이 트럭 주위에는 적어도 백 명 이상의 사람들이 모여 있었다. 그런데 핸들을 쥐고 있는 블릭스가 그 가운데 두세 사람은 언제든지 죽일 수 있다는, 추격자를 몰아세우는 입장에 있는 것이다.

"당신은 동생과 살고 있소?" 기데온이 물었다.

"아버지 어머니도 함께 살아요. 그런 뜻으로 물으신 거겠지요?"

"부모님은 어디 계시지요?"

"다행히도 1주일쯤 집을 비우고 계세요. 이런 사실을 아신다면 마음이 어떠시겠어요?"

"부모님의 말씀이라면 들을까요?"
"두 분 다 콘월에 계세요. 일거리가 생겨서요."
"그 밖에 동생이 말을 들을 만한 사람이 없소?"
"글쎄요, 별로······."
블릭스의 누이는 말을 하다 말았다. 무엇이 눈에 띈 모양이었다. 그녀는 기데온의 뒤쪽을 뚫어지게 바라보더니 입을 크게 벌리고 더러운 빛깔로 변한 이를 몇 개 드러냈다. 한 개인지 두 개인지 고무를 박은 이가 보였다. 커슨도 얼른 고개를 돌렸다. 커슨 역시 그녀처럼 몹시 놀란 몸짓을 했으므로 기데온은 신중하게 천천히 몸을 돌렸다. 안뜰의 자갈을 밟으며 걸어오는 흰 머리의 몸집이 작은 중년여자가 눈에 들어왔다. 그 바로 뒤에 순경이 두 사람 따라왔으며, 키가 크고 케이트와 몸매가 비슷한 여자가 경관과 함께 오고 있었다.
"어머나, 큰일 났어요. 저 여자를 저리 데려가주세요!" 블릭스의 누이가 쉰 목소리로 외쳤다.
"아이비 맨슨의 어머니입니다." 커슨이 기데온에게 설명했다.
커슨은 그녀의 앞을 가로막듯이 나섰다. 여자는 커슨은 거들떠보지도 않고 트럭의 핸들을 쥐고 있는 사나이를 노려보았다. 그런 중에도 커슨을 보았는지 비켜서서 지나가려는 듯 옆으로 몸을 움직였다. 두 경관과 뚱뚱한 여자가 바로 그 뒤에 따라붙었다. 커슨의 손이 맨슨 부인의 팔을 붙잡았다.
"안됐습니다만, 여기 들어오시면 곤란합니다." 커슨이 딱딱한 말투로 말했다. "카터 부인과 함께 물러서 계십시오."
"저 사나이가 내 딸을 죽였어요." 맨슨 부인이 또렷하게 말했다.
"그건 아직 확실치 않습니다. 게다가 부인······."
"저놈이 내 딸을 죽였단 말이에요!" 그녀는 덮어씌우듯이 말했다. 그 목소리는 새되고 억양이 없었다. "그애에게 몹쓸 짓을 하고 죽였어요. 저런 놈은 이 에미가……."
 "부인!" 커슨이 딱 잘라 명령했다. "죄송합니다만, 더 나가면 안 됩니다. 자, 카터 부인, 제발 이분을……."
 맨슨 부인은 눈을 부릅뜬 채 블라우스 가슴에 손을 쑥 집어넣었다. 기데온도 깜짝 놀랐고 옆에 있던 사람들로서도 섬뜩한 일이 일어났다. 그녀는 가슴에서 부엌칼을 홱 빼들었던 것이다. 번쩍이는 헤드라이트 빛 속에서 부엌칼은 무시무시하게 번뜩였다. 그리고 커슨의 손을 푹 찔렀다. 칼날은 피할 틈도 없었다. 기데온이 소리쳤으나 말리기에는 거리가 너무 멀었다. 커슨은 깜짝 놀라 얼른 뒤로 물러섰다. 맨슨 부인은 커슨에게서 떨어지자 트럭으로 달려갔다. 기데온이 가장 가까운 곳에 있었고 붙잡을 수도 있었지만 그는 말리지 않았다. 그녀는 자갈 위를 마치 경기장에서 달리듯 가볍게 달려갔다. 부엌칼을 앞으로 내밀고. 기데온은 블릭스의 눈이 빛나고 입이 크게 벌어지는 것을 보았다. 그리고 남자들이 무더기로 모여 있으면서도 해내지 못한 일을 맨슨 부인이 해치웠음을 알았다.
 그녀가 운전석에 손을 대고 손잡이를 잡을 때까지 기다렸다가 기데온은 살짝 반대쪽으로 돌아갔다. 블릭스는 여자와 부엌칼을 노려보느라고 기데온이 반대쪽 문을 열 때까지 제2의 위험이 다가오는 것을 알아차리지 못했다. 기데온에게는 비좁기 이를 데 없는 곳이었으나 주먹으로 블릭스의 배를 내리쳐 핸들 위에 고개를 떨어뜨리게 했다. 몇 명의 경관이 반대쪽에서 우르르 달려와 맨슨 부인을 떼어놓았다. 기데온은 운전석 바닥에 한쪽 발을 들여놓고 안으로 몸을 들이밀어 사나이가 움직이지 못하도록 왼손을 잡고 비틀었다. 이윽고 다른 경관이 맞은쪽으로 올라타자 기데온은 사나이의 손을 놓았다. 찰카닥 수갑 채워지는 소리를 듣고 기데온은 뒤돌아보았다.
 맨슨 부인은 사람들에게 둘러싸여 있었다. 두 경관과 키 큰 여자와 그리고 케이트에게. 케이트가 와 있었다. 딸을 잃은 여자는 새된 소리를 지르며 정신없이 몸부림쳤다. 기데온은 틀림없이 그녀의 입에 거품이 일었으리라고 생각했다. 커슨은 두 사나이와 함께 서 있었다. 한 사람이 엄지손가락으로 팔꿈치 조금 위의 혈관을 누르고 있었다. 손등이 온통 피투성이였다. 얼굴빛이 여느 때보다 더 창백했다. 기데온은 그가 정신을 잃을지도 모른다고 생각했다.

이때 관할경찰서의 몸집 큰 경관이 맨슨 부인의 뒤에 서서 겨드랑이 밑으로 두 팔을 넣어 꼼짝 못하게 죄었다. 귀청을 뚫는 듯한 새된 목소리, 미치광이의 목소리였다. 얼굴도 움직였다. 너무도 날뛰어 옷은 어깨에서부터 찢어지고 가슴을 받치는 딱딱한 철사심이 든 콜셋까지 드러났다.

"의사는 어디 있나?" 기데온이 소리쳤다. "뭘 꾸물대……"

여럿이 달려오는 것을 보고 기데온은 입을 다물었다.

그 가운데 오늘 아침 로버를 타고 가던 포보슨 의사도 있었던 것이다. 그는 미쳐 날뛰는 여자의 팔에 주사바늘을 꽂았다. 여자는 곧 얌전해졌다. 커슨도 의사와 구급차에 있던 두 사나이에게 응급치료를 받았다. 의사의 말이 기데온의 귀에 들려왔다.

"한두 바늘 꿰매야겠군. 병원으로 데리고 갑시다."

커슨이 입술을 축였다.

"부장님, 죄송합니다." 그는 나직하게 중얼거렸다. "대리할 사람에게 사태를 모두 설명했습니다. 뒷일은 그 사람이 잘할 겁니다. 되도록 저 여자를 문책하지 마십시오. 나는 이 일로 저 여자를 벌주고 싶지 않습니다."

"기소되지는 않을 걸세." 기데온이 말했다.

그로서도 맨슨 부인이 제정신으로 돌아올 수 있을지 의문스러웠다. 충격과 공포로 이토록 심한 착란상태에 빠진 여자를 그는 이때까지

고민 145

본 적이 없었다.

8시 조금 못되어 마지막 처리가 끝났다. 경관들도 거의 철수했고 구급차도 두 대의 소방차도 신문기자들도 돌아갔다. 기데온이 자동차로 돌아가자 아까 말을 걸었던 순경이 자동차 옆에 서서 케이트를 위해 문을 열어주었다. 기데온이 고맙다고 말하자 순경은 기쁜 듯이 미소 띤 얼굴로 대답했다.

"안녕히 가십시오, 수고 많이 하셨습니다."

기데온은 자동차의 시동을 걸었다. 처음에는 천천히 몰았다. 그도 케이트도 입을 열지 않았다. 토태넘 코트 거리에서 그는 무선으로 정보실을 불렀다.

"맨슨 부인과 커슨, 그리고 블릭스에 대해 알려지는 대로 들려주기 바라네. 무선을 그대로 열어놓고 기다리겠네."

"알았습니다." 남자의 목소리가 대답했다.

희미하게 지직거리는 무선을 그대로 두었다. 심한 잡음이 들리는 이 차의 수신기를 기데온은 좋아했다.

"여보," 케이트가 조용히 입을 열었다. "앞으로는 당신보고 이 일에서 손을 떼라고 하지 않겠어요."

"별 말을 다…… 그런 일은 걱정한 적이 없는데."

"아까는 그런 말을 하려고 생각했었거든요. 경시청이 미워서 견딜 수가 없었어요."

잠시 그대로 자동차를 달렸다. 옥스퍼드 거리는 신호등도 거의 파란 불이었고, 오가는 자동차도 적었다. 드문드문 불이 켜진 밝은 쇼윈도와 그 밖의 냉랭하고 어두운 가게 앞을 2, 3백 명의 사람이 지나다니고 있을 뿐이었다.

"당신이 오늘 가지 않으셨다면 어떻게 되었을까요? 만일 갈 수 없었다면?"

"나에게 일을 그만두게 할 이유가 선뜻 떠오르지 않는군. 비록 싫은 일이라 하더라도." 기데온은 자못 분별 있게 말을 이었다. "내가 가지 않았어도 커슨이나 다른 누군가가 했겠지. 그런 일에 내가 꼭 필요하다고 생각할 만큼 바보는 아니오. 내가 거기에 간 것은 무엇을 하기 위해서가 아니라 이른바 그 입장의 책임이라는 것 때문이었소. 누구든 블릭스에게 덤벼들라고 명령해야 할 텐데, 내가 그런 사람인 모양이오. 비록 집에 있더라도."

"아무도 뭐라고 할 사람은 없겠지요?"

"나 자신이 뭐라고 하겠지." 기데온이 대답했다.

이 문제는 케이트에게도 설명하기 어렵다. 그가 고개를 돌릴 때까지 케이트가 파고들어 질문했으므로 기데온은 놀랐다. 아내의 눈이 반짝이고 있는 것으로 보아 단순히 질문하고 있는 게 아니라 남편에게 이야기를 시킴으로써 기분을 풀어주려는 것임을 알았다.

"이제 그만두오, 케이트!" 기데온이 소리쳤다. "만일 자기 딸이 병났다면 어디에 있고 싶겠소? 런던 시 반대쪽에서 죽치고 있을 수 있겠소?"

"당신의 런던인걸요." 케이트는 아주 조용히 말했다. "당신은 자신이 생각하고 있는 것을 잘 모르는 것 같군요. 당신은 단순히 자기 양심에 따라 행동하면 그만이에요."

"그런 말을 해서 그 바보 같은 아들을 위해 달콤한 무드로 몰아넣으려고 해도."

"어머나, 믿어주시지 않을지 모르지만 매슈 생각은 하지 않았어요. 나 자신도 믿을 수 없을 만큼 오늘 밤 약 30분 동안은 그애에 대한 일을 완전히 잊고 있었어요."

"기데온 부장님 나오십시오." 무선에서 소리가 났다. "기데온 부장님 나오십시오."

"기데온일세." 그는 재빨리 대답했다.

"정보실에서 KL 경찰서 관할 사건에 대해 보고드리겠습니다. 체포당한 존 스튜어트 블릭스는 범행을 인정하는 완전한 자백을 끝내고 임마누엘 의사의 진단을 받고 있습니다."

임마누엘은 경시청 소속 정신과의사이다. 오늘날에는 범죄수사에 정신과의사가 필요한 것이다.

"커슨 경감은 오른팔과 손등을 열 한 바늘 꿰맸으며, 북 런던 병원에 며칠 동안 입원할 것입니다. 그는……"

기데온이 말했다.

"커슨 부인에게 알려드렸나?"

"헤이든 씨께서 사람을 보내야 할지, 아니면 부장님께서 직접 가시려는지 여쭈어보라고."

"내가 알리러 가지." 기데온은 시원스럽게 대답했다.

그리고 흘끗 케이트의 눈치를 살피며 자동차를 왼쪽 길섶으로 몰아 속도를 늦추었다.

"그는 메릴본 거리 180번지에 살고 있소. 잠깐 들렸다 가지."

자동차들을 통과시키고 나자 완전히 방향을 바꾸었다. 기데온은 케이트에게 다짐하듯 말했다.

"메슈와의 약속 시간에 대어 돌아갈 수 있을 테니 걱정하지 마오."

그는 자동차를 몰며 혼자 생각했다.

'나는 메슈와 이야기하고 그에 대해 생각하는 것을 우물쭈물 뒤로 미루고 싶어하는 게 아닐까? 일을 핑계삼아 피하려고 하는 것은 아닐까?'

테드 마이올

 센트 존즈 우드의 전쟁 전에 지은 아파트 가운데 어느 한 집에서 문을 연 커슨 부인은 순간 나쁜 소식이라는 느낌을 받았다. 그녀는 기데온에 대해 잘 몰랐다. 경시청에서 여는 친목회에서 만난 정도에 지나지 않았다. 기데온의 바로 뒤에 서 있던 케이트는 이 여자를 처음 소개받았을 때의 일을 생생하게 기억해 냈다. 커슨처럼 차갑고 붙임성 없는 사람이 이렇듯 아름답고 검은 눈동자에 귀여운 올리브 빛 살갗의 정열적인 이탈리아 계 여자와 결혼한 데 대해 놀라지 않을 수 없었다. 그녀는 머리카락도 아름다웠다. 거무스름하게 반짝이는 부드러운 머리카락이었다.
 "걱정하실 건 없습니다, 부인." 안심시키려는 듯 말하며 기데온은 웃는 얼굴을 지어보였다. "마침 이쪽으로 지나던 참이어서 사고에 대한 이야기도 할 겸 들렀습니다. 대단한 사고는 아닙니다."
 "그이가 부상을 당했나요?"
 "네, 하지만……."
 "아무튼 우선 들어오세요."

커슨 부인은 기데온의 말을 가로막으며 두 사람을 거실로 안내했다. 연초록과 회색의 배합으로 꾸며진, 눈같이 희고 두꺼운 파일 융단이 깔린 훌륭한 거실이었다. 희끄무레하게 반들거리는 장식장과 그랜드피아노가 구석에 놓여 있었다.

"그이는 어떤 상처를 입었지요?"

"팔을 찢겨 꿰맸습니다. 지금 병원에 입원했지만 4, 5일이면 나을 수 있을 겁니다."

"알았어요."

커슨 부인은 은회색 단자로 된 긴 의자에 맥없이 앉더니 한 손으로 이마를 비볐다. 케이트에게는 볼수록 매력적으로 여겨졌다.

"부장님, 이렇게 일부러 알려주기 위해 와주셔서 정말 고마워요. 그이와 마찬가지로 부장님도 무척 바쁘실 텐데……. 그이는 너무 일을 많이 하는 것 같아요." 그녀는 한숨 돌리고 말을 이었다. "그이는 나갈 때 부장님도 오실 거라고 말했었지요. 범인은 잡혔나요?"

"네. 하지만 상처를 입힌 것은 그자가 아니라, 커슨 경감이 범인을 막아주려고……."

기데온은 보고서를 읽고 쓰고하다가 익숙해진 방법으로 쓸데없는 말은 빼고 설명했다. 그 자신도 자기가 그려내는 광경이 얼마나 생생한지 아마 몰랐으리라. 기데온이 말을 마칠 무렵에는 커슨 부인도 이미 충격에서 얼마쯤 회복되고 있었다. 몸을 일으켜 마실 것을 가지러 가다 문득 돌아서서 그제야 생각난 듯 두 손을 들어올리며 큰소리로 말했다.

"어머나, 그렇다면 두 분은 아직 식사 전이시겠네요?"

"가지고 온 것으로 요기를 했습니다." 기데온이 급히 말했다. "우리 걱정은 마……"

"부디 천천히 식사하고 가세요. 실은 나도 그이가 돌아올 때까지 기다리느라고…… 그이는 늘 저녁식사를 제때 들지 못한답니다. 나는 시장하지 않지만, 어쩌면 일찍 돌아올지도 몰라서…… 하지만 오늘 밤에는 돌아오지 못할 테니 저녁식사가 그대로 남겠네요. 곧 차릴 수 있으니까……."

"하지만……" 하고 기데온이 사양했다.

"부인 말씀에 따르기로 해요." 케이트가 대신 결정을 내렸다. "하지만 커슨 부인, 우리는 10시까지 돌아가야 한답니다. 아들아이가 우리를 기다리고 있을 거예요."

"그 점은 염려 마세요. 여기서 9시 30분에 떠나시면 충분할 거예요. 시간은 넉넉해요. 잠깐 실례하겠어요. 곧 차리겠어요. 리어가, 하녀입니다만 무척 기뻐할 거예요."

그녀는 몹시 기쁜 듯이 급히 사라졌다. 기데온이 고개를 갸우뚱하며 케이트에게 말했다.

"내 탓은 아니오."

"커슨 부인이 충격에서 회복하는데 도움이 될 거예요." 케이트가 말했다. "나도 여기 앉아 속 태우는 것보다 1시간쯤 일찍 돌아가는 편이 훨씬 좋아요."

"좋을 대로 하구려. 굉장한 것을 내놓을 것 같군. 커슨이 늘 꽤 자랑했거든. 안 그렇소?"

"부러우세요?"

"그렇지만 뭐니뭐니 해도 아이들이 없는 것만큼 따분한 일은 없지." 기데온은 곧 거칠게 덧붙였다. "오늘 밤 같은 때라도 말이오."

기데온이 그의 집 길로 접어들어 집 앞에 차를 세웠을 때는 10시 5분전이었다. 거실과 작은 침실에 불이 켜져 있었다. 그러나 그것만으로는 매슈가 돌아와 있는지 어떤지 알 수 없었다. 너덧 채 떨어진 마이올 집에는 겉에서 보기에는 불이 켜져 있지 않았다. 자동차에서 내리려는 케이트 옆의 문에 손을 대며 기데온이 말했다.

"자, 준비는 다 했소."

그는 앞장서서 현관으로 가자 열쇠를 꺼냈다. 그는 아들과의 이 회담이 전혀 내키지 않았다. 방해꾼이 들어오지 않도록 케이트가 마음써 주겠지만, 자리를 거실로 잡으면 좋지 않을 것이다. 거실에서 그런 이야기를 하고 있으면 무슨 일이 일어났나 하고 아이들이 이상하게 생각할 테니까. 케임브리지 대학에 대한 일로 의논한다고 조심스럽게 말하면 아이들도 납득할지 모른다.

길에서 발소리가 났다. 남자와 여자의 발소리였다. 문을 열자 케이트가 작은 목소리로 말했다.

"여보!"

그는 고개만 돌렸다.

"왜 그러오?"

"둘이 함께 와요."

"뭐라고?"

기데온은 한길을 바라보았다. 가로등 밑을 지나가는 매슈의 모습이 보였다. 헬렌도 그 옆에서 나란히 걷고 있었다. 두 사람은 다리나 팔이 닿지 않도록 조심하듯 몇 인치 간격을 두고 있었다.

"헬렌은 집으로 돌아가겠지?"

기데온이 말하자 케이트가 재빨리 대꾸했다.

"그런 곳에서 노려보지 말고 어서 안으로 들어가세요."

집안 복도로 들어서며 기데온은 맥없이 중얼거렸다.

"저 녀석이 헬렌을 데려오겠다고 했소?"

"그런 말은 하지 않았어요."

"엄마!" 프리실라가 침실에서 소리쳤다. "엄마지요? 곧 내려갈

게요."

"괜찮다, 프리실라." 케이트는 대답하고 기데온에게 말했다. "아마 맬콤도 숙제를 하며 텔레비전을 보고 있을 거예요. 그애는 한 가지 일에 집중하지 못하고 늘 그렇다니까요. 저 두 아이는 당신이 들어오라고 하세요. 내가 방해꾼이 들어가지 않게 조심하겠어요."

"케이트, 설마 나 혼자서……."

"15분 뒤 내려오겠어요."

케이트가 말을 마쳤을 때 길에서 발소리가 멎었다. 그 다음 현관으로 접어드는 오솔길에서 발소리가 났다.

케이트는 부엌으로 들어갔다. 매슈는 열쇠를 가지고 있으면서도 현관 돌층계에서 우물쭈물했다. 열쇠구멍에서 열쇠 돌아가는 소리가 나기 전에 소곤거리는 말소리가 들렸다. 기데온이 거실의 전등을 켰다. 반짝이는 마호가니, 낮은 긴 의자, 격식을 갖춘 차분한 거실이었다. 기데온은 거실로 들어갔다. 오른손을 주머니에 찌르고 관청에서 언짢은 상대를 만날 때처럼 파이프의 둥근 머릿부분을 어루만졌다. 이때 매슈가 현관으로 들어서며 짓눌린 듯한 목소리로 말했다.

"어디 계신지 보고 올게."

"응." 헬렌이 속삭였다.

"나 여기 있다, 매슈." 기데온이 말을 걸었다. 목소리에는 엄격한 빛이 전혀 없었다.

'이래가지고는 제대로 키를 잡을 수 없을 텐데.'

공평하고 냉정해야 한다고 기데온은 마음속으로 다짐했다. 당황해서는 안 된다.

"어서 들어오너라, 둘 다."

매슈가 먼저 들어왔다. 억지로 아버지의 얼굴을 똑바로 쳐다보며 헬렌과 나란히 섰다. 헬렌도 기데온의 얼굴을 똑바로 쳐다보았으나

테드 마이올 153

차츰 얼굴이 붉게 물들어갔다. 매슈의 창백한 볼에도 두 개의 빨간 점이 나타났다. 매슈는 여느 때보다 훨씬 말끔한 느낌이 들었고, 헬렌도 오늘 밤을 위해 아주 연한 립스틱을 바르고 있었다. 지금 한창 유행인 립스틱이었다. 매슈가 문을 닫았다. 헬렌은 기데온 쪽으로 걸어오다 조금 주춤거렸다. 그녀는 확실히 어른스러워졌다. 어깨에 걸친 코트 앞자락이 벌어져 있어 가느다란 허리와 통통한 허리부분, 모양 좋고 관능적인 작은 가슴이 드러나 보였다. 그녀는 귀여웠다. 하트 모양의 얼굴에 약간 짧은 코, 동그랗고 파란 눈, 전형적인 미인은 아니었으나 귀여웠다.

"어서 오너라, 헬렌." 기데온이 말했다.

그러자 헬렌이 입을 열었다.

"아저씨, 괜찮으시다면 제가 먼저 말씀드리고 싶어요. 매슈와 둘이서 아저씨를 뵈어야겠다고 결정한 다음 줄곧 생각한 일이에요."

"말해 보렴."

"고맙습니다."

헬렌은 나이에 어울리지 않게 엄숙한 표정이었다. 볼의 붉은 기운이 사라져 매슈보다 더 창백하게 보였다. 살결이 너무 고와 티 한 점 없고 속이 내비칠 것만 같았다.

"일은 이렇게 된 거예요. 이번 일은 매슈만이 아니라 저에게도 잘못이 있다고 생각해요. 제가 나이도 한 살 위이므로……"

"그렇지." 기데온이 신음하듯 말했다. "확실히 네 말이 맞다. 아무튼 앉거라. 그리고 이런 것은 혼자 해결할 일이 아니니까……"

기데온은 매슈를 쳐다보았다. 그는 부동자세는 아니었지만 꼿꼿이 서 있었다. 헬렌이 자리에 앉았다.

"헬렌, 몇 살이지?"

이러면 1분이나 2분쯤 벌 수 있다.

"이제 곧 20살이 돼요. 그래서 이번 일을 곰곰이 생각해 보았는데, 이것이 어떤 일인지 스스로 모를 나이는 아니라고 생각했어요."

"그래, 확실히 그렇다." 기데온은 아들을 흘끗 보며 물었다. "매슈, 너도 그렇겠지?"

"그런 것 같습니다."

매슈가 이처럼 예절바르게 말하는 것은 실로 몇 년 만이었다.

"일이 이렇게 되긴 했지만, 두 사람 다 뭔가 생각은 있겠지? 결혼할 마음이 없다던데, 비꼬여서 그러는 건 아니겠지?"

"그렇지 않다고 생각해요." 헬렌이 얼른 대답했다. 매슈가 좋아하든 좋아하지 않든 오늘 밤의 의논은 매슈를 위한 것이다. "요즈음은 누구나 의무 때문에, 또는 아기라는 무거운 짐 때문에 하는 결혼이 가장 나쁘다는 것을 잘 알고 있어요. 세상 사람들의 말이니 생각이 문제가 아니에요. 저와 저의 부모님의 생각도 문제가 아니에요." 이때 비로소 헬렌은 우물거렸다. "문제는 이런 일 때문에 우리가 결혼한다면 서로의 인생을 파멸시킬지도 모른다는 거예요. 더구나 나는 매슈를 결혼상대자로 생각해 본 적이 없어요. 매슈 역시 저를 그렇게 보고 있을 거예요."

"우리는 이…… 이번 일을 하나의 경험으로 해서……." 매슈가 입을 잘못 놀렸다.

기데온이 엄하게 말했다.

"아니, 그게 정말이냐?"

그는 똑바로 아들을 쏘아보았다. 그 자신은 알지 못했겠지만, 경시청에서 큰 죄를 저지른 사람이나 이제 체포하려는 사람을 볼 때와 같은 눈초리였다. 목소리도 뱃속에서 우러나오는 듯 거칠었다.

"그렇게 간단히 보느냐? 무슨 일이든 경험으로 넘겨버리겠단 말이로구나? 알겠니, 이 녀석아! 너는 헬렌을 범했단 말이다! 그녀

부모님의 신뢰를 저버리고 네 어머니를 이런 어처구니없는 일로 슬프게 만들고 나 자신의 피와 살이 창피해서 견딜 수 없게 만들었다. 이런 일이 있으리라고는 정말 꿈에도 생각지 못했다."

헬렌이 말하려는 것을 보고 그는 손을 저어 가로막았다. 매슈는 눈을 반짝이며 꼼짝도 하지 않고 서 있었다. 볼의 빨간 점이 더욱 두드러졌다.

"경험으로 생각한다고? 그런 잠꼬대 같은 말은 두 번 다시 듣고 싶지 않다. 헬렌에게 난처한 문제를 잔뜩 안겨주고 그녀의 일생을 좌우할지도 모를 잘못을 저지른 건 제쳐놓더라도 너의 그 태도가 스컹크처럼 역겨워서 도무지 견딜 수가 없구나. 너는 너의 생식기가 무엇 때문에 있는지 알기나 하니? 너도 아이를 만들게 할 수는 있다. 처녀나 다른 여자들에게 임신시킬 수는 있겠지. 알겠느냐? 여자나 섹스는 네가 생각하는 것보다 훨씬 책임이 따르는 거야. 그리고 그 책임은 다른 사람이 짊어질 수가 없는 것이지. 남자로서의 책임이니까. 생각하기에 따라서는 누구에게나 이 책임은 가장 큰 것이라고 할 수 있다. 아무도 너를 도와줄 수 없어. 너는 자신의 일생을 개척해 나갈 수도 있고 흙탕으로 더럽힐 수도 있다. 헬렌의 일생도 네가 개척해 줄 수도 더럽힐 수도 있다. 더 이상 필요 없으니 여러 말 하지 않겠다만, 네가 지금 같은 말을 다시 하거나, 경험으로 넘기겠다는 식의 경박한 생각을 한다면 두 번 다시 내 앞에 나타나지 못하게 하겠다."

기데온은 이마의 땀을 닦아냈다. 방 안이 갑자기 더워진 듯한 느낌이 들었기 때문인데, 그래도 처음보다는 훨씬 기분이 나아졌다.

"자, 이리 와서 앉거라. 그리고 어린애가 아닌 어엿한 어른다운 생각을 하도록 해라. 헬렌, 앞으로 너의 부모님에게서 무슨 말씀이 있겠지만, 한 가지 물어볼 게 있다."

매슈는 움직이지 않았으나 눈만은 더욱 반짝였으며 두 손을 쥐었다 폈다 하고 있었다.

"무엇인데요, 아저씨?" 헬렌이 가까스로 물었다.

"어떻게 하면 내가 너를 도와줄 수 있는지 알고 싶구나. 이런 일이 생겨 뭐라고 말할 수 없을 만큼 유감스럽지만, 이미 저질러진 일이니……. 매슈를 엄격하게 감독하지 못한 나에게도 잘못이 있다. 그래, 내가 어떻게 해주면 좋겠니?"

문이 열리고 케이트가 들어왔다. 기데온은 깜짝 놀랐다. 갑자기 헬렌의 얼굴이 일그러지며 울음을 터뜨렸기 때문이다. 케이트는 곧장 헬렌에게로 다가갔다. 매슈는 입술을 깨물며 서 있었다. 텔레비전의 음악이 다른 세계에서 흘러나오듯 들려왔다.

"만일…… 만일…… 가능하다면 이 이야기를 아저씨가 저희 아버지, 어머니에게 해주셨으면 해요." 헬렌은 조금 망설이더니 덧붙여 말했다. "내 입으로는 도저히 말할 수가 없어요. 만일 그렇게 해야 한다면 차라리 죽는 게 나을 거예요."

"여어, 어서 오시오, 조지."

테드 마이올은 현관 구석에 등을 대고 서 있었다. 기데온의 집과 똑같은 구조인데, 다만 이 집에는 기데온네 같은 장식도 없고 뜯어고친 흔적도 없었다.

"어서 들어갑시다. 마침 지금 차를 마시려던 참이었소. 제인이 물을 올려놓았습니다."

기데온이 들어서자 문을 닫았다. 마이올은 복도를 따라 부엌 쪽으로 가다 문득 말했다.

"아니, 거실에서 이야기하는 편이 좋을까? 어느 쪽이든 상관없지만……."

"누가 오셨어요, 여보?" 마이올 부인이 소리쳤다.

"조지 기데온, 조지가 왔소."

기데온은 부엌에서 달려나온 마이올 부인을 쳐다보며 말했다.

"무슨 일로 왔는지 두 분은 짐작도 못하시겠지만, 아무튼 내쫓지 말아주시기 바랍니다."

기데온은 마이올 부부를 쳐다보았다. 두 사람 다 50살을 조금 넘은 나이로 조금 늙고 여위고 볼이 패인, 어느 쪽인가 하면 아주 딱딱하고 지극히 착실한 부부였다.

기데온은 빨리 이야기를 끝내고 싶었다.

"누군가가 이런 이야기를 하러 왔다면 나는 케이트를 같이 있게 할 겁니다. 제인, 당신도 그렇게 생각하시겠지요? 실은……."

"역시 매슈였군요." 제인 마이올이 억양 없는 목소리로 중얼거렸다.

"무엇이…… 무엇이라고!" 마이올이 새된 목소리로 외쳤다.

"조지, 그 일 때문에 오셨지요? 그렇지요?" 마이올 부인이 물었다. "매슈가 우리 헬렌과 그랬군요. 여보, 헬렌이 아무래도 이상하다고 말했잖아요. 아침에 밥을 먹다 말고 일어나서 나가는 게 이상했고, 또……."

"기가 막히는군!"

이런 틀에 박힌 마이올의 평범한 말이 기데온을 더욱 초조하게 만들었다.

"매슈가!"

"들어가서 앉으시는 게 좋겠어요." 제인 마이올이 말했다. "이렇게 현관에 서 계셔야 별 수 없을 테니까요. 나는 차를 한잔 마셨으면 해요."

부엌 쪽으로 걸어가며 마이올은 아까보다 힘이 담긴 목소리로 말했다.

"그러니까 당신 아들이 우리 딸을 어떻게 했고, 그래서 내 딸이 아이를 가졌단 말이오?"

"그렇지 않았으면 좋겠지만, 사실이 그렇습니다." 기데온이 대답했다.

"그런 괘씸한 짓을 하다니! 그건 마치……."

"여보, 조지가 그런 게 아니잖아요." 제인 마이올이 남편을 진정시켰다.

기데온은 그녀를 다시 보았고 고마운 마음이 솟아올랐다. 세 사람은 조용하고 장식이 없는 거실 겸용의 부엌으로 들어갔다. 벽난롯불이 격렬하게 타오르면서 뜨거운 열을 내뿜고 있었다.

"앉으세요, 조지." 마이올 부인이 권했다. "누구에게서 들으셨지요?…… 아니면 당신이나 케이트가 눈치를 채신 건가요?"

기데온은 이야기를 시작했다.

테드 마이올은 거의 입을 열지 않았다. 그는 우스우리만큼 말수가 적었다. 이럴 때 할 대사를 충분히 마련해 두었었는데…… 그러나 기데온은 마이올 부인이 진심으로 이해하고 그 아이들에게 지금만큼 도움과 지도가 필요한 때도 없다는 것을 알고 있는 듯하여 희망이 용솟음치는 것 같은 기분이었다. 비판적인 태도만 고집한다면 아이들은 곧 어리석고 위험한 길로 치달릴 것이다.

기데온은 차를 마셨으나 마이올은 차가 식는데도 손을 대지 않았다. 숨 막힐 정도로 덥고 불길은 점점 더 세게 타오르는 것 같았다. 기데온이 이야기를 마치자 입을 연 것은 마이올이었다.

"아무튼 해결책은 하나밖에 없소. 두 사람을 되도록 빨리 결혼시키는 것이오. 곧 교회에 서류를 내고 3주일 안으로 결혼시킵시다. 달을 채우지 못하고 태어나는 아이는 얼마든지 있으니까. 특별허가를 받을 필요도 없을 거요. 이게 무슨 꼴이람! 좀더 우물쭈물하며 우리에게 알려주지 않았더라면 온 세상에 알려지고 말 뻔했군. 이 동네에 와서 산 지 18년이나 되었지만, 우리집에서는 아직 그런 일이 한 번도 없었는데."

"테드," 기데온이 무게 있게 말했다. "그런데 그애들은 결혼하고 싶지 않답니다."

"뭐라고?"

"조지, 지금 곧 돌아가서서 헬렌을 보내주시겠어요?" 제인 마이올이 말했다. "헬렌의 이야기를 들은 다음 내일 다시 의논할 수 있을 테니까요. 다만 헬렌에게는 걱정하지 말라고 일러주세요."

"헬렌에게도 당신 아들에게도 길은 한 가지밖에 없다고 말해 주시오!" 마이올이 노기 띤 목소리로 말했다. "그들을 되도록 빨리 결혼시켜야겠소. 당신 아들은 우리 딸을 책임져야 하오. 그것도 빨리 결정짓는 편이 좋겠소."

그는 기데온의 눈을 노려보았다. 몸집이 작고 약하여 기데온의 반밖에 안되는 사람이지만, 그 속에서 들끓고 있는 힘은 기데온도 알 수 있었다. 그것은 그전부터 알고 두려워하던 마이올의 완고한 힘이었다.

"물론 당신 아들에게는 필요한 압력을 당신이 꽤 넣었으리라고 생각하오. 그는 우리의 신뢰를 저버렸소. 그런 짓을 저질렀으니까! 나 같으면 채찍으로 철저하게 벌하겠소."

"당신의 기분을 알겠습니다." 기데온이 말했다.

"조지, 헬렌을 데려다주시겠어요?" 제인 마이올이 재촉했다.

기데온은 문을 반쯤 열어놓은 채 천천히 나왔다. 기데온에게 들리지 않으리라고 생각될 때쯤 마이올이 소리치는 목소리가 들렸다.

"당신이 뭐라고 하든 나는 내 딸이 제대로 보상받게끔 만들겠소!"

케이트는 문 앞에 서 있었다.

기데온이 마이올 부부와의 대화를 대충 전하자 그녀는 자못 분별 있게 고개를 끄덕이며 말했다.

"예상했던 대로군요. 이번에는 내가 헬렌을 데리고 가겠어요."

기데온은 나루터에서 배를 만난 듯이 기뻤다. 아내의 뒤를 따라 집 안으로 들어가 거실로 갔다. 거기에는 헬렌과 매슈가 커다란 거울이 달린 맨틀피스를 사이에 두고 양쪽에 꼿꼿이 앉아 있었다.

"우리집에서는 뭐라고 하시던가요?" 헬렌이 불쑥 물었다.

"헬렌, 4, 5일쯤 괴로움을 당할 각오를 하는 편이 좋을 거야." 케이트가 말했다. "아버님은 몹시 화를 내시고 어머니도 물론 아주 슬퍼하시겠지. 헬렌이 꾹 참지 않으면 안 돼. 특히 아버님이 심하시대. 아버님이 뭐라고 하실 텐데, 그 말씀이 아무리 네 마음에 들지 않더라도 이번 일은 너와 매슈가 저지른 것이니까 부모님에게 책임이 없다는 점을 잊어선 안 된다. 완전히 머리를 숙여야 해."

"네, 알겠어요. 그렇게 하겠어요."

헬렌이 나직한 목소리로 말했다.

"내가 데려다줄게."

케이트가 그녀를 데리고 나갔다.

매슈는 아버지와 단둘이 남게 되었다. 이때쯤 프리실라와 맬콤도 무언가 이상한 일이 일어난 모양이라고 알아차린 듯했다. 기데온도 이 일은 온 식구에게 이야기하는 편이 현명하지 않을까 생각하고 있었다. 그렇게 하면 적어도 수군거리거나 살피는 일은 없을 터이기 때문이다. 케이트와 이 문제를 의논하기로 마음먹었다.

"어떠냐?" 기데온이 거친 목소리로 물었다.

"아까, 제가 경험으로 삼겠다고 한 말은 그런 뜻이 아니었습니다." 매슈는 작은 목소리로 말했다. "내가 비열한 인간이라는 것은 알고 있습니다. 확실히 그렇습니다. 마이올 씨는 정말 지금 곧 결혼해야 한다고 하셨나요?"

"아마 4, 5일 동안은 모두 그 문제를 놓고 가장 좋은 해결방법이 무엇인지 찾아내려고 애쓰게 되겠지. 아무튼 당분간 너도 거적을 두르고 재를 뒤집어쓰는 그런 겸손한 태도로 있어야 해. 그건 그렇고, 네 이야기를 들어봐야겠다. 이런 식으로 알게 된 여자는 헬렌이 처음이냐?"

"물론 그렇습니다."

"이렇게 되기까지 무언가 사정이 있었니? 섣달 그믐날 밤에 과음한 것 말고 말이다."

"다시 말해서 그전에 헬렌과 나 사이에 뭔가 있었느냐는 겁니까? 별로 없었습니다."

매슈는 얼굴이 빨개졌다.

"사실 헬렌을 처음 여자로 생각하게 된 것은…… 무슨 뜻인지 아시겠지요? 9월에 메이든헤드의 파티에 참석했을 때였어요. 그 지독하게 무더운 주말에 12명이나 우르르 몰려갔었지요. 그때까지는 헬렌을 그다지 의식하지 않았습니다. 다시 말해서 그녀의 육체를 의식한 적이 없었습니다. 거기에 가보니 여자들이 굉장히 많아서 다른 친구들과 함께 인구문제에 대해 농담을 주고받고 했지요. 그런데 헬렌이 비키니 수영복을 입고 왔더군요. 모두들 헬렌을 놀려대자 그녀는 조금 난처한 표정을 지었지요. 나중에 나에게 수영복이 그렇게 작아진 줄 몰랐다고 말하더군요. 작년에 산 수영복인데, 아무튼 작아져서 몸에 꼭 끼었지요. 그 다음부터 어쩐지 그녀에게 흥미를 느끼게 되어 가끔 영화구경도 가고 테시스클럽의 댄스파티에도 갔어요. 그러나 섣달 그믐날 밤까지는 대수로운 일이 없었습니다. 네, 섣달 그믐날 밤이라기보다 정월 초하루 아침이었지요."

"좋아." 기데온이 내뱉듯이 대답했다. "나도 이번 일은 가장 좋은 해결책을 택하도록 가능한 한 애써주마."

자기 스스로도 그렇게 하는 게 망설여졌음을 인정하지만, 기데온은 결국 그렇게 하고 싶었다. 감정이 가라앉고 충격의 여파가 사라지면 냉정한 마음으로 상황을 생각할 수 있게 마련이다.

둘이 이야기하고 있는데 전화 벨이 울렸다. 잠시 시계를 보니 11시 30분이 가까웠다. 호출전화가 아니면 좋겠다고 생각했다. 오늘 밤에는 어쨌든 케이트를 혼자 내버려둔 채 나가고 싶지 않았던 것이다.

전화는 KL 경찰서에서 온 것이었다.

"경시청 정보실에서 댁으로 전화드리라는 연락이 있었습니다." 남자의 목소리였다. "맨슨 부인에 대한 정보를 알려달라고 명령하셨다고요."

"그래서?"

"포브슨 의사가 지금 보고를 보내왔는데, 지금으로서는 맨슨 부인을 치료해 줄 수가 없답니다. 여전히 심하게 날뛰고 있답니다. 완전히 미친 모양입니다."

"알았네." 기데온이 침울하게 대답했다. "좋아, 수고했네. 그럼, 맨슨 씨는 어떤가?"

"충격이 아주 컸던 모양입니다. 몇몇 이웃사람들이 보살펴주고 있습니다. 블릭스가 모두 자백한 것을 알고 계시겠지요?"

"알고 있네. 그럼, 수고하게."

기데온은 전화를 끊었다. 곧 경시청으로 다이얼을 돌렸다. 거실에는 매슈 혼자 우두커니 앉아 있고, 부엌에서는 프리실라와 맬콤이 수군거리고 있음을 알아차렸다.

기데온은 전화에 나온 정보실 직원에게 물었다.

"오늘 밤에는 별 일 없나?"

"비교적 평온합니다. 피커딜리에서 술주정꾼 5명이 싸움을 벌였습니다만, 지금은 모두 술에서 깨어나 풀이 죽어 있습니다. 캐닝 타운에서 화재가 있었습니다만, 크게 번지기 전에 불길을 잡았습니다. 보석상 창문을 깨고 들어간 사건이……."

"알았네, 수고했네." 기데온은 케이트가 들어오는 기척이 나자 얼른 전화에 대고 말했다.

케이트가 문을 닫는 모습을 보자 창고 앞에서 새된 소리를 지르던 여자가 생각났다. 케이트도 미치광이가 될 가능성이 있을까 생각해 보았다. 오늘 밤 크게 번지지 않고 꺼졌다는 화재를 생각하자 또다시 람베스 화재에서 죽은 8명의 희생자가 머리에 떠올랐다. 8명이나 죽었다. 그런데 오늘밤 기데온은 그 희생자에 대해서는 별로 생각지도 않았던 것이다. 한 가지, 럭키 마켓슨이 그들에 대해 생각하고 있으리라는 확신을 가질 수 있어 위안이 되었다.

케이트에게 불리어 기데온은 다시 거실로 들어갔다. 매슈는 딱딱한 의자에 앉아 눈만 여전히 무섭게 반짝이고 있었다. 케이트는 빈틈없이 문을 꼭 닫은 다음 말했다.

"마이올 부인은 헬렌에게 큰 도움을 줄 거예요. 그래서 나도 마음 놓고 잘 수 있을 것 같아요. 프리실라에게는 너희 두 사람이 결혼하고 싶어한다는 이야기가 나왔다고 해두었으니 그애들도 그렇게 알겠지. 그렇지 않으면 온 집안이 술렁거리게 될지도 모르니까. 매슈, 너도 그애들이 묻거든 호통치거나 하지 말고 웃으며 넘기는 정도로 얼버무리거라. 여보, 그게 좋겠지요?"

"좋겠지."

기데온은 이제까지 아내에게 이토록 감사한 마음을 품은 적이 없었다.

토니 해리슨도 바로 이 무렵 역시 아내에 대한 생각을 하고 있었다. 그는 자문자답해 보았다.

'그녀가 직접 마시도록 할 방법이 있을 거야. 필요하다면 억지로라도 마시게 해야지. 제기랄! 파멜라가 잠이 안 온다고 투덜거릴 때를 기다렸다가……'

여기까지 생각하다가 그는 불쑥 혼잣말을 내뱉었다. 그는 조용한 목소리로 중얼거렸다.

"아니, 안 돼. 수면제를 한 열두어 알쯤 뜨거운 럼 주에 타주면 그 향기 때문에 아무것도 모르겠지. 기회를 보아 이번에는 꼭 그렇게 해야지."

그는 오른손을 주머니에 넣고 4, 5개월 전에 의사의 처방에 따라 아내를 위해서 구입한 수면제 정제가 든 갑을 꺼냈다. 그것은 티모시가 군대에 들어간 뒤의 일이었다. 하룻밤에 절대로 두 알 이상 먹어서는 안 된다고 의사가 주의를 하며 주었었다.

아이들이 집을 나간 뒤 파멜라가 얼마나 슬퍼하고 있는지는 누구나 다 알고 있는 사실이다. 만약에 파멜라가 자살했다 해도 놀랄 사람은 아무도 없을 것이다.

불안한 1주일

 다음날인 토요일 아침 기데온이 사무실에 나가자 조 벨은 산더미 같은 보고서와 씨름하고 있었다. 기데온의 책상 위에는 그보다 더 많은 서류가 쌓여 있었다.
 "여어, 조!"
 "어서 오십시오, 부장님."
 인사를 마치자 기데온은 웃옷을 벗어 의자등받이에 걸고 기계적으로 넥타이를 느슨하게 풀었다. 그는 책상 앞에 앉으며 산더미 같은 서류를 노려보았다.
 "무슨 일이지? 교도소 사람들이 법석을 떨고 싶어 모두 손을 놓고 기다리고 있기라도 한단 말인가?"
 "부장님, 오늘은 4월 마지막 토요일이 아닙니까!"
 "아차, 그렇지. 제기랄, 그랬었군!"
 기데온은 햄링검에서 여기까지 오는 동안 그 점에 생각이 미치지 못하여 각오하지 않은 것이 화가 났다. 여느 때 같으면 당연히 생각했을 텐데. 오늘 아침은 매슈와 헬렌 문제에 송두리째 마음을 뺏기고 있었고, 또 하나는 차고로 자동차를 꺼내러 가다 마이올과 마주친 탓도 있었다.

"조지, 당신이 뭐라고 하든 나는 모르겠소" 하고 마이올이 말을 꺼냈기 때문에 기데온은 10분이나 소비하며 울화가 치미는 걸 억지로 참았던 것이다. 그리고 어떤 것보다도 나쁜 것은 기데온으로서도 상대방의 슬픔을 너무나 잘 이해하고 있다는 사실이었다.

매달 마지막 토요일은 봄철 정기 대청소날과 비슷했다. 경시청의 서류 가운데 처리되지 않은 것은 일단 모조리 꺼내어 예비심문의 재구류영장을 내어 모두 형사재판으로 보낼 준비를 해야 했다. 기데온은 흔히 가방에 서류를 가득 넣고 집으로 돌아가 토요일과 일요일에 훑어보고 월요일부터 펴야 할 작전을 세우곤 했었다. 그러나 지난 1주일은 해야 할 일을 모두 끝마칠 틈이 없었던 것이다.

"새로운 것은 없나?" 기데온이 물었다.

"별로 없습니다. 맨슨 부인에 대한 소식은 들으셨겠지요?"

"으음."

"가슴 아픈 일입니다. 블릭스는 오늘 아침 북 런던으로 보내졌는데, 격식대로 기소와 예심을 거치게 되겠지요. 그것은 관할경찰에 맡겼습니다."

"잘했네."

"마켓슨에게서 전화가 왔었습니다. 아직 그 두 번째의 자전거를 탄 사나이는 붙잡지 못했답니다. 지금까지 화재가 일어난 건물은 모두 소유주가 다릅니다. 교회관리위원회의 건물이 하나, 런던 주의회가 관리하는 건물이 둘, 개인소유의 건물이 둘이었습니다. 마켓슨은 조금 낙심한 듯한 말투였습니다."

"뭐, 럭키니까 바로 회복하겠지."

"리델도 치체스터에서 전화를 걸어왔습니다. 해리슨은 이번의 클로 듀발과는 진지한 관계를 맺고 있는 듯하답니다. 그리고 채석장의 두 번째 시체는 발가락뼈에 있는 오래된 상처자국으로 신원이 밝혀질 것 같답니다. 아마 어릴 적에 발가락이 기형이어서 정형수술을 했을 거라고 블래이튼의 병리학자가 말했다더군요. 블래이튼에서 수술을 받았다면 알 수 있겠지요. 그렇지 않으면 전국에서 해마다 그런 종류의 수술이 천 건이 넘도록 행해진다니까 아마 일이 좀 늦어질지도 모르겠습니다."

"블래이튼에서 한 것이라면 좋겠군."

"리델이 지금 그것을 알아보고 있습니다. 주말도 거기서 보내겠답니다."

기데온은 신음했다.

"그렇다면 아내도 그쪽으로 불러들이게 되겠군. 클로 듀발이 해리슨의 다음 먹이가 될지도 모른다는 사실을 잊어버렸을까?"

"그의 말에 따르면 그 두 사람은 무척 사이좋게 지내고 있기 때문에 아직은 아무 일도 일어나지 않을 거랍니다. 그 채석장이나 다른 어떤 으슥한 곳으로 여자를 데리고 가게 된다면…… 아니, 이것은 부장님이 하신 말씀이지요."

"그 점이 굉장히 염려스럽다는 것은 알고 있네." 기데온은 한숨 돌린 다음 물었다. "저비스 순경의 장례식에 대해선 무슨 말이 없었나?"

"월요일 2시입니다. 엘섬 묘지로 정했습니다. 밀러네 묘지 옆에 자리를 잡아놓았습니다. 미망인도 좋다고 했답니다. 아마 영원히 사라지지 않는 선물이라고 생각하겠지요."

"나도 1시에 여기서 출발해야겠으니 잊지 말고 알려주게." 기데온이 무뚝뚝하게 말했다. "그리고 부총감도 가실 건지 나중에 물어봐야겠군. 어젯밤에는 큰 사건이 없었나?"

"평범한 사건뿐이었습니다."

"하긴 날마다 평범한 사건만으로도 충분하지."

기데온은 생각에 잠겨 중얼거리며 산더미 같은 서류 속에서 맨 위의 것을 집어 들었다.

거기에는 모두 새로운 사건이 실려 있었다. 토요일 아침에는 간단한 요점만 적어 보고하게 되어 있다. 아주 급한 사건 이외에는 주말의 남은 일 정리를 위해 모두 뒤로 미루고 있었던 것이다. 그는 보고서를 대충 훑어본 다음 차분히 앉아 미결서류를 열심히 읽었으나, 흥미를 끌 만한 것은 거의 없었다. 이윽고 오랫동안 미결상태인 번마우스 야경꾼 살해사건의 서류를 집어 들었다. 차근차근 그 서류를 읽은 다음, 터널을 파고들어가 은행을 턴 강도사건과 비아트리스 클래퍼를 죽인 사건에 대한 코니시의 조서를 읽었다. 이윽고 그는 얼굴을 들며 말했다.

"텔레비전 발표의 반응은 어떤가?"

벨이 대답했다.

"꽤 있었습니다. 코니시는 NE 경찰서에서 찾아오는 사람들을 만나 이야기를 듣고 있습니다. 11시에 이리로 오게 되어 있습니다."

"그 변호사 루이셤에게서는?"

"아참, 말씀드리려고 했었는데 잊었군요. 지금 클래퍼를 만나기 위해 브릭스턴에 가 있습니다. 대단한 의뢰인이지요."

기데온은 다시 신음 소리를 내며 조서로 눈길을 돌렸다. 이따금 파이프를 꺼내 입에 물긴 했으나 담배는 채우지 않았다. 벨은 참을성 있게 차례차례 서류를 훑어보았다. 모두 오전 중에 기데온의 의견을 물으러 오게 되어 있는 서류들이다. 토요일 오후에는 가끔 그렇지만 전화가 꽤 얌전하다. 경시청의 활략이 중지되는 것은 아니지만, 시내와 웨스트엔드의 사무실이 대부분 닫혀 경시청으로서도 조금은 조용한 시간을 가질 수 있게 해주는 것이다.

 10시 30분쯤 기데온이 서류를 거의 훑어보고 났을 때 노크 소리가 났다. 그와 동시에 문이 홱 열리고 르메틀이 눈을 반짝이며 뛰어 들어왔다. 빨강과 파랑이 섞인 물방울무늬의 나비넥타이를 맨 그는 의기양양했다. 르메틀의 양복은 조금 지나치게 화려한 남빛이었고 구두는 갈색이라기보다 빨간 빛에 가까웠다. 그는 늘 그렇듯이 무언가에 열중해 있는 어린아이 같은 표정을 짓고 있었다.

 "부장님, 이번에는 어떻게 되었을 것 같습니까?"

 "무엇이?" 기데온이 물었다. "엘릭슨이 워털루 다리에서 투신이라도 했단 말인가?"

 "내가 여기 있을 때는 부장님에게 일거리를 산더미처럼 안겨주어 쓸데없는 농담을 할 틈을 주지 않았는데," 르메틀은 투덜거렸다. "로스코가 나타났단 말입니다. 어떻습니까? 그저께 밤에는 엘릭슨네 집에서 묵었고, 오늘 아침에는 엘릭슨과 함께 그들 사무실에 가 있습니다. 그리고 그 밖에도 이상한 점이 있습니다."

 "사무실에 일하러 갔는데 뭐가 이상하단 말인가?"

 "오늘 아침에는 사무실에 다른 사람이 하나도 없다는 점입니다. 두 사람만 사무실에 나가 있단 말입니다. 또 한 가지 이상한 것은 엘릭슨의 아내인데, 그녀는 멋진 여자지요, 늘씬한 다리, 가느다란 허리, 얌전하고……"

 "남편을 잡아넣기 위해 그녀와 데이트라도 할 셈인가?"

 "농담은 접어두시지요, GG 나리!" 르메틀이 반박하고 나서 한숨 돌렸다. "그런데 그녀가 친척과 아는 사람들의 집을 돌아다니고 있는 겁니다. 이상하지 않습니까?"

 "어떻게 돌아다닌단 말인가?"

 "어제 미행시켰는데, 지금 그 보고서를 읽고 왔습니다. 어제 일곱 집을 돌아다녔답니다. 모두 친척들인데, 꽤 돈푼이나 있는 사람들입니다. 그들은 무슨 일인가 꾸미고 있습니다."

"그래, 어떻게 손을 썼나?"

"아직 손을 쓰지 못했습니다. 윗사람의 지지를 얻을 수 있을지 확실하지 않아서요." 르메틀이 조심스럽게 말했다. "하지만 부장님, 내 생각을 설명해도 되겠지요?"

"말해 보게."

르메틀은 성큼성큼 책상으로 다가와 두 손으로 그 위를 짚고 마른 얼굴을 기데온 쪽으로 내밀었다.

"내가 생각하기에는 그들은 될 수 있는 한 돈을 긁어모으려 하고 있습니다. 피는 물보다 진하다느니 하며 친척에게서 큰돈을 꾸어 들이고 있는 거지요. 그리고 하루 이틀 안에, 아마 오늘이나 내일쯤 그들은 모두 외국으로 달아날 겁니다. 부장님, 줄행랑칠 채비를 하고 있단 말입니다!"

"그럴까……." 기데온은 자못 분별 있는 듯이 말했다.

"그럴까라니요, 뻔하지 않습니까?"

"그럴까?" 기데온은 되물었다.

그는 입 밖에 내어 말하지는 않았지만 르메틀이 부장급으로 승진하는 것이 늦고, 지금도 그가 최고지위에 오를 가능성을 잃고 있는 단 한 가지 이유가 있다고 생각했다. 르메틀은 빈틈없고 분별 있고 참을성 있으며 직무에 성실하다. 그러나 단 한 가지 지나치게 무모한 점이 있다. 이처럼 단숨에 결론에 매달리는 버릇을 고쳐줄 약은 없다. 증거가 불충분한데도 검거해 버렸기 때문에 부총감의 호출을 받은 일이 세 번이나 있었다. 이제 남의 충고를 들어야 한다는 교훈이 몸에 밸 때도 되었건만, 아직도 늘 안절부절못하고 있었다.

"부장님, 생각 좀 해보십시오," 르메틀이 호소하듯 말했다. "엘릭슨네는 돈이 없고 회사도 역시 그렇지 않습니까? 그동안 로스코가 숨어 있었던 것은 달아날 곳을 찾기 위해서였을 겁니다. 그들은 5만 파운드의 적자를 안고 있습니다. 이쪽에서 조사보고서는 위조이고 주식은 엉터리라는 증거만 잡으면 그들은 꼼짝 못하게 됩니다. 그들은 그것을 알고 있으며, 또 우리가 필요한 증거를 완전히 모을 때까지 얼마쯤 시일이 걸린다는 것도 알고 있습니다. 지금 검거하지 않으면 빤히 알면서도 달아나는 것을 막지 못하게 됩니다."

"조사보고서가 위조라는 증거를 잡았나?"

"부장님, 남은 것은 시간문제입니다."

"똑똑히 말해 두지만……."

"하지만 그 세 사람을 놓쳐버리면……."

"지난번 보고서를 읽었는데, 엘릭슨 부인이 가담하고 있다고는 한 마디도 씌어 있지 않았네. 그런데 이번에는 그녀가 주인공이 되어 있군. 어떻게 할 생각인가?"

"오전 중에 로스코를 만나러 가서 정면으로 부딪칠 작정입니다."

기데온이 잠깐 사이를 두었다가 말했다.

"안 되네. 그건 안 돼, 렘. 아직 일러. 분명히 말해 두지만, 자네는 전체적인 파악은 제대로 하고 있는 듯하지만, 지금 로스코를 만나 그의 입에서 자백 비슷한 것을 받지 못한다면 그들에게 줄행랑치라고 경고하는 거나 다름없는 위험을 저지르게 되는 걸세. 이렇게 하지. 이 일에 네 사람이 달라붙어서 용의자 세 사람을 모두 감시하게. 그들이 비행기 표나 배표를 사거나, 공항이나 항구 어딘가에 나타나거든, 어느 항구이든 심문하기 위해서라고 말하며 붙잡게. 그러나 저쪽이 달아날 기색이 없으면 우리도 좀더 생각해 보아야겠네."

"그럼, 부장님도 그들이 달아날지 모른다는 것은 인정하시는군요." 르메틀은 신음하듯 말하며 두 손을 마주 비볐다. "아무튼 월요일까지는 세 사람 모두 붙잡히게 될 겁니다. 도망칠 게 뻔하니까요. 부장님, 고맙습니다. 아참, 이슬린턴의 그 개새끼, 블릭스를 붙잡았다면서요?"

"으음."

"커슨은 어떻습니까?"

"아참! 물어본다면서 깜박 잊었군!"

기데온은 놀란 듯이 벨을 보았다. 벨은 아버지 같은 미소를 지으며 말했다.

"어젯밤에는 편안히 쉬었을 겁니다. 부인이 주장하면 오늘은 퇴원할 수 있겠지요. 병원 측에서는 주말은 병원에서 지내야 한다고, 무엇보다도 휴양이 필요하다고 말하고 있습니다. 부장님, 실은 그것 때문에 오늘 말씀드리려고 생각하고 있었습니다만……."

"그것 보십시오, 부장님, 조 아저씨의 말씀을 들어야 합니다." 르메틀이 놀려댔다. "이런 말을 하고 있으니 옛날 생각이 나는군요."

"무언가?" 기데온이 벨에게 물었다.

"KL 경찰서는 지금까지 별 탈이 없었습니다." 벨이 조용히 대답했다. "아주 순조롭게 해왔지요. 지난해 경관 살해사건이 있었는데, 그때도 커슨은 큰 공을 세웠습니다. 그 이후에는 우리가 손을 대야 할 만한 사건이 없었습니다."

기데온은 벨의 말이 옳다는 것을 알았다. 그 자신도 별로 KL 경찰서에는 얼굴을 내밀지 않았는데, 그것은 직무상 그다지 필요가 없었기 때문만은 아니었다. 커슨에게 그다지 호의를 가질 수 없었기 때문이었다.

벨이 말을 계속했다.

"어젯밤에도 전화로 그곳 차장과 길게 이야기했습니다. 부장님에게 걱정끼쳐 드리고 싶지 않다고 말하더군요. 부장님이 걱정하실 테니 말하지 말라고 나의 입을 막았지요."
벨의 얼굴에는 더욱 더 아버지같이 자애로운 미소가 퍼졌다.
"커슨은 죽을 힘을 다해 일해 왔답니다. 여유만 있으면 무엇 하나 부하에게 맡기지 않았고, 밤에도 서에 남아 있는 시간이 지독히 길었답니다. 지나치게 양심적이라고 간단히 말해치울 수 없을 정도였지요. 하루 이틀 일에서 떠나게 될 때도 늘 정확한 지시를 남겨놓고 갔으며, 지난 1년 반 동안 주말에도 만족스럽게 쉰 적이 없었답니다. 조사해 보았는데, 그 말이 틀림없더군요."
"알겠네." 기데온은 무게 있게 말했다.
"차장의 말은 이번이 그를 한 달쯤 쉬게 할 좋은 기회라는 겁니다."
"그렇겠군." 기데온이 동의했다. "그렇게 해주도록 하지."
뒷일은 대리로 일할 사람에게 모두 지시해 놓았다고 커슨이 거의 필사적으로 말하던 모습을 기데온은 머리에 떠올렸다. 커슨의 아름다운 아내가 남편은 늘 늦게 돌아오며, 지나치게 일을 많이 한다고 말했던 것도 생각났다. 그리고 관할경찰서의 책임을 짊어지고 있는 서장이라는 입장에 따르는 일의 엄격함, 고독, 쓸쓸함 등도 생각해 보았다. 그 관할 경찰서가 잘 운영되어 왔기 때문에 기데온이 등한히 하고 있었던 것이다. 자주 KL 경찰서에 얼굴을 내밀어 커슨을 좀더 깊이 알았어야 했는데…… 하긴 사건을 다루는 데 잘못이 있었다면 기데온도 그렇게 했을 것이다. 커슨의 아내를 만나 이야기해야겠다고 그는 마음속에 적어놓았다.
"고맙네, 조. 그런데 렘, 자네는 무엇을 기다리고 있지? 엘릭슨과 로스코의 감시가 잘되고 있는지 확인해야 하지 않나?"
"이리로 오기 전에 그 정도는 다 해놓고 왔습니다." 르메틀이 대답했다. "그 밖에 다른 큰일은 없습니까? 그럼, 오늘은 잠깐 쉬어도 되겠군요. 휴가가 5주일 정도밖에 남아 있지 않지만, 1시간쯤 게으름을 피워도……."

"그럼, 렘, 월요일에 만나세."

"황공하오이다!"

르메틀은 말하자마자 뛰어나갔다.

"할 수 있다고 생각하오." 이 무렵 로스코는 이렇게 말하고 있었다. "레기 아저씨라는 분이 틀림없이 1만 파운드를 주겠다면 어떻게든 되겠지요. 조니, 나는 당신 생각이 옳다고 여기지 않았고 당신도 그 점을 알고 있었겠지만, 아무튼 재판을 받느니 구두닦이나 하수도 청소부가 되는 편이 낫다는 생각이 들기 시작하는군요. 하지만 이렇게 해서 경찰이 넘어가줄는지 의심스럽소."

"투자된 돈을 모두 확실히 돌려줄 수만 있으면 경찰도 믿어주겠지." 엘릭슨이 지나치게 큰 목소리로 말했다.

"그렇게 되기를 하느님께 빌겠네." 로스코가 말했다. "아무튼 그 고객에게 보내는 편지라는 걸 작성해야겠군. 어떻게 해서 조사보고서의 잘못을 발견했는지, 그리고 철광석이 많지 않으므로 이런 상황에서는……."

다음날 일요일 아침 브라운은 침대에서 아침식사를 들었다. 일요일 아침에는 언제나 테니슨 부인이 9시 조금 지나 식사를 만들어 두 가지 신문——선데이 글로브와 선데이 메일——과 함께 갖다 주었다. 올라가보니 브라운은 침대에 일어나 앉아 성경책을 앞에 펴놓고 멍하니 허공을 바라보고 있었다. 테니슨 부인은 기특하다고 생각했다. 성경책을 옆에 놓고 그는 미소 띤 얼굴을 지으며 똑바로 일어나 앉았다. 테니슨 부인은 이 사람이 꽤 기운을 되찾은 모양이라고 생각했다. 그 주일 첫 무렵에 그는 눈 가장자리를 빨갛게 해가지고 마치 병걸린 사람 같았던 것이다. 밀러네 가족이 불에 타죽은 화재기사를 읽고 그가 충격을 받은 모습은 잊을 수 없었다. 그러나 지금은 그 충격에서 완전히 회복된 듯했다.

하숙집 여주인이 문을 닫자 그는 선데이 글로브를 들고 재빨리 훑어보았다. 힐튼 테라스의 화재가 크게 보도되어 있었다. 아무래도 경찰의 부추김을 받은 것 같았다. 저비스 순경을 포함한 희생자의 사진이 모두 실려 있고, 큰 글씨로 제목이 붙어 있었다.

어째서 방화마는 이 사람들을 죽였을까?

제목 밑에 '논설란 참조'라고 표시된 것을 보고 급히 페이지를 넘겼다. 논설 맨 위에 다음과 같은 제목이 붙어 있었다.

방화 시설이 나쁜 주택

런던의 일부 주택상황을 크게 공격하는 기사를 읽고 그의 눈이 빛났다. '문명사회의 크나큰 수치'니, '안전한 자기 집에 살고 있는 사람 모두의 양심을 때리지 않을 수 없다'는 말이 씌어 있었다.
"잘 되어가는군." 브라운은 중얼거렸다. "겨우 효과가 나타나는군. 하기야 이만한 사람들이 죽었으니……."
그는 그 신문을 옆으로 밀어놓고 선데이 메일을 집어 들었다. 제목은 다음과 같았다.

이스트엔드에 이유를 알 수 없는 연속화재. 동일방화범의 소행인가?

 그는 입술을 축이며 신문을 밀어놓고 이미 접시 위에서 식어버린 베이컨 에그를 먹기 시작했다. 다 먹고 나자 나직하지만 또렷한 목소리로 말했다.
 "만일 이 사람들이 누군가에게 살해당한 거라면 범인은 그 집주인이야. 나는 다만 그 도구에 지나지 않아. 집주인이 죽인 거야. 그리고 이번에는……."
 그의 눈은 마치 어떤 빛을 뿜어내듯 빛났다.
 "이번에는 다른 누군가가 들고일어나 경고해야 한다. 사람이 죽으면 정신을 차리겠지. 적어도 나의 경고에는 귀를 기울이고 있는 거야."
 그 자신으로서도 알 수 없는 것은, 아내와 딸이 죽은 다음부터 기름틀처럼 그를 죄고 있던 무서운 고통이 어째서 밀러 가족의 비극으로 말미암아 가벼워졌는가 하는 점이었다. 마치 마음을 짓누르고 있던 무서운 압박이 거두어진 것 같았다. 그러나 빈민굴의 집주인들에 대한 증오심에는 그다지 효과가 없었다. 단지, 더욱 파괴를 계속한다는 계획을 세운 것이 도움이 되었고, 그렇게 자기자신을 속여왔다. 그런 건물을 계속 불태움으로써 더 많은 사람들이 불에 타죽으면 별수 없이 당국도 불량주택 철거에 힘을 기울이게 될 것이라고 그는 자신에게 타일렀다. 그것이 자신이 하고 있는 행위에 대해 내걸 수 있는 단 하나의 이유였다.
 그가 알고 있는 오직 하나의 일은, 어디까지나 방화를 계속하겠다는 것이었다. 그렇게 하지 않으면 마음에 평화가 깃들 것 같지 않았기 때문이다.
 식어버린 차를 마시고 다시 글로브 지를 집어 들었다. 1면의 기사가 그의 주의를 끌었다.

　　경시청 범죄수사부장, 용의자를 폭행하다.

　브라운은 그 기사를 읽기 시작했다.

　기데온의 집에서 일요일 아침신문을 집어온 것은 매슈였다. 완전히 풀이 죽은 매슈는 심부름이며 집안의 자질구레한 일을 될 수 있는 한 열심히 도와주며 부지런히 움직이고 있었다. 오늘 아침에 부모에게 아침 차를 가져다준 것도 그였으며, 부모의 아침식사를 자기가 차리겠다고 나서기도 했다. 케이트는 아이들에게 일요일 아침에는 아무 때 일어나도 좋지만 식사는 각자 차려 먹으라고 일러두었던 것이다. 아이들이 모두 일어나 부모의 넓은 침실을 들여다보았다. 케이트는 더블베드 위에서 베개에 기대어 있었고, 기데온은 가운에 팔을 꿰고 있는 중이었다. 그가 말했다.
　"테드 마이올과의 의논을 이 이상 더 미룰 수는 없겠지?"
　"오늘 아침에 다시 한 번 제인과 의논하기로 했어요. 제인은 교회에 나가지 않아도 될 만한 구실을 만들었대요." 케이트가 말했다. "테드의 태도는 마음에 들지 않지만, 제인의 말은 일리가 있어요."
　"어떤 말인데?"
　"어째서 두 사람이 결혼하고 싶어하지 않는지에 대해서 이야기했어요." 케이트는 한쪽 손을 들어올리며 얼른 덧붙였다. "들어보세요, 여보! 저애들은 혹시 억지로 결혼시키려는 데 단순히 반발하고 있는 건 아닐까요? 아기를 갖지 않았다면 서로 깊은 호의를 가지고 있을지도 모르잖아요?"
　"아기를 갖지 않았다면 둘 다 결혼 따위는 생각도 하지 않았겠지.

그리고 만일 그렇다면 틀림없이 상대방에 대해 곧 잊어버렸을 거요. 내가 걱정하는 것은, 두 사람이 결혼했을 경우 일생 동안 그것을 후회하지 않을까 하는 점이오. 대학 진학 문제 때문만은 아니란 말이오. 물론 어느 의미에서는 그것도 중요하지. 정말 매슈가 케임브리지에 가지 못하게 된다면, 좋은 기회를 놓쳤다고 헬렌을 원망할 때가 올는지도 모르오. 그렇게 되면……."

"여보, 하지만 또 하나의 가능성을 못 보고 넘겨서는 안 돼요. 그 두 사람은 끝까지 행복하게 살 것이며 우리는 젊은 할아버지와 할머니가 될지도 모르잖아요? 결혼한다고 해서 케임브리지에 못 갈 이유도 없을 테고……."

"이제 나는 세 사람을 상대해야만 하게 되었군."

"우리가 힘이 돼주어야 해요." 케이트가 조용히 말했다. "헬렌도 아직 몇 달은 더 일할 수 있고, 필요하다면 아기를 낳은 다음에도 일할 수 있어요. 생각해 보았는데 매슈가 훨씬 더 좋지 않은 처녀와 결혼할지도 모르고, 따라서 우리는 훨씬 더 나쁜 며느리를 맞게 될지도 모르잖아요. 그리고 마이올도 얼마쯤 도와줄 테고, 젊은 두 사람이……."

"쉿! 매슈의 발소리가 들리오." 기데온이 아내의 말을 가로막았다.

매슈가 일요일 신문을 들고 문 앞에 나타났다. 깜짝 놀란 표정을 짓고 있었다. 지난번 기데온이 헬렌과 매슈가 함께 있는 것을 처음 보았을 때 지었던 그 표정과 비슷했다. 옆구리에 두 장의 신문을 끼우고 또 한 장은 두 손에 들고 읽고 있었다.

케이트가 물었다.

"어머나, 매슈, 왜 그렇게 놀란 얼굴을 하고 있니?"

기데온은 생각했다. 오늘 아침에는 벌써 마이올에 대한 것을 잊어버린 건가?

매슈가 말했다.

"아버지, 아버지도 이런 녀석은 마음에 들지 않겠지요? 나도 이런 짐승 같은 녀석은 목졸라 죽이고 싶어요."

"이번엔 또 뭐냐?" 케이트가 말을 받았다.

기데온이 몸을 일으켜 신문을 받았다. 그는 제1면의 제목을 들여다 보았다.

경시청 범죄수사부장, 용의자를 폭행하다.

"아니, 나는 그런!" 기데온은 화를 버럭내며 소리치다가 얼른 입을 다물었다.

"뭐예요?" 케이트가 물었다.

"아버지가 은행 강도 용의자를 심문하다 때렸다고 말도 안되는 소리를 어떤 변호사가 지껄였대요."

매슈가 대신 말했는데, 기사를 읽는 기데온의 귀에는 그의 목소리도 케이트의 목소리도 들리지 않았다.

아주 간단하고 직선적인 기사였다. 클래퍼의 변호사는 경시청에서 있었던 조그마한 사고를 기데온이 그렇게 했을 것이라고 자기 멋대로 상상하여 그것을 왜곡시키고 조금 꼬리를 붙여 그럴싸하게 공격하고 있었다. 클래퍼의 사진, 그 아내의 사진, 그리고 화이트차펠의 살인 현장사진이 나와 있었다. 선데이 글로브 지가 화이트차펠 살인사건을 독자적으로 발전시키려 하고 있음은 불을 보듯 분명한 일이었다.

기데온은 신문을 옆으로 내던졌다. 케이트가 허리를 굽혀 주워 올렸다.

"당신에게 먼저 물어오지도 않았나요?" 케이트가 물었다.

"홍보실 경감에게 연락했을지 모르지만, 그것도 의심스럽군. 그들은 어제 저녁까지 이 기사를 얻지 못했고, 경시청에는 물어볼 만한 사람이 없었기 때문이라고 변명하겠지. 우리 쪽 대답을 들을 수가 없었다고 말이오."
기데온은 마지막 한마디를 조용히 덧붙였다.
"아무튼 유감스럽지만 이것은 사실이 아니오."
"유감스럽다니, 이상한 표현이시군요." 케이트가 말했다.
"묘한 사건이거든. 은행을 터는 일에 자기를 끌어들이고 또 자기 아내까지 죽인 사람을 클래퍼는 감싸고 있으니까말야. 매슈, 사람이 얼마나 비열해질 수 있는지 알았니?" 기데온이 대꾸했다.
"그야……" 하고 말하다 말고 매슈는 홍당무처럼 얼굴이 새빨개졌다.
"여보, 너무 심하시군요!" 케이트가 항의했다.
"뭐가 말이오?"
기데온은 얼굴을 들어보고 놀랐다. 그는 두 사람이 말하려는 게 무엇인지 깨달았다.
"아니, 전의 그 일을 말하고 있는 게 아니다, 매슈. 나는 다만 사실에 대해서…… 아니, 있을 수 없는 일에 대해서 말했을 뿐이야. 이제 샤워라도 하고 듬뿍 식사를 해볼까. 오늘은 지독한 하루가 될 것 같으니까."
"나는 또 나를 나무라시는 줄 알았습니다." 매슈가 원망스러운 듯이 말했다. "아버지, 이 신문을 고소할 수는 없습니까?"
"사생활에 대해 거짓보도가 실렸다면 고소할 수 있지만, 직무 중의 일이므로 그렇게 할 수도 없구나. 하긴 직권남용에 대한 그릇된 기사라면 별문제지만, 경찰관이 직무상의 비판을 문서나 구두로 명예훼손당했을 때 기소할 수 있다면 우리는 늘 민사재판소에 드나들어야 할 거다. 진정한 경찰이 되고 싶다면 차츰 알게 돼. 그럼, 샤워나 해볼까!"

아침식사를 들고 있는데 부총감에게서 전화가 걸려왔다. 조 벨, 르메틀, 그리고 경시청의 홍보실 직원에게서도 전화가 걸려왔다. 모두들 한결같이 긴장하고 화가 나 어떻게 하면 가장 좋은가에 대한 의견을 말하려고 했다. 10시가 지나자 부리나케 여러 일간신문사에서 전화가 걸려오기 시작했다. 텔레비전 방송국에서도 견해 발표와 인터뷰를 부탁해 왔다. 마당 손질과 층계 창문 수리, 그리고 매슈와 다시 한 번 의논해 보고 미해결 사건기록을 다시 들여다보려던 하루가 완전히 엉망이 되고 말았다. 그들은 기데온으로 하여금 글자그대로 폭력을 휘둘렀다는 사실 말고는 아무것도 생각할 수 없도록 만들었다. 그는 신문사와 통신사의 물음에 실제의 사정은 전혀 설명하지 않고 다만 그런 사실이 없다고 쌀쌀하게 부정할 뿐이었다. 섣불리 설명하다가는 눈언저리에 멍이 든 사람이 문에 부딪쳤다고 말하는 것과 너무나도 비슷하게 들릴 것이기 때문이었다. 코니시에게서 전화가 걸려오지 않아 기데온은 놀랐다. 오후 3시 30분쯤 되자 기데온은 코니시의 일이 걱정되기 시작했다. 코니시는 늘 이럴 때 재빨리 행동했기 때문이다. 이미 두 사람을 죽였고 여자의 입을 막기 위해 그 여자마저 죽인 사람이라면, 자기를 뒤쫓는 경관을 어떻게 다루겠는가? 조금도 걱정할 필요가 없다고 기데온은 스스로에게 타일렀으나 역시 걱정스러웠다.

3시 30분에 현관에서 초인종 소리가 나 매슈가 달려가 문을 열었다. 기데온은 매슈에게 신문기자라면 없다고 말하라고 일러두었는데, 귀를 기울이니 코니시의 목소리가 들려왔다. 기데온은 일어섰다. 매슈는 손님이 누구인지 알리며 코니시를 거실로 안내했다. 경시청 사람인 코니시는 오늘 수염도 깎지 않고 옷이 꾸깃꾸깃했으며 눈도 흐릿했다.

"안녕하십니까, 부장님. 오늘 아침에는 혼나셨지요?"

"자네는 또 무슨 짓을 하고 왔나?"

"다만 밤을 새웠을 뿐입니다." 코니시가 말했다. "비아트리스 클래퍼를 본 것 같다는 사람을 닥치는 대로 만나보았지요. 한밤중까지 그렇게 하고 밥을 먹은 다음 번마우스로 드라이브했습니다. 야경꾼 살해사건이 일어난 관할경찰서에 가면 무언가 도움이 될 만한 자료가 있을지도 모른다는 생각이 들었거든요. 하지만 아무 소용도 없었습니다. 꼬박 하루를 소비하여 얻은 수확이라고는 살해사건이 일어난 날 점심때쯤 선창 가까이에서 클래퍼의 아내와 만난 사나이의 막연한 인상과 풍채뿐입니다. 미치광이처럼 떠벌리는 무리들의 증언은 제쳐두고 살해사건이 일어났을 때쯤 그 막다른 골목에서 나오는 사나이를 보았다는 남자의 말에 따르면, 범인은 30대 중반으로 선창 인부나 노동자 같은 차림을 하고 있었다고 합니다. 그런데 한 가지 이상한 일이 있습니다."

"뭔가?"

"빈터에서 놀다 집으로 돌아가던 아이가 거기서 이야기하고 있는 두 사람을 보았다는데, 여자에게 말을 하는 남자의 말투가 '세련'되었다는 겁니다."

기데온은 아무 말도 하지 않았다.

"만일 그것이 사실이라면 노동자 같은 복장은 변장일지도 모르므로 수사범위를 이스트엔드에서 좀더 넓힐 필요가 있습니다. 어쩌면 클래퍼에게 그 점을 가지고 다그치는 것도 좋은 방법일 듯합니다."

"클래퍼를 만났나?"

"좀더 있다 선데이 글로브에 대한 정식태도를 뚜렷이 한 다음 만나는 게 좋을 것 같습니다. 부장님, 어떻게 하시겠습니까?"

"기사를 부정해야지. 부총감도 동의해 주었네. 우리 쪽으로서는 자질구레한 점에 대해선 대답할 필요조차 없다고 밀고나가는 거야. 아무튼 뻔히 들여다보이는 거짓말이니까."

"부장님." 코니시가 느릿하게 말했다.

"왜 그러나?"

"클래퍼에게는 분명 상처가 있고, 아직까지 그 자국이 남아 있습니다."

"그야 그렇지. 때가 오면 어째서 그런 상처가 생겼는지 내 쪽에서 설명하겠네. 제일 좋은 것은 예심 제2공판에 그 녀석이 불려 나왔을 때 하는 게 가장 좋겠지. 그때까지는 우리도 무언가 알아낼 수 있을 걸세."

"알았습니다. 그 '세련'된 친구에 대해 클래퍼를 추궁해도 되겠지요?"

기데온은 망설였다. 클래퍼를 자기가 직접 만나고 싶었지만, 코니시가 하겠다는데 말릴 이유가 없었다. 기데온의 임무 가운데 위험한 점은, 모든 일을 가장 잘 해낼 수 있는 것은 자기 하나뿐이라고 생각하기 쉬운 점이다. 커슨도 그런 사고방식 때문에 희생된 예이다. 이번 일은 코니시의 담당이다. 어제의 심문도 코니시에게 맡겼어야 옳았다.

기데온은 겨우 마음을 정했다.

"좋아, 해보게."

"변호사를 만나는 게 좋겠지요?"

"아닐세. 내 육감이 맞는다면, 루이섬은 소문이 완전히 퍼지기를 기다렸다가 수요일 경찰재판소 제2회 공판석상에서 정식으로 항의해 올 걸세. 우리 쪽에서 진상을 털어놓는 것도 그때가 가장 좋겠지."

기데온은 눈살을 찌푸리며 생각했다.
"그 '세련'된 말투를 들이대는 것도 그때까지 기다리는 게 좋을지 모르네. 그때까지 자네는 좀더 깊이 알아볼 여유가 있을 테고, 좀더 강력한 단서가 나오지 않는다고 단언할 수도 없으니까. 클래퍼의 최근 움직임을 샅샅이 조사하고, 그 녀석이 나타났던 곳을 죄다 더듬어본 뒤 각 관할경찰서에 문의해서 메이페어 부근도 돌아보게."
기데온은 한숨 돌렸다. 매슈가 옆에 서서 열심히 귀를 기울이고 있음을 알았다.
"코니, 이 방법이 가장 좋을 것 같네. 각 관할서에 부탁하여 제복 경관과 형사를 모두 동원하여 일을 추진해 보게. 클래퍼의 움직임에 대한 자세한 조서를 작성하는 걸세. 지금까지는 무어게이트 은행 근처에서 그를 본 사람이 있는지 알아보았고 그가 살고 있었다는 이스트엔드에만 초점을 좁혔었는데, 이 방법이 어쩌면 들어맞을지 몰라. 그 수배를 해주겠나?"
"알겠습니다." 코니시가 대답했다. "이 일이 끝나면 좀 자야겠습니다. 부장님, 이번 왜곡된 보도에 대해 크게 걱정하고 계시는 건 아니겠지요?"
"이런 일이 없었다면 더 좋겠지만, 아무렇지도 않네. 별로 걱정하고 있지 않아."
그러나 코니시가 돌아가자마자 그는 경시청에서 숙직하고 있는 경찰의사에게 전화를 걸었다. 간단한 인사를 마치자 그는 아무렇지도 않은 듯이 물었다.
"전에 당신에게서 한 번 들은 적이 있습니다만, 끔찍한 상처나 많은 피를 보았든지 불쾌한 것 때문에 충격을 받은 사람이 다시 그런 것을 보면 똑같은 충격을 받는다지요?"

"그렇습니다." 경찰의사가 대답했다. "손가락이 베어질 때마다 기절하는 사람을 보여드릴 수도 있습니다. 왜 그러시지요?"

"아니, 그냥 확인하고 싶어서 물어봤을 뿐입니다."

이때 케이트가 돌아와 마이올네와의 의논은 다음 주 수요일 밤에 하기로 했다고 말했다. 어째서 수요일로 정했는지 기데온은 알 수도 짐작할 수도 없었다. 그럴 만한 이유도 없는데 케이트는 꽤 만족해하는 듯했다. 아마 그녀와 마이올 부인이 매슈가 대학에 가 있는 동안 두 신혼부부를 어떤 식으로 도와줄 것인지 그 방법을 생각해 낸 모양이라고 그는 짐작했다. 그러나 기데온으로서는 그것이 아주 어리석은 생각으로 여겨졌다. 그 밖에도 돈쓸 일이 얼마든지 있는데…… 기데온과 케이트는 요즘에야 겨우 조금씩 저축을 하기 시작했던 것이다. 만일 매슈를 도와주어야 하고 헬렌과 그 아이를 도와주어야 한다면 저축할 수 없을 것이다. 그러나 기데온은 케이트에게 아무것도 묻지 않았다. 그에게 생각할 여유가 없다는 점을 케이트가 이용하려 하고 있음을 알았기 때문이다.

월요일도 골치 아픈 하루가 될 것 같았다.

일요일 밤 해리슨은 앉아서 텔레비전을 보고 있는 아내를 지켜보았다. 한두 번 하품을 하는 것으로 보아 오늘 밤의 그녀는 잠을 자기 위해 수면제 신세를 질 필요는 없을 것 같았다. 죽일 기회를 다음으로 미루어야 한다는 것이 해리슨에게는 더할 나위 없이 괴로웠다. 불가능에 가까우리만큼 참을 수가 없었다.

그는 지금 파멜라가 앉아 있는 자리에 클로가 앉아 있는 장면을 그리고 있었다. 클로는 파멜라보다 훨씬 짙은 화장을 한다. 그런데 이상하게도 파멜라가 립스틱이며 분을 지나치게 바르면 매춘부처럼 보이는 것이다.

'바보 같은 계집, 아무리 무엇을 발라봐야 너를 끌어안고 싶은 생각이 일어나지 않는단 말이야! 그런 사람은 온 세상을 찾아보아도 없을걸.'

파멜라에 대한 바람은 오직 한 가지, 그것은 그녀가 시체가 되어 주었으면 하는 것뿐이었다.

미치광이 방화범

 월요일은 기데온에게 있어 참으로 조용한 하루였다. 주말에 있었던 가장 큰 사건은 메이페어의 절도사건이었다. 텔레비전을 보고 있던 세 집을 습격하여 9천 파운드의 보석류를 훔쳐간 것이다. 그보다 작은 좀도둑, 노상강도, 뺑소니차, 술주정꾼, 풍기사범 등은 늘 있는 평범한 것이었다.
 월요일 아침신문은 루이셤 변호사의 호소에 모두 달려들고 있었다. 승리를 굳힌 셈이었다. 영리한 루이셤은 우선 무엇보다도 센세이션을 바라는 일요신문에 다리를 걸어놓았으므로, 덕분에 지금은 그와 클래퍼 쪽이 완전히 선수를 잡고 있게 되었다. 지금 기데온이 해야 할 가장 큰일은 어떻게 클래퍼를 역공할지 방법을 찾아내는 것이었다.
 1시에 그는 엘섬 묘지에 갔다. 묘지에는 5백 명 가까이 되는 사람들이 람베스 화재에서 희생당한 여덟 사람의 장례식이 끝날 때까지 지켜보았다. 텔레비전과 뉴스 영화의 카메라가 설치되어 있었고, 신문기자와 카메라맨들이 적어도 50명은 와 있었다. 기데온의 사진을 찍는 사람도 몇 명 있었으나, 그는 되도록 사진 찍히지 않으려고 피했다. 모인 사람들을 둘러보며 많이 왔다고 감탄하는 동시에 조금 언짢은 기분이 들기도 했다. 그들은 공연히 모여서 떠벌리는 구경꾼들이기 때문이었다. 밀러네 식구들을 애도하는 사람들은 한 다스도 안 되었고, 저비스를 위해 참석한 사람도 5, 60명 정도뿐이었다. 나머지는 이 문명의 도시에서 장례식이라고 하면 으레 모여드는 독수리 같은 구경꾼들뿐이었다.

기데온은 그런 사람들 속에서 몇 개의 얼굴을 주의 깊게 살펴보았다. 그중 하나는 사람들로 빙 둘러싸여 울타리를 이룬 뒤에 서 있는 키 작은 사나이의 창백하고 근심에 찬 얼굴이었다. 그 사나이의 입술은 영국교회 사제의 장례 기도에 맞추어 움직이고 있었다. 이따금 그 사나이는 머리를 숙였다. 기데온은 특별히 그 사나이를 유심히 지켜보고 있었던 것은 아니다. 다만 그 사나이가 진심으로 슬퍼하고 있는 것 같아 밀러 집안의 친구나 거래상 아는 사람일지도 모른다고 생각했을 뿐이었다. 기데온의 눈에는 그 사나이가 몹시 위축되어 있는 것처럼 보였다. 장례식이 끝나고 그 사나이는 천천히, 아마도 슬픔을 품고 있기 때문이겠지만 묘지 문을 향해 걸어갔다. 기데온은 그 사나이의 바지에 자전거를 타기 위해 옷자락을 묶는 클립이 달려 있는 것을 보았다. 그리고 그 사나이가 자전거를 타고 돌아가는 것을 보았다.

그 밖에도 자전거를 타고 온 사람들이 한 다스도 더 되었다.

기데온은 저비스 부인과 맏딸 헤스터가 나이 지긋한 사나이의 자동차에 올라타는 것을 보았다. 아마 부인의 아버지인 모양이었다. 지금은 그녀에게 말을 걸 때가 아님을 알고 있었으나, 그래도 무언가 곤란한 점이 없는지 알아두고 싶었다. 창백한 얼굴이었으나 푸른 옷을 입은 그녀는 아름다웠다. 딸에게도 좋은 옷을 입혔으며, 소매에 검은 헝겊이 둘러져 있었다.

기데온은 자동차를 타고 경시청으로 돌아왔다. 그 뒤 피커딜리의 외설을 늘어놓은 사건 말고는 재미있는 사건이 하나도 없었다.

럭키 마켓슨이 기데온의 방문을 노크한 것은 수요일 오후가 되어서였다. 들어오는 것을 보고 기세가 등등해 보인다고 기데온은 생각했다. 마켓슨을 보면, 르메틀을 조금 줄여서 뚱뚱하게 만들고 좀 더 참을성을 지니게 한 것 같은 느낌이 들었다. 르메틀이 생각나자 기데온은 아직 엘릭슨이나 로스코가 나라 밖으로 도망치려고 했다는 보고가 들어오지 않은 사실이 떠올랐다.

기데온이 물었다.

"럭키, 무슨 일인가?"

"중요한 일인지 어떤지는 모릅니다만, 아무튼 훨씬 전에 알아차렸어야 했다고 생각되는 일이 있습니다. 지금에야 알았습니다."

"뭔가?"

"이 5건의 화재는 모두 수요일 밤에 일어났다는 사실입니다." 마켓슨은 주머니에서 종이쪽지를 꺼내며 말했다. "첫 번째 배스널 그린 화재는 12월 7일 수요일이었고, 그 다음은……."

"그건 자네 말이 맞네." 기데온이 말허리를 잘랐다. "그런데 오늘이 수요일이로군."

기데온은 모든 빈민굴에 경계지령을 내리도록 마켓슨에게 이를까 하는 생각이 문득 떠올랐으나 꾹 참았다. 하고 싶은 일을 럭키가 먼저 알아서 하도록 만들어야 좋은 것이다.

"그래서?"

"이 일은 우연일지도 모릅니다. 그리고 반드시 정확한 간격을 두고 화재가 일어난 것도 아닙니다. 그러나……." 마켓슨은 조심스럽게 말했다. "어쩐지 오늘 밤은 빈민굴 지대를 특별히 경계하는 게 좋지 않을까 하는 생각이 드는군요. 아무래도 그 점이 자꾸만 머리에서 떠나지 않습니다. 이 화재들이 모두 빈민굴에서 일어났다는 점 말입니다. 범인은 미치광이일지도 모른다는 생각이 머리에서 떠나지 않습니다."

기데온은 문득 맨슨 부인이 머리에 떠올랐다. 그러나 곧 그것을 머리 한구석으로 몰아넣었다. 딸의 죽음이 자그마한 그녀를 미치광이로 만들었고, 블릭스를 죽이려고까지 하게 했다. 미치광이는 그야말로 여느 사람으로서는 도저히 생각할 수도 없는 일을 한다. 마켓슨은 이 방화의 동기를 찾아내려고 오랫동안 애썼으나 찾지 못했다. 동기라는 것이 없었기 때문일지도 모른다. 미치광이가 하는 짓에는 동기가 없다. 그러나 거기에는 무언가 '원인'이 있을 것이다.

"럭키, 자네는 사람이 어떤 원인으로 미친다고 생각하나?"

"글쎄요, 그건 알 수 없지요." 마켓슨이 대답했다. 신중하다는 점에서 그는 르메틀과 좋은 대조를 이루었다. "선천적인 방화광도 있습니다. 언젠가 말씀드렸듯이 우리 아들 녀석이 그럴지도 모릅니다. 부장님, 미치광이들도 조사해 보았습니다. 지난 1년 반 동안 우리 손으로 붙잡은 방화범은 27명, 모두 런던 가까운 변두리에서 잡힌 자들이지요. 그중 7명은 치료해야 할 필요가 있었고, 정신병원에 보내진 사람도 5명 있었습니다. 이 5명을 예로 들어보면, 법적으로 정신이상자라고 인정된 이들 가운데 선천적인 이상자가 3명이나 있었습니다. 머리가 단순하고 불을 보면 언제나 날뛰는 사람들입니다. 일종의 원시적인 배화신앙(拜火信仰) 같은 것이겠지요. 또 한 사람은 자기를 업신여긴 사람의 집만 불 질렀는데, 이것은 증오심을 지나치게 억압하고 있었기 때문에 폭발된 셈이지요. 마지막 한 사람은 어릴 적에 큰 화상을 입었는데, 그 노여움을 발산시키기 위해 불질렀다고 정신과의사는 말하고 있습니다."

"흐흠……." 기데온이 조용히 중얼거렸다.

"부장님 생각도 아마 나와 같을 겁니다." 마켓슨은 맥없이 말했다. "좀더 빨리 알아차렸어야 했다는 것 말입니다. 이 범인이 빈민굴에 불 지른 것은 언제나 수요일이었다는 것과 첫 번째 화재는 베스널 그린에서 일어났다는 점을 말입니다. 베스널 그린 화재 때는 범인이 건 듯한 전화가 걸려오지 않았습니다. 맨 처음 신고한 것은 그 화재 때문에 아내와 11살짜리 외동딸을 잃은 사나이였습니다. 부장님이 그때 불에 탄 자동차에 대해서 물으셨지요? 그 사나이의 자동차였습니다. 비시프, 비쇼프가 아니라 비시프라는 세일즈맨인데, 런던 동부를 맡아 돌아다니던 사람이었지요. 날마다 다니는 지역을 차례로 바꾸며 2주일 동안에 한 바퀴 돌고 나서 다시 처음부터 시작하는 방식으로 말입니다. 자전거도 탈 줄 알고 몸집도 저비스가 밀러네 집 앞에서 급히 자전거를 타고 달아나는 것을 보고 말을 걸었던 사나이와 비슷합니다."

"그를 조사해 보았나?" 기데온이 물었다.

"그는 화재가 일어나고 열흘 뒤 멋대로 회사를 그만두었습니다. 장례식을 치르기 위해 1주일의 휴가를 받았고, 그 다음 사흘간 일을 하고는 그만두었답니다. 어디 가서 무엇을 하고 있는지 아무에게도 이야기하지 않았다는군요. 첫 번째 화재가 난 그날 밤, 그는 집에 없었습니다. 그날 밤에는 가장 먼 곳인 브롬리 쪽을 돌다가 늦게야 집에 돌아왔답니다. 그 뒤로는 회사에 아무 연락도 없다더군요. 업무상 수상한 점도 없고, 장부에도 적자가 없었으며, 오히려 그에게 지불해야 할 몫이 아직 몇 파운드 있을 정도랍니다. 입고 있던 옷과 가방 하나, 자질구레한 물건만 빼놓고 화재 때 모두 타버렸지만, 보험을 충분히 들어두었기 때문에 현금으로 5천 파운드를 받았습니다."

"사진은?"

"회사에서 여행할 때 여럿이 찍은 것이 있습니다만, 쓸모가 있을 것 같지 않습니다. 그를 알고 있는 사람을 만나 사진을 얻으려고 했으나, 도무지 친척도 친구도 없더군요. 그들은 이웃과도 전혀 사귀지 않아 교제가 별로 없었던 모양입니다. 바로 화재가 일어난 날 자동차 타이어가 터져 차를 집 앞에 두고 마지막 2마일을 걸어 돌아다녔기 때문에 여느 때보다 늦게 돌아왔다는군요. 집에 도착했을 때는 이미 불길이 오르고 있었지요."

"그를 붙잡아야겠군. 필요하다면 어떤 수단을 써도 괜찮네. 자네가 요구하는 건 나나 조가 무엇이든 들어주겠네. 힘을 내게, 럭키!"

"이 이상 더 낼 힘은 없습니다, 부장님."

마켓슨은 급히 방에서 나갔다. 문이 닫히기 전에 기데온이 말을 걸었다.

"잠깐만!"

문이 쾅 닫히고 럭키의 모습이 보이지 않았으나 곧 다시 문이 열리고 그의 얼굴이 들어 왔다.

"오늘은 수요일이니까 정보실에 가서 이스트엔드 일대…… 아니, 모든 관할경찰서에 야간 순찰을 하는 경관들이 담당 빈민굴 지대를 특별히 경계하도록 이르게. 무엇을 어떻게 경계해야 하는지는 자네가 더 잘 알고 있겠지. 낯선 사람이 자전거를 타고 가거나 거동이 수상한 사람이 있거든 즉시 신문하도록 일러두는 게 좋을 걸세."

"알았습니다."

마켓슨은 서둘러 다시 나갔다. 발소리가 사라졌다.

마켓슨이 나간 것과 동시에 전화 벨이 울렸다. 이번에는 코니시였다.

"내일 있을 클래퍼의 공판 때문에 잠깐 의논하고 싶은 일이 있는데 5, 6분쯤 시간을 내주시겠습니까?"

기데온이 말했다.

"좋아, 지금 곧 오게."

기데온은 레나드 클래퍼의 제2회 공판의 중요한 점은 주로 변호사 루이섐의 태도에 달려 있다는 것을 잘 알고 있었다. 코니시는 아직 세련된 말투를 쓰는 사나이를 파악하지 못했고, 그를 찾아내려면 아직 몇 주일이 더 걸릴지 모른다. 클래퍼 부인의 검시신문도 경찰이 수사 불충분이라는 이유로 1주일 연기했는데, 그 뒤 아무 진전이 없었던 것이다.

기데온이 코니시와 모든 면에 대해 의논하고, 이 덩치 큰 총경이 막 나가려고 하는데 벨의 책상에 있는 전화가 울렸다. 벨이 전화기를 들고 조금 있다가 말했다.

"부장님, 부인이십니다."

"뭐라고?"

기데온은 깜짝 놀란 표정을 지었다. 케이트는 좀처럼 사무실로 전화를 걸지 않았다. 아주 긴급한 용건이 있을 때만 전화를 걸었던 것이다. 오늘 밤 '가족회의'라는 것이 있을 예정이므로 아마 그 일 때문에 이야기하고 싶은 일이 있는 모양이라고 생각했다. 늦지 않게 들어오라고 말하겠지 생각하고 전화기를 들며 기데온은 빙그레 미소 지었다.

기데온이 조용히 말했다.

"아아, 당신이오?"

코니시는 벨의 책상 옆으로 다가갔고, 벨은 전화기를 놓았다.

"여보세요, 당신이세요?" 케이트는 여느 때보다 더 조용하게 말했다. "전화하는 편이 나을 것 같아서요. 오늘 밤의 가족회의는 중지하기로 했어요."

"뭐라고?"

"중지되었단 말이에요. 위험하게 자동차를 마구 몰며 돌아오실 필요가 없게 되었어요."
"어째서? 무슨 일이 생겼소?"
"우선 위기가 사라졌어요. 자연의 섭리라고 말할 수 있겠지요."
케이트는 조금 쉰 듯한 웃음소리를 냈다. 무엇보다도 그 웃음소리가 매슈와 헬렌의 일에 대해 그녀가 얼마나 걱정하고 있었는지 말해주었다.
"이젠 걱정할 필요 없어요. 헬렌은 하루 이틀 더 고통을 당해야겠지만, 잘된 거예요."
기데온이 큰소리로 말했다.
"허참! 아무튼 일단 무거운 짐을 내려놓은 셈이로군. 알았소, 여보. 그건 그렇고, 좋은 이야기가 있는데, 오늘 밤 나오지 않겠소? 어디 가서 우리 둘이 저녁이나 합시다. 벌써 몇 달째 그러지 못했으니까. 못 나오겠다는 말은 하지 말구려, 케이트! 나는 6시부터 시간을 낼 테니까. 여기 조가 이번 주일 내내 남아서 일해야 한다 해도 나는 상관치 않겠소! 아아, 좋아. 그럼, 그렇게 알겠소."
그는 전화를 끊고 두 사람 쪽을 보며 미소를 던졌다.
"아니, 그런 얼굴로 나를 볼 건 없잖나. 이것은 나의 비밀일세."
파이프를 꺼내어 담배를 채우며 그는 다시 생각을 일 쪽으로 돌렸다. 매슈에 대해 더 이상 생각하고 있을 틈이 없었지만 그래도 그는 오래간만에 마음이 후련해진 듯한 기분이었다.
또 한 가지 기데온의 눈앞에 매달려 있는 것은 블래이튼에 가 있는 리델의 일이었다. 리델은 한 가지 상황에 마음 놓고 기대어 있는 듯하다. 이미 여러 번 들은 리델의 생각은 만일 클로 듀발이 해리슨의 희생자 명단에 다음 차례로 올라 있다면 그전에 열이 식어버린 증거가 나타날 터이므로, 그들의 정사는 좀 더 두고 보는 편이 낫다는 것이었다.

 기데온은 해리슨의 아내에 대해선 한 번도 생각한 적이 없었다. 오직 해리슨만 생각하고 있었던 것이다.

 이 무렵 테니슨 부인에게 브라운 씨라는 이름으로 알려진 월터 비시프가 그녀의 집 부엌문을 쭈뼛거리며 열고 들어갔다.
 "아주머니, 귀찮게 굴어서 미안합니다만, 오늘 밤에는 저녁식사를 좀 빨리 해주실 수 없겠습니까? 6시 30분쯤이면 좋겠는데…… 오늘 밤에는 빨리 나가봐야 합니다. 그러나 10시까지는 돌아올 겁니다."
 "그야 문제없지요." 테니슨 부인이 말했다. "마침 잘됐어요. 영화가 시작되기 전에 설거지를 하고 나갈 수 있으니까요. 오히려 내가 고맙군요."

 "문제는 언제 어떤 방법으로 하느냐 하는 것이지." 그날 밤 늦게 엘릭슨이 말했다. "무서운 것은 우리 모두가 미행당하고 있다는 사실일세. 어디를 가든 우리를 미행하고 있단 말일세."
 조니가 조용히 말했다.
 "가장 좋은 방법은 우리 쪽에서 먼저 경시청 사람을 만나보는 거라고 생각해요. 르메틀인가 하는 프랑스 이름을 가진 사람을 말이에요. 우리 쪽에서 먼저 말하면, 우리가 두려워할 만한 일이 전혀 없다는 게 증명될 것 아니겠어요?"
 "그럴지도 모르지요." 로스코가 말했다. "그런데 뭐라고 말하지요?"
 "벌써 주식을 63퍼센트는 다시 사들였고, 아직 주식을 가지고 있는 사람의 것도 절반쯤 우리가 회수하고 싶어 다시 사들이고 있다고 말하면 되겠지. 문제없네. 만일 경찰만······."
"지금 필요한 건 독한 위스키뿐일세." 로스코가 말했다.

앨런 폴 스카프, 다른 이름 앨런 피터 스펜서, 또 다른 이름 아더 필립 심프슨은 블래이튼의 아파트에서 신문을 읽으며 텔레비전에 귀를 기울이고 있었다. 아직 일요판 신문을 들고 있었다. 글로브 지의 기사가 특히 재미있었던 것이다. 기사들은 모두 기데온에게 불리한 것뿐이었다. 그가 아는 한 경찰은 아직 스카프니 스펜서니 하는 이름을 모르고 있는 모양이었다. 내일의 제2의 공판 상황에 의해서 모든 일이 판가름 날 것이다.

지난 5개월 동안 브라운이라는 가명을 쓰고 있는 비시프는, 화재에 대해서나 방화에 대해서 모르는 것이 별로 없게 되었다. 가장 간단한 방법이 가장 좋은 방법이라는 것도 알았다. 게다가 빈틈없는 사람이어서 경찰이 진상을 알아차리기 시작하면 형세가 대번에 불리해진다는 것도 잘 알고 있었다. 밀러 가족의 비극에서 받은 충격으로부터 회복되자, 세상의 관심이 대단히 높아지는 것을 보고 그의 머리는 아주 날카롭게 돌아갔다. 신문이 지금까지의 화재가 서로 어떤 관련이 있다고 넌지시 비추었는데, 즉 경찰이 빈민굴 지대 전체에 경계의 눈을 번뜩이고 있다는 뜻이리라. 그리고 또 한 가지 뚜렷한 사실이 있었다. 경찰이 이른 아침에 자전거를 타고 돌아다니는 사나이를 찾고 있다는 것이었다. 그뿐만이 아니었다. 지난번 화재의 비극 때문에 크게 선전이 되어 빈민굴 불량주택 문제가 다시 표면화되었다. 비시프는 글자 그대로 자기가 마치 사회의 개혁을 걸머지고 있는 듯한 기분이 들었다. 그런 불량 아파트의 건물 주인은 모두 살인자인 것이다! 양복과 구두의 월부판매원으로서 그는 아낙네들에게 그런 것을 억지로 떠맡긴 다음 2주일마다 수금하러 돌아다녔으므로 런던 시내의 가난한 빈민굴이라면 거의 다 알고 있었다. 그런 지역에 대해 그보다 더 잘 알고 있는 사람은 별로 없을 것이다. 또한 어떤 곳을 철거시켜야 하는지 그만큼 잘 알고 있는 사람도 없었다.

그날 밤 그는 소형자동차를 몇 시간 동안 빌렸다. 보증금으로 1백 파운드를 지불해야만 했다. 그리고 그는 가솔린에 적신 헝겊조각과 낡은 냄비에 양초를 녹여 실에 스며들게 하여 천천히 타게 한 즉석 퓨즈를 만들어 헝겊 한 가닥 한 가닥에 불잡아 매는 일에 충분히 시간을 들여 준비했다. 그날 밤 어두워지자마자 그는 여섯 군데의 각기 다른 장소를 찾아갔다. 헐어버리는 편이 좋을 듯한 더러운 건물의 좁고 어두컴컴한 구석을 노렸다. 어디에나 잡동사니가 산더미처럼 쌓여 있어 일단 불만 붙이면 성냥개비처럼 타오를 것 같았다. 그는 그런 곳의 지리를 아주 잘 알고 있어 어디로 들어가서 어디로 나오는지에 대해서도 환했다. 불을 지르려는 곳 가까이에서 발소리가 나면 그는 언제나 몸을 숨겼다. 냉정하고 사무적인 솜씨로 그는 모든 일을 해치웠다. 몸집이 작고 아무 특징이 없는 그를 어느 누구도 눈여겨보지 않았다.

손수 만든 퓨즈는 냄새를 조금 풍겼고 한두 줄기 연기가 피어오르기는 했으나 담배꽁초가 타는 정도로밖에 보이지 않았다. 그리고 이런 건물에 사는 주민들은 이상한 냄새에 익숙해 있는 것이다. 비시프의 계산에 따르면 첫 불길이 오르는 것은 10시 30분쯤이며, 그 다음은 퓨즈의 길이에 따라 차례차례 불이 나도록 되어 있었다.

마지막 화재는 1시 30분쯤 일어날 예정이었다.

10시 조금 지나면 그는 집으로 돌아가 잠자리에 들어 있을 것이다.

타는 냄새

첼시와 플햄의 경계, 로츠 로드 발전소 가까이에 있는 집에서 영리하게 생긴 소년이 말했다.
"엄마, 무언가 타는 냄새가 나는 것 같아요."
"코커 아주머니가 불을 아래에 버린 모양이구나." 어머니가 말했다. "전등을 끄고 자거라."
"알았어요, 엄마."
소년은 침대에 누워 스위치로 손을 뻗었다. 침대 하나만 놓아도 가득 찰 작은 방에 두 개나 놓아 소년의 침대는 벽에 바짝 붙어 있었다. 하지만 벽에는 예쁜 벽지가 발라져 있었다. 소년과 아버지가 새로 바른 것이다. 어머니는 늘 화려한 커튼이며 침대 시트를 만드는 일로 시간을 보내곤 했다. 이 집의 두 딸은 칸막이 장으로 가려진 저쪽 더블 침대에서 잤다. 이 칸막이도 아버지가 직접 만들었다. 부모는 거실의 접이식 침대에서 잤다. 1인치의 공간도 빈틈없이 사용되었고, 구석구석까지 깨끗이 청소되어 있었다.
소년은 꾸벅꾸벅 졸면서도 어렴풋이 타는 냄새를 느꼈다. 그러나 이미 마음을 놓고 있었다. 어머니는 그런 것에는 전혀 신경 쓰지 않고 있었다. 소년이 잠든 동안 1시간쯤 외출한 두 딸도 그 냄새를 알아차리지 못했다. 이 집에서는 소년이 누이들 쪽을 기웃거리거나 칸막이 저쪽으로 돌아가서는 안 된다는 엄한 규칙이 있었다.

사실 이때 그 바로 아래 빈방의 부서진 판자가 타고 있었던 것이다.

그곳에서 매우 가까운 윈즈워스에서 강 건너에 있는, 철거예정인 4백 세대용 아파트 중 하나인 움막 같은 아파트에 사는 다섯 가족의 집에서는 양상이 조금 달랐다. 그 가족들은 그곳에 살며 그 더러움을 그대로 받아들이고 있었다. 다섯 가족이 모두 한방에서 자는 것이었다. 부모는 건들건들거리는 더블 침대에서, 두 딸은 각각 폭이 좁은 캠프 용 침대에서, 딸들보다 2살 위인 외아들은 문 반대쪽 구석 바닥에서 잤다. 그가 누이동생들을 기웃거리든 말든 그 일에는 아무도 상관하지 않았다. 정말 모두들 아무렇지도 않게 생각했던 것이다. 어머니는 깨어 있는 시간의 절반은 얼큰히 취한 몽롱한 상태에 있는 칠칠치 못한 여자였고, 아버지는 몸집이 크고 정력이 왕성한 우람한 사나이로 즐기는 일이라면 언제든지 좋아하는 사나이였다. 이 집에서의 기적은 두 딸이 외출할 때면 언제나 금방 미장원에 다녀온 듯한 모습이 된다는 점이었다. 그녀들은 침실 구석에 사라사천을 씌운 밀감상자를 놓고 화장대 대신으로 썼다. 벽에 거울이 하나 붙어 있고, 옷은 구석에 달아맨 간이옷장에 걸어두었다. 소탈한, 아니, 대범하다고 할 수 있는 기분으로 그녀들은 어머니에게 호의를 가지고 있었다. 어머니에게는 오직 한 가지 천부적인 재능, 요리솜씨가 있었기 때문이다. 아버지의 좋은 점은 언제나 필요한 만큼의 돈을 가져다주는 것이었다. 밖에 나가면 이 집 식구들은 화려하고 건강해 보였다. 예외는 늘 졸린 듯한 어머니뿐이었다.

진 (중류주의 하나. 옥수수·보리·호밀을 원료로 하고, 노간주나무 열매로 향미를 돋운 양주)이 그녀의 후각을 무디게 만들어버렸다.

그날 밤 가족의 여섯 번째 식구에 해당하는 고양이가 혼자 거실 겸 부엌 겸 세면소에 있었다. 그녀는 고양이의 태도를 이해할 수가 없었다. 오른쪽 눈 위에 하얀 점이 하나 있는 얼룩 고양이였다. 그런데 고양이가 벽에 코를 대고 자꾸만 킁킁거리며 냄새를 맡는 것이었다. 이 아파트에는 몇 가구밖에 살고 있지 않았다. 다른 집들은 모두 새로운 주거를 찾아 떠나버렸던 것이다.

고양이가 이상하게 여긴 냄새는 옆방에서 풍겨오고 있었다.

타는 냄새가 나는 곳은 네 군데였다. 첫 번째 화재가 있었던 현장에서 그리 멀지 않은 베스널 그린과 위펑, 그리고 세 번째는 강에서 멀지 않은 라임하우스, 네 번째는 이슬린턴. 블릭스가 자포자기한 기분으로 도망치려고 했던 창고 바로 옆이었다. 어디서나 누군가가 코를 쫑긋거리며 타는 냄새를 맡긴 했으나 모두들 늘 있는 일로 여기고 묵살해 버렸다. 여러 가지 좋지 않은 냄새로 그들은 거의 늘 괴로움을 당하고 있었기 때문이다. 그러나 그들은 불평하지 않았다. 다만 한 군데만은 다른 데보다 철저하게 조사를 받았다.

첫 화재신고가 첼시 소방서에 들어온 것은 11시 30분이었다. 999번에 전화한, 몹시 겁에 질린 여자는 지금 집으로 돌아와보니 방 하나에서 불이 붙었기에 어머니를 불렀으나 대답이 없었다고 숨을 헐떡이며 설명했다. 소방차는 3분 안에 현장에 닿았지만, 그때는 이미 창문으로 연기가 뿜어 나오고 활활 타오르는 빨간 불길이 연기를 비춰주고 있었다. 무시무시한 아름다움이었다.

"나는 무심히 문을 열었는데, 확 하는 소리가 나며 모든 것이 불에 타고 있었어요." 처녀는 흐느껴 울며 말했다. "나는 그냥 문을 열었을 뿐인데, 그냥 열었을 뿐인데."

"안에 누가 있소?" 가장 빨리 신고를 받고 달려온 관할경찰서의 경관이 물었다.

"엄마와 남동생이 있어요. 정말 무서워요."

그녀는 흐느껴 울었다. 그녀의 여동생도 창백한 얼굴로 꼼짝하지 않고 멍청히 그 옆에 서 있었다. 아버지는 아직 노동자 클럽에서 돌아오지 않았다.

두 번째 화재신고는 원즈워스에서였다. 여기서도 소방차가 굉장히 빨리 현장에 닿았지만, 불쏘시개같이 바싹 마른 집들이 잇달아 불이 붙어 큰 화재로 번질 것 같았다. 플햄과 차쩸에서도 소방차가 왔고 웜블던 근처에서도 소방차가 달려왔다. 이 불길이 최고조에 이르러 몇 백 명의 사람들이 잠옷 바람으로 몇 가지 귀중품을 끌어안고 움막 같은 주거지에서 대피하는 동안 위핑에서 세 번째 화재가 일어났다. 이스트엔드 소방서는 일부가 원즈워스의 큰 화재에 출동해 있었고, 이곳 화재는 그리 위험하지 않다는 것을 알았으나 신중을 기하기 위해 1백 세대쯤 대피시켰다. 이때쯤에는 소방서와 각 관할경찰서와 경시청 사이에 전화 연락이 끊임없이 오가고 있었다. 기데온에게 전화가 걸려온 것은 자정이 조금 지나서였다. 전화를 건 사람은 소방청장 카마이클이었다.

"이것이 그 연속방화의 계속인지 어떤지는 아직 확실할 수 없습니다. 그러나 세 군데에서 큰 화재가 일어났는데, 그것이 모두 방화인 듯한 증거가 있으며 또 모두 빈민굴입니다. 전과 다른 점이라면 이번 화재에서는 그 괴상한 전화가 한 번도 걸려오지 않았다는 것뿐이지요. 나는 지금 가장 심한 원즈워스 현장에 있는데, 지금 같아서는 여기서 밤을 새워야 할 것 같습니다."

"그 정도로 심합니까?" 기데온이 엄숙하게 물었다.

케이트와 밖에서 식사를 하고 돌아온 그는 깊이 잠들었다가 깨어난 것이었다.

"아주 굉장합니다. 타오르는 한쪽 구석 바로 뒤에 기름 창고가 있거든요. 거기에 불이 붙으면 피해가 더욱 클 테고 부상자도 훨씬 많이 나올 것 같습니다."

"지금 곧 가겠습니다."

"그럼, 기다리지요." 카마이클은 마치 한잔 같이 하자고 약속하는 듯이 말했다.

기데온은 전화를 끊고 베개 위에서 몸을 일으켜 하품을 하며 머리를 긁적였다. 케이트도 침대 위에 일어나 앉았다.

"아니, 일어나지 않아도 되오. 윈즈워스에도 밥 먹을 데가 있겠지. 그처럼 큰 사건이 일어나면 틀림없이 이동식당차가 오니까."

이때 기데온은 케이트가 아직 무슨 일이 일어났는지 모르고 있다는 생각이 났다.

"또 큰 화재가 일어났소. 윈즈워스에서."

"어머나! 하지만 여보, 무언가 먹을 것을 만들어드리고 싶어요."

"그냥 누워 있구려." 기데온은 명령하듯 말하며 미소 지었다.

오늘 밤 케이트는 행복해 보였다. 헬렌의 무거운 짐이 내려진 때문이리라. 그러나 마이올은 여전히 매슈가 헬렌과 결혼해야 할 책임이 있다고 주장하고 있었다.

"하지만 생각할 여지가 있다는 것을 테드도 인정하고 있어요." 케이트는 말했다.

지금 기데온에게 있어 테드 마이올의 일 따위는 아주 먼 곳에 있었다. 그는 셔츠와 바지를 입자 다른 옷들을 긁어모아가지고 욕실로 들

타는 냄새 203

어가서 몸차림을 갖추었다. 케이트가 있는 침실문은 꼭 닫았다. 욕실에서 강과 강 건너편을 바라보니 원즈워스 쪽 하늘이 빨갛게 물든 것이 눈에 들어왔다. 네온사인의 반사와는 달리 어른어른 움직이고 있는 빛이었다. 찬물에 얼굴과 손을 적신 다음 아래층으로 내려갔는데, 그때는 이미 머리가 꽤 맑아져 있었다. 아무도 일어나서 나오지 않았다. 조용히 문을 닫고 차고로 걸어갔다. 문 옆에서 한 사나이가 불쑥 나타나 그는 움찔했다. 순경이었다. 주위에는 틀림없는 담배냄새가 감돌고 있었다.

"안녕하십니까?"

기데온이 말했다.

"때를 맞춰 잘 와주었군. 나중에 차고 문을 좀 닫아주겠나? 자동식으로 잠기게 되어 있네. 원즈워스에 큰불이 일어났다는군."

"그 연속방화겠지요?"

"그럴지도 모르지."

중년의 순경은 담배를 피우고 있다가 들켜서 조금 멋쩍은 모양이었다.

"이런 말을 하기는 뭣합니다만, 그는 빈민굴에만 불을 지르고 있는 것 같군요. 불에 타죽는 사람만 없다면 성가신 일을 대신 해주었다고 할 수 있을 텐데……."

두 사람은 차고 앞에서 걸음을 멈추었다. 기데온이 열쇠를 꺼내며 말했다.

"그렇게 생각하고 있는 사람이 많은가?"

"네, 많고말고요. 아무튼 세상이 달라졌으니 그런 빈민굴은 철거하는 편이 낫지요. 안 그렇습니까?"

"그 기분은 알겠지만, 거기 사는 사람들이 새 주거지를 마련하기 전에 자꾸 부숴버리기만 하는 것도 큰일 아닌가."

"그야 그렇지만……."

그는 계급이 낮은 순경인 주제에 꽤 이론을 캐려드는 사나이였다. 이런 무리들은 뱃사람 가운데서 흔히 보는 말 많고 중요한 규칙은 지키지 않는 하층 수부 비슷했다. 다른 때라면 기데온도 규칙위반인 끽연에 대해 잔소리를 했겠지만, 지금은 빨리 가야 한다는 성급한 생각으로 가득 차 있었다. 이 사나이는 카마이클이나 마켓슨이 이미 말했고, 기데온 자신도 생각하고 있었던 것을 입 밖에 낸 데 지나지 않는다. 지금 일어나고 있는 사건에 대해 크게 공감하는 사람들이 많은 것이다. 그러나 8명의 희생자를 낸 무서운 화재, 그것만은 납득할 수가 없었다.

오늘 밤에도 사상자가 나올까? 그 기름 창고가 폭발하기 전에 불길을 잡을 수 있을까?

기데온은 그 창고를 알고 있었다. 큰길에서 조금 들어간 곳에 강 위로 튀어나와 있었으며, 그 바로 옆에 빈민굴이 붙어 있는 것이다. 철망으로 둘러쳐진 담장 속에 한 다스가량의 탱크가 있을 것이다. 이 창고가 런던에서 쓰이는 연료의 거의 대부분을 대주고 있기 때문이다. 기데온은 자동차를 몰았다. 푸토니 다리를 건너 하이 스트리트를 왼쪽으로 꺾어들자 곧장 원즈워스로 달렸다. 이따금 곧은 도로를 달릴 때면 긴 도로 저쪽 끝에서 차츰 더 붉게 물들어가고 있는 하늘이 보였다. 카마이클의 부하들이 그 불을 끌 수 있을지 불안해졌다. 그는 어느새 그 하늘에서 눈길을 뗄 수 없게 되었다. 폭발을 뜻하는 쾅 하는 소리와 함께 무섭게 하늘로 치솟은 불길이 보이지 않을까 하는 불안감 때문이었다.

갑자기 자동차 바로 앞 보도에서 한 사나이가 튀어나오더니 길을 가로막았다. 기데온은 한순간 깜짝 놀라며 브레이크를 밟았다. 겨우 그 사나이 바로 몇 야드 앞에서 자동차를 멈춰 세웠다. 사나이는 경관제복을 입고 있었다. 그는 할 말이 있는 듯이 천천히 기데온이 앉아 있는 창쪽으로 다가와서 창을 열고 말했다.

"실례합니다. 밤 1시라고 해서 너무 속도를 내는군요. 면허증을 보여주시겠습니까?"

그는 자동차 안으로 손을 들이밀었다. 기데온은 순경이 코를 킁킁거리며 운전하는 사람의 숨결에서 술 냄새가 나는지 어떤지 맡고 있음을 알았다. 기데온은 신분을 증명하기 위해 곧 내보이게 되어 있는 면허증을 꺼내어 순경에게 내밀었다.

"앞으로는 지금처럼 느닷없이 튀어나오지 말게." 기데온이 말했다. "그래서 차에서 치이기라도 하면 책임의 절반은 자네가 져야 할 테니까."

"하지만 당신이 너무 속도를 내었기 때문에…… 앗, 기데온 부장님!"

"화재현장에 가는 길일세. 하지만 자네 말대로 60마일 이상 속도를 낸 모양이군."

"공무일 때는 상관없습니다." 순경은 몹시 겁을 낸 목소리로 말했다. "굉장히 큰 불입니다. 10분전에 순찰순경을 만났는데 도무지 손 쓸 수가 없다고……."

폭발하는 무서운 굉음이 순경의 말을 삼켜버리고 말았다.

편지

   기데온도 굉음을 들었다.
   어지간한 폭발은 견디어낼 만한 콘크리트 건물 그늘에 대피해 있던 카마이클과 마켓슨은 폭음 때문에 귀가 먹어버렸다. 눈길이 닿는 한 5, 60명의 경찰관과 소방대원들이 구경꾼들을 밀어내고 있었다. 이 15분 동안 그렇게 밀치락달치락하고 있었던 것이다. 지옥 같은 새빨간 불길, 소방대원과 경찰관들의 땀에 젖은 얼굴, 길게 꿈틀거리는 호스, 기세 좋게 뿜어나가는 물줄기, 거대한 연기의 구름. 이 모든 것이 폭발의 어둠 속으로 폭삭 가라앉아 버렸다.
   첫 번째 폭발로 두 남자의 다리가 날아갔다. 경관들이 군중을 정리하지 않았더라면 50명이 넘는 희생자가 나올 뻔했다. 흔들거리는 비상층계 꼭대기에서 아직 불길이 번지지 않은 탱크에 물을 뿜어주고 있던 소방관이 폭발의 진동으로 나가떨어졌고, 그의 손에서 호스 끝이 튀어 올랐다. 그 소방관은 층계참 끝에서 크게 비틀거리고 있었는데, 바로 그 밑에 있던 사람이 필사적인 노력으로 그를 붙잡으려고 했다.

그늘에 있던 또 하나의 탱크가 무서운 굉음을 내며 폭발했다. 창고 안과 위에서 쇠붙이와 불타고 있는 나뭇조각이 들끓어 소용돌이처럼 보였다. 마켓슨은 층계참 위에서 악전고투하는 소방관을 지켜보고 있었다. 그가 떨어질 때 아래에 있는 여섯 남자가 필사적으로 그물을 펼치고 있는 것을 보았다.

그물로 떨어지는 소방관을 받았다.

소방차가 잇달아 몰려오고 끊임없이 사이렌이 울려 퍼졌다. 더 많은 집들이 위험에 빠지게 되자 경찰증원대가 동원되어 주위를 에워쌌다. 폭발의 파편이 몇 백 미터나 공중으로 날아올라갔다가 작은 집들과 가게와 사무실과 큰 집들 위로 떨어졌다. 그 중에는 강물에 떨어져 '지익' 하는 소리를 내며 화난 듯 날뛰다가 꺼지는 것도 있었고, 빈터에 떨어져 조금씩 조금씩 꺼져가는 것도 있었다.

기데온은 현장에서 반마일쯤 떨어진 곳에 자동차를 세워놓고 모퉁이를 돌아가며 이러한 상황들을 보았다. 순경 하나가 카마이클이 있음직한 곳을 가르쳐주었다. 불길의 반사와 사방에서 눈부시게 얼굴을 비추는 빨간 램프 빛으로 주변일대가 지옥의 빛을 받고 있는 듯 밝았다. 기데온은 뛰지 않았으나 되도록 큰 걸음으로 급히 발을 떼어놓았다. 사상자가 어느 정도인지 어떻게든 알고 싶었다. 구급차의 사이렌 소리가 들려왔다. 그 차가 지나가도록 얼른 옆으로 비켜섰다. 먼 곳에서 또 다른 구급차의 사이렌 소리가 들려왔다.

기데온은 경찰의 라디오 카가 서 있는 곳에서 걸음을 멈추었다. 모퉁이 옆에 군중들을 제지하기 위한 특별홍보차가 있었다. 확성기가 잠깐 한숨 돌리려고 있는 참이었다. 그 옆을 지나갈 때 라디오 카 안에서 누군가가 "또 불이 났다!"라고 외치는 것을 기데온은 들었다.

"뭐라고? 어디에?" 다른 한 사나이가 물었다.

"또 불이 났어! 라임하우스 끝인데, 이번에는 싸구려 아파트가 모여 있는 곳 전부에 불이 난 것 같네."

기데온은 성큼성큼 자동차 쪽으로 다가갔다.

"나는 기데온이네. 라임하우스에서 화재가 났다고?"

"지금 라디오에서 보도했습니다. 거기도 큰불인 모양입니다. 오늘 밤 벌써 다섯 번째지요."

"다섯 번째?"

"베스널 그린에서 한 건, 로츠 로드에서 한 건, 그리고 이곳과 위핑에서 한 건."

"그렇군. 소방차는 앞으로 얼마나 더 올 수 있겠나?"

"이곳에는 꽤 많이 온 편입니다."

"다른 화재 상황을 조사하여 15분마다 나에게 보고해 주게. 정보실에 그렇게 이르고, 로저슨 부총감에게도 전화를 걸어 정보를 보고하도록. 그리고 꼭 나오셔야 하는 건 아니지만, 앞으로의 일을 위해 나오시는 편이 좋을지도 모르겠다고 말씀드리게."

"알았습니다."

"마켓슨이 와 있는지 아나?"

"30분쯤 전에 카마이클 씨와 함께 있는 것을 보았습니다."

"고맙네."

기데온은 성큼성큼 걸어가며 열기가 더욱 심해져 불안이 더욱 커짐을 느꼈다. 끊임없이 뜨거운 기름연기가 얼굴을 스쳤다. 무거운 공포가 마음을 짓눌렀다. 쏴 하고 물이 뿜어 나오는 소리, 연기와 불소리가 들려왔다. 낮은 콘크리트 담장이 있는 곳에 이르자 마켓슨과 카마이클이 그 앞에 서 있는 것이 보였다. 구급차가 한 대 달려갔다.

"부상자는 어느 정도인가?" 기데온이 물었다.

마켓슨이 얼른 뒤돌아보았다.

"아아, 나오셨군요, 부장님!"

카마이클이 말했다.

"어서 오시오, 기데온 씨. 정확한 것은 알 수 없지만 당신 부하들이 빨리 손을 써서 이 일대는 거의 대피할 수 있었지요. 사상자는 우리 측과 당신측 사람들뿐이오. 이 불이 처음 일어난 집의 두 사람은 빼놓고, 10분전에 들었는데, 불이 난 집 바로 옆의 주택용 페인트 가게에 페인트가 조금 있었던 모양이오. 그 페인트에 불이 붙어……"

구급차가 지나가자 그는 잠시 입을 다물었다.

"이제 고비는 넘긴 듯하오."

"아무튼 잘됐군요." 기데온이 말했다. "럭키, 라임하우스에서도 화재가 일어났다는군."

"맙소사! 하룻밤 사이에 5건의 화재라니! 이것은 절대로 우연이 아닙니다. 그러나 오늘 밤에는 그 괴상한 전화가 한 번도 걸려오지 않았습니다."

마켓슨은 카마이클을 쳐다보았다.

"카마이클 씨, 여기 그대로 계시겠습니까? 나는 다른 현장을 살펴보고 싶습니다."

"그렇게 하시오."

카마이클은 활활 타오르는 불빛으로 보니 꽤 훌륭한 사나이처럼 보였다. 기데온이 거기 있는 동안 그는 한 번도 불에서 눈길을 떼지 않았다.

"이제 고비는 넘겼습니다."

소방관이 왔으므로 그는 입을 다물었다. 소방관이 경례를 하고 말했다.

"석유 탱크 위에 올라갈 수가 있었습니다. 다시 말해서 이제 불길은 잡힌 듯합니다."

"아까 떨어진 사람은 어떻게 됐나?"

"다리가 부러졌을 뿐 다른 상처는 없습니다. 하지만 한 사람이 당했습니다. 바람벽 같은 큰 쇳조각이 날아와서……."

카마이클은 신음 소리를 냈을 뿐 아무 말도 하지 않았다.

"가세." 기데온이 마켓슨을 독촉했다. "카마이클 씨, 그럼, 나중에 다시 만납시다."

골치를 썩혀야 하는 일은 화재뿐만이 아니었다. 화재현장에서 도둑질하는 무리들도 있었다. 경찰은 자동적으로 그런 무리들을 경계하는 태세로 나갔다. NE 경찰서 관할 라임하우스 지구에서 그곳 화재현장으로 급히 달려가던 중년의 순경이, 지붕에서 연기가 뿜어 나오고 이따금 불길이 널름거리는 한 채의 가게 안에서 사람이 움직이는 기척을 알아차렸다. 순경은 그 옆에 비켜서서 굉장히 몸집이 큰 사나이가 구석 문에서 가게 쪽으로 빠져나오는 것을 지켜보고 있었다.

"타이니 레프군."

순경은 만족스럽게 중얼거리며 도와줄 사람이 없는지 둘러보았다. 경찰차가 한 대 모퉁이를 돌아왔으므로 손을 흔들어 불러 세웠다. 자동차가 다가왔을 때 가게 문이 열리고 몸집 큰 사나이가 문 앞에 나타났다. 자동차와 경관의 모습을 보자 그는 재빨리 안으로 다시 들어갔다.

"이봐, 타이니, 역시 가만히 있을 수가 없었던 모양이지?" 경관이 말했다. "또 3년쯤 갇혀 있어야겠군그래. 대체 언제쯤 싫증을 내겠나?"

"아, 아닙니다. 나는 아무 짓도 하지 않았습니다!" 큰 사나이가 항의했다. "글랜 맥스 할멈이 2층에 있을 것 같아 불에 타죽게 하지 않으려고…… 그래서……."

"도둑질할 게 없나 하고 들어왔겠지." 경관 하나가 자동차에서 내려서며 비웃듯이 말했다. "타이니, 군소리 말고 따라와!"

"하지만……." 큰 사나이는 말하다 말고 침을 꿀꺽 삼키며 입을 다물어버렸다.

원즈워스 화재가 가장 심했다.

기데온과 마켓슨은 기데온의 자동차로 화재현장을 돌아보며 현장 보고를 듣고 어떻게 화재가 일어났는지 마음속으로 그려보기 시작했다. 시간의 배분이 멋지게 잘 들어맞았다. 각 화재는 30분씩 간격을 두고 일어났다. 여기에는 인위적인 리듬 같은 것이 있음을 의심할 여지가 없었다. 이슬린턴의 작은 화재현장에서는 가솔린을 묻힌 너덜너덜한 헝겊뭉치가 발견되었다. 퓨즈의 타다 만 재가 묻은 크리켓 공보다 그다지 크지 않은 덩어리가 발견되었던 것이다. 만일 거기에 살고 있는 사람이 타는 냄새를 맡지 못하여 소방서에 전화를 걸지 않았다면 이곳도 역시 불바다가 되었을 것이다.

5시 30분쯤 기데온과 마켓슨은 경시청으로 자동차를 몰았다. 얼굴이 새까맣고 양복이 여기저기 눌어 마치 만성절날 도깨비가면이라도 쓴 것 같았다. 빨갛게 충혈된 피곤한 눈에는 두 사람이 보고 다닌 온갖 지옥의 그림이 남아 있었다.

"지금 집으로 돌아가기도 뭣하군." 기데온이 마켓슨에게 말했다. "뭘 좀 간단히 먹고 샤워를 한 다음 2시간쯤 눈을 붙이세."

"이 범인을 잡을 때까지는 도저히 쉴 기분이 날 것 같지 않습니다."

경시청 사람들은 열이면 아홉까지 범인을 '개새끼'니 '그 빌어먹을 새끼'니 또는 더 심한 말로 부르고 있었다.

"8시 30분까지 버텨보겠습니다. 그 빈민굴 집집마다 이 잡듯이 뒤져서라도 비시프라는 세일즈맨을 찾아내고야 말겠습니다."

"런던에는 2백만 가까이 되는 가구가 있네." 기데온이 무게 있게 중얼거렸다.

"아무튼 아직 1주일은 남아 있습니다. 비록 매주 수요일마다 범인이……."

"잠깐만!"

기데온이 그 말을 가로막았다. 마켓슨이 입을 다물자 그가 말했다. "지금까지는 화재가 한 군데에서만 일어났네. 그리고 지금까지는 주민이 피할 수 있도록 반드시 경고전화를 걸어왔었네. 만일 이것이 같은 범인의 짓이라면 녀석은 일요일 신문, 또는 지난 주일의 신문기사를 보고 작전을 바꾼 모양이야. 그는 우리가 자전거 타고 다니는 사나이를 수사하고 있다는 것을 알고 있어. 우리가 인상을 파악하고 있다는 것도 알고 있네. 우리가 간단한 추리로 자기를 파악하고 있다는 것을 알고 있단 말일세. 만일 오늘부터 그가 작전을 바꾸었다면, 방화하는 날도 지금까지처럼 수요일이 아니라 다른 요일로 바꿀지도 모르지. 이번에는 수요일까지 기다릴 수 없으니 집집마다 찾아다니며 수사를 하고 사진도 몇 천 장 복사해서 돌려야겠네. 그 일이 잘된다 해도 비시프가 틀림없이 범인이라는 확증도 없지만."

마켓슨은 아무 말도 하지 않았다.

기데온은 샌드위치와 차를 들고 샤워를 하고 나서 사무실에 있는 전기면도기로 수염을 깎은 다음 맨 위층의 임시 휴게실로 올라갔다. 급할 때를 위해 여기에는 접는 침대가 한 다스쯤 있었다. 먼저 온 사람이 둘 있었는데, 그중 한 사람은 이미 코를 골며 자고 있었다. 마켓슨은 보이지 않았다. 기데온은 구두를 벗고 옷깃을 풀어헤친 다음 드러누웠다. 리드미컬한 코고는 소리에 신경이 쓰였으나 곧 그 소리에도 익숙해져 눈이 저절로 감겼다. 그는 집에서 1시간밖에 자지 못했던 것이다. 그리고 화재에 질린 때문인지 신경이 무뎌졌다. 그는 꾸벅꾸벅 졸았다. 마침내 오늘 밤 야근기록이 그에게 돌아올 무렵에는 한 다스 가량의 사망자, 또는 그 이상의 사망자가 나올지도 모른다고 생각되자 섬뜩했다. 바로 4, 5일 전까지는 빈민굴 화재에 연쇄반응 같은 것이 있으리라고는 꿈에도 생각지 못했었는데, 지금은…… 제기랄, 어째서 좀 더 빨리 이 사실을 알아차리지 못했을까?

 어깨에 손을 얹고 흔드는 사람이 있었다. 기데온은 퍼뜩 잠에서 깨어났다. 눈을 뜨니 르메틀이 위에서 내려다보고 있었다. 오늘 아침 르메틀은 산뜻한 보랏빛 넥타이에 갈색 양복차림이었다. 아침 첫눈에 띈 것치고는 너무 화려한 듯했다. 그 뒤에 누군가가 서 있었다. 르메틀은 오른손에 신문을 들고 왼손으로 기데온을 흔들어 깨우고 있었는데, 그 손길을 멈추며 말했다.
 "부장님, 일어나십시오, 어서요!"
 또 한 사람, 찻잔을 들고 서 있는 제복차림의 순경 모습이 보였다. 잔에서 오르는 김이 창문으로 들이비치는 밝은 아침햇살을 받아 이상한 안개처럼 보였다. 아침햇살이었다. 기데온은 몸을 일으켰다.
 "잘 잤나, 렘."
 그는 손목시계를 들여다보았다. 아직 8시 15분밖에 안 되었다.
 "고맙네."
 기데온은 차를 받아들었다.
 "뭣 때문에 이렇게 빨리 일어났나?"
 "내가 잠을 깰 정도이니 부장님도 정신이 번쩍 드실 겁니다." 르메틀이 긴장한 새된 목소리로 말했다. "내가 말씀드리려는 것은 엘릭슨에 대한 일이 아닙니다. 이 일에 비하면 그런 사건은 멀건 맥주 같은 것에 지나지 않습니다. 이것 좀 보십시오."
 그는 기데온에게 신문을 내밀었다. 커다란 초등학생 같은 그의 몸짓은 언제나 변함이 없었다. 기데온은 기사를 읽었다.

  방화범이 본지에 보낸 편지
  빈민굴을 끝까지 태워버리겠다!

 기데온은 아직 차를 입에 대지 않고 있었다. 손을 꼼짝할 수 없었다.
 르메틀이 말했다.
 "신문사들이 모두 이런 편지를 받았답니다. 오늘 아침 어느 신문사에나 이런 편지가 도착했다는군요. 세 개의 신문사는 제목을 바꾸기 위해서 인쇄를 중지시켰을 정도랍니다. 연방 이리로 전화가 걸려오고, 부장님 책상 위에는 이미 전갈 메모지가 산더미처럼 쌓였습니다. 신문사에서는……."
 기데온은 차를 마시기 시작했다. 그는 천천히 차를 마시며 물었다.
 "그래, 어떤 조치를 취했나?"
 "네?"
 "비둘기가 새총에 맞은 듯한 얼굴은 하지 말게. 그 사실을 알고 나서 어떤 조치를 취했느냐고 묻고 있네!"
 "나는 지금 막 출근했기 때문에, 아직."
 "어젯밤 야근은 프리디였지. 프리디는 어떤 조치를 취했나?"
 기데온은 잔을 똑바로 쥐고 두세 모금 들이마시며 침대에서 내려왔다. 침착하다는 것을 보여주기 위해 몹시 애쓰고 있는 듯했다.
 "프리디를 만났겠지?"
 "잠깐 만나 한두 마디 들었을 뿐입니다."

"전화로 그를 부르게."

"알았습니다, 부장님." 르메틀은 한층 낮은 목소리로 대답하며 전화기로 손을 뻗었다.

기데온이 차를 다 마시고 구두끈을 매고 있는데 르메틀이 전화기를 내밀었다. 기데온은 전화기를 받아들며 벽에 기댔다.

"프리디인가?"

"네, 부장님."

"그 편지에 대해 어떤 조치를 취했나?"

"이리로 가져오도록 사람을 보냈습니다. 이미 3통은 와 있습니다. 모두 8통으로, 아침신문에 6통, 저녁신문에 2통입니다. 타이프 형은 아직 확실치 않습니다만 낡은 올리베티 포터블인 듯합니다. 가벼운 것이지요. 편지를 읽을까요?"

"얼마나 긴가?"

"거의 한 장이 다 됩니다."

"그것을 모두 내 책상에 갖다놓게. 그리고 편지의 대충내용은?"

"신문에 나 있는 것과 똑같습니다. 빈민굴은 런던의 체면을 손상시키므로 당국이 그것을 언제까지나 내버려둔다면 자기가 모조리 불태워버리겠다는 것입니다. 이 도시에 필요한 것은 그전에 있었던 런던 대화재 같은 큰불이라며, 그렇게 하면 당국도 눈을 뜨고 움직일 거라는 내용입니다. 물론 미치광이가 하는 말이지요."

기데온은 대답하지 않았다.

"부장님, 듣고 계십니까?" 프리디가 물었다.

"아아, 수고했네. 20분 뒤 방으로 돌아가겠네. 마켓슨이 어디 있는지 짐작 가나?"

"모르겠습니다. 지난밤에 만났을 때는 자질구레한 일 때문에 조사하러 가야겠다고 말했습니다만……."

"가능하면 좀 찾아주게, 만나고 싶으니까." 그런 다음 기데온은 마치 겁먹고 있는 사람처럼 무서운 질문을 입 밖에 냈다. "어제의 사상자는 몇 명인가?"

"여러 가지 사정으로 보아 그다지 많은 편은 아닌 것 같습니다." 프리디는 후련하다는 듯 말했다.

기데온이 늘 생각하는 일이지만, 그의 대답은 이 프리디라는 사나이가 상상력이 전혀 없거나 혹시 있다해도 아주 조금뿐이라는 것을 뚜렷이 증명해 주었다.

"사망자 6명, 부상자 21명, 그중 중상은 3명뿐입니다. 사망자 중 소방관은 2명, 부상자 가운데는 7명이 끼어 있습니다. 경찰관 중에서도 부상자가 4명 나왔습니다. 그 밖의 사망자로는 불이 일어난 두 집 중 로츠 로드에 사는 어머니와 11살짜리 아들, 윈즈위스에서는 어머니와 딸입니다."

기데온은 쥐어짜는 듯한 말투로 말했다.

"불행 중 다행이군. 아무튼 수고했네."

그는 전화를 끊었다. 뻣뻣한 머리카락을 거친 손가락으로 긁어올리고 나서 그는 다시 전화기를 집어 들었다.

"우리 집에 전화 좀 해주게. 아내에게 나는 여기서 잤고 오늘 밤까지 돌아가지 못한다고, 아마 늦을 거라고 말일세. 알겠나?"

"네, 알았습니다."

"그리고 소방청장 카마이클 씨가 있는 곳을 알아보고 9시 정각에 내 방으로 전화를 연결시켜 주게. 그리고 화재에 대한 공무전화가 걸려오거든 무엇이든 곧 연결시키도록. 마켓슨에게서 전화가 걸려오면 내가 받겠네. 그 밖의 다른 전화는 연결시키기 전에 일단 나에게 물어보도록."

"알았습니다."

"그것뿐일세."

기데온은 전화기를 놓고 세면대로 가서 다시 찬물로 손과 얼굴을 씻었다. 그는 옆에 있는 순경에게 말했다.

"아래 매점에 가서 야채를 곁들인 베이컨 에그와 토스트, 버터와 달콤한 마멀레이드, 그리고 차를 가져다주겠나?"

그런 다음 그는 흘끗 르메틀을 돌아보았다.

"자네는 아침식사를 어떻게 했나?"

"들었습니다. 하지만 차 정도는 마실 수 있습니다."

"차는 두 사람 분을 가져오게." 기데온은 다시 르메틀에게 말했다. "가세, 렘."

순경을 먼저 내보내고 기데온은 엘리베이터로 내려가 곧장 홍보과 경감의 방으로 갔다. 그때그때의 사건과 수사과정에 대한 발표를 신문 등 매스컴에 보내는 책임자였다. 야근하는 경감보가 있을 뿐, 책임자인 주임경감은 아직 나와 있지 않았다.

"솜즈, 이리로 오는 신문관계 사람들 모두에게 이야기할 것이……."

경시청 기자 클럽 쪽으로 난 문이 열리며 기자 한 사람이 얼굴을 내밀었다. 지친 듯한 얼굴, 수염이 자라고 초췌해 보였다. 아마 철야 근무를 한 모양이었다. 그는 기묘한 환성을 지르며 안으로 들어와 손을 뒤로 돌려 문을 쾅 닫았다.

"부장님, 마침 잘 오셨습니다! 저는 데일리 글로브의 기자입니다. 한 가지 이상한 것은……."

"다른 모든 사람에게도 들려주어야 할 말이 있소."

기데온이 말이 미처 끝나기 전에 노크 소리가 났다. 다섯 사나이가 우르르 밀려들어왔다. 그중 한 사나이는 처음에 들어온 사람보다 더 피곤해 보이고 지저분했지만, 다른 사람들은 제대로 잠을 잔 듯했으며 옷차림도 말쑥했다.

그중 두 사람이 질문을 퍼붓자 기데온이 가로막았다.

"잠깐만 기다리시오. 어젯밤 화재에 대해 발표하겠소. 그 화재는 전에 화재로 가족을 잃고 정신이 이상해진 사나이의 짓인 듯한 증거가 있소. 지난 며칠 동안 우리는 그 사나이를 찾고 있소. 지금 우리가 만나보고 싶은 사람은 월터 비시프, 비쇼프가 아니라 비시프라는 사나이오. 쇼어디치의 스미드 앤드 와이즈먼 앤드 글릭슨이라는 옷감과 구두 통을 파는 회사의 세일즈맨이었지요. 이 비시프라는 사나이에게서 무언가 알아낼 수 있으리라고 생각하오."

기데온은 잠시 한숨 돌렸다.

한 젊은 기자가 물었다.

"비시프가 범인입니까?"

"그것은 본인을 만나본 다음에 발표하겠소. 그런데 우리는 그의 최근 사진이 필요하오. 친구나 친척 가운데 사진을 가지고 있는 사람이 있으면 좋겠소. 지금 우리에게 있는 사진은 옛날에 단체로 찍은 것이어서 잘 알아볼 수가 없소. 비시프에 대해서는 이것뿐이오."

신문기자들은 열심히 메모하고 있었다.

"어젯밤 화재에서는 사상자 27명……."

기자회견이 끝나고 기자들이 나가자 당직 주임경감이 물어왔다. 나이 지긋한 사나이로 4, 5분전부터 문 앞에서 기다리고 있었던 것이다.

"부장님, 고맙습니다. 이것으로 저 사람들을 조금쯤 막을 수 있었으면 좋겠군요. 다시 저 사람들이 오면 어디까지 이야기할까요?"

"내가 덮어두라고 말하지 않는 한 화재에 대해 알고 있는 사실을 모두 털어놓아도 괜찮네."

기데온은 목소리를 낮추었다.

"범인은 런던 대화재의 전철을 그대로 밟아야 한다고 말하고 있다네. 이러다가는 정말 그렇게 될지도 모르겠군. 하지만 내가 이런 말을 했다고 신문기자들에게 말하지는 말게."

호별 방문수사

자기 방문에 한 손을 짚고 기데온은 멈칫했다. 아직 9시 20분인데 기데온은 마치 하루 종일 일하고 난 저녁때 같은 기분이 들었다. 눈이 흐릿하고 까칠까칠했으며, 한쪽 눈까풀이 가끔 꿈틀거렸다. 벨은 아직 출근하지 않았을 테고, 마켓슨은 돌아갔을 것이다. 이제부터 처리해야 할 매일 아침의 일과가 기다리고 있다. 그중 몇 가지는 벨이 나오면 맡길 수 있지만, 모두 다 그 노인에게 떠맡길 수는 없다. 문을 열기 전에 그는 오늘도 고된 하루가 되겠구나 생각하며 걸음을 멈추고 깊은 한숨을 내쉬었다. 글자 그대로 심호흡을 한 번 하고 나서, 무슨 일이 있어도 어젯밤의 화재 때문에 감정의 균형과 넓은 시야를 잃어서는 안 된다고 다짐했다.

문을 밀고 들어섰다.

조 벨이 책상에서 얼굴을 들었다. 여느 때보다 특별히 피곤한 듯한 기색은 보이지 않았다. 이미 웃옷을 벗고, 셔츠 소매 끝도 조금 구겨져 있었다. 마켓슨도 그의 책상끝에 앉아 전화기에 귀를 대고 있었다. 그는 몸을 일으켰다.

기데온은 마음이 날듯이 가벼워졌다.
"앉게. 일찍 나왔군, 조. 무엇 때문에 호출당했나?"
"7시 뉴스로 연속 화재 소식을 듣고 출근하는 것이 좋을 듯해서 일찍 나왔습니다. 왜 불러주시지 않았습니까?"
"오늘도 누군가가 자지 않고 깨어 있어야 할 테니까." 기데온이 대답했다. "내가 일에 몰두해 있는 동안 누구든 전화기에 붙어 있다가 클래퍼가 제2회 공판에 나타나거든 곧 연락해 주도록 수배해 놓게. 나도 가보고 싶네."
"부장님, 그런 일은 다른……."
"가야 하네, 조. 내가 가지 않으면 폭행 사실을 이쪽에서 얼버무리려 한다고 말할 걸세."
"알겠습니다." 벨이 말했다.
"틀림없소?" 마켓슨이 전화기에다 대고 소리쳤다. "뭐라고요? 아아, 좋습니다…… 무엇보다도 먼저 해주시오. 기데온 부장님에게 …… 좋지요."
마켓슨은 전화를 끊었다. 기데온과 달리 그는 수염을 깎지 않았다. 작고 굴곡 있는 그의 얼굴은 마치 이제부터 수염을 길러야겠다고 마음먹고 있는 것처럼 보였다. 한쪽 눈이 몹시 충혈되어 있었다. 그 눈 바로 옆에 생생하게 덴 자국이 있었다. 빨간 상처가 아플 것 같았다. 머리카락도 한쪽이 그을어 있었다.
"안녕히 주무셨습니까, 부장님?" 마켓슨이 정색을 하며 인사했다.
"으음, 럭키, 누구에게서 온 전화인가?"
"7개소 관할 경찰서 서장들에게 전화했습니다. 북동부, 북서부, 북부, 중앙의 각 경찰서에 비시프를 찾기 위해 집집마다 뒤져보라고 수배했지요. 한 가지 약간의 수확이 있었습니다."

"뭔가?"

"사진이 나왔습니다. 꽤 쓸 만한 사진입니다. 어제 비시프의 친척을 모두 조사해 보았는데, 펜지에 있는 친척이 사진을 보내왔습니다. 오늘 아침 출근해 보니 내 책상에 있기에 사진과로 돌렸는데, 거기서 복사실로 보냈답니다. 5천 장 정도를 주문해 두었습니다."

"언제까지 나오겠나?"

"점심때까지는 나올 겁니다."

기데온의 얼어붙었던 입가가 미소로 일그러졌다. 그는 벨에게로 눈길을 보냈다.

"이 사람은 수배해야 할 시기를 잘 알고 있을 때만큼은 참으로 훌륭한 경관이란 말이야. 안 그런가, 조? 그건 그렇고, 어젯밤에는 뭔가 다른 일이 없었나?"

"있는 것 같습니다." 벨이 대답했다. 불쾌한 듯 가시 돋친 말투였다.

"좀도둑이라도 나왔단 말인가?"

"시궁쥐들이 나왔습니다. 윈즈워스 근처에서 27건의 도난사건이 있었습니다. 첼시에서도 15건. 화재가 일어난 곳에는 반드시 마치 페스트가 유행할 때처럼 시궁쥐들이 날뜁니다. 아무튼 절반쯤은 붙잡았습니다. 가게나 불탄 집에서 들어온 도난 신고가 9건 있었습니다. 그중 2건은 붙잡았습니다. 그런데 이상하게도 큼직한 것은 없었습니다."

"그나마 하늘의 도움이로군."

기데온은 넥타이를 느슨하게 풀어헤치며 의자에 앉았다.

"어젯밤 화재는 모두 보고서에 실었겠지, 럭키?"

"네, 전화로 물어보니 9시쯤 부장님께 카마이클 씨로부터 전화가 걸려오기로 되어 있다기에 그때까지는 여기서 기다리는 것이 좋을 것 같아서요⋯⋯."

"그렇다면 아침식사라도⋯⋯."

"식사는 먹을 만큼 먹어두었습니다." 마켓슨이 말했다. "이제부터 각 경찰서를 돌아다니며 집집마다 방문수사를 펴서 비시프를 찾아낼 준비가 되었는지 확인할 생각입니다."

마켓슨의 말투에는 노기 띤 열정이 담겨 있었다. 그는 몸을 일으켜 기데온의 책상 옆 벽에 걸려 있는 런던 경찰지도를 찬찬히 들여다보았다.

기데온도 일어섰고 벨도 그 옆으로 다가갔다.

"맞지 않는 추측일지 모르겠습니다만, 그자는 어제 저녁 이 여섯 군데를 돌아다니며 불을 질렀습니다. 화재현장은 AB, ST, QR, NE, KL 경찰서 관할지구에까지 이르고 있습니다. 굉장히 넓은 지역이지요. 그는 이 이외의 지역에서 숨어들어갔는지도 모르지만, 자전거를 타고 다녔다는 점을 잊어서는 안 됩니다. 자전거로는 이처럼 먼 거리를 달릴 수 없고, 더구나 급히 갈 수도 없습니다. 그가 서둘렀다는 것은 확실합니다. 그러므로 이제부터 나는 중앙부 각 관할경찰서를 돌아다니며⋯⋯."

"그럼, 운전기사가 딸린 자동차를 쓰게. 직접 운전하고 싶지 않을 테니까. 중앙부 각 서장을 만나거든 내 명령을 받고 왔다고 말하고, 내가 서두르고 있다고 전하게. 미리 이쪽에서 전화를 걸어 자네가 협의하기 위해 간다고 말해 두지. 그 밖의 관할경찰서에는 조가 전화를 하게. 그리고 빨리 연락이 되지 않을지도 모르니까 만일을 위해 텔레프린트로 지령을 내보내 두겠네. 그리고 경우에 따라서는⋯⋯."

기데온은 눈살을 찌푸리며 잠깐 말을 끊었다.

"중앙부 각 경찰서 가까이의 경찰에도 사복 및 제복경관들을 반쯤

빼내서 이 일에 참가시키도록 일러두겠네. 자네는 각 경찰서의 관할 지구를 적당히 나누어 오늘 안으로 집집의 방문수사를 끝낼 수 있도록 수배하게. 사진이 나올 때까지 기다릴 필요는 없네. 일부만 되거든 즉시 시작하게. 이미 비시프의 인상서는 모두 배부되었을 테니까 처음에는 그것만으로도 충분할 걸세. 카마이클 씨가 새로운 사실을 알려오거나 다른 정보가 들어오면 즉시 이쪽에서 알려주겠네."

마켓슨은 벌써 문 앞에 가 있었다. 그는 기특할 정도로 온순하게 말했다.

"고맙습니다, 부장님."

"그리고 식사는 제때에 해야 하네." 기데온이 무뚝뚝하게 말했다. "자네가 굶어죽었다고 해서 사건에 도움되는 건 아니니까. 그리고 또 한 가지……."

"무엇입니까?"

"그자를 체포할 수 없을지도 모르네." 기데온은 우울하게 말했다. "그리고 그는 어제 크게 성공했으니까 오늘 밤에 또 일을 저지를지도 모르네. 게다가 윈즈워스의 석유 탱크 같은 것을 주목표로 삼을지도 모르겠네. 석유 탱크나 불이 쉽게 퍼질 수 있는 곳을 말일세. 그러니 관할구역을 돌 때 그런 종류의 위험지대를 특히 경계하도록 다짐해 두게. 텔레프린트로 그 점에 대해서도 말하겠지만, 자네도 명심하게."

"알았습니다." 마켓슨이 책임 있게 대답했다.

"그리고 또 한 가지 명심해야 할 일이 있네." 기데온은 자기 머리에서 떠나지 않는 것이 바로 이 점이라는 것은 입 밖에 내지 않고 말을 이었다. "그가 다음에 어떤 수법으로 나올지 그 점을 생각해 봐야겠네. 우리가 그의 생각을 미리 알게 되면 이쪽에서 선수를 쳐서 못하게 할 수 있으니까. 상대방의 생각을 알아내기만 하면 결과는 뻔할 테지."

조 벨이 가만히 있을 수 없는 듯 끼어들었다.

"부장님, 그는 이미 달아날 수 없게 되어 있습니다."

"그자가 온전한 정신이라면 나도 그렇게 생각하겠네. 하지만 온전한 정신이 아니라면 오늘 밤에 니트로글리세린이나 TNT나 다이너마이트를 심지로 한 연애편지 같은 것을 한 다스쯤 뿌리고 돌아다니지 않을 수 없을 걸세. 그렇게 되면 2시간도 채 안되어 끔찍한 소란이 일어나겠지."

마켓슨이 문을 절반쯤 열고 말했다.

"알고 있습니다. 우리 쪽에서 선수를 쳐야 합니다."

마켓슨이 나가자 책상 위 전화가 울렸다. 그는 전화기를 지그시 내려다보며 말했다.

"이것만은 내가 받겠지만, 오늘 아침 외부에서 걸려오는 전화는 나에게 연결시켜 주기 전에 교환대에서 체크하도록 일러두었네. 잊지 않도록 다시 한 번 일러두게. 그리고 르메틀을 불러주게. 무언가 숫자를 조사하기 위해 자기 방으로 간 모양일세."

기데온은 전화기를 집어 들었다.

"기데온이오…… 누구?…… 아아, 좋아."

그는 송화구를 큰 손으로 가렸다.

"리델일세, 자네가 받아도 좋을 텐데."

기데온은 리델을 상대로 시간을 소비할 생각이 없는 모양이었다.

"좋아. 리델, 하지만 빨리 해주게. 나는 지금……"

"잠깐이면 됩니다. 저도 신문을 보았으니까요." 리델의 목소리에는 굉장히 만족스러운 듯한 울림이 깃들어 있었다. "부장님에게 무거운 사건의 짐이 하나 줄어들었다는 소식을 알려드리는 편이 좋을 것 같아서 걸었습니다."

"해리슨은 붙잡았나?"

"거의 그렇습니다. 붙잡은 거나 다름없습니다." 리델이 성급하게 말했다. "발가락 기형이 결정타였습니다. 그 죽은 여자가 수술을 받았을 무렵 똑같은 정형수술을 받은 사람이 5명 있었습니다. 검시결과 그녀는 나이가 24, 5살로 수술받은 것이 10살 때쯤임을 알아냈습니다. 그 5명 가운데 네 사람은 결혼하여 잘 살고 있습니다. 나머지 한 사람이 2년 전에 행방불명되었습니다. 오스트레일리아로 이민간 것 같다고 합니다만, 여기에 한 가지 귀가 번쩍 뜨이는 이야기가 있습니다."

"해리슨을 알고 있었다는 말이겠지?"

"그녀와 해리슨은 깊은 사이였습니다." 리델은 여전히 급한 말투로 설명했다. "게다가 그뿐만이 아닙니다. 두 번째 시체도 치과 치료를 받은 흔적 때문에 신원이 드러났습니다. 치과의사는 은퇴하여 레본에서 살고 있습니다만, 그때의 치과기술자가 지금도 그 다음에 온 의사와 함께 일을 하고 있답니다. 의치의 브리지를 보더니 기억나는 점이 있다고 했습니다. 은퇴한 치과의사도 어제 오후 데븐에서 와주었습니다. 3년 전 매기 메이슨이라는 여자의 이를 해주었는데, 바로 그것이 틀림없다고 말했습니다. 그는 매기 메이슨을 기억하고 있는데, 상당히 칠칠치 못한 여자였다고 하더군요. 이 매기와 해리슨도 꽤 오랫동안 교제했었답니다. 그녀도 역시 행방불명되었는데, 런던으로 가서 결혼한다고 했답니다. 이쯤 되면 우리가 이긴 거지요. 체포해도 되겠지요?"

"증거를 모두 검토하여 조서를 갖추어두게. 그리고 해리슨이 블레이튼에서 달아나거나 클로 듀발이라는 여자를 으슥한 곳으로 끌어내는 일이 없도록 조심하게. 검토한 뒤에 좋다는 생각이 들거든 해리슨을 불러내어 심문하게."

"이젠 끝난 거나 다름없습니다! 바쁘실 텐데 죄송합니다. 이런 정도가 아니면 부장님에게 전화를 걸지 않습니다."

벨이 구내전화로 누군가와 말하고 있는 동안 벨의 책상에 놓인 다른 전화기가 울렸다.

"수고했네, 리델. 잘해보게."

기데온은 전화기를 놓고 잠깐 숨을 돌렸다. 이제 곧 해리슨을 체포할 수 있다고 생각하니 마음이 후련했다. 경찰이 손쓰기 전에 그 듀발이라는 여자가 살해되기라도 하면 큰일인데, 이제 그 점은 걱정할 필요가 없게 되었다.

기데온은 벨이 전화기를 놓고 다른 전화기를 집어 드는 것을 보았다. 벨은 전화에 귀를 기울이고 있더니 기데온을 보며 "카마이클" 하고 소리 내지 않고 입을 움직여 알려주었다.

"받겠네."

기데온은 전화기를 들면서 다른 쪽 손으로 책상 위의 벨을 눌러 메신저 순경을 불렀다.

그는 이미 블레이튼 사건을 생각하고 있지 않았다. 해리슨의 아내에 대해서는 깨끗이 머리에서 사라져버렸다.

"여보세요, 카마이클 씨? 아침부터 성가시게 해드려서 미안합니다. 화재의 원인보고서는 아직 들어오지 않았습니까?"

카마이클이 조용한 목소리로 얼른 대답했다.

"네 건의 원인은 알아냈습니다. 찾아내기 힘든 곳에 숨겨져 있는 가솔린에 적신 헝겊 조각의 재를 찾아냈지요. 세 군데는 헝겊뭉치가 형태 그대로 남아 있었지만, 나머지 하나는 부슬부슬 부서져버렸더군요. 그 헝겊 가까이에 판자와 판지와 종이 등 불타기 쉬운 물건의 재가 있었습니다. 그것들이 가솔린을 묻힌 헝겊 주위에 쌓여 있어 아주 쉽게 불붙은 거지요. 네 군데 모두 천천히 불붙도록 된 도화선의 흔적이……."
"어떤 종류의 도화선인지 아셨습니까?"
"손으로 만든 도화선인데, 녹인 양초를 묻힌 듯합니다. 확실히 증명하려면 조금 시간이 걸리겠지만, 네 건 모두 방화였음에 틀림없습니다. 나머지 두 건도 같은 원인인 듯하지만, 아직 확실한 말은 할 수 없군요. 화재현장의 파괴도가 너무 심해서 말입니다."
"그 밖에 또 없습니까?"
카마이클이 쌀쌀한 목소리로 말했다.
"다른 정보는 없지만, 몹시 불안해서 견딜 수가 없습니다."
"범인의 다음 움직임에 대해서 말입니까?"
"그렇지요."
"맞습니다. 지금도 마켓슨에게 말했습니다만, 그의 움직임을 알고 선수를 쳐서……."
그 순간 카마이클이 말투에 열정과 감정을 담아 소리쳤다.
"미치광이가 하는 짓을 어떻게 짐작할 수 있겠습니까?"
기데온이 아무 대답도 하지 않자 그는 조금 조용하게 말을 이었다.
"아무튼 해봐야 한다는 건 알고 있지만, 가장 좋은 방법은 범인의 정체를 알아내어 두 번 다시 이런 일을 저지르지 못하도록 조처하는 것입니다. 어젯밤의 원즈워스 방화가 잘되었으니만큼 범인은 더욱 야심적인 일을 생각해 낼지도 모르니까요."
"네, 우리도 거기까지는 생각했습니다." 기데온이 침울하게 대답했다. "최선의 힘을 기울일 작정입니다. 이미 우리는……."
기데온은 카마이클에게 수사방침을 들려주었다. 이야기가 끝나기 전에 문이 열리고 르메틀이 메신저 순경을 데리고 들어왔다.
"네, 무언가 새로운 소식이 들어오거든 곧 연락바라겠습니다."

기데온은 약속하고 전화를 끊었다.

그는 의자에 고쳐 앉아 눈살을 찌푸리며 메신저 순경을 쳐다보더니 르메틀에게 손을 들어올려보였다.

"무엇 때문에 불렀더라. 아아, 그렇지, 북 런던 병원에 전화하여 커슨의 상태를 알아보고 메모해서 내 책상에 갖다놓게. 그리고 QR 경찰서의 머닝에게 전화하여 내가 직접 가야겠지만 그럴 수가 없어서 미안하다고 말하고 저비스 미망인에게 무언가 해줘야 할 일이 없는지 알아보도록 이르게."

"저비스 미망인 말입니까?" 나아 지긋한 순경이 겸손한 태도로 물었다.

"그렇네."

"알았습니다."

순경이 나가고 문이 닫히자 기데온은 르메틀을 보며 숨도 돌리지 않고 물었다.

"렘, 엘릭슨 사건 말고 지금 손대고 있는 것이 있나?"

"뒤로 미루어 안 될 만한 건 하나도 없습니다."

"그럼, 조와 함께 서류정리 좀 해주겠나? 나는 공판에 꼭 나가보고 싶어서 그러는데, 자네라면 대부분의 사건을 알고 있을 테니까. 부총감의 대기실을 쓰게나. 그 방은 점심때까지 비어 있을 걸세." 기데온은 책상 위의 노트를 집어 들며 말했다. "부총감은 어젯밤 로츠 로드 화재현장에 나갔다가 7시에 돌아왔거든."

"가엾게도!" 르메틀은 미소 지었다. "부장님, 어떻게든 해보겠습니다."

"엘릭슨은 줄행랑쳤나?"

"도무지 종잡을 수가 없습니다." 르메틀은 이상하다기보다 걱정스러운 듯이 말했다. "로스코는 아직 에셔의 엘릭슨네 집에 있는데, 짐을 꾸려가지고 도망칠 기색이 보이지 않는단 말입니다. 하지만 어떻게 해서든 붙잡을 테니 염려 마십시오. 만일 해내기 어려우면 이쪽으로 돌려도 되겠지요?"

"좋고말고, 누가 오거든 좀 기다려야 될지도 모른다고 말해 주게."
"네, 되도록이면 돌려보내겠습니다. 그러나 코니시가 부장님을 잠깐 만나고 싶다고 하던데……."

기데온이 고개를 끄덕였다. 그때 전화 벨이 울렸다. 그는 전화기로 손을 뻗었다. 기데온은 자기 책임의 무거움과 당당히 정면으로 맞서 나갈 수 없는 위험에 대해 이만큼 절실하게 느껴본 적이 아직 한 번도 없었다. 그것은 MX 경찰서에 연결해 달라고 일러두었던 전화였다. 서장이 곧 나왔다. 기데온은 계획을 모두 말한 뒤 그쪽으로 마켓슨이 곧 갈 거라고 이르고 전화를 끊었다. 다른 다섯 경찰서의 서장에게도 전화로 같은 이야기를 했다. 각각 15분씩 간격을 두고 이야기했는데, 한마디도 쓸데없는 말은 하지 않았다. 화재문제 이외의 이야기를 한 사람은 꼭 하나밖에 없었다. 기데온이 말썽 많은 지역인 NE 경찰서에 전화했을 때, 최근 서장으로 부임한 팔팔한 홉킨슨 서장이 웃는 목소리로 그에게 말했던 것이다.

"당장 전화가 걸려 오리라는 걸 알고 있었습니다. 마켓슨 경감이 지금 눈앞에 앉아 있거든요. 대답은 네, 네, 네, 모든 수배를 끝마쳤습니다."

"좋아, 본격적으로 해야 하네. 어물거려서는 안돼."
홉킨슨은 웃었다.
"잠깐 알려드릴 일이 있는데, 1분쯤은 괜찮겠지요?"
"30초로 해주게."
"타이니 레프를 기억하시겠지요?"
홉킨슨의 질문을 받자 기데온은 하필 이럴 때 자기 관할지역의 옛

부랑배가 저지른 나쁜 짓에 대해 새삼스레 말할 게 뭐람 하고 생각했다. 타이니 레프는 누구나 한 번 보면 잊을 수 없는 사나이였다. 그는 도둑으로서 가장 몸집이 큰 사나이로, 경시청에 알려져 있는 일급 강도였다. 대부분의 강도는 몸집이 작은 편인데, 타이니 레프는 기데온만큼이나 컸다. 다만 이 사나이는 관절이 자유자재로 움직이기 때문에 아무리 좁은 곳이라도 빠져나갈 수 있는 특기를 가지고 있었다. 전쟁이 끝난 뒤 세 번 붙잡혔는데, 기데온은 지난 몇 년 동안 그가 재판에 회부되었다는 말을 들은 기억이 없었다. 건실해지려고 애써온 옛부랑배가 다시 나쁜 길로 발을 들여놓았다는 이야기를 들으면 기분이 언짢아진다.

"아암, 알고 있지."

"위핑의 화재가 난 부근 가게에서 현장을 붙잡혔습니다." 홉킨슨이 말했다. "뭐라고 말했는지 아시겠습니까?"

"말해 보게."

"가게주인 할멈이 2층에서 자고 있을 것 같아 그 할멈을 구해주려고 들어갔다는 겁니다!"

"할멈은 정말 있었나?"

"며칠 전부터 옆집에서 잤답니다. 그도 알고 있었을 텐데……."

"그렇다고 할 수만은 없겠지." 기데온이 의심스러운 표정을 지어 보이며 말했다.

"부장님……."

"타이니는 발을 씻은 지 꽤 오래됐잖나? 새삼스럽게 다시 그가 범죄의 구렁에 발을 들여놓았다고 생각하고 싶지 않군. 기소했나?"

"정식으로 하지는 않았습니다. 오늘 아침에는 일이 산더미처럼 쌓여서 내일로 미루려고 내일 출두하라고 말해 두었습니다."

"너그러이 봐주게나. 증거를 찾고 있다고 말하며 그냥 돌려보내 주게. 그리고 이번에 출두시켰을 때 녀석의 태도를 보아두게나."
"부장님도 둔해진 모양이군요. 알겠습니다. 한 가지 틀림없는 것은 그가 달아나지 않았다는 사실이지요."
홉킨슨은 놀려대듯 웃었다.
"수고하게."
기데온은 전화를 끊고 편안한 자세로 고쳐 앉았다. 그 동안에도 타이니 레프를 생각하며 그는 더 큰 문제를 머리에서 몰아냈다. 소인이란 이런 자를 두고 하는 말이리라. 관할경찰서의 자잘한 사건에까지 간섭하다니, 현명한 짓이었을까? 그러나 문에 노크 소리가 났을 때는 그런 일은 대수로운 일이 아니라고 자신에게 타일렀다. 아까 왔던 메신저 순경이 사진 몇 장을 들고 들어왔다.
"뭔가?" 기데온이 물었다.
순경은 표정을 조금도 바꾸지 않았고 증언대에 섰을 때와 같은 목소리로 천천히 말했다.
"지시하신 일을 보고 드리러 왔습니다. 커슨 경감은 오늘 오후 퇴원했으며, 경과가 매우 좋답니다. 저비스의 미망인은 지금으로서는 그다지 어려운 점이 없다고 하며, 시골에서 여동생이 와서 몇 주일 보살펴주기로 했답니다. 머닝 서장의 의견에 따르면 미망인은 별로 염려하지 않아도 될 것 같다고 합니다. 그리고 이 사진이 지금 나왔습니다."
순경은 기데온에게 사진을 건네주었다. 같은 사진이 여섯 장으로 월터 비시프의 사진이었다. 아주 내성적이고 조용한 타입으로 아무리 보아도 사람 눈에 띌 것 같지 않은 사나이였다. 흔히 있는 평범한 얼굴이었다. 기데온은 어디선지 그 얼굴을 본 듯한 느낌이 들었다.
"수고했네."
기데온이 말하자 순경은 힘차게 나갔다. 기데온은 사진 한 장을 벨에게로 던져주었다. 두 사람 모두 입 밖에 내지는 않았지만 몇 백 명이나 되는 순경과 형사들이 런던 거리를 샅샅이 조사하고 있을 모습을 마음속에 그려보고 있었다. 좁은 골목, 넓은 한길, 움막 같은 집들, 고층건물, 고급 아파트, 고급주택가, 싸구려 아파트, 빈민굴 등을. 경관들은 작은 가게며 술집, 이발소, 작은 호텔과 여인숙까지 뒤지고 다닐 것이다. 그 동안에도 비시프는 어딘가에 숨거나 또는 적어도 정체를 드러내지 않은 채 어딘가에서 다음 작전을 세우고 있을 것이다. 미친 사람 특유의 비뚤어진 교활함을 기울여.

기데온의 귀에는 이집 저집 돌아다니며 문을 두드리고 초인종을 누르는 소리가 들리는 듯했다. 수많은 놀란 얼굴들, 사진을 찬찬히 들여다보고 고개를 가로젓는 사람들의 얼굴이 눈앞에 떠오르는 것 같았다.

"아니오, 모르겠는데요. 정말 모르겠어요."

대답은 한결같을 것이다. 그러나 비시프가 런던 어디엔가 있다는 것은 틀림없는 사실이다.

비시프는 테니슨 부인 하숙집의 거실 겸 침실에서 10시 30분 라디오 뉴스를 듣고 있었다. 그의 눈은 빛나고 입술이 움직였다. 그리고 끊임없이 힘있게 고개를 끄덕이는 것이었다.

"경시청에서는 어젯밤 큰불을 지른 방화용의자 신원을 파악하는 열쇠의 인물로 여겨지는 월터 비시프를 찾기 위해 대대적으로 호별 방문수사를 시작했습니다."

아나운서가 여기까지 말하자 비시프는 얼굴을 찌푸렸다.

비시프의 방 작은 책상에는 올리베티 소형 타이프라이터가 놓여 있고, 그 위에 세 가지 신문이 얹혀 있었다. 그것도 여느 때보다 많이 산다고 의심받을까봐 각기 다른 신문판매소에서 사온 것이었다. 세

신문들은 모두 그의 편지에 대한 기사를 크게 다루고 있다. 두 신문은 실제의 것과 똑같은 크기의 편지를 싣고 있었다.

비시프는 중얼거렸다.

"잘 되어가는군. 놈들도 이번에는 어떻게 하지 않을 수 없겠지. 앞으로 한 번만 더 멋지게 해치워야겠는데…… 큰불을, 아주 굉장히 큰불을 한 번만 더……."

흥분으로 눈이 퀭해지고 중얼거릴 때마다 입에서 침이 튀겼다.

"니트로글리세린이나 TNT 폭약을 손에 넣을 수 있었으면 좋겠는데. 그런 것이 있기만 하면……."

그는 말하다 말고 갑자기 입을 다물었다.

람베스에 있는 어떤 석재상회의 사무실과 창고가 생각났던 것이다. 그는 2주일에 한 번씩 30명이 넘는 그곳 종업원의 월부금 수금과 주문을 받기 위해 갔었다. 그곳에 얼굴을 내밀면 그들은 그를 알아볼 것이다. 그러나 오랫동안 거기에 드나들었기 때문에 그곳 사정을 종업원이나 마찬가지로 잘 알고 있었다. 뒤쪽도 알고 있었다. 자물쇠가 잠겨진 시멘트 창고에는 채석장에서 폭파할 때 쓰는 다이너마이트가 산더미처럼 쌓여 있고, 많지는 않으나 니트로글리세린도 있었다.

비시프는 그것에 대해 아는 한 생각해 내려고 애썼다.

바로 그때 기데온의 책상 위 전화가 울렸다. 전화의 목소리가 말했다.

"클래퍼는 30분 뒤 피고석에 나갑니다."

바로 이 시각에 해리슨은 혼자 중얼거리고 있었다.

"더 이상 기다릴 수 없어. 오늘 밤에 여편네를 죽여야지."

일이란 얄궂은 것이어서 파멜라는 요즈음 그럭저럭 잠을 잘 잘 수 있게 되었다. 기분도 전보다 많이 나아졌으므로 잠들기 위해 수면제를 먹을 필요가 없게 되었던 것이다. 그녀의 기분이 이렇게 차분해진 것은 돈을 들여서 새로이 화장을 하고 머리모양을 새롭게 함으로써 얻게 된 자신감 때문임을 해리슨은 알지 못했다. 그리고 그가 아내를 찬찬히 바라보며 영원히 잠들게 하고 싶어하는 것을, 그녀로서는 남편이 전보다 더 관심을 가져주기 때문으로 여기는 것을 해리슨은 몰랐던 것이다.

그녀는 요즈음 아주 행복하다고 해도 좋을 정도였다.

제2회 공판

 기데온은 레나드 클래퍼가 구치소 문을 통해서 끌려나오기 바로 직전에 경찰재판소로 들어갔다. 책임자인 경사를 선두로 하여 두 순경이 클래퍼의 뒤를 따라 들어왔다. 클래퍼는 몸집이 크고 여전히 야하게 보였다. 깨끗이 면도한 얼굴이긴 했으나 어딘지 달라진 데가 있었다. 기데온은 그가 부쩍 늙어버린 듯한 인상을 받았다. 턱이 눈에 띄게 부어오르고 조금 붉은 점이 있었으며, 전체적으로 진흙 같은 갈색으로 보였다. 변호사 루이섬은 이미 나와 있었다. 행동이 조용했으며, 순무 같은 모양의 머리를 하고 있었다. 그는 아직 기데온을 만나본 적이 없었다. 좁은 기자석에는 나무의자가 놓여 있었는데, 모두 가득 차서 5명은 앉고 6명쯤은 섰다. 그보다 조금 넓은 일반방청객석도 만원이었다. 문 앞의 순경이 목소리를 낮추어 말하는 것이 기데온의 귀에 들려왔다.
 "이젠 안 됩니다. 만원입니다."
 기데온은 방청석을 둘러보며 이 가운데 강도나 클래퍼의 아내 살해사건과 관계있는 자가 있을까 생각했다.

여느 때와 마찬가지로 법정 안은 엄숙하여 바깥의 북적거림이며 끊임없는 전화 벨 소리며 줄곧 왔다갔다하는 사람들 등 바깥 세상의 일과 자기 사무실의 일까지 다 잊어버릴 정도였다. 그렇다고 해서 휴식이 될 만한 조용함은 아니었다. 그곳에는 이미 긴장이 감돌고 있었다. 신문기자들은 기데온을 보자 갑자기 술렁이며 뒤돌아보기도 하고 쑤군거리기도 하여 은발의 늙은 베네트 판사로 하여금 쓴웃음을 짓게 만들었다. 예심판사가 기자석을 흘겨보았고 법정서기가 그들을 흘겨보았다. 이것은 직업상의 요령이라고도 할 수 있는 눈흘김이었다. 루이섐이 기데온을 흘끗 돌아보았다. 동시에 클래퍼도 기데온을 보았다. 클래퍼는 여전히 경비원에게 둘러싸여 피고석에 앉아 있었다. 정리가 심술궂은 목소리로 말했다.

"레나드 클래퍼 제2회 공판, 무어게이트, 시들리 은행 강도로서 이름을 알 수 없는 한 패와 공범용의로 8일 동안 구류 연기 신청의……"

정리는 거침없이 요점을 말했다.

예심판사는 오랜 세월이 지나 꺼멓게 된, 조각이 새겨진 떡갈나무 팔걸이의자에서 몸을 앞으로 내밀었다.

"검찰 측의 준비는?"

"되어 있습니다." 기데온으로부터 조금 떨어진 곳에 있는 코니시가 말했다.

"피고 측은 출정했습니까?"

루이섐이 벌떡 일어섰다.

"네, 재판장님. 그리고 여기서 본 법정의 허가를 얻어 피고를 위해 진술하고 싶은 일이 있습니다. 피고는 구류 중 잔학한 폭행을 당해……"

"루이섐 씨, 본 법정은 경찰당국을 재판하기 위한 것이 아니라, 경찰이 당신의 의뢰인이 저지른 범죄를 증명할 만한 증거를 입수했는지 어떤지 알아보기 위해 열린 것입니다."

"잘 알고 있습니다, 재판장님."

루이셤은 너무 경박했고 너무 굽실거렸다. 아무도 그에게 호감을 갖지 않았으나 그래도 빈틈없는 사람인 것만은 확실했다. 그는 아마도 클래퍼의 공범자 이름을, 클래퍼의 아내를 죽인 범인을 알고 있으리라고 기데온은 생각했다.

"하지만 본 법정의 허가를 얻어 나는 이 의뢰인의 생생한 폭행 흔적을 보아달라고 말씀드리는 겁니다. 참으로 애처로운 일입니다. 상황으로 보아 본 변호인은 재판장님께서 제3자적인 공평한 의사에게 의뢰인을 진찰시켜 공판을 견디어낼 만한지 어떤지 진단받게 해주시기 바랍니다. 나는 깊이 생각한 끝에 말씀드리는 것입니다만, 의뢰인은 심하게 다루어져……."

베네트 판사는 그의 말을 귀담아듣지 않고 쌀쌀하게 대꾸했다.

"당신은 정말 경찰이 당신의 의뢰인을 때려 그가 공판의 변론을 참아내기 어렵다고 생각하고 있습니까?"

"재판장님, 나는 다만 내 의뢰인이 완전히 법의 보호를 받고 있다는 사실을 알아보고 확인해 주시기 바랄 뿐입니다."

루이셤 변호사의 목소리는 부드럽고 끈질겼다. 마치 '경찰이 내 의뢰인을 때려 법정에서 그 보복을 하고 싶은데, 당신의 말투는 그것을 허락하지 않는 것 같군요'라고 말하는 것 같았다.

"별로 시간이 걸리지도 않을 겁니다."

변호사는 끈질기게 물고 늘어졌다.

"그리고 정의의 면에서 보아도……."

"루이셤 씨, 본 법정에서 정의에 입각하여 재판하는 건 재판관의 일입니다." 베네트는 코니시를 쳐다보았다. "경찰 측은 피고가 의사의 진찰을 받았는지 어떤지 말해 주시겠습니까?"

"네, 2명의 의사에게 보였습니다. 두 사람 모두······."

"하지만 두 사람 모두 경찰의사로서······." 루이셤이 새된 소리를 질렀다.

"마치 경찰당국과 의사, 그리고 이번에는 본 법정까지 재판을 받고 있는 듯하군요." 베네트는 조심스럽게 말했다. "내 말을 가로막지 말아주시오. 코니시 총경, 당신은 지금 의사의 진단결과를 말하려고 했는데, 상황으로 보아 증거를 제출하기 위해서 그 의사 한 사람을 출정시키는 것이 좋을 듯합니다. 그렇게 할 수 있겠습니까?"

"네, 하지만 2시간이나 3시간쯤 걸릴지도 모릅니다." 코니시가 대답했다.

"그럼, 본 법정은 오후 3시까지 휴정하겠습니다." 베네트가 벽시계를 보며 선고했다. "서기 밀리엄 씨의 이야기에 의하면 그때까지 해야 할 일이 잔뜩 있다고 하니까요."

판사는 법정서기를 내려다보았다.

"그렇습니다." 서기가 말했다.

코니시가 다시 말했다.

"고맙습니다. 하지만 나로서는 지금 단계에서 경찰 측으로서의 진술을 해두고 싶은 것이 있습니다."

"코니시 총경, 그것도 나중으로 미루면 안 되겠습니까?"

"나중으로 미루면 저녁신문에 실을 수가 없고, 또 이대로 내버려두면 어떤 종류의 의혹을 살지도 모릅니다."

"참 재미있는 의견이로군요." 베네트는 기데온을 흘끗 보며 말했다. "코니시 총경, 이야기를 계속하십시오."

"고맙습니다. 좀 더 시간을 주실 수 있다면 기데온 부장님에게······."

베네트가 그 말을 받았다.

"정의를 위해서라면 본 법정은 언제든지 시간을 드릴 수 있습니다."

기데온은 히죽 웃음을 깨물었다. '저 늙은이가 마침내 으뜸 패를 내놓는군.'

"기데온 부장님, 매우 중요한 일이니만큼 선서하고 증언하시겠습니까?"

"그것은 내가 어떤 규칙을 위반하여 기소당하게 될 때까지 보류해 두고 싶습니다. 하지만 나는 여기서 공표해 두고 싶습니다. 피고를 신문하던 중 나는 피고의 아내가 살해당한 사진을 보여 주었습니다. 그것이 심한 충격을 주어 피고는 그 자리에서 기절했는데, 기절할 때 내 책상 모서리에 심하게 턱을 부딪쳤습니다. 나중에 감식 계원에게 책상을 조사시켰는데, 책상 모서리에 살 껍질이 조금 붙어 있고 두세 가닥의 털과 피고의 턱이 부딪칠 때 흘린 피가 묻어 있었습니다. 피고가 쓰러진 것은 당연한 일이었지요. 누구든 아내가 목이 찔려 죽은 사진을 본다면……."

기데온은 주머니에서 사진을 꺼내 앞으로 내밀었다.

"틀림없이 기절할 겁니다."

피고석에서 숨을 크게 들이마시는 소리가 들렸다. 클래퍼는 눈을 감고 쓰러지지 않으려는 듯 피고석 난간에 매달렸다. 기데온은 피나 상처자국을 보고 일으킨 충격은 다시 한번 보았을 때 역시 같은 반응을 일으킬 수 있다는 경찰 의사의 의견을 고마운 마음으로 다시 생각했다.

"잘 알았습니다, 기데온 부장님. 이제 됐겠지요?" 예심판사가 도중에서 말을 가로막았다. "본 법정을 이 이상 더 연설회장으로 만들 수는 없습니다."

5명의 신문기자가 일제히 뛰어나가려고 했다.
"공판은 오후 3시까지 연기합니다. 정리, 피고에게 필요한 수배를 하고 빨리 의사를 불러……."

"잘하셨습니다, 부장님." 구치소 입구에서 만난 코니시가 말했다. "누구나 부장님이 꾸민 줄거리라고 생각할 겁니다."
"그 밖에도 줄거리를 쓸 만한 일이 있네." 기데온이 말했다.
문을 열자 여자 경찰과 변호사와 순경 두 사람에게 둘러싸여 있는 클래퍼의 모습이 보였다. 클래퍼만 앉아 있었다. 그는 기데온이 들어가자 움찔하며 고개를 들었다.
"클래퍼." 기데온이 입을 열었다.
"이의가 있습니다……." 변호사가 말을 걸었다.
"입을 다무시오!" 기데온이 호통쳤다. "클래퍼, 무엇 때문에 고집을 부리지? 그게 누구 짓인가? 자네 아내를 죽인 자가 누군지 자네는 알고 있어. 변호사가 뭐라고 헛소리를 하든 그 점만은 달라지지 않아. 자네는 거짓말쟁이고 자네 변호사도 거짓말쟁이야. 지금 그 사실이 모두 드러나지 않았나!"
"부장님……."
"루이섬 씨." 기데온이 다시 고함쳤다. "당신은 우리가 허락하여 여기에 들어와 있는 거요. 여기 있고 싶으면 내가 이야기를 마칠 때까지 입 다물고 있으시오. 클래퍼!"
"그…… 그건 스카프입니다. 앨런 스카프." 클래퍼가 떨리는 목소리로 대답했다. "그는, 그놈은 스펜서라는 이름으로 버클리 광장으로 이어지는 메이페어 거리에 고급 아파트를 가지고 있습니다. 은행을 털 때도 그놈과 함께 했습니다. 그놈은……."
"클래퍼, 자신에게 불리한 말을 해서는 안 되오!" 루이섬 변호사가 외쳤다.

"코니시, 이제부터 하는 말을 모두 기록하게." 기데온은 순무처럼 생긴 변호사의 머리를 징그러운 물건이라도 보듯 내려다보았다. "만일 당신이 스카프인지 스펜서인지 하는 자의 변호사도 한다면 일이 아주 재미있어지겠군. 클래퍼, 조금이라도 분별이 있거든 남김없이 모두 털어놓아. 그것이 단 한 가지 영리한 방법이야. 배심원의 동정도 받을 수 있고, 앞으로 뜻밖에 잘될지도 모르니까."

기데온은 대답을 기다리지 않았다. 그는 빙글 몸을 돌려 재판소를 나갔다. 밖에 신문기자와 군중들이 떼 지어 몰려 있으리라고 짐작은 했었다. 역시 생각한 대로였다. 모두들 기데온에게 말을 걸었으며 두 사람이 그에게 축하의 말을 했으나, 기데온은 미소 지어 보이지도 않고 무뚝뚝하게 대답했다.

"이런 건 그리 대단한 문제가 아니오. 가장 골치 아픈 일은 어젯밤에 불을 지른 미치광이…… 그렇지, 모두 방화였소. 이유를 알 수 없는 타는 냄새가 조금이라도 나거든 누구든 가까운 경찰서에 신고해 주시오. 신문사로 돌아가거든 잊지 말고 편집장에게 그렇게 전해주시오."

그리고 나서 기데온은 기다리고 있는 자동차를 향해 성큼성큼 걸어갔다.

비시프는 람베스에 있는 석재회사 안뜰로 숨어들어갔다. 두 대의 트럭에 포석이 가득 실려 있었고, 지배인 킹이 윈치를 지휘하는 모습이 눈에 들어왔다. 비시프는 모래와 쇄석더미 뒤쪽으로 몸을 숨기고서 킹의 작은 사무실로 다가갔다.

비시프는 2주일에 한 번씩 이 사무실에서 일하는 사람들로부터 수금을 하기 위해 오곤 했었다. 그리하여 사무실에서 들어갈 수 있는 오두막 안에 다이너마이트가 다발로 간수되어 있다는 것을 알고 있었다. 비시프는 킹이 없을 때는 늘 그 문에 자물쇠가 잠겨 있는 것도 알고 있었는데, 지금이라면 잠기지 않았을 것이다. 어떤 뜻에서 볼 때 비시프에게 가장 필요하고 중요한 것은 뇌관이었다. 킹은 뇌관을 책상 뒷선반에 놓아두고 늘 자물쇠를 채워놓았다. 그러면서도 킹은 이따금 그 열쇠를 책상서랍에 그냥 넣어두는 것이었다. 비시프는 그 점을 잘 알고 있었다.

사무실 창문으로 들여다보고 킹이 아직 작업 중임을 확인하자 몸을 돌려 안으로 들어가 무난히 다이너마이트를 훔쳤다. 가죽가방에 12개를 집어넣고 이번에는 선반으로 다가갔다.

선반에는 자물쇠가 잠겨 있었다. 책상서랍을 열 때 비시프의 손이 떨렸다.

열쇠는 서랍 속에 있었다.

기데온은 그날 점심식사를 식당에서 정확하게 20분 동안에 마쳤다. 자리로 돌아가자 두 번쯤 하품을 하고 벨을 눌렀다. 메신저 순경이 들어오자 그는 화난 듯한 목소리로 외쳤다.

"구급실에 가서 중탄산소다나 뭐든 가슴앓이에 듣는 약을 갖다 주게!"

문이 닫힌 다음 전화 벨이 울렸다. 마치 귓전에서 윙윙 울리는 것 같았다.

"기데온이오." 잠깐 기다렸다가 그는 다시 말했다. "누구? 누구라고?"

먼저 점심식사를 마치고 와서 맞은쪽에 앉아 있던 벨이 깜짝 놀라며 기데온을 쳐다보았다. 기데온이 그처럼 깜짝 놀란 얼굴을 짓는 일은 좀처럼 없는데, 지금은 목소리까지 놀란 울림을 띠고 있었던 것이다.
"좋아, 렘. 아암, 만나고말고."
기데온은 전화를 끊었다. 그는 벨에게 물었다.
"뭔지 알겠나?"
그러나 그는 곧 이 질문이 어리석은 것임을 깨닫고 벨의 말을 가로막았다.
"르메틀일세. 엘릭슨 부부가 나를 만나러 왔다는군. 나를 말일세."
"그래요!"
"하필 이런 날을 골라서 왔을까. 아무튼 좋아. 코니시에게서는 무슨 연락이 없었나?"
"없었습니다. 스카프가 스펜서라는 이름으로 빌린 메이페어 거리의 아파트에 가보겠다고 했는데, 그 뒤 소식이 없습니다. 스카프에 대해서는 수배해 두었습니다. 클래퍼의 아내와 함께 있었던 남자가 스카프의 인상과 똑같다는 말씀은 드렸지요?"
"들었네. 그리고 그 낡은 상처자국이 도움되겠지. 하지만 그자가 메이페어 거리에 있다면 벌써 코니시가 붙잡았을 텐데."
기데온은 아직 입 밖에 내지는 않았지만 스카프, 즉 스펜서를 체포하는 일이 걱정스러웠던 것이다. 끊임없이 클래퍼 아내의 찔린 목이 머리에 떠올랐다. 그런 짓을 할 수 있는 녀석이니만큼 무슨 짓이든 할 수 있으리라는 생각이 들었기 때문이다. 지난번에도 코니시로부터 오랫동안 연락이 없자 기데온은 불안을 느꼈었다. 그러나 이번에는 걱정할 것 없다고 자신에게 타일렀다. 아무튼 코니시는 혼자 살인자를 만나러 가지는 않았을 테니까.
기데온의 책상 위 전화 벨이 울렸다. 동시에 노크 소리가 들리고 문이 열렸다. 언뜻 보니 한 여자와 엘릭슨이, 그리고 뒤에 한 남자가 서 있었다. 여자는 키가 크고 옷차림이 훌륭했다. 기데온의 눈길은 맨 먼저 늘씬한 몸매와 지나치게 가느다란 다리에 쏠렸다. 암녹색에 가까운 빛깔의 옷을 멋지게 입고 밍크 숄을 두른 차림이었다. 르메틀이 옆으로 비켜서자 그녀 뒤의 사나이가 보였다. 얼마쯤 군인 같아 보이는 사나이로 얼굴이 창백했다. 그러나 여자는 아주 침착했다.

"어서 앉으십시오, 엘릭슨 부인. 곧 끝납니다." 기데온이 말했다.

그는 전화기에다 대고 말을 했다. 전화를 향한 기데온의 표정은 완전히 달라져 있었다.

"틀림없겠지?"

그 여자도 역시 르메틀이나 벨과 마찬가지로 기데온이 지금 자기들에 대한 것을 깡그리 잊고 상대방의 말에 온 정신이 쏠려 있음을 뚜렷이 알았으리라.

"잘했네. 한길을 경계하고 그가 겁내서 달아나지 않도록 조심하게. 알았네, 럭키."

그는 전화기를 놓으며 벨을 보았다.

"마켓슨인데, 비시프의 집을 알아냈다는군. 브라운이라는 이름으로 블랙히스의 하숙집에 살고 있다네."

엘릭슨 부인 쪽으로 얼굴을 돌렸을 때도 기데온의 눈에는 반짝임이 가시지 않았다. 그녀는 팔걸이의자에 꼿꼿이 앉아 어깨를 추켜올리고 있었다. 남편은 딱딱하고 곧은 의자에 앉아 있었다. 그때까지 얌전히 서 있던 르메틀도 기데온의 이야기를 듣고 잠자코 있을 수 없다는 듯 물었다.

"그럼, 아직 붙잡지 못했군요?"

"이제 곧 붙잡을 걸세. 그런데 용건이 무엇입니까?"

엘릭슨을 언뜻 보고 그가 몹시 긴장해 있음을 알았다. 여자도 역시 마찬가지였으나 타고난 자신의 혈통이라고나 할까, 아무튼 무어라 말할 수 없는 기품을 지니고 있었다. 마치 레이디스 홈 저널지의 광고

페이지에 나올 듯한 세련된 여자였다.

문에 노크 소리가 났다. 메신저 순경이 액체가 담긴 유리잔을 가지고 들어왔다. 기데온은 어안이 벙벙한 얼굴을 했으나 벨이 헛기침을 하자 얼른 "고맙네" 하고 유리잔을 받아 들었다. 그는 얼굴을 돌리고 중탄산소다를 죽 들이마셨다.

"감기 기운이 있어서요." 기데온은 아무렇지도 않게 말했다. "어서 용건을……."

"엘릭슨 부인의 말씀은……."

르메틀이 말참견하다 기데온의 눈을 보고 얼른 입을 다물었다.

"이렇게 바쁘신 중에도 만나주셔서 고맙습니다." 엘릭슨 부인이 재빨리 다음 말을 이었다. "남편과 함께 이렇게 온 것은 사실 나에게 책임이 있기 때문입니다." 여기서부터 이야기가 거침없이 나왔다. "물론 뉴랜드 철광회사 주식에 대한 일입니다만, 경시청에서도 한 주에 1파운드씩 5만 주식이 나갔다는 건 조사하셨겠지요?"

"자세한 이야기는 르메틀에게서 들었습니다. 광산 조사보고의 정확성에 의문이 있는 것 같더군요."

기데온이 남편 쪽을 흘끗 보니 그는 아내를 보고 있지 않았다.

"우리가 알게 된 것도 르메틀 씨가 조사를 시작하셨기 때문입니다." 엘릭슨 부인이 또렷하게 대답했다.

기데온은 이 부부가 로스코에게 죄를 뒤집어씌우려 하는 것 같다고 느꼈다. 이미 세 사람 사이에서 이야기가 된 것일까? 로스코는 나중에 보상을 받는다는 조건으로 죄를 뒤집어쓰기로 한 것일까? 르메틀이라면 여기까지 앞을 내다보았겠지만, 자기로서는 그래선 안 된다고 생각하고 있는데 엘릭슨 부인이 다시 이야기를 이었다.

"기데온 씨, 이상하게 들릴지 모르겠습니다만, 이것은 실은 내 실수였답니다."

"그렇습니까?"

기데온은 헛짚은 것 같은 느낌이 들었다.

"그렇습니다." 엘릭슨 부인이 조용히 말했다. "내가 아프리카에 가서 로스코 씨의 보고서를 잘못 읽었던 것입니다. 어설픈 지식이 위험하다는 말이 바로 이런 경우에 해당되는 것 같아요. 보고서를 읽고 철광 함유량을 잘못 파악하고는 그대로 나의 의견을 덧붙여서 복사했습니다. 그리하여 모든 계약에 그 계약서를 사용했지요. 왜냐하면 본디 보고서는 내가 잃어버렸기 때문입니다."

'그랬겠지, 일부러' 하고 기데온은 생각했다.

"기데온 씨, 우리는 모두 바보였습니다. 하지만 나쁜 생각에서 그런 실수를 저지른 건 아니니 아직 구제받을 여지가 있다고 생각합니다. 보고서를 보고 주식을 발행해도 좋다고 잘못 믿었기 때문인데, 당신들은 우리가 세상을 속일 생각이었다고 여기셨겠지요. 따라서 우리들에게 그런 생각이 전혀 없었다는 것을 밝히고 싶어 이렇게 찾아뵈었습니다. 사실은……"

그녀는 입을 다물고 남편도 뭐라고 한마디 했으면 좋겠다는 듯이 남편의 얼굴을 쳐다보았다. 엘릭슨이 그 뒤를 맡아서 이야기했다. 열심히 연습한 대사를 외는 듯한 말투였다.

"실은 그 때문에 우리는 꼼짝달싹할 수 없게 되었습니다. 우리 회사의 평판을 위해서라도…… 70년 가까이 되는 역사를 지니고 있는 회사입니다." 몹시 쉰 목소리였다. "할아버님이 창립하시고 아버님이 뒤를 이은 회사로, 내가 아직 풋내기였을 때 이어받았지요."

르메틀의 눈길이 말하고 있었다. "부장님, 이런 이야기는 한마디도 믿어서는 안 됩니다. 속지 마십시오."

기데온은 다음에 어떤 이야기가 나올지 짐작하고 있었다. 공연히 화가 치밀어올랐다. 동시에 걱정이 되었다. 코니시의 연락이 기다려졌다. 그리고 비시프를 붙잡았다는 소식이 애타게 기다려졌다. 참고 있는 진범인이 비시프가 아닐 가능성도 있지만, 기데온은 그렇게 생각되지 않았다.

"……그래서 우리는 주식을 액면 그대로 다시 사들이려고 합니다." 엘릭슨 부인이 다시 말을 이었다. "이미 상당히 가계약을 해놓았습니다. 다만 남편의 말에 따르면 한 가지 성가신 일이 있다는군요. 특히 작은 계계의 주주 가운데 주가가 올라갔기 때문에 우리가 다시 사들이려 한다고 억측하는 사람이 있다는 것입니다. 그렇다면 우리가 무슨 일을 하든 오해를 받겠지요. 우리는 설 곳이 없어집니다. 안 그렇습니까?"

기데온은 비시프 생각을 하고 있다가 현실로 되돌아왔다. 그는 무게 있게 대답했다.

"난처하게 되셨군요. 말씀하시는 뜻을 알겠습니다. 하지만 엘릭슨 씨, 당신 회사가 어떤 평판을 받고 있었든 우리로서는 상관없는 일입니다. 우리는 다만 법을 어기지 않았다면 그만이며, 법을 어겼다면 모든 상황을 수사하고 그 상황에서 기소할 만한 사실이 나타날 경우 기소할 뿐입니다. 이것만을 말할 수 있습니다. 이 주식발행의 정당성에 의혹이 있어 우리와 검사국에서 서류를 조사하는 중인데, 아직 무슨 수배를 할 단계에 이르지는 않았습니다. 지금 당신은 주식을 다시 사들일 준비를 하고 있다고 했습니다. 그런 일은 만일 기소당하게 되더라도 정상이 참작되겠지요. 그런 조치를 취하면 확실히 손해는 없을 겁니다."

여자는 눈을 똑바로 뜨고 뚫어지게 쳐다보았다.

"역시 기소하시겠다는……." 엘릭슨이 말했다.

"엘릭슨 씨, 이렇게 말하면 이해하실 줄 압니다만, 변호사와 의논하시는 편이 현명할 겁니다. 틀림없이 변호사도 당신들이 지금 생각하고 계시는 방법이 모든 사람에게 가장 좋은 방법이라고 동의하겠지요. 검사국으로서도 내가 알고 있는 한 적극적인 범죄의도가 없는 이상 기소하지는 않을 겁니다."

기데온으로서는 그쯤 말할 수밖에 없었다. 그것도 지나치게 말해 준 것인지도 모른다.

"그럼, 괜찮으시다면 이만 실례하겠습니다. 급한 예정이 있어서…… 우리가 골치를 썩이고 있는 것은 그 연속 방화사건이랍니다."

기데온은 큰 몸집을 의자에서 일으켜 엘릭슨 앞에 우뚝 섰다. 엘릭슨 부부는 깜짝 놀란 모양이었다. 왜냐하면 기데온이 손을 내밀었기 때문이다. 여자는 아까보다 긴장이 풀린 듯했고, 남편도 이제 위기는 사라졌다고 느꼈는지 기쁜 빛이 눈에 나타났다.

두 사람이 나갔다. 르메틀은 문을 열어준 다음 두 사람 뒤에서 기데온에게 얼굴을 찌푸려보였다. 마치 어떻게 할 거냐고 묻는 듯했다.

벨의 책상 위 전화가 울리자 벨이 얼른 전화기를 들었다.

"벨입니다…… 네?…… 잠깐만 기다리시오."

그는 기데온 쪽으로 얼굴을 돌리고 시원시원한 목소리로 말했다. 오늘은 모두 긴장하고 있었다. 물론 그것은 비시프에 대한 전화였다. 엘릭슨 부부의 일에 대한 생각은 깨끗이 사라지고 없었다.

"비시프의 모습을 마지막으로 본 것은 블랙히스에서였는데, 그가 근무하고 있을 때의 손님 가운데 한 사람이 보았습니다. 비시프는 혼자 걸어가고 있었답니다. 그가 틀림없는 것 같다고 합니다만……."

"블랙히스라……." 기데온은 나직이 되뇌며 지도를 쳐다보았다. "ST 경찰서와 QR 경찰서에 연락하는 게 좋겠군. 한길을 모두 감시하라고 말일세. 걷고 있는 사람도 짐을 실은 자전거도 모두. 버스도 모두 조사하고 그린 라인 택시도 모두 조사하도록 이르게."

"교통부에서 군소리를 할 텐데요."

"이대로 온 런던이 불타버리는 것보다는 낫지." 기데온이 고함질렀다. "하지만 한마디 양해를 구해두는 게 좋겠군. 잘 말해 주었네."

그는 수도경찰 교통부장에게 전화를 걸어 그 계획을 설명하고 허가를 구하듯 저자세로 말했다.

"아니, 런던 시내의 교통을 멎게 하겠다고요?" 교통부장이 비꼬듯 말했다. "그리고 러시아워까지 그자를 붙잡지 못하면 어떻게 하시겠소? 너무 오랫동안은 안 됩니다."

"필요 이상 혼란을 일으키지는 않겠소. 그쪽 사람들도 협조하도록 수배해 주시겠소?"

"그쪽 일이나 열심히 해주시오, 알았소."

교통부장은 투덜거렸으나 기데온은 고맙다는 말을 하고 전화기를 놓았다. 벨이 싱긋 미소 지었다. 몇 분 동안은 조용하니 전화도 걸려오지 않았다. 벨은 메모를 적어나갔고 기데온은 편안한 자세로 앉아 비시프 찾기에 빈틈이 없는지 생각해 보았다. 코니시에게서 아직 보고가 없어 마음에 걸렸다. 그리고 엘릭슨 부인의 말도 마음속에 떠올랐다.

느닷없이 문이 열리더니 르메틀이 들어오며 말했다.

"빈부에 따라 법률이 다르다고 하지만, 역시 부장님 말씀이 맞습니다. 그렇게 되리라고는 꿈에도 생각지 못했지만, 그녀라면 틀림없이 어떤 거짓말이라도 늘어놓아 배심원들을 자기 마음먹은 대로 이끌어갈 겁니다. 그 사건은 물고 늘어져봐야 별 수 없겠는데요."

기데온이 한마디 하려고 하는데 책상의 전화가 울렸다. 다시 야단법석이 시작되었다.

"잠깐만 기다리게," 하고 기데온은 전화기에다 대고 말하고는 르메틀 쪽으로 얼굴을 돌렸다. "이제 알게 될 걸세. 잠깐 호피네 경찰서에 가보겠나? 무엇보다도 먼저 타이니 레프를 만나보게. 호피가 그를 화재현장 도둑으로 검거했다네."

"타이니를요? 호피가 정신이 나간 게 아닙니까?"

기데온은 르메틀이 그 덩치 큰 도둑을 싸고도는 것을 잘 알고 있었다.

"타이니가 유혹에 졌다고 생각하고 있는 거지. 있을 수 있는 일일지도 모르지만, 타이니는 사나이답게 사람을 살려내려고 했다고 주장하고 있네. 호피에게는 자네의 목적을 알아차리지 못하도록 비시프 찾기의 수배가 잘되어 있는지 알아보러 다니는 중이라고 말하게."

"알았습니다." 르메틀이 말했다. "그리고 엘릭슨 부부에 대해 내가 어떻게 생각하고 있는지 곧 말씀드리겠습니다. 코니시에게서는 연락이 없었습니까?"

"아무 보고도 없네."

르메틀이 나갔다. 여전히 맥 빠진 채 다시 얼마 동안 고요함이 이어졌다. 이윽고 두 개의 책상에서 동시에 두 대의 전화기가 울렸다. 두 사람은 똑같이 전화기를 들고 "기데온이오" "벨입니다"라고 응답했다. 기데온은 그러는 자기들을 보며 쓴웃음을 지었다. 전화에서 다급한 사나이의 목소리가 들려왔다.

"정보실의 스미스입니다. 오늘 비시프를 보았다는 사람으로부터 전화가 와 있습니다. 비시프가 TNT 다이너마이트를 한 다스 훔쳐갔답니다. 전화를 그대로 대기시키고 있습니다. 람베스 석재회사 사람입니다."

마치 한 줄기의 열풍에 휩싸인 것 같았다.

"곧 그쪽으로 사람을 보내 그를 만나보도록 하게. 나도 만나러 가겠네."

말을 채 마치기도 전에 기데온은 몸을 일으키고 있었다. 이 보고의 의미가 충분히 마음속에 퍼지자 기데온은 절박한 공포를 느꼈다.

"그 회사 이름과 소재지를 가르쳐주고 3분 안에 운전기사를 내 차로 배치시켜 주게."

그는 전화기를 놓고 책상을 돌아 앞으로 나갔다.

"비시프가 런던을 통째로 날려버릴 만한 것을 훔쳐갔다는군. 무선으로 내 차에 연락해 주게."

그는 뛰다시피 방을 나갔다. 무서운 기세였다. 기데온은 스스로도 이 이상 마음을 죈 일이 없었다고 생각했을 것이다.

모퉁이에 이르렀을 때 르메틀이 급히 달려왔다. 온 얼굴에 미소가 퍼져 있었다.

"부장님, 무엇 때문에 나더러 타이니 레프에게 가라고 하셨는지 지금 알았습니다. 엘릭슨 부부의 일은 잊어야겠지만, 이럴 때……."

기데온의 안색을 보고 르메틀은 입을 다물고 말았다.

"큰일 났네. 비시프가 다이너마이트를 훔쳐냈다네. 벨에게 가서 카마이클에게도 알려주라고 말하게. 언제 일이 벌어질지 모르겠네."

어안이 벙벙하여 서 있는 르메틀을 남겨둔 채 기데온은 성큼성큼 걸어갔다.

미치광이의 바보짓

킹은 매우 반짝이는 푸른 눈의 사나이였다. 지금 그는 눈을 가늘게 뜨고 있었다. 엷은 입술에 바위 같은 얼굴의 사내로서 별로 인상이 좋다고 할 수 없는 사람이었다. 그들은 기묘한 자잘한 자갈이며 큰 돌덩이며 널빤지 같은 장식용 돌의 산더미에 둘러싸인 커다란 안뜰을 향한 사무실에 서 있었는데, 기데온에 비하면 마치 난쟁이 같았다. 회색과 검은색 체크무늬 점퍼를 입고, 더부룩하게 수염을 기른 얼굴에는 이 상황에 대해 일부러 넉살좋고 대담한 척하려는 듯한 표정이 떠올라 있었다.

그는 원망스러운 듯이 기데온에게 말했다.

"벌써 경찰관에게 두 번이나 설명했습니다. 나는 말입니다, 비시프가 여기에 수금하러 온 줄 알았습니다. 지난 주일에 오지 않았으니까요. 비시프의 사진이 실린 신문을 보기 전까지는 화재와 그가 관계 있으리라고는 전혀 생각지 않았습니다."

킹은 열려 있는 문으로 보이는 다이너마이트 더미를 향해 손을 들어보였다.

"그래서, 저것을 조사해 보고 곧바로 경찰에 연락했지요. 설마 비시프가 그런 터무니없는……."

"알았소." 기데온이 말했다. "터무니없는 일이지요. 하지만 당신 잘못은 아니오. 그런데 저 다이너마이트의 위력은?"

"한 개로 집 한 채 날릴 수 있습니다." 킹은 입술을 축였다.

"비시프는 여기에 몇 시쯤 왔었지요?"

"그것은 아까 다른 사람에게도……."

"나에게도 이야기해 주시오."

"12시 조금 지나서였습니다. 그가 화요일에 온 적은 한 번도 없었기 때문에 깜짝 놀랐습니다. 늘 어김없이 월요일에 왔었거든요. 내가 그의 모습을 본 것은 바로 나갈 때였습니다. 나도 급한 일이 있었기 때문에 그가 기다리지 않고 가는데 구태여 서둘러 지불할 건 없겠지 하고 생각했지요. 문을 나가자 그는 오른쪽으로 돌아가더군요. 슈터즈 힐 쪽으로 말입니다. 내가 알고 있는 것은 그뿐입니다."

이미 들어와 있는 보고와 이야기가 꼭 들어맞았다.

"좋습니다, 킹 씨. 수고하셨소." 기데온은 운전기사를 돌아보며 말했다. "피어스, 무선으로 부총감을 불러주게. 나오면 곧 자동차로 돌아가겠네."

운전기사는 뛰어나갔다. 조금 뒤 기데온이 나가자 운전기사는 마이크를 내밀고 기다렸다. 기데온은 마이크를 받아들며 좌석으로 기어들어갔다.

"여보세요, 부총감입니까?" 부하 앞에서는 그는 이 정도의 친밀감밖에 보이지 않았다. "비시프가 TNT 다이너마이트를 한 다스 훔쳐가지고 달아났습니다. 카마이클 씨에게도 연락해 놓았습니다. 벨이 그쪽과 연락을 하고 있지요. 교통부도 협력해 주고 있습니다만, 라디오나 텔레비전에 수사협조를 부탁해야 할지 어떨지 몰라서…… 일반 시민에게 경고해 두는 편이 좋지 않겠습니까?"

"총감에게 이야기하겠소." 부총감 로저슨이 말했다. "벨의 말을 들으니 비시프는 이미 독 안에 든 쥐나 다름없는 것 같던데……."

"'것 같다'는 말은 믿을 수가 없습니다. 나는 ST 경찰서의 리케트를 만나고 큰길에 있겠습니다."

"좋소." 로저슨이 말했다.

기데온은 이미 엔진을 걸고 있는 운전기사에게 고개를 끄덕여보였다. ST 경찰서는 1마일도 채 안되는 곳에 있었다. 기데온은 자기가 그리로 가는 것은 더 이상 가만히 사무실에 앉아 기다릴 수가 없기 때문임을 잘 알고 있었다. 자동차의 무선은 연결시켜 놓은 채였다. 여러 가지 보고가 들어왔는데 주로 비시프와 관계된 것들이었다. 단 한 사람의 미치광이가 이런 법석을 일으키고 있는 것이다. 단 한 사람의 미치광이가…….

또렷한 목소리가 들려왔다.

"화이트차펠의 마켓 거리에서 폭발사고가 일어나 마켓 거리로 가는 모든 도로는 교통차단."

기데온은 눈을 감았다. 지독하게 무거운 것이 몸을 짓누르는 것 같았다.

월터 비시프는 그날 아침에 막 사들인 중고 스쿠터를 타고 있었다. 이렇게 돌아다니기에는 자동차보다 스쿠터가 다루기 편했고, 어젯밤 주차장에 두었던 자동차는 경찰이 눈여겨보았을지도 모르므로 그는 스쿠터를 택했다. 이 자그마한 기계에 대해 그는 아주 잘 알고 있었다. 그리고 이스트엔드에 대해서도, 사실 런던의 남쪽 버터시에서 울위치까지에 대해서도 그는 잘 알고 있었다. 또 지름길도 알고 있었고, 어디에 불을 지르면 빨리 불길이 번지는지도 잘 알고 있었다.
 이런 소형 스쿠터라면 큰길의 자동차가 많이 다니는 사이를 빠져나
갈 수 있고, 아무에게도 붙잡히지 않을 수 있다는 것도 알고 있었다.
그는 가는 코스를 용의주도하게 골라 종이에 런던 시의 지도를 손수
그려 어디에 불을 지를지 연필로 표시해 두었다.
 위펑의 석유와 페인트 창고는 가장 확실한 장소였다. 거미줄처럼
좁은 통로가 마구 뒤엉켜 있는 거대한 매몰지 한가운데에 있었다. 한
길은 어린아이의 놀이터로 쓰이고, 싸구려 아파트들이 많이 모여 있
으며, 불타기 쉬운 것이 가득 찬 창고, 재목창고, 가솔린스탠드에 종
이창고 등이 있다. 만일 여기서 큰불이 일어난다면 근처 지역에서 소
방대가 대대적으로 몰려오리라는 것도 그는 알고 있었다.
 지난밤 이 소방대들이 몰려와 어떠한 결과를 불러일으켰는지 그는
똑똑히 보아 알고 있었다. 낮이라면 한길에 자동차며 사람 왕래가 심
하므로 이만저만 어려운 일이 아닐 것이다. 소방차가 위험한 현장에
빨리 닿지 못할 것이고, 불길도 밤보다 빨리 퍼질 것이다. 비시프는
또 불길이 계속 넓은 지역에 걸쳐 퍼지리라는 것도 잘 알고 있었다.
단 한 군데라면 큰불이 일어나도 비교적 쉽게 끌 수 있다. 그리하여
그는 테니슨 부인네 하숙집에 틀어박혀 있는 동안 꼼꼼히 코스를 계
획했던 것이다.
 이곳을 빙 돌아다니며 즉석에서 폭발하는 뇌관을 매단 다이너마이
트를 한 개씩 약 일곱 채에 던져 넣는데는 10분이나 20분밖에 걸리
지 않을 것이다. 그는 맨 먼저 페인트 창고를 골랐다. 거기라면 사람
눈에 그다지 띌 염려 없이 뒷담에서 다이너마이트를 던져 넣을 수 있
기 때문이다. 그 다음에 점찍어놓은 곳은 휴지와 넝마가 산더미처럼
쌓여 있는 집이었다. 여기도 열려 있는 대문으로 들어가 두 개째의
다이너마이트를 던지면 된다. 그 다음은 재목창고, 그 다음은 어린이

장난감창고와 잡화창고 사이에 끼어 있는 가솔린스탠드였다. 네 번째 목표물은 역시 페인트로, 작은 페인트 가게였다. 이곳을 택한 까닭은 장소가 좋기 때문이었다. 다섯 번째와 여섯 번째는 보통 창고, 주로 담배와 무명 잡화가 쌓여 있는 창고였다. 일곱 번째는 드라이크리닝 본사 공장. 여기라면 세탁용 가솔린이 불을 뿜을 것이기 때문이었다.

지금 자기 지도에 차근차근 표시하며 비시프는 스스로도 놀랄 만큼 자신이 냉정함을 느꼈다. 그리고 무언가 완수하고 있다는 깊은 만족감을 맛보았다. 지금이야말로 참으로 해볼 만한 가치가 있는 일을 해내고 있는 것이다. 아내와 딸의 죽음에 대해 복수할 뿐만 아니라 자기가 지금까지 살아오고 일해 온 런던의 가장 싫은 곳을 불살라버리게 되는 것이다. 틀림없이 제3의 런던 대화재가 일어날 것이다.

그는 첫 번째 목표 가까이의 좁은 길모퉁이를 돌았다. 보니 훨씬 앞쪽에서 자전거를 탄 두 사나이가 이쪽을 향해 올 뿐, 그 밖에는 아무도 없었다. 스쿠터의 속도를 떨어뜨리며 그들을 스쳐지나가자 다시 속도를 올렸다. 페인트 창고의 높은 담 옆을 지날 때 다이너마이트를 던졌다. 속력을 내어 50야드쯤 달아났을 때 폭발했다. 다음 모퉁이를 돌아 마일 앤드 로드를 향해 달렸다. 거기서 폭발 소리에 깜짝 놀라 우뚝 서 있는 두 순경과 마주쳤다.

두 순경은 너무 놀라 그를 눈여겨보지도 않았다. 그리하여 스쿠터는 부르릉 소리를 내며 달려갔다. 이때 비시프는 한 가지 실수를 저질렀다. 경관이 자기를 눈여겨보고 있는지 뒤돌아보았던 것이다. 경관은 둘 다 뒤돌아보고 있었다. 이때쯤 여기저기 문들과 창문들이 열렸다. 폭풍으로 금이 간 유리도 여기저기 보였다. 페인트 통이 갑자기 가열되어 파열하는 소리가 잇달아 울렸다. 비시프는 다시 모퉁이를 돌고 또 하나를 돌자 두 경관을 따돌렸다고 생각했다. 아무튼 그들은 걸어올 터이므로 따라잡을 가능성은 없었다.

두 번째 목표는 3분 뒤에 다다를 예정이었다.

두 번째 목표를 향해 모퉁이를 돌았을 때 순찰차 한 대가 쫓아오고 있었다. 운전대 옆의 경관이 손을 흔들었다. 동시에 모퉁이에서 소방차 한 대가 달려 나왔다. 하는 수없이 속도를 떨어뜨렸다. 운전하고 있던 경관이 소리 질렀다.

"됐다고 할 때까지 길가에 세워놓고 있으란 말이오!"

비시프는 길가로 비켜서 스쿠터에 올라탄 채 멈추어 있다가 마침내 내렸다. 아까와 마찬가지로 잔뜩 경계했다.

'지금 이 순찰차의 경관은 나를 의심하고 있는 게 아니다. 아직 괜찮다. 그러나 이제 곧 아까 그 두 순경이 모퉁이를 돌아와 이들을 만날 것이다. 따라서 이곳은 몇 분 동안만 안전할 뿐이다.'

비시프는 스쿠터를 떠나 빨리 걷기 시작했다. 끊임없이 뒤돌아보며, 이미 하늘에는 굉장한 불기둥이 치솟았다. 같은 징조이다. 제3의 런던 대화재이다! 모퉁이를 돌자 길에 많은 사람들이 모여서 있었다. 소방차가 지나가도록 교통이 차단되었다. 흥분한 사람, 근심하는 사람, 겁을 먹고 있는 사람, 대담한 사람······.

경관도 교통이 차단된 길에서 모퉁이를 돌아 비집고 들어오는 키 작은 사나이 따위는 거들떠보지도 않았다. 그러나 NE 경찰서에서 온 에드워드라는 중년 경관은 달랐다. 퍼뜩 비시프의 모습이 눈에 띄자 좀 더 가까이 다가가려고 했으나 밀치는 대여섯 명의 젊은이에게 밀려났다. 그는 그들을 밀어젖히며 소방차의 사이렌 소리보다 더 큰 목소리로 외쳤다. 이처럼 위급한 때를 위해 소방관들은 군대 같은 행동을 하려고 대기하고 있었다.

"주임님!"

에드워드가 소리치자 경사가 그의 목소리를 듣고 옆으로 다가왔다.

"지금 비시프 같은 녀석이······."

에드워드는 숨을 헐떡였다.

"그쪽으로 갔습니다. 회색 레인코트에 모자를 썼습니다!"

"알았네!"

경사는 무선으로 보고하기 위해 순찰차로 달려갔다.

기데온은 이 보고를 NE 경찰서로 접어들다가 들었다. NZ 경찰서로 가려던 예정을 바꾸었다. 보고를 듣자마자 기데온은 명령을 내렸다.

"비시프의 모습을 보았다는 지점을 중심으로 1마일 사방을 교통 차단시키도록. 잘못될지도 모르지만, 아무튼 그렇게 하도록."

"알았습니다." 대답이 들리고 덧붙여졌다. "부총감님께서 하실 말씀이 있답니다."

"알았네."

"부장." 대뜸 부총감이 나왔다. "라디오와 텔레비전은 곧 방송을 중지하고 런던 동부와 중앙부 시민에게 경보를 보냈소. 정보실도 한 팀만 남겨놓고 모두 이 화재에 집중시키기로 했소. 스쿠터를 탄 비시프의 모습을……."

로저슨은 페인트 창고에서 반마일 되는 지점을 일러주었다. 그리고 빌튼 거리의 창고 이름도 가르쳐주었다.

"지도는 가지고 있소?"

"네, 그렇다면 첫 번째 장소에서 동쪽으로 간 셈이 되겠군요. 그곳은 넓은 윌슨 창고가 끄트머리에 있으니까 아마 별 수 없이 남동쪽으로 빠져나갔을 겁니다."

"그쪽을 완전히 경계하도록 수배하오." 부총감이 말했다. "이제부터 어디로 가겠소?"

"첫 번째 화재현장으로 갑니다."

기데온은 말을 하고나자 화재가 아직 한 건밖에 일어나지 않았는데도 자기가 '첫 번째 화재'라고 말한 사실을 문득 깨달았다.

"모든 공장에 특별경계를 펴도록 일러두었습니다만, 이번에는 NE와 QR 경찰서에도 지령을 내리는 게 좋겠습니다. 총동원하여 재빨리 한 채 한 채 돌아다녀야 할 겁니다. 가솔린스탠드, 가스 공장, 석유창고, 폐품과 솜창고, 재목창고 등은 경비원을 붙여……."

"그것도 수배하겠소." 부총감이 대답했다.

기데온은 좌석에 깊숙이 고쳐 앉았다. 운전기사는 빨간 신호등 때문에 자동차 속도를 떨어뜨리며 이상한 듯이 그의 얼굴을 훔쳐보았다. 이마에 땀을 흘리고 커다란 턱을 불쑥 내민 모습이었다. 기데온은 무릎 위에 지도를 펴놓고 불이 일어나면 크게 번질 곳에 반원을 그리며 중얼거렸다.

"그자가 큰일을 저지르려 하고 있는 것만은 사실인 모양이군. 자칫하다간 원을 이루며 불길이 올라가 불바다가 되겠는걸."

볼펜으로 지도를 쿡쿡 찌르며 길 이름과 요소요소를 운전기사에게 가르쳐주었다. 기데온은 이처럼 당황한 것도 이렇게 큰 결의를 보인 것도 처음이지만, 이토록 무섭다는 생각을 가져본 것도 처음이었다.

비시프도 역시 무섭다고 생각하고 있었다.

경찰과 소방대가 이토록 빨리 모일 줄 몰랐던 것이다. 어디를 가나 그들 모습이 보였다. 걸어서는 예정목표를 다 돌 수 없을 것 같았다. 두 번째 목표인 넝마장수네 집에서 얼마 안 떨어진 곳의 모퉁이를 돌았다. 여기서 그는 담장에 기대세워놓은 자전거를 보았다. 어린이용 자전거인 듯 아주 작았으나, 비시프는 몸집이 작았다. 얼른 달려가 자전거에 올라탔다. 누군가가 외치는 소리가 들려왔으나 필사적으로 페달을 밟으며 한참 달려가 모퉁이를 돌자 창고 입구가 눈에 띄었다.

그리고 순경 두 사람이 그의 앞에서 자전거를 내리고 있는 참이었다.
비시프는 다이너마이트를 손에 들고 있었다.
순경 하나가 그것을 보고 뱃속에서 우러나오는 불독 같은 소리를 질렀다. 비시프는 다이너마이트를 공중으로 높이 내던졌다. 경관 한 명은 땅에 웅크리고 머리를 감싸 쥐었으나 다른 한 명은 비시프에게 달려들었다. 비시프는 그 경관에게서 30센티미터도 채 안 떨어진 곳을 지나가며 엇갈릴 때 오른발을 들어 걷어찼다. 달려가는 자전거를 붙잡으려는 경관의 얼굴에 구두가 닿았다. 지지직하는 소리에 이어 굉장한 폭파음이 들렸다. 비시프는 필사적으로 자전거를 몰았다. 모퉁이를 돌자 도로에서 서성거리는 순경과 사복경관들이 많이 보였다. 아마도 어디론가 급히 가고 있는 모양이었다. 어쩐지 요지경 속이라도 보고 있는 듯한 느낌이 들었다. 지금 모두들 비시프에게서 멀어져 가고 있는 것 같았다. 그러나 폭파음 때문에 모두들 걸음을 멈추고 일제히 그 쪽을 돌아보았다.
비시프의 손에는 다이너마이트가 또 한 개 들려 있었다. 무시무시한 눈의 광채는 금방이라도 그들을 향해 다이너마이트를 던질 것 같았다. 그런데 그는 자전거를 빙글 돌렸다.
경관들이 그를 뒤쫓기 시작했다.
다음 모퉁이를 돌자 순경 하나가 길 한가운데에서 건너 쪽을 향해 급히 달려가고 있었다. 양쪽이 모두 빈집인 골목으로 그 중에는 이미 철거하기 시작한 곳도 있었다. 1백 야드쯤 앞에 술집이 있고 반대쪽 모퉁이에는 잡화상이 있었다. 비시프의 다음 목표는 반마일 앞이었다. 그는 지름길을 알고 있었으나 순경 하나가 그 좁은 골목 앞에 서 있었다.
순경의 이름은 리였다. 나이는 23살. 경찰에 들어온 지 1년 반이 되었고, 이곳을 담당한 지 7개월이 되었다. 그는 늘 모든 행동, 모든 명령, 모든 통첩, 모든 텔레프린트의 명령을 마치 교과서를 읽는 초등학생같이 찬찬히 읽었으며, 비시프의 사진도 역시 찬찬히 보아두었다. 비시프가 다이너마이트 다발을 주머니에 넣고 여기저기 폭파하러 돌아다니고 있다는 것도 막 들었다.

리는 비시프가 자전거를 타고 무서운 기세로 자기 쪽을 향해 달려오고 있음을 알아차렸다. 번들번들 빛나는 사나이의 눈빛도 보았다. 리 순경은 조용히 서 있었다. 이상한 이야기지만 럭비 경기장에서 상대방의 서브를 기다리고 있는 듯한 기분이었다. 비시프가 바로 옆으로 다가왔으나 리 순경은 움직이지 않았다. 비시프가 갑자기 왼쪽으로 비켰다. 리 순경은 상대방의 태도를 보고 곧 달려들었다. 비시프의 허리를 움켜잡고 두 사람은 함께 쓰러졌다. 리 순경이 자신의 위험을 미처 알아차리기도 전에 나머지 다이너마이트가 모두 폭발했다.

비시프를 쫓던 두 경관이 이 광경을 모퉁이에서 지켜보고 있었다. 한 사람은 위기일발에 엎드려 심한 폭풍을 피했으나, 다른 한 사람은 머리와 가슴에 중상을 입었다.

이 소식을 들었을 때 기데온은 현장에서 반마일 떨어진 곳에 있었다. 처음에는 그도 그것을 사실로 받아들일 수 없었지만, 그 뒤에 잇달아 들려오는 소식은 그 사실을 뒷받침해 주는 것뿐이었다. 리 순경의 순직에 대한 자세한 보고를 듣자 그도 더 이상 의심하지 않았다. 운전기사는 기데온의 얼굴을 보고 그가 입술을 축이고 있음을 알았다.

"이제 모두 끝난 모양이군. NE 경찰서로 데려다주겠나?"

기데온은 앉음새를 고치고 곧바로 앞쪽을 바라보았다. 그리고 라디오에서 흘러나오는 보도에 귀를 기울였는데, 아나운서의 목소리에 안도의 기쁨이 담겨 있음을 알 수 있었다. 여러 번 되풀이되는 말이 들렸다.

"방화마는 붙잡혔습니다!"

5분 뒤 자동차는 빅토리아 시대의 낡은 건물 앞에 멈췄다. NE 경찰서가 있는 건물인데, 방화시설면에서 볼 때 틀림없는 불량건물이었다. 키가 크고 마른 홉킨슨 서장은 머리를 깨끗이 빗질하고 지금 막 샤워를 한 사람 같았다. 르메틀도 싱글벙글 웃으며 현관에 서 있었다. 기데온은 안으로 들어갔다. 조사실은 오른쪽인데, 누군가가 화난 듯한 목소리로 떠들고 있었다. 기데온은 그 목소리를 묵살하고 홉킨슨에게 말했다.

"누구든 빨리 한잔 마시게 해주면 계급을 올려주도록 신청해 주겠는데……."

"내 방으로 가시지요." 홉킨슨은 놀란 얼굴을 하고 있었다. "부장님, 느긋한 표정인데요. 결과는 들으셨지요? 우리 순경이 해치웠습니다. 리 순경이 그토록 뿌리가 단단한 녀석인 줄은 몰랐습니다만, 늘 성실했지요."

"가족이 있나?"

"아니, 외아들입니다. 훌륭했습니다. 나는 뭐니뭐니 해도……."

기데온의 뒤에서 남자의 고함 소리가 들렸다.

"기데온 나리!"

뒤돌아보니 몸집이 큰, 그보다 더 큰 거인의 모습이 보였다. 노여움으로 이글거리는 얼굴로 그는 성큼성큼 기데온 쪽을 향해 다가왔다. 그 커다란 얼굴, 두툼한 입술, 그리고 큰 손이 앞으로 내밀어졌다.

"나리, 나는 죽어가는 어머니의 몸에라도 맹세할 수 있습니다! 거짓말은 하지 않습니다! 화재현장에서 도둑질을 하다니요! 글랜 할멈이 침실에 있을 것 같아 들어간 겁니다. 할멈은 귀머거리거든요, 하느님께 맹세합니다! 나는 할멈을 살려내려고 갔었습니다! 나는 2년 전에 손을 씻었고, 착실히 일하고 있습니다. 그 생활을 이제 와서 내동댕이칠 만큼 미치지는 않습니다. 홉킨슨 서장님과 렘 씨에게 알아듣도록 말 좀 해주십시오!"
잠시 침묵이 흘렀다.
"좋아, 타이니, 이번만은 자네 말을 믿기로 하지." 홉킨슨이 말했다.
거인의 얼굴에 기쁜 빛이 뚜렷이 떠올랐다.

기데온이 자기 사무실로 돌아온 것은 6시 조금 지나서였다. 벨은 아직 자리에 있었다. 느긋하게 다리를 책상 위로 얹고 파이프를 피우고 있었으며, 옆에는 홍차인지 커피인지 찻잔이 놓여 있었다. 기데온이 들어가자 그는 다리를 내려놓으며 말했다.
"왜 곧장 집으로 돌아가시지 않았습니까? 부장님이 그토록 1분 1초까지 이곳에 버티고 계시지 않아도 경시청은 무너지지 않습니다."
"아니, 경시청이 나를 필요로 한다기보다 내가 여기에 있고 싶은 거라네. 오래 전부터 나는 그걸 알고 있었지. 어쨌든 이제 돌아가긴 하겠네. 보고서는 모두 훑어봤나?"
"네."
"피해는?"
"큰 화재는 한 건뿐이었고, 그것도 사그라졌습니다. 일대를 모두 불 지르며 돌아다닐 작정이었던 것만은 틀림없습니다. 사망자는 다섯. 한 사람은 첫 번째 폭발 때 죽었고, 또 한 사람은 우리의 리 순경입니다. 리 같은 사람이 얼마나 많이 있을까요?"
"많이 있지."

기데온은 거칠게 말하고 자기 책상 가에 앉아 주머니 속의 파이프를 만지작거렸다.
"지금 리 순경의 어머니를 만나고 왔네. 마치 그녀는…… 지금으로서는 말하지 않아도 알겠지? 리 순경에게 순직자 조지 메달을 수여하도록 해야겠네."
그는 잠시 한숨 돌렸다.
"코니시에게서 무슨 연락이 없었나?"
"없었습니다."
"잘되겠지, 안 그런가?"
"좋은 소식을 알려드릴 때까지 일부러 뜸들이고 있는지도 모르지요. 아참, 리델에게서 보고가 왔었습니다. 해리슨을 내일 아침 체포하겠답니다. 단단히 결심한 모양이더군요."
"아무튼 그 친구는 물고 늘어져서 끝장을 낼 걸세."
기데온이 말을 마치자 문이 열리고 마켓슨이 지친 듯한, 그러나 마음 놓은 얼굴로 들어왔다. 그는 대뜸 말했다.
"지금 비시프가 살고 있던 집에 가보고 오는 길입니다. 낡은 올리베티 타이프라이터를 가지고 있더군요. 그리고 오늘 그가 돌아다니던 부근의 지도도 있었습니다. 하숙집 아주머니는 그처럼 좋은 사람이 그럴 수 있느냐고 믿지 못하더군요. 여러 가지 보고를 살펴볼수록 그는 아내와 딸이 불에 타죽었을 때 미친 게 틀림없는 듯싶습니다. 아마 전부터 완전한 제정신은 아니었던 것 같습니다만. 이젠 지쳤습니다, 부장님."
마켓슨은 눈을 비볐다.
"돌아가서 자게. 카마이클 씨를 만났나?" 기데온이 말했다.
"화재 때문에 바쁜 것 같았습니다만 내가 철수할 때 막 집으로 돌아가시려고 하더군요. 내일 아침 부장님께 전화 드리겠다고 했습니다."

"알겠네."

마켓슨은 문 쪽으로 갔다. 서로에게 잘자라는 인사를 나누고 문이 닫혔다. 기데온은 창문으로 밝게 비치는 템스 강을 내다보았다. 집으로 돌아가는 자동차 소리가 들렸다.

"코니시가 잘해주어야 할 텐데……." 기데온은 하품을 씹어 삼키며 말했다. "프리디를 만나봐야겠군. 다짐해 두기 위해……."

문이 열렸으므로 기데온은 입을 다물었다. 나타난 것은 코니시였다. 그의 얼굴 표정에서는 크게 기뻐하고 있지 않다는 것밖에 알아낼 수가 없었다. 그러나 기데온은 그가 무사한 것을 보고 안도감을 느꼈다. 그리고 클래퍼의 아내를 죽인 범인이 같은 범행을 되풀이하지 않을까 자기가 얼마나 두려워하고 있었는지도 깨달았다.

"부장님, 별 일 없으셨습니까?" 코니시가 말했다.

"그럭저럭 살아 있긴 하네. 뒤처리가 큰일일세. 게다가 내일 신문은 입을 모아 아직 남아 있는 빈민굴 철거가 늦었다고 논설에 써대겠지."

기데온은 잠시 말을 끊었다가 다시 이었다.

"그쪽은 어떻게 됐나?"

"틀렸습니다." 코니시는 우울하게 대답했다. "클래퍼에게서 스펜서의 가명과 숨어 있는 집을 알아냈지만 아무 수확도 없습니다. 스펜서라는 이름을 쓰고 있던 메이페어 거리에 스카프는 지난 사흘 동안 나타나지 않았습니다. 옷 한 벌과 일용품 한 벌이 남아 있을 뿐, 임시숙소였던 모양입니다. 클래퍼 부부 일로 얼마 전부터 안전하지 못하게 됐음을 알고 어디 다른 곳으로 가서 새로이 신원을 가장하여 숨어 있는 모양입니다. 어쩌면 지구 저쪽일는지도 모르지요."

"유감이군. 하지만 틀림없이 잡힐 걸세." 기데온은 신음 소리를 냈다.

 사실 스카프, 즉 스펜서, 다시 말해서 심프슨은 지구 저쪽까지 가 있지는 않았으나 도버 해협을 절반쯤 날아가고 있는 중이었다. 여권은 심프슨이라는 이름으로 되어 있었으며, 이 단계에서 어떤 성가신 일이 생기리라고는 생각지 않았다. 다시 영국으로 무사히 돌아갈 수 있을지는 의문이었고, 언젠가 자기의 정체가 탄로날지도 모른다는 생각이 가슴 속 깊이 일었으며, 경찰이 그의 인도(引渡)를 요구할지도 모른다는 불안이 있긴 했다. 그러나 당분간 그는 안전했다.

 기데온은 그의 집 현관문을 열었다. 페넬로프가 아니면 칠 수 없는 피아노 소리가 들려 왔다. 그는 거실 텔레비전 앞에 앉아 있는 케이트 옆으로 갔다. 텔레비전에서는 마술사가 하얀 손수건을 가지고 멋진 솜씨를 보여주고 있었다. 케이트는 뒤돌아보고 곧 몸을 앞으로 내밀어 텔레비전 스위치를 끄며 말했다.
 "여보, 몹시 피곤해 보이시는군요."
 "으음, 아마 푹 잘 수 있을 거요." 기데온은 아내 앞에 서서 그녀의 팔을 꼭 붙잡고 맑은 잿빛 눈동자를 들여다보았다. "헬렌은 어떻소? 괜찮은가?"
 "걱정할 것 없다고 말씀드렸잖아요. 이틀쯤 잠을 자고 나면 기운을 되찾을 거예요."
 "그럼, 아기를 가졌다는 것은 그애의 착각이었소?"
 "확실히 그렇다고 말할 수는 없어요. 나라면 그런 착각을 하지 않았을 텐데." 케이트는 조용히 말했다. "내가 보기에 제인 마이올이 누구보다도 그애들을 결혼시키고 싶어하는 것 같아요. 억지로가 아니라…… 나도 조금은."
 기데온은 아내의 무릎에 손을 올려놓았다.

"잊어버리는 게 좋겠소, 그 문제는."

"하긴 그렇지요……." 케이트는 미소 띤 얼굴로 말했으나 이야기할 때의 표정은 진지했다. "테드 마이올은 아직도 결혼할 책임이 있다고 생각하고 있어요. 아이가 생겼다면 나도 그렇게 생각하지만, 이제는 뭐라고 말할 수도 없군요."

"이것만은 알고 있지. 매슈와 헬렌은 우리나 테드 마이올이 뭐라고 말하든 하고 싶은 대로 하리라는 것. 나로서는 그 두 아이가 위협을 받아 결혼하는 일이 없기를 바랄 뿐이오. 몇 달 안 가서 그 두 사람이 다시 생각을 바꾸었다고 해도 놀라지는 않겠지만. 만일 테드가 조금이라도 분별이 있다면 헬렌을 너무 나무라지 말아야 할 거요. 그렇지 않으면 그때는 집을 뛰쳐나갈지도 모르니까."

"테드에 대해서는 그 부인에게 맡기는 게 좋을 거예요." 케이트가 조용히 대답했다.

"그 부인도 우리 부인처럼 남편다루는 솜씨가 뛰어난 모양이지." 기데온이 짓궂게 놀리고 잠시 뒤 덧붙였다. "오븐에 뭔가 들어 있소? 말처럼 배가 고파 죽을 지경이오."

"이제 곧 먹이를 갖다 드릴게요!" 케이트는 남편 손을 꼭 붙잡으며 몸을 일으켰다.

"내가 마실 것을 갖다 주지. 그 약을 먹으면 세상 모르고 푹 잘 수 있을 거요." 해리슨은 아내에게 말했다. "침대에 가서 누워요. 갖다 줄 테니까, 어서."

"미안해요, 여보." 파멜라는 눈을 반짝였다.

해리슨은 급히 층계를 내려갔다. 파멜라는 남편의 휘파람 소리를 들었다. 남편이 진정으로 행복해 보이는 것은 참으로 오랜만이라고 그녀는 생각했다. 남편이 자기에게 마음써주는 것이 얼마 만인가?

베개에 머리를 얹고 거울에 비친 자기 얼굴을 보았다. 그리고 거울 앞에 있는 두 개의 비싼 화장품 병을 바라보았다. 토니는 두 개의 잔을 들고 돌아왔다. 양쪽에 모두 똑같이 갈색 액체가 들어 있었다. 파멜라는 눈에 눈물을 머금고 있었다.

그녀는 남편이 건네주는 잔을 받아들었다.

"자아, 푹 자기 위해 건배!"

해리슨은 아내의 잔과 자기 잔을 부딪쳤다.

그녀는 코를 찌르는 냄새가 싫었으나 그다지 이상하게 여기지는 않았다. 토니도 역시 자기 잔의 액체를 주욱 들이마셨다.

10분 뒤 파멜라는 잠이 들었다.

다음날 아침 9시 조금 전, 리델 총경이 블레이튼 경찰서에 닿았을 때는 체포할 결심을 하고 있었다. 2층의 관할주임과 함께 쓰고 있는 방으로 올라갔다.

블레이튼 경찰서의 수사주임은 나이 지긋한 총경이었는데, 그가 들어가자 말했다.

"해리슨 사건이 묘하게 비틀려버렸소. 그 아내가 죽었거든요. 수면제를 너무 많이 먹었다는군요. 아무튼 의사의 첫 진단이 그렇소. 해리슨은 밤새도록 집을 비우고 클로 듀발과 함께 있다가, 오늘 아침 9시 옷을 갈아입으러 집에 돌아와보니 아내가 시체로 변해 있었다고 증언했다 하오."

블레이튼 경찰서의 수사주임은 입을 다물고 눈을 크게 뜬 채 리델을 바라보았다. 리델은 파랗게 질린 채 그 눈에 공포를 노골적으로 드러내보였다.

"알았네, 리델. 되도록 빨리 이리로 오게." 기데온이 말했다. "그리고 너무 자신을 나무라지 말게. 설마 해리슨의 아내가 이번 희생자가 되리라고 누가 생각했겠나…… 그녀 일은 우리도 어떻게 할 수 없었네. 이 사건을 가지고 유죄로 할 수는 없지만, 그 전에 지은 죄로 해리슨을 체포할 수 있으니 너무 걱정 말게."

전화기를 내려놓았으나 기데온은 잠시 그 위에 손을 얹은 채 창 밖의 플라타너스와 하늘을 바라보고 있었다. 어제 기데온이 리델에게 체포해 버리라고 말할 수도 있었다. 그랬다면 이런 일은 일어나지 않았을 텐데…… 사람이란 자신도 모르게 끝없이 잘못을 저지르는 것일까? 이런 일을 미처 모를 만큼 인간은 저주받은 존재일까?

리델이 절대적으로 믿고 있듯이 정말 해리슨이 아내를 죽였다면 이것은 하나의 문제이다. 그러나 만일 그녀가 자살했다면 기데온도 리델도 그다지 후회할 필요는 없다. 그러므로 그토록 최악의 경우만 외곬으로 생각할 필요는 없었다.

아무튼 아무도 천리안은 아니니까.

기데온의 손 밑에서 전화 벨이 울렸다. 기데온은 전화기를 집어 들었다.

DAY OF THE WIZARD
마술사의 죽음
에드워드 D. 호크

마술사의 죽음

아마 그날은 이렇지 않았을까?

 4발 중폭격기 한 대가 이따금씩 아래쪽의 바닷물과 모래밭에 반사되는 햇빛을 받으며 홍해 상공을 낮게 떠서 날아간다. 승무원들이 노래를 부르며 웃음꽃을 피우는 것은 이제 전쟁이 끝났기 때문이다.
 히틀러 군대는 벌써 오래전에 항복했고 일본도 불과 며칠 전에 무조건 항복을 했다.
 그날 하늘은 텅 빈 채 사막의 태양을 배경으로 점점이 깃털 같은 구름이 떠 있을 뿐이다. 이제는 지평선 위에 떠다니는 위험스러운 작은 점들, 가까이 다가오면 잽싸게 먹이를 낚아채는 나치 전투기들로 변하고 마는 작은 점들도 찾아볼 수 없다. 그러나 이런 텅 빈 하늘에도 위험이 완전히 사라진 것은 아니다. 조종사가 아무 할 일이 없어 묵도나 드려볼까 하고 생각하고 있는 사이 갑자기 그 커다란 은빛 새가 비명을 지르고 불길을 뿜으면서 고요한 하늘을 향해 백조의 마지막 노래를 부르며 끝내 추락하여 모래와 돌밭을 누비다가 어느 전인

미답의 세계에 자신의 무덤을 파고 만다.

그 근처 어딘가에서는 사막의 전갈이 이 임종의 소리에 잔뜩 긴장하여 제 몸을 조그만 공처럼 똘똘 말고 있다. 그러나 이내 아무 소리도 들리지 않고 말없는 사막의 먼지구름이 점점 땅으로 가라앉아 전갈은 곧 도사렸던 몸을 풀고 사막을 가로질러 잠시 멈추었던 여행을 계속한다.

1945년 8월 그날에 있었던 일은 아마도 이러했을 것이다. 적어도 내가 테이블을 마주한 사람의 말을 들으면서 마음속에 그린 광경은 그러했다. 그 사람은 아직 30대 중반쯤 되어보였기 때문에 나는 4, 5년 먼저 태어난 사람이 가질 수 있는 우월감 같은 여유를 느꼈다.
"나보고 가봐달라는 거요?"
내가 물었다. 방금 그가 한 말이 전혀 믿어지지가 않아서였다.
"우린 사이먼 아크가 필요합니다. 당신은 아마도 지구상에서 우리에게 그 사람을 찾아줄 수 있는 유일한 인물일 겁니다. 당신은 그 사람을 알고 또 그가 어디 있는지도 알고 있을 테니까요."
워싱턴에서 온 그 남자가 꾸밈없이 진지하게 대답했다.
나는 그 말에 약간 콧방귀를 뀌었다.
"그 사람을 제대로 아는 사람이 있을까? 난 몰라요. 게다가 당신네의 그 비행기는 거의 17년 전 지구상에서 가장 외딴 고장에 추락했어요. 그 비행기는 지금 홍해 밑바닥에 있을지도 모른다 이겁니다."
그러나 워싱턴에서 온 그 남자는 따분한 미소를 지으며 그저 고개를 가로저을 뿐이었다. 그가 서류가방에 손을 넣어 녹슨 금속 조각 하나를 꺼냈다.
"3주 전 우리 요원 한 사람이 카이로의 어느 조그만 골동품점에서 이것을 찾아냈습니다."
"그게 뭐요?"
"전에는 담뱃갑이었지요. 뚜껑을 열고 그 안에 새긴 글자를 보시지요."
내가 손에 든 그 물건은 만든 지 100년은 넘어보였다. 나는 낯익은 미국 제조회사의 상표를 보고서야 그것이 보다 최근에 만들어진 것임을 알 수 있었다. 나는 간신히 거기에 적힌 내용을 읽었다.
"캐리 W. 린드허스트, 미국 공군."
테이블 맞은편의 남자가 고개를 끄덕였다.
"린드허스트는 조종사로서 소령이었지요. 그렇게 오랜 시일이 지난 후 카이로에서 이 담뱃갑을 찾아냈다니 정말 뜻밖의 일이지요."
"그래 그 비행기가 지금도 사막 어딘가에 있다고 칩시다. 그래서 어쨌다는 거요?"
나는 담배를 또 한 대 피워 물고서 이 기나긴 점심시간 중에도 내 책상 위에 쌓이고 있을 온갖 일거리들을 생각해 보았다.
"그 비행기엔 뭔가 있어요. 그곳에 가보면 아직 뭔가 있을 겁니다."
그가 말했다.
"뭐가요?"
그러나 그는 그저 얼룩진 테이블보 위에 두 손을 펴 얹고서 약간 얼굴을 찡그리기만 했다.
"그건 내가 마음대로 얘기할 수 없는 문젭니다."
"당신이 지금 바라는 것은 내가 비행기를 타고 지구를 반 바퀴 돌아 사이먼 아크를 찾은 뒤 그를 데리고 두어 달 동안 사막을 걸어가서 낡은 비행기 한 대를 파내라는 것인데, 그런데도 그곳에 무엇이 있는지 알려주지 않겠다는 거요? 그럼 나보고 어떻게 하라는 거요? 비행기를 발견하면 두 눈을 딱 감을까요?"
나는 흥분을 가라앉히기 위해 술을 약간 마셨다.
"비행기를 발견한다면 그때는 물론 뭐가 있는지 알게 되겠지요. 그때까지는 알려드리지 말라는 것이 내가 받은 명령입니다."
그자들은 언제나 명령을 내세운다.
"원자폭탄이오?"
"아뇨. 그런 종류는 아니지요."
"이 담뱃갑을 발견한 사람들이 당신네 보물도 훔쳐가지 않았다고 어떻게 장담할 수 있소?"
"그건 누가 가져가고 싶어할 그런 종류의 물건이 아닙니다. 틀림없이 아직 그곳에 남아 있을 겁니다."
그가 모호하게 대답했다.
"이것 봐요. 내 나이 40살이오. 사막을 걸어다니는 일은 당신처럼 젊은 사람들이나 할 일이지."
내가 마지막 핑계를 댔다.
"물론 혼자서 여행하라고 부탁드리지는 않겠습니다. 우리가 정말로 원하는 것은 사이먼 아크와 접촉하는 것뿐이에요. 그 사람은 그 일대를 잘 알고 또 그쪽 사람들도 잘 압니다. 비행기가 아직 그곳에 있다면 그 사람이 찾을 수 있을 겁니다."
"사이먼 아크의 소재를 알아내기는 만만치 않을텐데."
그가 고개를 끄덕였다.
"그건 우리도 잘 압니다. 그래서 선생을 찾아온 겁니다. 그 사람은 지금쯤 중동지방에, 아마도 카이로에 있을 텐데, 그를 만날 수 있는 사람이 있다면 그건 선생뿐이에요. 우리가 이집트행 항공편을 마련해 드리겠습니다. 그곳에 가면 우리 요원 한 사람을 만나게 될 겁니다. 그 사람에게 사이먼 아크를 만나도록만 해주면 그것으로 선생의 일은 끝나는 겁니다."

내가 사이먼을 마지막으로 본 지도 여러 달이 지났다. 그것도 어느 날 밤 뉴욕에서 잠시 저녁을 함께 한 것이 전부였다. 그러나 나는 그를 찾아낼 수 있으리라는 생각이 들었다. 아니면 카이로나 알렉산드리아의 그늘진 거리에서 그가 나를 찾아내도록 할 수도 있으리라 생각했다.

"좋소."

내가 불쑥 동의했다. 한번 더 사이먼을 만나보고 싶다는 것 말고는 별다른 이유가 없었다.

"가겠소. 하지만 1주일 동안만이오. 7일 동안에 그 사람을 만나지 못하면 난 그냥 돌아오겠소."

"좋고말고요."

워싱턴에서 온 남자가 말했다. 이렇게 해서 사건이 시작되었던 것이다······.

카이로의 여름은 무더운 데다가 그 독특한 냄새 때문에 정말 끔찍했다. 거의 모든 길거리는 하얀색 긴 옷을 입은 사람들로 가득 차 있었는데 유럽의 풍습이나 영향이 많이 배어 있었다.

나는 공항에서 간신히 시내로 들어가서 새로 지은 셰퍼드 호텔의 예약된 방으로 갔다. 우선 찬물로 샤워를 하려고 준비를 하는데 벌써 내 접선 상대가 도착했다. 그자는 30대 초반의 키가 크고 잘생긴 남자였는데 몸 여기저기에 근육이 울퉁불퉁했다.

"난 블레이크요. 미국대사관 소속의 해리 블레이크입니다."

그가 손을 내밀면서 말했다.

"오, 국무성 직원을 만나게 되다니 뜻밖인걸요."

내가 짐짓 놀라는 체하면서 말했다.

"그런 신분이 돌아다니기에 편리하니까요. 경우에 따라서는 다른 신분을 내세우기도 합니다."
그가 빙그레 웃으며 말했다.
"그런 말을 들으니 반갑구려."
"선생은 그 아크라는 사람의 친구라더군요."
"여러 해 전부터 아는 사이요. 그에게 친구들이 있다면 나도 그중의 한 사람이겠지요."
"좀 묘한 사람이지요? 자기 나이가 2000살이라고 주장한다면서요?"
나는 그에게 담배를 권하고 나도 한 대 피워물었다.
"실제로 거의 1500살쯤 된답니다. 그리고 당신이 믿거나 말거나 그는 확실히 박식한 사람이에요."
"그는 전에 이곳 이집트에서 콥트파 교회 성직자였다지요?"
"그 비슷한 거였지요. 이 세상을 잘 아는 사람이 있다면 그건 바로 사이먼 아크지요."
블레이크가 빙그레 웃었다. 호감이 가는 다정한 미소였다.
"나는 그런 불가사의한 이야기에는 찬성하지 않지만, 어쨌거나 사이먼 아크가 그 비행기를 찾을 수만 있다면 우리는 좋습니다."
"한 가지 말해두겠는데, 사이먼은 현대 전쟁의 우여곡절보다는 악마나 재앙 같은 데 훨씬 더 많은 관심을 갖는 사람이에요. 내가 그 사람을 찾더라도 그가 당신네 일을 해줄지는 장담 못해요. 그는 지금 십중팔구 무언가 중요하다고 생각하는 일을 하고 있을 거란 말이오. 어쨌거나 그 비행기에 무엇이 있기에 17년이 지나도록 그게 그처럼 귀중하다는 건지 우리가 전혀 모르고 있는 이 마당에……."
하지만 나는 뉴욕의 그 남자에게서 듣지 못한 이야기를 이 남자에게서도 듣지 못하리라는 것을 금방 알 수 있었다. 그는 그저 어깨를 으쓱해 보일 뿐이었다.
"그저 돈이나 금, 벽돌 같은 것이 많다고나 얘기해 둡시다."
"그렇지도 않을걸요. 누군가가 벌써 그 비행기를 발견했다면 그런 것이 아직 남아 있을 리 없지요."
그가 또 어깨를 으쓱했다.
"누가 압니까? 하지만 이제 본론으로 들어갑시다. 사이먼 아크를 어디서 찾을 겁니까?"
나는 한숨을 쉬며 담뱃불을 비벼서 껐다.
집에서 수천 킬로미터 떨어진 이곳 카이로까지 왔지만 도대체 어디 가서 사이먼을 찾는단 말인가? 그동안 나는 일단 비행기를 타고 와서 호텔에 투숙한 다음 그를 찾아낸다는 식으로 모든 것을 아주 쉽게 생각했던 것이다. 이제 와서 생각해보니 전혀 쉬운 일이 아니다. 시내의 길거리와 골목길은 흰옷 입은 이집트인들과 잘난 체하는 유럽인들로 가득 차 있었다. 수에즈 전쟁 이후에 이 도시는 내가 1940년대 초, 전쟁중에 잠시 머물렀던 때와는 전혀 다른 도시가 되어 있었다.
마침내 내가 말했다.
"어쨌든 내가 찾아보겠소. 당신은 그저 계속 나와 연락만 취하면 돼요."
"우리는 당신이 여행을 떠나기를 고대하고 있습니다."
"여행이라니요?"
"추락 현장으로 간단 말입니다."
"글쎄요. 나도 최선을 다할 생각이오. 난 다음 주에는 뉴욕으로 돌아가야 하니까요."
블레이크가 고개를 끄덕였다. 그리고 나와 악수하면서 그날 저녁에 전화를 걸겠다고 약속했다. 나는 그가 나갈 때까지 기다렸다가 땀으로 끈적끈적한 옷을 벗어 던지고 고대하던 샤워를 시작했다. 찬물을 뒤집어쓰니 한결 개운해졌다. 그래서 나는 잠시 사이먼과 이 미친 짓에 관해 이것저것 생각해보았다. 그러나 목욕을 마치고 옷을 입을 때까지도 나는 사이먼 아크를 찾아낼 아무런 계획도 마련하지 못했다.

나는 무더운 시내로 나갔다. 적어도 좀더 그럴듯한 장소를 돌아다녀 볼 생각이었다. 호텔 앞길 건너편에서는 소규모의 학생들이 모여 무슨 데모를 시작할 작정인지 시끄럽게 떠들면서 경찰과 드잡이를 하고 있었다.
"미국놈 물러가라."
그중 한 명이 내 쪽을 향해 소리쳤지만 나는 못 들은 척했다.
카이로의 뒷골목. 여기저기 어렴풋이 기억나는 곳이 있기는 했지만 카이로에서 오래 지낸 나에게도 낯설기만 했다. 이윽고 나는 만국기가 걸려 있는 어떤 길로 접어들었다. 대여섯 나라 말로 쓴 너덜너덜한 광고판들이 이 부근에 있는 극장들의 공연내용을 알려주고 있었다. 그중 하나가 내 눈을 끌었다. 선명한 빨간색 포스터였는데 잿더미에서 연기가 피어오르는 가운데 커다란 불사조처럼 생긴 악마의 형상이 솟아오르는 그림이었다. 그림 밑에 커다란 아라비아 문자로 인쇄된 설명문이 있었는데 다행히도 영어 번역문도 적혀 있었다.
'세계 최고의 마술사.'
마술사라는 것은 그저 요술을 부리는 사람을 가리키는 말이지만 아라비아어로는 한층 더 위압적인 느낌을 주었다. 카이로에서 사이먼 아크를 찾을 만한 곳이 있다면 그건 바로 이곳일 거다! 나는 그 극장을 찾아서 만국기가 걸린 입구로 들어섰다. 졸고 있던 매표원은 나를 거의 거들떠보지도 않았다. 몇몇 안 되는 관객을 상대로 공연이 막 시작되고 있었는데 극장은 에어컨이 없어 사람들 땀냄새로 후텁지

근했다.

흐릿한 연기 속에서 나타난 마술사는 미국인이 보기에도 놀랄 만큼 훌륭했다. 그는 능숙한 솜씨로 여러 명의 아름다운 이집트 여자들을 사라지게 만들고 나서 이어 유명한 유럽식 묘기들 중에서 몇 가지 독창적인 연기를 시작했다. 그는 1시간 동안에 걸쳐 어쨌거나 벽을 뚫고 걸어 들어가기도 하고, 불을 먹고 칼을 삼키는가 하면 이빨로 총알을 받아 물고, 한 여자를 아주 그럴듯하게 톱질하여 두 동강을 내기도 했다. 그러나 이 모든 묘기에도 불구하고 관중들은 그저 시답잖은 박수를 보낼 뿐이어서 나는 사람들이 이 마술사를 미국인이나 그 밖의 경멸할 만한 외국인으로 생각하고 있음을 알 수 있었다.

나는 이 마술사를 만나는 것이 사이먼 아크를 찾는 지름길이라는 생각에서 공연이 끝난 뒤 분장실로 갔다. 분장실 문을 두드리고 그의 응답에 따라 안으로 들어섰다. 그는 생각했던 것보다 나이가 좀 많은 사람이었다. 그가 무대에서 달고 있던 끝이 뾰족한 턱수염은 물론 가짜 수염이었지만 악마의 분장을 지운 그의 얼굴은 퍽 나이들어 보였다. 그는 45살쯤 되어보였다.

"아, 미국 양반!"

그가 나에게 인사했다.

어조는 그만하면 친절했지만 분명히 독일식 말투였다. 나는 스스로를 뉴욕의 출판업자라고 소개하고 나서 곧바로 본론으로 들어갔다.

"전 친구를 찾고 있습니다. 마술사 선생님, 선생님의 도움을 얻으러 왔습니다."

"마술사 선생님이라고? 하! 이거 내가 당신네 미국 TV에 나온 기분인걸."

내가 빙그레 웃으며 말했다.

"내 친구 중에 사이먼 아크라고 하는 사람이 있습니다. 그 사람도 마술에 관심이 있어서 선생님이 그를 알지도 모른다고 생각한 겁니다."

"사이먼? 사이먼 아크라고? 귀에 익은 이름인데."

"그 사람을 아십니까?"

"이름은 들어서 알지. 이곳 중동에서는 꽤 알려진 사람이니까."

"내 생각에는 그가 지금 카이로에 있을 것 같은데요."

마술사가 어깨를 으쓱해 보이고 나서 계속 분장을 지우기 시작했다.

"그럴 수 있겠지. 난 아직 한번도 만나본 적이 없는 사람이지만."

나는 그의 말을 듣고 약간 낙담했지만 그래도 아직은 한 가지 생각이 있었다.

"이번 주가 끝나기 전에 그 사람을 찾아내야 할텐데…… 그런데 오늘 관중이 별로 많지 않더군요."

"하지만 야간공연은 좀 나은 편이오."

"이곳 신문에 홍보를 해보시지요."

"신문에는 전쟁 위험이라든가 영국에 대한 증오라든가 공산당 활동에 관한 기사가 넘쳐요. 그래서 가난하지만 정직한 마술사에게 돌아갈 지면은 없단 말이오."

"한 가지 꾀를 쓰면 지면이 생길 겁니다. 사이먼 아크에게 직접 도전하면 지면을 좀 얻을 수 있을 겁니다. 조금 전 이곳에선 그의 이름이 꽤 알려져 있다고 했지요?"

"좋은 생각이군. 그 얘기 좀더 해봐요."

마술사가 천진스럽게 말했다.

"기자들을 초청해 놓고 위대한 신비가 사이먼 아크에게 도전한다고 발표하는 겁니다. 어때요? 당신은 선전 효과를 얻고 나는 사이먼을 찾는 거예요."

"당신은 참 영리한 미국인이군. 영리해, 영리하군. 내 한번 그렇게 해보리다."

내가 안도의 숨을 쉬며 말했다.

"그럼 선생님이 할 마술 준비를 시작하세요. 저는 오늘 밤 이곳 언론인들을 불러올 테니까요."

"오는 길에 자물쇠를 하나 갖다 주시오. 간단한 보통 맹꽁이자물쇠면 돼요. 가게에 가서 사오시구려."

그가 수수께끼 같은 웃음을 띠며 말했다.

"맹꽁이자물쇠라? 마술할 때 사용할 건가요?"

그가 고개를 끄덕였다.

"무대에 올리기에는 적당치 않은 마술이지만 당신 친구 사이먼 아크를 꺾는 데는 도움이 될 거요."

"난 그런 건 몰라요. 어쨌건 오늘 밤에 봅시다."

나는 이렇게 말하고 분장실에서 나왔다.

이집트 언론계 인사 몇몇을 모으기는 생각보다 쉬웠다. 그들은 미국인과 관련된 것이면 무엇이든지 뉴스거리가 된다고 생각하는 것 같았다. 전설적인 사이먼 아크가 관계되는 일이라면 더욱 그러했다. 사이먼 아크는 카이로 언론에서 항상 좋은 기삿거리가 되는 모양이었다. 그들은 기꺼이 정해진 시간에 극장에 나타나겠다고 약속했으므로 나는 마술사에게 갖다줄 맹꽁이자물쇠를 구하러 나섰다. 나는 별로 힘들이지 않고 자물쇠를 찾아냈는데 꽤 견고해 보이는 표준 모델이었다. 자물쇠에는 열쇠가 두 개 달려 있었다. 조그만 노란색 꼬리표에는 '메이드 인 유에스에이'라고 적혀 있었다. 나는 그만하면 어떤 마술사에게도 적당하겠다고 생각했다.

그날 밤 저녁 공연 때는 관중이 좀 많았고 여기저기 외국인들도 보였다. 사업가로 보이는 영국인이 몇 명 있었고 프랑스인, 독일인, 미국인, 그리고 심지어 소련인들도 있었다. 뒷줄에서는 미국인으로 보이는 대학을 갓나온 처녀들이 킬킬거리고 있었다. 나는 어두운 극장 뒤켠에 말없이 서서 마술사가 거의 텅 빈 무대 위에서 낯익은 연기를 하는 광경을 지켜보았다. 먼저 공연에서도 나왔던 그 검은 머리의 이집트 소녀가 다시 한번 톱질로 몸이 두 동강 났는데, 이제는 마술사의 손가락 끝에서 불길이 솟아도 별로 놀라운 느낌이 들지 않았다. 막이 내리자 나는 바깥에 있던 기자 세 명을 데리고 분장실로 갔다.

"아, 안녕하시오. 기다리고 있었습니다."

마술사가 우리에게 인사했다. 그의 영어는 여전히 좀 엉터리였고 얼굴은 여전히 나이 들어 보였다.

"자물쇠 가져오셨소?"

내가 고개를 끄덕이며 주머니에서 물건을 꺼냈다. 그가 자물쇠를 받아 들고 한두 번 뒤집어가며 살펴보더니 말했다.

"아주 좋습니다. 시작해 봅시다."

연필을 멋지게 쥔 한 기자가 물었다.

"당신은 지금 사이먼 아크에게 이 묘기의 비결을 풀어보라고 도전하는 겁니까?"

"묘기라고 하셨소?" 마술사가 무대 위에서처럼 얼굴을 찡그려 보였다. "이건 기적이오. 진짜 기적이라구. 여러분, 이것 보시오. 이것이 내 벽장 문이오."

그가 손으로 그것을 만지자 나무로 만든 두꺼운 문이 활짝 열리고 방금 비워 놓은 것으로 보이는 벽장이 드러났다.

"안에 들어가서 살펴들 보시고 비밀 문이나 어떤 속임수도 없다는 것을 직접 확인하십시오. 속임수는 없어요. 기적일 뿐이지."

그 조그만 벽장은 꽤 견고했는데 한두 사람이 들어갈 만한 공간이 있었다. 벽과 천장, 그리고 바닥은 아무리 두드려보아도 끄떡없었다.
"단단하군."
마침내 한 기자가 말하자 다른 기자들도 고개를 끄덕였다.
"그리고 비어 있지. 완전히 비어 있다구."
마술사가 말했다.
"완전히 비었군."
"자, 이제 보세요."
그가 자물쇠를 집어서 벽장 문에 걸어서 채웠다. 문이 꽉 닫히지는 않았지만 그래도 벽장은 어느 모로 보나 확실히 잠겨 있었다. 마술사가 열쇠로 자물쇠를 열었다가 다시 걸어 잠갔다. 그리고 열쇠를 기자들에게 주어 자기가 한 일을 반복해 보도록 했다. 기자들은 벽장 문을 다시 열어 안을 검사하고 나서 그중 한 명이 최종적으로 맹꽁이자물쇠를 걸어 잠갔다. 열쇠를 마술사가 바꿔치기하지 않았는지 확인하기 위해 마지막으로 한번 더 검사했다.
"열쇠를 갖고 계시오. 그리고 자물쇠에 아무런 속임수도 없다는 걸 확인하기 위해서 열쇠 구멍에 양초를 좀 발라놓으시지요."
마술사가 빙그레 웃으며 말했다.
기자들이 좋은 생각이라며 찬성했다. 그들은 마술사의 도움을 받아 성냥개비로 자물쇠의 열쇠구멍을 막았다. 그리고 촛농을 몇 방울 떨어뜨려 그 안으로 흘러들게 했다. 그렇게 해놓고 나니 이제는 제 열쇠를 가지고도 자물쇠를 연다는 것이 불가능하게 되었다. 그 다음에는 열쇠 두 개를 모두 봉투에 넣어 봉한 뒤 기자들이 차례로 겉봉에 서명을 했다. 그들 중 한 명이 열쇠를 맡아서 필요한 일이 생길 때까지 자기 사무실 금고에 보관하기로 했다.
"이제는 걸쇠를 문짝에 고정시킬 나사못과 경첩을 검사하시오. 페인트를 칠한 상태를 잘 봐둬요. 내일 아침에 돌아와 봐도 마찬가지 상태일 겁니다."
마술사가 잠시 킬킬 웃고 나서 말을 이었다.
"자, 그럼 이제 기적은 여러분의 것입니다. 내일 밤 여러분이 벽장 문을 열 때 이 안에 무엇이 들어 있으면 좋겠습니까? 원하는 것을 무엇이든지 말씀만 하세요. 내가 소원을 이루어드릴 테니까."
그건 정말 사이먼조차도 높이 평가할 수밖에 없을 멋진 쇼였다.
"코끼리."
기자 한 사람이 말했다.
"아하, 장소가 너무 좁군요." 마술사가 슬픈 표정으로 말했다.
"아가씨. 카이로에서 가장 아름다운 아가씨요."
내가 웃으면서 제의했다.
"과연 미국인답게 말하는군." 마술사가 살짝 미소 지으며 말했다. "그렇다면 할 수 없군. 내일 밤 이 시간에 보게 될 것이오. 온 카이로에서 가장 아름다운 아가씨가 이 벽장 안에 갇혀 있는 것을 말이오. 자, 내가 사이먼 아크에게 제의하는 시합은 그 여자가 이 잠긴 문과 견고한 벽을 뚫고 어떻게 들어갔는지 설명해보라는 것이오."
"거 볼 만하겠는데."
기자들 중 한 명이 동의했다. 아름다운 미녀가 등장함으로써 이야기가 더욱 재미있게 되었다고 생각하는 것이 분명했다.

사실 나는 극장 밖에서 기자들과 작별하고 호텔로 돌아가면서도 내가 꾸민 깜짝쇼로 과연 사이먼을 찾게 될지 자신이 없었다. 한 마술사가 자기에게 도전했다는 소식과 내가 관련되어 있다는 소식이 그에게 도달하는 데는 여러 주일이 걸릴 가능성도 있었다. 이런 경우 나는 뉴욕의 내 사무실에 돌아가 있을지도 모른다. 그리고 설사 사이먼을 찾아낸다 하더라도 그가 실종된 비행기를 찾으러 사막을 돌아다니겠다고 선뜻 나서지도 않을 것 같았다. 나는 좀 풀이 죽어 호텔 카운터에서 내게 걸려온 전화가 있는지 알아보고 나서 내 방으로 올라갔다. 카이로에서 첫날을 그렇게 보내고 나니 몹시 피곤하여 자고 싶은 생각뿐이었다.

잠긴 문을 열고 방에 들어서는 순간, 나는 어둠 속에서 소스라치게 놀랐다. 누군가 나를 기다리고 있었던 것이다.

"누구?"

"날세, 나야."

귀에 익은 목소리가 대답했다.

"사이먼?"

나는 가슴이 울렁거렸다.

"자네가 날 찾아다닌다고 하던데."

"미국 정부가 자네를 찾고 있다네." 내가 이렇게 대답하면서 전등 스위치를 켰더니 크고 옹골찬 체격, 찌푸린 이마 때문에 그늘진 신비로운 두 눈, 그리고 별로 늙지 않았는데도 어쩐지 노티가 나는 얼굴이 보였다. "잘 있었나, 사이먼?"

"잘 있었네." 그가 가만히 한숨을 쉬고서 의자에 깊숙이 앉았다. "자네를 놀라게 했다면 용서하게. 하지만 좀 비우호적인 목적에서 나를 찾는 사람들이 있어놔서."

다시 한번 그를 만나 이야기를 나누게 되니 반가웠다. 그래서 당장은 집에 돌아가야 한다는 생각도 사라지고 말았다. 나는 담배를 한 대 피워물고 내 임무에 관해 그에게 차근차근 설명해 주었다.

"정부에서는 1945년에 사막에 추락한 군용 비행기 한 대를 자네가 찾아주기를 바라고 있다네."

그는 이 말을 듣고 약간 미소를 지었다.

"나는 악마를 찾지, 실종 비행기는 찾지 않아. 그리고 모래언덕들은 끊임없이 이동하기 때문에 비행기 잔해는 벌써 오래전에 모래에 묻히고 말았을 걸세."
"아마 다시 파냈을지도 모른다네."
내가 그에게 담뱃갑에 관한 이야기를 해주었다.
"그 오랜 시일이 지나도록 여전히 관심을 불러일으킬 만한 물건이 비행기에 있다면 그게 무엇일까?"
그가 자문하듯이 말했다.
"그 점이 수수께끼일세. 아무도 얘기해 주지 않는단 말일세."
"자네가 나를 그 미국 공작원에게 소개해 줄 수 있겠나?"
나는 고개를 끄덕였다.
"그 사람의 이름은 해리 블레이크야. 꽤 멋진 친구인 것 같아. 사실은 오늘 밤 나에게 전화를 걸겠다고 했다네. 우리 전화를 기다리는 동안 술이나 좀 시켜다 마시자구."
사이먼이 고개를 끄덕여 동의했으므로 나는 아래층에 전화를 걸어 위스키를 좀 가져오라고 일렀다. 그러고 나서 사이먼에게 마술사를 만났던 이야기와 자물쇠로 잠근 벽장에 관한 이야기를 들려주었다.
"아마 내일 조간신문들이 일제히 보도할 걸세. 그러니 내일 밤에는 자네도 그곳에 가야 할 걸세."
그가 약간 킬킬거렸다.
"거 아주 재미있구먼."
"자네는 그가 정말로 벽장 안에 여자를 들여놓으리라고 생각하는가?"
사이먼이 고개를 끄덕였다.
"그 마술을 하는 방법은 적어도 다섯 가지는 되지. 내가 궁금한 것은 과연 그가 그중 어떤 방법을 쓸까 하는 점일 뿐이야."

바로 그때 전화가 걸려와 내가 수화기를 들었다. 역시 블레이크였다.

"해리 블레이크입니다. 그 사람에게서 무슨 기별이 왔는가요?"
"그 사람은 바로 이 순간 마치 불사조와 같은 모습으로 이 방에서 나와 마주 앉아 있소."
"드디어 찾아내셨군요?"
"그 사람이 나를 찾아왔소. 이곳으로 와보시지요."

이렇게 해서 내 호텔 방에서는 때아닌 심야회의가 열려 사이먼 아크와 해리 블레이크, 그리고 나는 작은 탁자를 가운데 두고 모여 앉아서 이집트 지도와 누렇게 변색된 항공지도의 복사물을 검토했다. 블레이크가 수수께끼 같은 추락사건에 관해 정부가 알고 있는 얼마 안되는 정보를 설명했다. 사이먼은 모든 얘기를 주의깊게 경청하면서 가끔씩 질문했지만 그저 고개를 끄덕일 때가 더 많았다. 그리고 설명이 끝나자 내가 기다렸던 질문이 나왔다.

"말해 보시오, 블레이크 씨. 그 비행기에 무엇이 있기에 갑자기 그처럼 귀중한 물건이 되었소?"

블레이크가 역시 어깨를 으쓱해 보였다.

"금이라고 해두지요."
"내가 알고 있는 미국 정부라면 금이 몇 백만 달러어치 있더라도 이런 식의 대책을 강구하지는 않을 텐데."
"그 이상은 말씀드릴 수 없습니다. 비행기를 찾아내면 그 안에 무엇이 있는지 저절로 알게 될 겁니다."

블레이크가 단호하게 말했다.

사이먼 아크가 미소를 지으며 탁자에서 허리를 폈다.

"거 호기심을 돋우는군. 좋소. 내 해보리다."

블레이크가 빙그레 웃으며 나에게 말했다.

"물론 함께 가시겠지요?"
"아, 아니요. 난 내일 아침 뉴욕행 비행기를 탈 겁니다."
사이먼이 나를 향해 눈살을 찌푸렸다.
"카이로 최고의 미인을 잊은 건 아니겠지? 그 여자는 틀림없이 기다릴 만한 값어치가 있을 텐데."
"자넨 고향에 내 아내가 있다는 걸 잊은 건 아니겠지?"
"이 친구야, 그건 좀 낡은 사고방식 아닐까."
"물론이지."
"그래도 적어도 내일 밤 마술은 보고 가야지."
"좋아." 내가 동의했다. "하지만 그러고 나면 나는 뉴욕으로 돌아갈 거야. 난 그런 추적 놀음을 하기에는 너무 늙었단 말일세."

이렇게 해서 회의는 끝났다. 사이먼과 블레이크는 약 30시간 뒤에 승용차를 타고 출발하여 그 비행기가 있음직한 남부 사막지대로 가기로 했다. 그들은 도로가 끝나는 곳에서부터는 낙타를 타고 갈 계획이었다.

두 사람이 나간 뒤 나는 잠을 잤다. 그러나 아침 해는 나에게 뭐라고 딱집어 말할 수는 없지만 어떤 막연하게 어수선한 느낌을 가져다 주었다. 어쩌면 그것은 이 낯선 나라의 입에 맞지 않는 음식 탓인지도 몰랐다. 나는 오후 한나절을 시내 관광으로 보내면서 가장 아름다운 미인은 어떨까 하고 마음속에 그려 보았으나 결국은 그런 것은 존재하지 않는다는, 적어도 여러 사람 앞에 나타나지는 않으리라는 결론을 내렸다. 저녁을 마친 뒤 나는 마침내 마술사가 있는 그 조그만 극장으로 되돌아갔다. 사이먼이 으슥한 길에 서서 나를 기다리고 있었다.

"쇼를 구경했나?"

내가 그에게 물었다.

그가 고개를 저었다.

"마술이란 변하는 게 아닐세. 나는 마술을 매일 보니까 새삼스럽게 구경할 필요가 없지. 내가 관심을 갖는 것은 마술사가 어떤 속임수를 쓰느냐 하는 것뿐이야."

우리는 극장 건물을 끼고 도는 좁은 골목길을 함께 걸어서 마침내 불빛이 흐릿한 뒷문에 도달했다. 예상했던 것처럼 기자들은 벌써 안에서 기다리고 있었다. 기자들이 사이먼 아크를 알아보고 흥분하여 잠시 소동을 벌인 끝에 우리는 함께 마술사의 분장실로 향했다. 마술사는 문간에 서서 한 손으로 끝이 뾰족한 턱수염을 쓰다듬으면서 우리를 기다리고 있었다.

"아! 기자 양반들과 미국 양반, 그리고 사이먼 아크! 이건 정말 놀라운 일인걸."

오늘 밤 그의 말투는 독일식 억양이 아니었다.

마술사가 회심의 묘기를 준비하는 동안, 우리는 다시 한번 그의 분장실 안에 모여 있게 되었다. 벽장문은 내가 기억하던 바로 그대로였고 자물쇠도 제자리에 있고 열쇠구멍도 막혀 있었다. 문짝의 경첩과 걸쇠의 나사못도 모두 손을 대지 않아 칠이 벗겨지지 않은 상태였다. 간밤 이후로 아무도 문을 열지 않은 것이 분명했다.

"열쇠 여기 있습니다."

이집트인 기자 한 명이 이렇게 말하며 뚜껑에 서명한 그 낯익은 봉투를 내놓았다. 다른 기자들이 번갈아가며 검사한 뒤 봉투를 찢으니 내가 자물쇠를 살 때 함께 가지고 온 바로 그 열쇠 두 개가 나왔다. 물론 이제는 자물쇠를 연다는 것이 쉬운 일이 아니었다. 양초를 벗겨 냈지만 열쇠 구멍에는 부러진 성냥개비들이 들어 있었다. 열쇠가 아무 소용이 없었다.

어떤 참을성 없는 기자가 마술사가 마술을 할 때 사용하는 튼튼한 쇠막대기를 집어서 잠긴 문짝을 비틀어 열기 시작했다. 피부가 가무잡잡한 그 기자가 끙하고 힘을 쓰자 문짝이 열리면서 나무 부스러기들과 함께 걸쇠와 나사못들이 떨어져 나갔다. 그리고 그 조그만 벽장 안에는 한 아가씨가 안쪽 벽에 등을 대고 바닥에 웅크리고 앉아 있었다. 그 여자는 카이로에서 가장 아름다운 미인일 법도 했지만 분명히 이집트 여자는 아니었다. 영국인이나 미국인이 분명한 그 여자는 20대 초반의 금발 미녀였다.

"여자를 밖으로 꺼내요. 이 아가씨는 지금 몸이 편치 않아."

갑자기 사이먼 아크가 소리치며 다른 사람들을 밀어제쳤다.

우리는 그 여자를 부축하여 벽장에서 꺼내 가까운 의자에 앉혔다.

"이 여자는 어떻게 된건가, 사이먼?"

내가 물었다.

"마약을 먹었을걸세."

이 말이 떨어지자 모든 사람의 눈이 마술사에게 쏠렸다.

"당신의 마술을 위해 꼭 이런 짓이 필요했습니까?"

"나는……."

마술사가 무슨 말을 하려고 입을 열었으나 곧 그만두었다.

"하지만 여자가 어떻게 안에 들어갔지?"

기자 한 사람이 묻고 있었다.

"우리가 지난 밤에 직접 문을 잠갔는데. 그뒤로 문을 연 흔적도 없는데 아가씨가 안에 들어가 있다니."

기자 한 명이 벽장의 벽과 바닥, 그리고 천장을 다시 한번 검사해 보았지만 아무런 이상도 찾아내지 못했다.

사이먼 아크가 턱수염 난 마술사에게 말했다.

"당신이 설명하겠소? 아니면 내가 설명하리까?"

그러자 마술사는 여전히 말이 없었다.
"설명해 봐요."
기자 한 사람이 재촉하자 사이먼이 설명을 시작하려는 것 같았다.
그러나 바로 그때 아가씨가 의식이 깨어나는 듯 몸부림을 쳤다. 그 여자가 무언가 중얼거리면서 눈을 떴다.
"여기가 어디? 이게 어떻게 된 거예요?"
"이제 괜찮소?"
내가 그녀의 순수한 보스턴 액센트를 알아듣고서 물었다.
"그런 것 같아요. 내가 어떻게 된 거예요?"
"우리도 잘 모르겠소. 아가씨는 저 벽장 안에 갇혀 있었답니다."
"그 사람이 나에게 마약을 먹인 것 같아요. 기분이 고약해요."
그 여자가 분명히 말했다.
또 한번 사이먼 아크의 목소리가 울렸다.
"누가 마약을 먹였소? 이 사람이오?"
사이먼 아크의 손가락이 마술사 쪽을 가리켰다.
"아니에요. 난생 처음 보는 남자였어요. 내가 오늘 낮 공연이 끝나고 극장을 나서는데 그 사람이 골목길에서 나를 불렀어요. 내가 미인대회에 나갔으면 좋겠다는 얘기였어요."
"이집트인이던가요?"
"아니에요. 유럽인처럼 생겼는데 아마도 독일인인 것 같았어요."
여자는 이제 몸을 제대로 가누게 되었고 혈색도 좀 되돌아오고 있었다.
"아가씨는 누구지요?"
어떤 기자가 물었다.
"리마 잭슨입니다. 전 뉴욕의 〈패션위크〉지 편집부 기자예요. 지금 휴가중이에요."

"《그린 맨션스》에 나오는 그 리마 말이오?"

내가 물었다.

그 여자가 살짝 웃으며 고개를 끄덕였다.

"부모님이 그 책을 좋아하셨어요."

이제 좀 회복된 그 여자의 모습을 보니 나는 마술사가 자기 속임수에 왜 이 여자를 선정했는지 알 것 같았다. 누구도 반대하지 못할 선택이었다. 그 여자는 금발에 몸맵시가 단정했고 그리고 〈패션위크〉지 표지에나 나올 정도로 정말 날씬했다.

"하지만 도대체 어떻게 여기 와 있는 겁니까?"

다른 기자가 독촉하듯 물었다. 기사 마감시간이 가까웠음을 의식하는 것이 분명했다.

"그 사람이 내 음료수에 무언가 집어넣었던 것 같아요. 우리는 길 건너의 조그만 술집에 갔었는데, 그 뒤로는 아무 기억도 없어요."

그래서 이제는 마술사가 입을 열 차례가 되었다. 그가 또렷한 목소리로 말했다.

"여러분, 분명히 말하지만 나는 이 엉뚱한 일에 관해 아무것도 아는 바가 없습니다."

"당신이 이 여자를 벽장 안에 가두어 놓은 게 아니란 말이오?"

"절대 아닙니다! 내가 벽장 안에 넣은 것은 이집트 여자였고, 또 나는 그 일을 하는 데 마약을 사용하지 않았소."

"그럼 이게 어떻게 된 일이란 말입니까? 어떻게 두 여자가 잠긴 문으로 들락거렸단 말이오?"

누군가가 물었다.

사이먼 아크가 무슨 말을 하려는데 무대 쪽에서 끔찍한 비명이 들려 대화가 또 중단되었다. 우리는 마술사를 앞세우고 서둘러 무대로 나가보았다. 빗자루를 든 흑인 노파가 청소를 하다가 무언가 끔찍한 것에 발이 걸려 비명을 질렀던 것이다. 벌써 마술단원들이 어안이 벙벙해서 모여 있었다. 알록달록한 마술사의 상자들 앞의 무대 위에 어떤 남자의 시체가 큰 대자로 누워 있었다. 그의 목은 단 일격에 싹둑 잘려 있었고 얼굴은 단말마의 고통으로 일그러져 있었다.

그러나 더욱 놀라운 것은 그 아가씨 리마 잭슨이 헐떡이며 소리친 말이었다.

"바로 저 사람이에요! 나에게 약을 먹인 바로 그 남자⋯⋯."

다음날 정오 무렵에 우리 다섯 명은 카이로 시에서 남쪽으로 160킬로미터 이상 벗어난 곳에 있었다. 그렇다, 우리 다섯 명이었다. 리마 잭슨과 해리 블레이크, 마술사와 사이먼 아크와 나였다.

그렇게 된 이유는 간단했다. 해리 블레이크가 손을 써서 카이로 경찰의 손아귀로부터 우리를 구출했던 것이다. 그 무렵 내가 취할 수 있는 선택은 결정되어 있었다. 사이먼과 블레이크를 따라 사막으로 가느냐, 아니면 한두 주일 더 카이로에서 발이 묶여서 이름도 모르는 그 남자의 피살사건에 관해 바보 같은 심문을 받느냐 하는 것이었다. 나는 사막을 택해 그들을 따라 나섰다. 시외로 8킬로미터쯤 벗어났을 때 프랑스제 소형차 한 대가 우리를 따라잡았는데, 그 차에는 역시 경찰의 심문을 피해 도망가는 마술사와 리마가 타고 있었다. 그들은 한사코 돌아가지 않겠다고 했기 때문에 이제는 그들도 함께 데리고 가는 수밖에 없었다. 물론 블레이크가 꺼려했지만 말이다. 그는 아마도 극비작전에 미국의 패션잡지 기자와 독일인 마술사가 동행했다는 소문이 퍼질까봐 걱정하는 것 같았다.

이렇게 해서 우리는 차를 타고, 나중에는 낙타를 타고서 길을 아는 사람은 사이먼밖에 없는 듯한 사막을 가로질러 그곳에 도착했다. 첫

날 밤에 우리는 오아시스의 가장자리에 천막을 치고 나서 리마에게는 별도로 야자나무들 사이에 잠잘 곳을 마련해주었다. 나중에 마술사가 몇 가지 카드 속임수를 연습하고 해리 블레이크가 지도를 검토하고 있는 동안 나는 사이먼과 함께 낙타들을 살펴보러 갔다.

"사이먼, 정말이지 난 이제 이런 것을 타고 다니기에는 너무 늙었네."

내가 그에게 말했다. 그때 가까이에 있던 낙타 한 마리가 나를 향해 이를 갈았으므로 나는 깜짝 놀라 뒤로 물러섰다.

"내 말을 알아들었나? 이놈이 나를 미워하는군."

사이먼이 빙그레 웃었다.

"우리의 실종 비행기 수색은 그 성격이 아주 복잡해져가고 있다네. 이런 마당에 낙타 같은 건 걱정거리가 아닐세. 이 사람아, 내 생각에는 불시에 끼어든 우리 일행 중 한 명은, 그것이 마술사이건 리마이건 간에 예전부터 이번 수색에 동행하기를 아주 열망하고 있었던 것 같아. 분명히 그 두 사람이 합류한 것은 우연이 아닌 것 같네."

"경찰에 쫓겨온 게지."

"경찰에서는 약을 먹고 의식을 잃은 채 벽장에 갇혀 있던 리마 잭슨이 그 남자의 목을 잘랐다고 입증하기는 힘들 걸세."

"그자가 미리 살해되어 있었는지도 모르지."

그러나 사이먼이 고개를 가로저었다. "그 마술상자는 공연 때 사용했던 것이니까, 공연이 끝난 직후까지는 그 안에 시체가 들어 있지 않았던 게 분명해. 게다가 피의 상태는 그 낯선 사람이 죽은 지 얼마 안 된다는 것을 말해 주고 있었거든."

"자넨 마술사가 그를 죽였다고 생각하나?"

"잘 모르겠네. 적어도 아직은 모르겠어. 그리고 그 아가씨도 사실은 마약을 먹지 않았을 거야."
나는 아예 손을 들고 말았다.
"거, 나에겐 너무 이해하기 힘든 문제군."
"그리고 또 비행기 문제가 있지. 자네는 블레이크 씨가 인도 문제 전문가라는 걸 알고 있었나? 그의 전임지는 인도의 고아였다네. 최근 그곳에서 말썽이 생기기까지는 말이야."
"아, 그래?"
나는 그의 말에 흥미는 있었지만 그렇다고 크게 놀라지는 않았다.
"공산주의자들의 한 가지 숙원은 미국과 영국을 이간시키는 것인데, 인도는 독립한 지 10여 년이 지나도록 아직도 그 무대가 되고 있지. 자네 수바스 보제라는 이름을 들어본 적 있나?"
"들어보지 못한 이름 같은데."
"그는 영국을 인도에서 쫓아내기 위해 독일이나 일본과도 공공연히 협력했던 인물일세. 일본이 인도를 정복했더라면 수바스 보제가 인도의 통치자가 되었을걸세."
"그 사람이 어떻게 되었는데?"
"그는 여러 차례 피살되었다고 보도되었는데 그때마다 생존한 것으로 밝혀졌지. 마지막 사건은 1945년 8월 18일 대만에서 일어났었다네. 인도에 있는 그의 지지자들은 그가 여전히 살아 있다고 확신했지만, 그러나 사실은 그것이 그의 마지막이었던 게 분명해."
"그래서?"
"내 소식통에 따르면 블레이크가 인도의 고아에 있을 때 특별히 보제사건에 큰 관심을 가지고 있었다는 거야."
"그건 오래전 사건인데."
사이먼이 고개를 끄덕였다.
"하지만 수바스 보제의 망령이 지금도 걸어다니고 있을지도 모르는 일이거든."

"사이먼, 자네는 지금 정치문제를 다루고 있구만. 내 관심사는 어서 비행기를 찾아서 이 일을 끝내고 싶은 것뿐이야."

사이먼이 손에 잡힐 듯이 하늘에서 반짝이는 수많은 별들을 올려다보며 말했다.

"아, 난 그 비행기 있는 곳을 알고 있지. 어제 알게 되었어."

나는 그가 미리 계획해 두었던 것처럼 조심스럽게 길을 찾아온 것을 벌써부터 이상하게 생각하고 있었지만 그래도 막상 이 말을 듣고는 놀라고 말았다.

"뭐라고?"

"해리 블레이크에게서 그 담뱃갑 이야기를 듣고 나서 나는 물론 그 골동품 상점을 직접 조사해 보았네. 아마 내 방법이 블레이크의 방법보다 효과적이었을 거야. 어쨌든 나는 그 담뱃갑을 발견한 원주민을 찾아냈네. 그가 나에게 비행기의 위치를 알려주더군."

"그게 어딘가?"

사이먼이 허리를 굽혀 손가락으로 모래 위에 줄을 그었다.

"여기가 나일강일세. 나일강을 따라 남쪽으로 내려가면 우리가 자동차를 버리고 온 아슈트지. 우리는 지금 동남쪽으로 가고 있는 중인데 케나를 우회하여 대체로 홍해 연안에 있는 엘코세이르 쪽으로 가고 있단 말일세. 내가 얻은 정보에 따르면 그 비행기는 그 도시의 바로 북쪽 바다에서 16킬로미터쯤 들어간 내륙의 사막에 묻혀 있다는 거야."

"그 일대는 사람의 왕래도 많고 선박도 가끔 지나다닐 텐데?"

"그렇지 않을 걸세. 더구나 그 비행기는 여러 해 동안 모래에 묻혀 있었어. 어쨌든 하루만 더 여행하면 그곳에 도착하게 될 걸세."

"마술사와 리마는 어떻게 하지?"

"둘 중의 한 사람이 곧 행동을 시작하겠지."
"그 벽장 속임수는 도대체 어떻게 된 건가? 마술사가 어떻게 그런 짓을 한 거야?"
"때를 봐서 설명해 주겠네. 아직은 알려주지 못할 이유가 있어."

우리는 다른 일행이 있는 곳으로 되돌아갔다. 모두들 잠이 든 것 같아 나도 잠을 청하려는데 리마 잭슨이 내 이름을 부르는 소리가 들렸다. 나는 그 여자가 이 밤 시간에 왜 나를 부를까 궁금히 여기면서 어둠 속에서 그녀가 있는 곳으로 찾아갔다. 그 여자는 아직 셔츠에 디스코바지 차림이었는데 다급한 목소리로 말했다.
"제발 좀 알려주세요. 지금 무엇을 찾고 계세요?"
"정말이지 난 몰라요. 다만 아가씨가 끼어들 만한 문제가 아니라는 것은 알지요. 아가씬 월도프 호텔의 패션쇼나 취재하러 가지 그래요? 아니면 모자상자를 들고 5번가나 산책하든지."
"난 기자예요. 기삿거리가 있다는 냄새가 난다구요. 패션기사는 아니겠지만 무언가 더 큰 기삿거리일지도 모르죠. 이만하면 질문에 대답이 되겠어요? 어쨌건 나는 마취제를 먹고 벽장 속에 갇혀 있었으니 내게도 권리가 있는 게 아니겠어요?"
나는 그 여자의 말에 대답할 것이 없었기 때문에 그저 어둠 속에서 그 여자의 담뱃불을 바라보다가 잠을 자러 갔다. 그 여자가 좀 이상한 데가 있다는 생각이 들었지만, 사실은 이상하기는 우리 모두가 마찬가지였다.

아침이 밝으면서 사막의 밤의 한기가 사라졌다. 내가 옷을 입을 무렵 다른 사람들은 벌써 밖에 나가서 조그만 숯불 석쇠를 가지고 변변찮은 아침식사를 만들고 있었다. 낙타들도 밤새 휴식을 취해 생기가 돌았기 때문에 우리는 오전 시간에 서둘러 발길을 재촉했다. 사이먼은 이제 전보다 더 자신있게 길을 인도했기 때문에 블레이크는 특히 목표물을 찾을 때가 임박했음을 의식하는 것 같았다. 아침 나절에 한 번 멀리서 북쪽으로 이동하는 유목민 무리가 이동하는 것을 본 것을 제외하면 온 지구상에는 우리 다섯 명뿐이라는 느낌이었다. 처음 달에 착륙했던 사람들도 이런 느낌이었으리라는 생각이 들었다.

얼마 후 낙타 여행에 가장 익숙한 사이먼 아크와 해리 블레이크가 약간 앞서 나갔으므로 나는 뒤에 처져서 마술사와 이야기를 나누게 되었다. 그는 짙은 분장을 하고 여전히 고집스럽게 가짜 수염을 달고 있었지만 그래도 오늘은 나이가 좀 젊어 보였다.

"얼마나 먼가요?" 그가 특이한 독일식 억양으로 물었다.

"이젠 얼마 안 남았어요."

"이런 햇볕은 참기 어렵군요."

"교도소 감방보다야 낫지요."

이 말에 그가 눈살을 찌푸렸다.

"당신은 내가 그 낯선 사람을 죽였다고 생각하는 거요?"

"누군가가 죽였겠지요."

"지금쯤은 경찰이 사건을 해결했을 겁니다."

"그럴지도 모르지요."

내가 이렇게 말하고 담배를 피워 물었다.

"당신의 그 굉장한 친구 사이먼 아크는 그 살인사건에 관해 한 가지 이상한 점을 간과하고 있습니다."

"그게 뭐지요?"

"피살자는 목이 잘리고 얼굴은 일그러지고 피투성이였지요. 친어머니라도 그 얼굴을 당장 알아보지는 못했을 겁니다. 그런데도 리마 잭슨이라는 이 아가씨는 마치 10여 분 전에 만난 사람처럼 당장 그 사람 이름을 대더란 말입니다. 그 점을 생각해봐요."

그것은 중요한 점이라고 나도 시인할 수밖에 없었다. 그 여자는 아마도 당시의 상황 때문에 너무 성급하게 단정했던 것인지도 모른다.

"그 여자가 거짓말하고 있다고 생각하시는군요."

그가 어깨를 으쓱했다. 그때 사이먼 아크가 우리의 별난 행렬을 정지시켰다. 내가 낙타를 타고 다가갔더니 그가 말했다.

"거의 다 온 것 같아. 아마도 바로 저 모래언덕 너머일 걸세."

그가 몇 킬로미터쯤 떨어진 곳에 있는 모래언덕을 손으로 가리켰다.

이때 마술사가 합류했는데 그는 골짜기 아래쪽에 관심을 쏟고 있었다.

"저 먼지 구름이 뭐죠?"

그가 누구에게랄 것도 없이 물었다. 우리가 그의 시선을 따라가 보았더니 과연 멀리서 모래알들이 뒤엉켜 조그만 소용돌이를 이루면서 점차 우리 쪽으로 다가오고 있었다.

"모래 폭풍이다!" 블레이크가 고함쳤다. "모두들 숨어요."

"어디로? 낙타 뒤에 숨으라고?"

나는 어리둥절했다.

"누가 아가씨를 좀 돌봐주시오. 낙타들을 앞혀서 사람을 조금이라도 보호하도록 해요."

블레이크가 이렇게 말하면서 자기 낙타를 잡아끌었다.

"내가 리마를 돕지."

마술사가 말했지만 내가 먼저 그 여자에게로 갔다.

"고맙지만 그만둬요. 당신은 이 여자를 아예 사라지게 할지도 모르니까."

이윽고 우리는 모두 낙타의 등 뒤에 얼굴을 파묻고 주저앉았다. 리마는 바로 내 옆에 앉았고 마술사는 그 곁에 있었는데 벌써부터 그의 흰색 옷자락이 바람에 나부끼고 있었다. 1분쯤 지나니 모래 알갱이가 우리의 머리를 감싸며 소용돌이쳤다. 낙타들은 공포에 질려 헐떡이는 듯한 묘한 소리를 내기 시작했고, 주위에는 아무것도 보이지 않았다. 나는 한 손으로 리마의 팔을 잡았는데 그 여자가 나름대로 모래폭풍과 싸우느라고 버둥거리고 있다는 것을 느낄 수 있었다. 블레이크와 사이먼은 흔적도 보이지 않았지만 나는 그 두 사람이 근처 어디엔가에 있다는 것을 알고 있었다.

모래폭풍은 닥쳐올 때처럼 신속하게 가라앉는 것 같았다.

"이젠 멎었어요."

리마가 이렇게 말했으므로 나는 그녀의 팔을 놓았다. 나는 그녀가 한 말이 사실인지 확인해 보려고 머리를 들었는데 그때 사건이 벌어졌다.

그 여자는 간신히 들릴 정도로 숨을 헐떡였는데 그게 전부였다. 나는 눈을 뜨고 주위를 둘러보았다. 블레이크와 사이먼이 보였고 내 곁에 마술사가 있었다. 그러나 리마 잭슨은 보이지 않았다.

어처구니없는 노릇이었다. 그러나 하늘이 개고 바람이 멎고 나니 그것이 사실임을 알 수 있었다. 불과 몇 초 전까지만 해도 내 손에 팔을 잡혀서 나에게 말까지 했던 그 아가씨가 마치 모래에 삼켜져버린 듯 완전히 사라지고 없었던 것이다.

"사이먼! 아가씨가 사라졌어. 방금 여기 있었는데 없어졌어."

내가 소리쳤다.

"낙타도 한 마리 없어졌는데."

해리 블레이크가 말했다.

"아가씨가 어딘가 모래 속에 파묻힌 건가?"

나는 이렇게 말하며 모래를 파헤치기 시작했다.

그러나 사이먼 아크는 놀랍게도 여전히 침착했다.

"낙타도 모래 속에 파묻혔을 리가 없지."

그가 이렇게 차분하게 말하면서 재미있다는 듯이 마술사를 흘끗 보았다.

해리 블레이크가 38구경 권총을 뽑았다. 그는 마술사를 향해 권총을 겨누었다.

"그 여잔 방금 여기 있었소. 우리 모두 그 여자의 목소리를 똑똑히 들었으니까. 아무도 그 여자의 목소리는 흉내낼 수 없거든. 게다가 모래 위에 아무 발자국도 남아 있지 않지. 그 여자는 혼자서 떠나갔을 리가 없어요."

"마술사의 짓이야. 마술사가 그 여자를 사라지게 할지도 모른다고 내가 미리 말했었지요."

나는 그를 범인으로 지목하면서 블레이크도 같은 생각일 것이라고 생각했다.

그러나 턱수염 난 그 남자는 빙그레 웃기만 할 뿐 아무 말도 없었다. 내가 한 발짝 그에게 다가서는데 사이먼 아크의 손이 나를 저지했다.

"조심하게. 이상할 게 하나도 없으니까."

"이상할 게 없다고? 그럼 리마 잭슨은 어디 있단 말인가?"

사이먼이 고개를 돌려 우리의 목표 지점이 됨직한 멀리 있는 모래 언덕을 바라보았다.

"꾸물거릴 시간이 없네. 서둘러 가야 해. 설명은 나중에 할 수 있겠지."

그러나 해리 블레이크가 권총을 휘두르며 나섰다.

"아크 씨, 그 아가씨는 미국 시민입니다. 그 여자가 어디 있는지 알려주지 않으면 움직일 수 없습니다."

사이먼 아크가 한숨을 쉬었다.
"정 그러시다면 할 수 없지요."
그러면서 그가 마술사에게 한 발짝 다가섰다. 나는 한순간 턱수염 난 그 마술사를 후려치려는 것인 줄로만 알았다. 그러나 그는 그저 손으로 가발과 가짜 수염을 감싸쥐고 낚아채기만 했다. 블레이크가 숨이 막힐 듯이 놀라고 마술사는 작은 비명을 질렀다. 그리고 우리는 수염이 벗겨진 자리에서 리마 잭슨의 얼굴을 보았다.
"아니, 어떻게? 이 사람이 리마라면, 그럼 마술사는 어디 간거지?"
나는 숨이 막힐 지경이었다.
"질문은 이제 그만. 우린 서둘러야 해."
사이먼이 명령하듯 말했다.
리마는 부산하게 움직이며 변장에 사용했던 가짜 수염과 눈썹을 뗐다. 나는 그 여자가 셔츠와 바지 위에 걸치고 있던 헐렁한 긴 옷을 벗도록 거들어주었다.
"이게 도대체 다 무슨 짓이오?"
내가 그 여자에게 물었다.
"한번 해보고 싶었어요. 나도 한번 탐정 노릇을 해보려고요."
그 여자가 덤덤하게 대답했다.
"하지만 마술사는 어디 있지?"
"그 사람은 폭풍이 불기 시작하자 곧 옷과 분장을 떨쳐버리고 낙타를 타고 떠나갔어요. 나는 그걸 보고 한번 그 사람 흉내를 내보기로 했던 거예요. 난 적어도 당신과 블레이크를 속여냈지요."
"하지만 왜 그런 짓을?"
"친구분인 사이먼 아크에게 물어보세요. 그분은 이유를 알 거예요."

그러나 사이먼과 블레이크는 벌써 낙타에 올라 타고 서둘러 모래가 잔주름을 이룬 사막을 가로질러 가고 있었다. 나는 잠시 말하는 것을 보류한 채 리마와 함께 뒤따라갔다. 진정코 그날은 마술사의 날이었다.

마침내 우리는 앞서 사이먼이 가리켰던 그 모래언덕에 가까이 다가갔는데 이글거리는 태양 때문에 눈이 부시고 갈증으로 목이 탔다. 그리고 그 동안에도 사이먼은 리마 잭슨의 수상한 행동이나 마술사의 수상한 행방불명에 관해 더이상 아무 말도 하지 않았다. 그러나 이윽고 모래 위에 우리보다 앞서 간 발자국들이 나타나기 시작했다.

"마술사일까?"

내가 발자국들을 가리키며 사이먼에게 물었다.

그러나 그는 고개를 가로저었다.

"마술사는 죽었다네. 이건 그를 죽인 살인범의 발자국이야."

"뭐라고? 죽어? 그럼 시체는 어디 있나?"

"카이로에 있지. 목 잘려 죽은 그 사람이 사실은 마술사였다네."

그가 모래 위의 발자국들을 살펴보면서 차분하게 대답했다.

내가 따져 물으려 했지만 해리 블레이크가 벌써 모래언덕 꼭대기에 올라가서 빨리 오라고 독촉하고 있었다. 그곳에서 1킬로미터쯤 떨어진 모래 속에 파묻힌 비행기의 꼬리 부분이 드러나보였다.

"저건가요?"

리마가 물었다.

사이먼이 고개를 끄덕이고서 낙타에서 내려왔다.

"수수께끼 알아맞추기의 마지막 조각같군."

"이제는 진상을 얘기해 주겠습니까? 누가 그 사람을 죽였지요? 잭슨 양은 어떻게 벽장 안에 들어갔지요?"

블레이크가 물었다.

그러나 사이먼은 그저 웃기만 했다.

"그 비행기에 무엇이 있는지 말해 주겠소? 비행기 잔해 바로 저쪽 아래에 낙타가 있군요. 우리 친구는 벌써 현장에 와 있소."

"하지만 저 사람이 마술사가 아니라면, 그럼 누굽니까?"

"누구냐고?"

우리는 낙타에서 내려 천천히 앞으로 걸어가고 있었고 블레이크는 다시 권총을 꺼내들고 있었다. 사이먼이 말했다.

"잘 생각해 보면 당신도 알 거요. 마술사는 공연을 마치고 무대에서 내려오다가 피살되고 이 남자가 그 자리를 차지했지. 그렇게밖에 할 수 없었던 것은 그 마술사라고 사칭한 자는 복잡한 마술을 해낼 줄 몰랐기 때문일 거야."

"잠깐만." 내가 말을 가로막았다. "방금 진짜 마술사가 피살되었다고 했는데, 난 벽장 마술내기가 있기 전후에 그 마술사와 이야기를 나누었단 말일세. 사람이 바뀌었다면 내가 몰랐을 것 같은가?"

"알 수도 있었겠지. 하지만 자넨 몰라보았어. 조금 전에 잭슨 양이 능숙하게 시범해보인 것처럼 가발과 가짜 수염은 아주 효과적인 변장 수단이 되거든. 마술사들은 무대공연 때 턱수염을 이용한 속임수를 자주 쓴다네. 이때 관중은 얼굴을 보는 것이 아니라 턱수염만을 보게 되지."

나는 아직 믿어지지 않았다.

"하지만 내가 분장실에서 마술사를 처음 만났을 때 그 사람은 턱수염을 떼고 있었다네. 그런데 내가 왜 시체를 보고 그 사람인 줄 못 알아봤을까?"

"간단하지. 그 사람 얼굴은 자네가 처음 보았을 때는 짙은 분장으로 더덕더덕 칠해져 있었고, 자네가 그의 시체를 보았을 때는 끔찍하게 일그러져 있었기 때문이야. 리마 잭슨이 시체의 얼굴을 알아본 것은 마취당하기 전에 그 사람과 마주 앉아 이야기하면서 그의 분장하지 않은 얼굴을 보았기 때문이지. 그리고 또 마술사가 그때 우리와 함께 서 있었으니 자네는 피살자가 마술사라고 생각할 수도 없었겠지."

"그럼 그때 극장에서 정확히 어떤 일이 벌어졌던 건가?"

"마술사는 벽장 속임수에 사용할 미인을 물색하던 끝에 리마를 마취시켜 벽장 안에 가두어 놓았었네. 그자는 그날 낮 공연을 끝낸 뒤 턱수염과 분장을 걷어치우고 밖에 나가서 리마를 술집으로 유인했던 것일세. 아마도 이집트 여자라면 꼬임에 넘어가지 않았겠지만 미국인들은 좀 무모한 데가 있거든. 어쨌든 그자는 리마를 벽장에 가두어 놓고서……."

"어떻게?"

"뭐라고?"

"잠겨 있는 문을 어떻게 열었느냔 말일세."

사이먼 아크는 앞에 보이는 비행기 잔해에서 눈을 떼지 않은 채 낙타의 옆구리를 쓰다듬었다.

"마술사답지 않은 속임수를 쓴 거야. 마술사는 자네에게 흔히 구할 수 있는 맹꽁이자물쇠를 사다달라고 했지. 그는 자물쇠의 상표를 보아두었다가 밖에 나가서 비슷한 것을 한개 더 사왔을 뿐이야. 그 다음에는 문짝에 흠이 가지 않도록 원래의 자물쇠를 조심스럽게 줄로 잘라낸 뒤 마취당한 아가씨를 벽장 안에 집어넣고 새 자물쇠를 채워놓았을 뿐일세. 그리고 열쇠구멍을 막고 봉해 놓았으니 자네는 고이 간직했던 열쇠를 사용해 볼 수도 없었지. 그러니 자물쇠를 바꿔치기한 것이 탄로날 리가 없었던 것이야."

"듣고 보니 참 간단한 것 같군."

"그런데 그 가짜 마술사는 나를 찾는다는 광고문을 읽고서 미국 정부가 이 실종된 비행기를 찾고 있다고 추측했던 거야. 불행하게도 나는 골동품 상점을 찾아감으로써 오히려 그에게 도움을 준 꼴이 되었지. 그자는 우리 탐사대에 가담할 수 있는 최선의 방법은 진짜 마술사를 죽이고 자기가 그 역할을 하는 것이라고 계산했던 것이네. 그런데 그자는 자네가 턱수염을 뗀 마술사의 얼굴을 본 적이 있다는 걸 몰랐어. 그러니까 자기는 아주 안전하다고 생각했지. 그는 저녁 공연이 끝난 뒤 극장에 도착해서 몰래 진짜 마술사의 목을 베고 재빨리 그의 가발과 턱수염을 걸쳤지. 물론 그는 리마에 관해서는 아무것도 몰랐기 때문에 벽장문이 열렸을 때는 우리들 못지않게 그 역시 놀랐던 거야."

"그럴듯한 얘기군요. 그런데 당신은 그 모든 것을 어떻게 알았지요?"

블레이크가 말했다.

"여러 가지 이상한 점이 있었소. 우선, 이 무더위 속에 왜 우리의 마술사는 여행 중에 줄곧 턱수염을 달고 있었을까? 나는 처음부터 의심을 품고 있었는데, 그가 벽장 속임수에 관해 한번도 언급하지 않았기 때문에 내 의심은 점점 더 커졌소. 진짜 마술사 같으면 자랑하고 싶어서 참기 어려웠을 텐데 말이지요. 또 카이로를 떠난 뒤로 그 자칭 마술사는 우리를 즐겁게 해준다고 기껏 간단한 카드 속임수만 해보였단 말이오. 그건 다른 속임수는 할 줄 몰랐기 때문이죠. 그리고 여기 있는 리마도 그를 의심했기 때문에 그가 도망가고 난 뒤 그의 턱수염을 가지고 장난을 해본 것이라네."

우리는 이제 비행기 잔해에서 불과 90미터쯤 떨어진 곳까지 도달했는데도 아직 우리가 찾는 그 사람의 흔적은 보이지 않았다. 나는 아직껏 그를 마술사로 여기고 있었다.

"그럼 그자는 누구야, 사이먼? 누구냐고?"
"사람이지. 공연을 한번 보고 나서 마술사의 독일식 억양을 그럴듯 하게 흉내낼 줄 아는, 자네도 약간 다르다고 눈치챈 것 같지만……그는 그런 사람이야. 그자는 마술사보다 나이가 약간 젊은 사람이지. 자네는 이 점도 눈치챘겠지? 내 추측으로는 40살쯤 된 사람일세. 그자는 이곳 사막지대를 잘 아는 것 같아. 그렇지 않고서야 모래폭풍이 불 때 혼자서 떠나가는 모험을 했을 리가 없지. 그러나 그자는 이 나라 원주민은 아니라네. 원주민이었다면 이 먼 곳까지 우리와 함께 여행할 필요가 있었겠나. 내가 전에 자네에게 공산주의자들이 미국과 영국 사이에 쐐기를 박고 싶어한다고 말한 적이 있지? 내 생각에 이 남자는 전후 기간 중에 공산주의자들에게 포섭되어 이번에 우리가 저 비행기와 그 비밀을 파괴하지 못하도록 하는 임무를 띠고 파견된 사람인 것 같아."

"그자가 마술사를 죽였으니 우리도 죽이려 하겠군."

사이먼이 고개를 끄덕였다.

"그자는 혼자서 비행기를 찾을 자신만 있었더라면 모래폭풍이 불 동안에 우리를 죽였을지도 모르네. 그런데……."

그때 탕 하는 권총소리가 들렸고 내 옆에 있던 리마가 비명을 질렀다.

"저놈이 비행기 뒤에서 총을 쏜다!"

나는 모래 위에 엎드리며 리마를 잡아당겼고, 다른 사람들도 뒤따라 엎드렸다.

"우린 사정거리 밖에 있어요."

블레이크가 말했다. 그러나 그의 말이 무색하게 두 번째 총탄이 그의 머리에서 30센티미터밖에 안 떨어진 모래를 때렸다.

"이제 어떻게 할 거요, 블레이크 씨?"

사이먼이 물었다.

"저자가 우리를 죽이기 전에 우리가 저자를 잡아야겠지요."

그는 일어서더니 앞서 가는 낙타 한 마리를 방패삼아 몰면서 언덕 아래로 내려가기 시작했다.

"이리 오게. 우리가 반대편으로 돌면 포위할 수 있을지도 몰라."

사이먼이 나와 리마를 불렀다. 그러나 우리가 그에게 가까이 가기 시작하자 두 방의 총성이 더 울렸다. 우리 오른쪽으로 앞서 가던 블레이크도 비행기 잔해 뒤에 숨은 목표를 향해 한 방 쏘았다.

우리가 아직 비행기에서 상당히 떨어져 있을 때 갑자기 사격이 중단되었다. 그자가 탄환을 장전하고 있다고 판단한 블레이크가 낙타 방패를 벗어나서 남은 거리를 바람처럼 달려갔다. 그러나 블레이크가 비행기 꼬리에서 9미터쯤 떨어진 곳까지 달려 갔을 때 적의 머리가 불쑥 나타났다. 그자가 총을 한 방 쏘자 블레이크가 엎어지면서 모래 위로 미끄러졌다.

"빨리."

사이먼이 재촉했다. 이제 살인범은 우리 쪽을 향해 다시 총을 쏘았다. 낙타 한 마리가 우리들 앞에서 쓰러지면서 단말마의 비명소리를 질렀다.

이젠 아무 방패도 없이 나와 그자와의 사이에는 아무것도 없게 되었다. 눈을 들어 건너편을 보니 적의 얼굴에 죽음의 그림자가 드리워져 있었다. 그자가 다시 한번 권총을 들어올렸고, 이어 마지막 총성이 사막의 고요함을 가르며 울려퍼졌다. 권총 위쪽의 그 얼굴이 내 눈앞에서 몸서리를 치며 서서히 무너져내렸다. 뒤를 돌아보니 해리 블레이크가 무릎을 꿇고서 떨리는 두 손으로 38구경 권총을 꽉 움켜잡고 있었다.

"이제 끝났군."

사이먼 아크가 말했다.
"이자는, 이자는 턱수염과 분장만 없다면 영락없이 미국인인데."
"이 사람은 미국인일세. 세상만사가 때로는 묘한 법이라서 모험의 결말이 항상 즐겁지만은 않은 법이거든. 우리 앞에 있는 이 남자, 진짜 마술사를 죽이고 대신 그 역할을 했던 이 남자가 사실은 이 비행기의 조종사였던 캐리 린드허스트 소령이라네……."
사이먼이 침착하게 말했다.

리마가 해리 블레이크의 상처에 붕대를 감는 동안 그는 무덥고 구름 한점 없는 하늘을 올려다보고 있었다.
"그들이 곧 이리로 올 겁니다."
그가 혼잣말처럼 말했다.
"그들이라뇨?"
"우리를 여기서 데려다줄 해군 헬리콥터들 말입니다. 나는 옷 속에 송신기를 지니고 있었는데 우리가 여행을 떠나올 때부터 이 송신기가 계속 무선신호를 보냈지요. 그래서 해군은 홍해상의 배에서 계속 우리를 추적해 왔습니다."
"왜요?"
리마가 물었다.
블레이크가 미소를 지었다.
"이런 일은 아가씨가 끼어들 것이 못돼요. 무선신호를 받으면 그들은 설사 우리가 죽더라도 비행기 잔해의 위치는 알 수 있기 때문이지요."
"이건 중대한 일이지요?"
사이먼이 물었다.
"네, 중대하지요. 내 생각은 그래요. 그런데 아크 씨, 그동안 린드허스트가 살아 있었다는 것을 당신은 어떻게 알았지요?"
"여러 가지가 딱 들어맞더군요. 우선 그의 나이는 마술사 대역을 하기에 적당했고, 또 내가 전에 말했듯이 그는 이곳 사막을 잘 알고 있었소. 그를 대충 비슷한 지역으로 데리고 왔더니 금방 비행기 잔해가 어디 있는지 알아내더란 말이오. 그래서 난 그가 비행기에 탔던 사람이라고 생각하게 된 것이지요. 그리고 나는 비행기가 꼬리만 남기고 모두 모래에 묻혀 있는 것을 보고서 원주민이 돌아다니다가 우연히 린드허스트의 담뱃갑을 발견하는 일은 없었을 것이라고 생각했던 것이오. 그리고 담뱃갑이 비행기와 함께 파묻혀 있지 않다면 아마도 그 조종사도 파묻히지 않았을 거라고 생각했지요."
"원주민이 담뱃갑을 파냈을 수도 있지 않습니까?"
그러나 사이먼 아크는 고개를 가로저었다.
"비행기가 몹시 녹슬어 있지 않소? 나는 여기처럼 건조한 사막지대에서 녹이 생길 수 있을까 생각해 보았소. 그런 일은 있을 수 없어요. 그러니 당장 그 담뱃갑이 지난 17년 동안 다른 곳에 가 있었다는 생각이 듭디다. 나는 그 골동품 상점이 어쩐지 공산주의자들과 무슨 연관을 맺고 있다는 생각이 들었어요. 그 사람들은 담뱃갑이 미국의 손에 넘어간 것은 린드허스트의 과실이며, 따라서 그가 이 과오를 시정해야 한다고 생각했지요. 그 무렵에는 그 사람들도 이 비행기가 왜 중요한지 깨닫기 시작했을 거요."
"그들이 왜 당신에게 비행기 위치를 알려주었지요?"
"우리를 이곳으로 보내기 위해서지요. 그래서 린드허스트가 비행기를 찾을 수 있다는 자신이 서는 대로 우리를 죽이도록 했던 것이지요. 물론 이론적으로는 이 살인범이 비행기 추락 당시 린드허스트의 담뱃갑을 지니고 있던 다른 승무원이라고 생각해 볼 수도 있겠지만 그럴 가능성은 아주 희박해요."

"그래도 이 사람은 미국 장교요."

블레이크가 말했다.

"그렇소. 난 이 사람이 비행기 추락을 자기 잘못으로 생각했으리라고 상상해 봅니다. 그래도 자기가 중요한 임무를 망쳐 자기만 살아남고 모든 동료를 죽인 장본인이라고 시인할 마음이 내키지 않았던 것이지요. 물론 그 다음의 일은 지금으로서는 추측일 수밖에 없지만, 그는 어쨌든 떠돌아다니다가 카이로에 갔고, 그래서 지난 17년 동안의 어느 땐가 공산당에 포섭되었을 겁니다."

"왜 하필 공산당이지?"

내가 물었다.

사이먼이 어깨를 으쓱해 보였다.

"비행기의 비밀을 탐낼 사람들이 달리 누구겠나?"

"그 비밀이 뭔데요?"

리마가 물었다. 그러나 아무도 대답하지 않았다. 그때 멀리 머리 위에서 헬리콥터의 회전날개 소리가 들리면서 지평선 위의 조그만 점이 점점 커지는 것이 보였다.

"우리를 찾으러 오는군. 그동안에 린드허스트를 매장합시다. 이 사람이 당초에 사망했음직한 바로 그 장소에 묻읍시다."

블레이크가 말했다.

헬리콥터가 모래 위에 착륙하자 리마와 블레이크가 그곳으로 달려갔다. 그때 내가 사이먼에게 물었다.

"자네가 말했던 그 인도사람 수바스 보제 말인데, 그 사람도 비행기 추락사고로 사망한 거지?"

사이먼이 슬쩍 미소를 지으며 고개를 끄덕였다.

"대만에서 죽었지."

"하지만 날짜가 같단 말이야. 두 비행기가 모두 같은 날 추락했단 말이야. 그리고 자네의 입으로 보제가 대만에서 죽었다고 확신하는 사람은 아무도 없다고 말하지 않았나?"

"이 세상에 확신할 수 있는 일이 어디 있겠나?"

"만약 그 비행기가 대만에서 추락한 것이 아니라면…… 만약 여기서 추락했다면…… 만약 영국이 인도에서 가장 증오하던 적이 대전이 끝난 지 이틀 뒤에 미국 비행기에서 죽었다면……."

"만약일 뿐이지."

"하지만 이유가 뭔가, 사이먼? 만일 보제가 이 비행기를 탔다면, 그 사람은 무슨 일을 하고 있었던 거야? 미국은 그를 어디로 데려가던 중이었는가 말이야?"

"내가 할 수 있는 일이라곤 인간정신의 수수께끼를 푸는 것뿐일세. 나는 감히 국제정치의 수수께끼를 푸는 척할 생각은 없네. 우리는 그저 린드허스트가 이 비행기에서 있었던 일을 공산당에게 너무 많이 알려주지 않았기만 바란다네. 보제가 여기서 죽었다는 것이 확인되면 그들에게 크게 유리할 테니까 말이야."

우리가 헬리콥터로 걸어가는 동안 블레이크는 헬리콥터에서 내린 사람들과 심각한 대화를 나누고 있었다. 아마도 비행기 잔해를 완전히 폭파해 버릴 것인지에 관해 결정했으리라. 나는 그런 문제를 깊이 생각하지 않았다. 오히려 나는 마술사에 관해, 그의 턱수염과 변장에 관해 생각하느라 여념이 없었다. 그는 오직 내가 어느 무더운 오후에 그의 극장에 들렀던 탓에 결국 목숨을 잃었던 것이다.

나는 그에 관해 생각했고 또 린드허스트에 관해 생각했다. 모래 위에 뻗어 있던 그가 정말 린드허스트였을까? 그는 이곳에 되돌아와 일생을 마치기 위해 그 기나긴 고난의 여정을 여행한 셈이었다. 17년 동안의 그 여정은 우리가 상상도 할 수 없는 기나긴 여정이었으리라.

"이보게 서두르자구. 이젠 돌아가야 할 시간이야······."
사이먼 아크가 말했다.

스코틀랜드야드 명탐정

 매릭(J.J. Marric, 1908~1973)의 《기데온과 방화마(GIDEON'S FIRE)》는 1961년도 미국 미스터리작가 클럽 최우수 작품상을 받았다. 런던 경시청, 통칭 스코틀랜드야드를 무대로 그곳에서 일하는 경찰관과 거리 사람들의 일상생활을 정성껏 공들여 그려낸 기데온 시리즈 대표작이다.
 영국 미스터리 소설계에는 고전적인 명탐정인 셜록 홈즈와 브라운 신부를 비롯하여 과학자 탐정인 손다이크 박사와 이름 없는 탐정인 구석의 노인으로부터 에르퀼 포아로에 이르기까지 믿음직한 탐정이 무수히 많다. 그러므로 경찰은 도무지 활약할 여지가 없는 듯이 여겨지지만, 정말은 오랜 역사를 지닌 스코틀랜드야드에서도 꽤 실력 있는 명탐정들이 배출되었다. 오래된 예로서는 《월장석》에 등장했던 커프 형사부장이 있고, 유명한 점에서는 크로프츠의 프렌치 경감과 패트리시아 모이즈의 헨리 티베트 주임경감, 그리고 1960년대에 들어와 요란하게 등장했던 스코틀랜드야드 사상 괴짜 탐정인 도버 주임경감 같은 이색적인 인물도 있었다. 마이클 이네스의 존 애플비는 경시총감으로까지 출세한 인물이었고, 최근의 신인으로는 P.D. 제임스의 애덤 댈그리슈라는 시인 경찰관이 있다.

이 작품 속에 나오는 범죄수사부장 조지 기데온도 본직이 경찰관으로서 사건수사에 임하지만, 미스터리 장르로서 말하면 앞서 이름을 들었던 형사들은 본격 미스터리소설에 속하는 한편 기데온은 87분서 시리즈 같은 경찰소설이라는 점에서 조금 다르다. 경찰소설은 본격 미스터리소설에 비하여 주인공 측의 조직 및 인간관계에 역점이 주어지기 때문이다. 87분서가 그 내부와 아이솔라 지구를 뚜렷이 묘사하듯이 기데온 시리즈에서는 스코틀랜드야드의 건물이며 런던 시내가 배경으로 펼쳐진다. 근래에 이르러 높은 평가를 받고 있는 마르틴 베크 시리즈에서도 이것은 마찬가지이며, 지은이 슈발 바르 부부는 10년 동안에 걸친 스톡홀름의 변천을 그려내려는 것이 시리즈의 본디 목표였다고 말했다.

따라서 작품을 통하여 무대가 되는 도시의 풍물과 사회상을 알 수 있으며, 이것은 미스터리를 읽는 또 하나의 커다란 매력이 되기도 하며 이러한 지식이 작품을 읽는 재미를 북돋아주는 효과를 올리고 있다.

그러한 의미에서, 현재와 같은 유서 깊은 스코틀랜드야드가 이룩되기까지의 역사와 그 조직에 대하여 간단히 설명해 보기로 한다.

때는 1740년대, 장소는 런던의 보 스트리트. 여기에 치안판사의 법정이 설치되어, 초대판사로 토머스 데 베엘이 임명되었다. 런던에는 아직 경찰 조직이 없고, 항구에 도둑과 갱이 마구 날뛰던 시대였다. 데 베엘은 치안 부재의 런던에서 도둑들을 상대로 목숨을 바쳐 정의를 지키려고 했던 인물이었다. 1748년에 데 베엘의 임무를 이어받은 헨리 필딩은 저명한 작가였는데, 판사들 사이에 만연된 직권남용을 일소하려고 뿌리 깊고 강경한 운동을 펼쳤다. 그는 런던에서 일어난 모든 범죄와 사건의 기록부를 만들었고, 정규 무장경비대의 필요성을 느꼈다. 그 일은 그의 저돌적인 동생 존 필딩 경에게 맡겨져 그의 지휘 아래 단검과 총과 곤봉을 지닌 최초의 경비대가 조직되었다. 파란 윗옷에 파란 바지를 입은 그들은 보 스트리트 러너즈라고 불리며, 18세기 말부터 19세기 초에 걸쳐 널리 그 이름을 떨치게 되었다.

이 보 스트리트 러너즈는 1829년 런던에 수도경찰이 생길 때까지 계속되었으며, 1814년에는 아일랜드 고위관리인 로버트 필 경 휘하에 아일랜드 경찰대가 조직되었다. 필의 이름을 따서 일반적으로 '필라즈'라고 불린 이 경찰대는 시민의 생활과 재산을 지키는 사명을 다했으므로, 사람들은 대도시인 런던에도 그러한 조직이 필요하다고 느끼게 되었다. 이윽고 내무장관이 된 필은 1825년에 형법을 개정하고, 1829년에 런던의 옛 스코틀랜드 국왕 궁전자리였던 곳에서 수도경찰을 탄생시켰다. 그리하여 스코틀랜드 국왕의 궁전, 즉 스코틀랜드야드가 런던 경시청의 별명이 되었다.

그런데 필은 자신이 창립한 경찰대가 군대와는 다르다는 것을 강조하기 위해 그들에게 검은 실크해트와 파란 테일코트를 착용케 하고 무기를 지니지 못하도록 했다. 그들은 처음에는 시민들에게 경원당했으나 범죄건수가 줄어듦에 따라 차츰 받아들여졌다. 또한 창립자인 보비 필의 이름에서 유래된 '보비즈'라는 별명으로도 불리었으며, 영국 경찰은 오늘날에도 이 별명으로 친숙하다.

수도경찰 건물은 1850년에 운수성 가까이로 옮기고, 1890년에는 화이트홀 모퉁이로 이전했다. 이것을 뉴스코틀랜드야드라고 불렀는데, 이윽고 이 건물도 좁게 여겨져 1967년에 다시 지금의 빅토리아 스트리트에 있는 새 청사로 옮겼다.

현재의 스코틀랜드야드를 크게 분류하면 세 가지로 나누어진다. 하나는 제복부, 두 번째는 범죄수사부(CID), 나머지는 특별부로서 이 부서는 주로 왕실과 수상과 요인들의 경호가 주된 임무이다. 이 가운데 미스터리와 깊은 관련이 있는 것은 범죄수사부이니만큼 이에 대해 좀더 이야기하기로 하겠다.

스코틀랜드야드는 A에서 G까지 부로 나누어져 있으며, 범죄수사부는 C부로 일컬어진다. 네 사람의 부총감(Assistant Commissioner) 가운데 C부 담당은 '부총감C'라고 불린다. 담당 부총감 아래에 부총감보(Deputy Assistant Commissioner)가 네 사람 있어 저마다 감식자료, 본부운용, 특별과, 총무경찰관구를 맡는다. 이 가운데 범죄수사의 중추부는 본부운용에 있는 C1 중앙수사과이다.

이 과에서는 살인, 마약, 산업 스파이, 증수뢰 등의 중대범죄를 다룬다. 범죄수사부에서 가장 오랜 역사를 지닌 살인수사반도 이에 속하며, 지방으로부터의 요청이 있으면 런던 아닌 다른 곳에도 형사가 파견된다.

그리고 C2는 사건기록과 통신, C3은 지문과 사진, C4는 범죄기록실 등등인 범죄수사부에는 특별과와 과학연구소를 포함하여 모두 12과가 있다. 그중에서도 유명한 C8은 특별 기동수사반이다. 재규어 등의 경찰자동차를 보유하고 있어 관할구역 내의 범인 체포와 영장에 의한 수색을 맡아한다.

이어서 스코틀랜드야드의 계급을 살펴보면, 먼저 특별히 임명된 치안관인 경시총감(Commissioner)이 수도경찰의 관리를 맡고, 그 임무를 보좌하는 경시총감보(Deputy Commissioner)가 있다. 그 아래에 각 부서 담당의 부총감이 네 사람. 여기까지는 경찰관이 아니며, 따라서 일반 시민들과 마찬가지로 체포권이 없다.

다음은 범죄수사부 형사들의 계급이다.

1 부총감(Deputy Assistant Commissioner)
2 총경장(Commander)
3 총경정(Detective Chief Superintendent)
4 총경(Detective Superintendent)
5 주임경감(Detective Chief Inspector)
6 경감(Detective Inspector)
7 형사부장(Detective Sergeant)
8 형사(Detective Constable)
9 수습형사(Temporary Detective Constable)

수도경찰의 계급은 1969년에 일부가 개정되었다. 이를테면 그때까지는 런던 24구의 경찰 관할구역을 저마다 총경정의 지휘 아래 운영해 왔는데, 개중에는 경관 수와 인구에 있어 경찰본부장의 지휘 아래에 있는 지방경찰의 규모와 맞먹는 관할구역도 있다. 이 불균형을 시정하기 위해 총경이 자그마한 지방경찰의 계급에 상당하는 런던 특유의 계급인 총경장으로 올려졌다. 따라서 그때까지의 총경은 총경정으로, 총경장은 부총감으로 승격되었다.

이 작품 속의 조지 기데온은 범죄수사부의 부장이지만, 이것이 씌어진 시기는 1960년대 초이므로 이 계급은 개정되기 전의 것이다. 현재의 계급으로 고치면 부총감보가 되는 셈이다. 그러나 승격되었다 해도 직무의 내용에는 변화가 없으므로, 기데온은 그 즈음 오늘날의 부총감보 일을 맡아했다고 생각하면 될 것이다.

기데온이 스코틀랜드야드의 기둥으로 일컬어지는 까닭은, 그가 유능한 경찰관이기 때문이기도 하지만 그의 계급이 높다는 뜻도 포함되어 있다고 할 수 있다.

뒤에 수록된 작품 〈마술사의 죽음(Day of the Wizard)〉은 에드워드 D. 호크(Edward D. Hoch, 1930~)의 단편이다. 호크는 대표적인 단편 미스터리소설 작가로 널리 인정받고 있는데, 아마 단편소설로 생계를 잇는 유일한 작가일 것이다. 그는 모두 650편의 소설을 썼는데 〈엘러리 퀸스 미스터리 매거진〉은 약 13년 동안 그의 소설을 게재했다. 그는 〈직사각형의 방(The Oblong Room)〉으로 1968년도 MWA 최우수단편상을 받았다.

호크는 5명의 유명한 주인공을 창조하여 시리즈로 등장시키고 있다. 그중 샘 호손 박사는 미국 뉴잉글랜드 지방 의사로서 1920년대와 1930년대에 일어난 '도저히 믿어지지 않는 미스터리 범죄'들을 여러 건 해결한다. 또 주인공의 한 사람 닉 벨벳은 보잘것 없는 시시한 물건만을 훔치는 도둑이다(〈닉 벨벳의 절도행각(1979)〉). 랜드는 은퇴한 스파이로서 암호에 관련된 범죄사건들을 해결한다(〈스파이와 도둑(1971)〉에는 벨벳과 랜드 모두 등장). 이 작품 〈마술사의 죽음〉에 등장하는 주인공 사이먼 아크는 자칭 2000살의 콥트파 교회 성직자다(〈하이데스의 판사들(1971)〉 등). 그리고 레오폴드 반장은 호크의 여러 경찰 이야기에 나오는 주인공이다(〈레오폴드의 길(1985)〉 등).

호크는 장편소설도 몇 편 썼는데 그 대표작으로는 《다친 까마귀(1979)》를 들 수 있다.